Qui meurt ?

L'édition originale de ce livre a été publiée pour la première fois en 2020,
en anglais par Delacorte Press, une filiale de Random House Children's Books,
un département de Penguin Random House LLC, sous le titre *One of Us is Next*.

Loi n° 49-956 du 16 juillet 1949 sur les publications destinées à la jeunesse,
modifiée par la loi n° 2011-525 du 17 mai 2011.

ISBN : 978-2-09-259396-7

QUI MEURT ?

KAREN M. MCMANUS

Traduit de l'anglais (États-Unis) par Anne Delcourt

Nathan

Pour mes parents

PREMIÈRE PARTIE

VENDREDI 6 MARS

LA JOURNALISTE *(devant un gros bâtiment blanc au bout d'une rue sinueuse)* : Bonjour, ici Liz Rosen de Channel Seven News, en direct du lycée de Bayview, où les élèves sont encore sous le choc du décès d'un de leurs camarades survenu hier. C'est la deuxième fois en dix-huit mois qu'un adolescent est victime d'une mort tragique dans cette petite ville, et l'état d'esprit qui règne devant le lycée est une sensation de déjà-vu mêlée d'hébétude.

(Cut sur deux filles dont l'une essuie ses larmes et l'autre affiche un visage fermé.)

LA FILLE EN LARMES : C'est… C'est juste horrible. À se demander si le lycée n'est pas maudit, quoi. D'abord Simon, et maintenant ça ?

LA FILLE IMPASSIBLE : Ça n'a rien à voir avec ce qui s'est passé avec Simon.

LA JOURNALISTE *(tournant son micro vers la fille en pleurs)* : Étiez-vous proche de la victime ?

LA FILLE EN LARMES : Pas proche *proche*, non. En fait, pas du tout. Je ne suis qu'en troisième.

LA JOURNALISTE *(se tournant vers l'autre fille)* : Et vous ?

LA FILLE IMPASSIBLE : Je ne crois pas qu'on soit censées vous parler.

DIX SEMAINES PLUS TÔT

Reddit, sous-forum Soif de vengeance
Discussion lancée par : Bayview2020

Salut,
C'est le même groupe de discussion
que celui de Simon Kelleher ? – Bayview2020

Salutations
Celui-là même. – EspritdesTénèbres

Pourquoi il a migré ? Et pourquoi il y a presque jamais
de posts ? – Bayview2020

Trop de curieux et de journalistes sur l'ancien.
Et on a de nouvelles mesures de sécurité.
Leçon apprise grâce à notre ami Simon.
Que tu dois connaître, vu ton nom d'utilisateur ?
– EspritdesTénèbres

Tout le monde connaît Simon. Enfin, connaissait.
Même si on n'était pas amis. – Bayview2020

OK. Alors qu'est-ce qui t'amène ? – EspritdesTénèbres

Rien de spécial. Je passais là par hasard. – Bayview2020

À d'autres. On n'est pas sur un forum classique,
et il n'est pas évident à trouver.
Tu es là pour une raison précise.
À cause de quoi ? Ou plutôt, de qui ?
– EspritdesTénèbres

De quelqu'un qui a fait un truc horrible.
Il a foutu ma vie en l'air, et pas que la mienne.
LUI, il s'en tire peinard.
Et moi je ne peux rien faire. – Bayview2020

Pareil pour moi.
Ça nous fait un point commun.
C'est dingue, quelqu'un peut détruire ta vie
et s'en sortir comme si de rien n'était.
Comme si ça n'avait pas d'importance.
En revanche, je me permets de ne pas être d'accord
avec ta conclusion.
On peut toujours faire quelque chose.
– EspritdesTénèbres

CHAPITRE UN

Maeve

Lundi 17 février

Ma sœur trouve que je suis une glandeuse. Elle ne le dit pas – elle ne l'écrit pas, plus exactement – mais ce n'est pas compliqué à comprendre :

Tu as regardé la liste des facs que je t'ai envoyée ?

Le deuxième trimestre de première, c'est le bon moment pour s'y mettre. C'est même déjà un peu tard.

Si tu veux, on pourra aller en voir quelques-unes quand je viendrai pour l'enterrement de vie de jeune fille d'Ashton.

Mais tu devrais aussi envoyer quelques candidatures qui sortent vraiment de ta zone de confort.

Pourquoi pas Hawaï ?

En relevant le nez de mon téléphone, je croise le regard interrogateur de Knox Myers.

– Bronwyn pense que je devrais aller à la fac à Hawaï.

Il manque s'étouffer avec son empanada.

– Tu es sûre qu'elle sait que c'est une île ? réussit-il à répondre avant de siphonner la moitié de son verre d'eau pour faire passer sa bouchée.

Les empanadas du Café Contigo sont légendaires à Bayview, mais il faut avoir l'habitude de manger épicé, ce qui n'est clairement pas le cas de Knox. Il est arrivé du Kansas à l'époque du collège et il continue de se nourrir de boîtes de soupe aux champignons.

– Elle a dû oublier que tu étais carrément anti-plage.

– Je ne suis pas anti-plage. C'est juste que je ne suis pas une grande adepte du sable. Ni du soleil. Ni des vagues. Ni des animaux marins.

Les sourcils de Knox montent un peu plus à chaque bout de phrase.

– D'ailleurs, c'est de ta faute si je suis phobique de la mer, c'est toi qui m'as obligée à regarder *Les Monstres des abysses*.

Knox a été mon premier petit ami, l'été dernier. À ce moment-là, on n'avait pas encore assez d'expérience pour s'apercevoir qu'on n'était pas vraiment attirés l'un par l'autre. On passait tout notre temps ensemble à regarder Science Channel, ce qui aurait dû nous faire comprendre plus tôt qu'on était plus faits pour être amis tout court.

– OK, tu m'as convaincu, réplique-t-il. Hawaï, c'est la fac de tes rêves. J'ai hâte de voir comment tu vas présenter ça dans ta lettre de motivation.

Puis il se penche pour préciser d'un ton pince-sans-rire :

– Fais gaffe, il ne te reste plus qu'un an pour l'envoyer.

Je soupire en pianotant sur la table carrelée. Le Café Contigo est un café argentin aux murs bleu outremer et au plafond en métal étamé, où flottent des arômes sucrés-salés. Comme il n'est pas loin de chez moi, c'est devenu mon spot pour travailler depuis que Bronwyn est partie à Yale et que le calme dans ma chambre m'empêche de me concentrer. J'aime bien le bourdonnement chaleureux qui règne ici, et le fait qu'on peut y passer des heures en commandant un seul café.

– Bronwyn trouve que je m'y prends tard, dis-je à Knox.

– Pas étonnant, sa candidature pour Yale devait déjà être prête en maternelle. C'est bon, il y a le temps.

Knox et moi, on est en première et on a tous les deux dix-sept ans, plus que la moyenne de la classe. Lui parce qu'il était petit pour son âge et que ses parents ont préféré lui faire redoubler la grande section, moi parce que j'ai passé une bonne partie de ma scolarité à l'hôpital avec une leucémie.

– Ouais, t'as sûrement raison, dis-je.

Je renverse la salière en me penchant pour empiler son assiette sur la mienne, et, presque sans réfléchir, je jette une pincée de sel par-dessus mon épaule. Pour chasser le mauvais œil, comme Ita me l'a appris. Ma grand-mère connaît des dizaines de trucs contre le mauvais œil qu'elle a apportés de Colombie, plus ceux qu'elle a accumulés depuis qu'elle vit aux États-Unis. Je m'en servais tout le temps quand j'étais petite, surtout quand j'étais malade. *Si je porte le bracelet qu'Ita m'a donné, je n'aurai pas mal pendant l'examen médical. Si j'évite de marcher sur les fissures du carrelage, mon taux de globules blancs sera normal. Si j'arrive à avaler les douze grains de raisin à minuit au Nouvel An, je ne mourrai pas cette année.*

– De toute façon, ce n'est pas la fin du monde si tu ne vas pas à la fac tout de suite, reprend Knox. Tu ne serais pas la seule.

Il s'avachit sur sa chaise en repoussant une mèche de cheveux bruns. Knox est tellement maigre et anguleux que, même gavé d'empanadas, on a encore envie de le nourrir. Quand il vient à la maison, mes parents ont peur qu'il meure de faim en plein milieu du salon. Son regard papillonne dans la salle et s'arrête sur Addy Prentiss alors qu'elle pousse la porte de la cuisine avec un plateau en équilibre sur une main.

Je la regarde slalomer dans le café en distribuant ses assiettes avec l'aisance d'une pro. Quand Mikhail Powers a diffusé *Les Quatre de Bayview : que sont-ils devenus ?* pour Thanksgiving, ça a enfin convaincu Addy de donner une interview. Elle a dû sentir que les producteurs étaient partis pour la présenter comme la feignasse de la bande. Ma sœur avait été acceptée à Yale, Cooper avait décroché une super bourse pour Cal State, et même Nate avait démarré une formation. Adelaide Prentiss n'allait pas se laisser cataloguer comme « l'ex-princesse de beauté de Bayview qui cale après le bac ».

« Quand on sait déjà ce qu'on veut faire plus tard, les études, pourquoi pas, a-t-elle déclaré au journaliste, perchée sur un tabouret du Café Contigo avec l'ardoise du menu à l'arrière-plan. Mais sinon, quel intérêt de payer une fortune pour un diplôme qui ne servira sans doute à rien ? On n'est pas obligé de planifier toute sa vie professionnelle à dix-huit ans. »

Et encore moins à dix-sept. Je jette un coup d'œil méfiant sur mon portable en guettant la prochaine salve de messages de Bronwyn. J'adore ma sœur, mais son perfectionnisme n'est pas facile à suivre.

Les clients du soir commencent à affluer, et les dernières tables se remplissent tandis qu'un serveur met tous les écrans géants sur la chaîne qui diffuse l'ouverture de la saison de baseball de Cal State. Addy s'arrête pour scruter la salle et son regard tombe sur notre table, où elle vient déposer une petite assiette d'alfajores entre Knox et moi. Les biscuits fourrés à la confiture de lait sont une spécialité de la maison, la seule qu'Addy ait appris à faire en neuf mois.

Knox et moi, on pioche dedans en même temps.

– Vous voulez autre chose ? nous demande Addy en glissant une mèche de cheveux rose argenté derrière son oreille.

Elle a testé un bon éventail de teintures depuis un an, mais les seules qui durent sont celles à tonalité rose ou violette.

– Parce que dans ce cas, vous avez intérêt à commander maintenant. Toute la cuisine se mettra en pause quand Cooper commencera à lancer, c'est-à-dire dans… (elle jette un coup d'œil sur l'horloge murale) cinq minutes, je dirais.

Je secoue la tête tandis que Knox se lève en s'essuyant la bouche avec la manche de son sweat gris préféré.

– Moi ça va, dit-il, mais il faut que j'aille aux chiottes. Tu me gardes ma chaise, Maeve ?

– Ça marche, fais-je en posant mon sac dessus.

Addy se retourne et manque de lâcher son plateau.

– Hé, ça y est ! Regardez !

Tous les écrans de la salle affichent la même image : Cooper Clay qui se dirige vers le monticule pour son premier match universitaire de baseball. Je l'ai vu il y a moins de deux mois, à Noël, mais il a l'air plus baraqué que dans mon souvenir. Il est aussi plus beau que jamais, avec sa mâchoire carrée et une étincelle métallique dans le regard que je n'avais jamais remarquée. Cela dit, c'est la première fois que je le vois lancer en gros plan.

Les remarques des commentateurs sont noyées par le bavardage des clients, mais je peux deviner ce qu'ils racontent : les débuts de Cooper suscitent énormément d'intérêt, assez pour qu'une chaîne de baseball locale diffuse tout le match. Ce buzz est dû à la notoriété persistante des Quatre de Bayview et au fait que Cooper soit l'un des rares joueurs de baseball ouvertement homosexuels, mais aussi à ses résultats fracassants à l'entraînement. Les analystes sportifs parient déjà sur son passage en ligue majeure avant la fin de la première saison universitaire.

– Ça y est, notre superstar rencontre enfin son destin, dit Addy avec tendresse en regardant Cooper ajuster sa casquette. Je fais un dernier tour et je vous rejoins.

Elle repart avec son plateau sous le bras et son carnet de commandes à la main, même si tout le monde est désormais concentré sur le match.

Bien qu'on soit passé de Cooper à l'interview du coach de l'équipe adverse, mes yeux s'attardent sur l'écran géant. *Si Cooper gagne, l'année se passera bien.* J'essaie aussitôt de chasser cette pensée. Si je commence comme ça, je n'arriverai jamais à profiter du match.

Une chaise grince à côté de moi et le cuir noir d'une veste que je connais bien me frôle le bras.

– Ça roule, Maeve ? me demande Nate en s'asseyant.

Son regard s'arrête sur la table parsemée de grains de sel.

– Une attaque de sel ! Merde, on est foutus !

– Ha-ha.

J'ai du mal à réprimer un sourire. Nate est comme un frère pour moi depuis qu'il sort avec Bronwyn, et j'imagine que ce genre de vanne fait partie du package. Après avoir passé l'été à se demander si leur relation pourrait fonctionner à cinq mille kilomètres de distance, ma sœur et son boyfriend ont mis au point un système alternant périodes de symbiose, engueulades, ruptures et réconciliations qui, étrangement, paraît leur convenir.

Nate sourit à son tour et on se laisse glisser dans un silence reposant. C'est facile de passer du temps avec lui, et Addy, et tous les amis de Bronwyn. Elle les appelle toujours « nos amis », mais ça ne reflète pas tout à fait la réalité. Ce sont d'abord les siens, et ils ne seraient pas les miens sans elle.

Mon portable vibre. Nouveau message de ma sœur, justement.

Ça a commencé ?

Presque. Cooper s'échauffe.

Dommage que le match ne soit pas retransmis dans le Connecticut, j'aurais pu regarder ! ! !

Malheureusement, la chaîne sportive californienne n'est pas diffusée à New Haven. Ni nulle part en dehors d'un rayon de trois heures autour de San Diego. Et il n'y a pas non plus de transmission en direct sur le Net.

Je te l'enregistre, Bronwyn.

Je sais, mais c'est pas pareil.

Désolée :(

Tout en mâchant mon biscuit, je regarde les points gris clignoter sur mon écran pendant si longtemps que je devine la suite. Bronwyn tape plus vite que son ombre et n'hésite que rarement : lorsqu'elle sait qu'elle va dire un truc qu'elle ne devrait pas. Or, il ne figure actuellement qu'une ligne sur sa liste personnelle des sujets-à-ne-pas-aborder.

Gagné.

Nate est là ?

Ce n'est pas parce que ma sœur a déserté sa chambre à la maison que je vais me priver de la martyriser.

Qui ça ?

Puis je jette un coup d'œil vers l'intéressé.

– Bronwyn te dit bonjour.

Les yeux bleu sombre de Nate lancent un éclair, mais il reste impassible.

– Pareil.

Bon, je crois que je vois le problème. Aussi fort qu'on aime quelqu'un, les choses changent quand on voyait la personne tout le temps et que, brusquement, elle n'est plus là. Moi aussi, je sens la différence depuis le départ de ma sœur. Mais Nate et moi, on ne se parle pas de ce qu'on ressent – on n'est pas trop du genre à se confier, sauf à Bronwyn – et je me contente de lui faire une grimace en lâchant :

– Tu devrais éviter de réprimer tes émotions, c'est pas bon pour la santé.

Avant qu'il ait pu me répondre, il y a un petit remue-ménage autour de nous : Knox est revenu des toilettes ; du coup Addy ajoute une chaise à notre table, et une assiette de nachos version Café Contigo – tortilla chips, viande hachée, fromage fondu et sauce chimichurri – apparaît devant moi.

Suivant la direction d'où a surgi l'assiette, mon regard rencontre deux yeux brun velouté.

– Snack de match, commente Luis Santos en balançant son torchon sur son épaule.

Luis est le meilleur ami de Cooper, c'était son receveur dans l'équipe du lycée. Maintenant, il suit une formation de cuisinier en travaillant à mi-temps au café, qui appartient à ses parents. Depuis que j'ai élu domicile à cette table du Café Contigo, je le vois cent fois plus que quand il était encore au lycée.

À la manière dont Knox se jette sur l'assiette de nachos, on ne dirait pas qu'il vient de s'enfiler deux plats d'empanadas plus des biscuits fourrés.

– Gaffe, c'est chaud, le prévient Luis en s'asseyant en face de moi.

Pas autant que toi, me dis-je aussitôt. J'avoue que j'ai un penchant un peu honteux pour les sportifs. On aurait pu espérer que je retiendrais la leçon après qu'un crush à sens unique sur un joueur de basket en troisième m'a valu de me faire humilier sur le blog de Simon Kelleher, mais non.

J'extirpe une chips de l'assiette de nachos sans avoir vraiment faim.

– Merci, Luis, dis-je en la suçotant.

– Tu disais quoi, au fait, sur les émotions ? ricane Nate en me regardant faire.

Le feu me monte aux joues, mais je ne trouve pas de meilleure riposte que de tout enfourner et de mâcher énergiquement en le fixant d'un œil noir. Franchement, je me demande parfois ce que ma sœur lui trouve.

Merde. Ma sœur. Je culpabilise en découvrant le ruban d'émojis tristes que je découvre sur mon portable.

Je blague. Oui, il est là. Il a l'air super déprimé.

C'est archi-faux, parce que personne n'a autant de talent que Nate pour afficher la tête du gars qui n'en a rien à battre. Mais au fond, je suis sûre qu'il déprime quand même.

Phoebe Lawton, une serveuse qui est en première, distribue des verres d'eau avant de s'asseoir au bout de la table, à l'instant où le premier frappeur de l'équipe adverse se dirige d'un pas nonchalant vers le marbre. La caméra zoome sur le visage de Cooper qui lève le bras en plissant les yeux.

– Allez, Coop, vas-y, déchire, murmure Luis en repliant la main gauche instinctivement comme s'il portait un gant de baseball.

* * *

Deux heures plus tard, l'excitation est à son comble dans le café après une performance presque sans défaut de Cooper : huit retraits sur prises, un but sur balles, et aucun point sur sept manches. Les Titans de Cal State ont trois points d'avance, mais à Bayview, tout le monde s'en fiche depuis que ce n'est plus Cooper qui lance.

– Je suis trop contente pour lui ! s'exclame Addy avec un sourire rayonnant. Il le mérite tellement après… enfin… (Son sourire s'estompe.) Après tout ça.

Tout ça. C'est un peu court pour résumer tout ce qui s'est passé il y a dix-huit mois, après que Simon Kelleher a mis en scène sa propre mort en désignant ma sœur, Cooper, Addy et Nate comme suspects. L'épisode spécial Thanksgiving des *Enquêtes de Mikhail Powers* nous a servi un réchauffé de l'affaire avec tous les détails les plus sordides, depuis le plan de Simon de rassembler les Quatre en colle jusqu'aux secrets qu'il a fait fuiter sur Askip, son blog, pour faire croire qu'ils avaient tous un mobile.

J'ai regardé l'émission avec Bronwyn, qui était revenue pour les vacances. Ça m'a replongée direct l'année dernière, quand l'histoire était devenue une obsession nationale et que des camions régie étaient garés en permanence devant chez nous. Tout le pays était au courant que Bronwyn avait volé des copies pour avoir un A en chimie, que Nate dealait toujours alors qu'il était en liberté conditionnelle et qu'Addy trompait Jake – ce dernier s'étant révélé être un tel control-freak qu'il avait accepté d'être le complice de Simon. Quant à Cooper, il avait été accusé à tort de se doper et il s'était fait outer alors que même ses proches n'étaient pas au courant qu'il était gay.

Tout ça a été un vrai cauchemar, mais le pire était d'être suspecté de meurtre.

L'enquête s'est déroulée presque exactement comme Simon l'avait prévu, sauf qu'au lieu de se retourner les uns contre les autres, Bronwyn, Cooper, Addy et Nate se sont serré les coudes. J'ai du mal à imaginer à quoi ressembleraient nos vies s'ils n'avaient pas fait ça. Je ne crois pas que Cooper aurait frôlé le sans-faute lors de son premier match universitaire, ni que Bronwyn aurait été prise à Yale. Quant à Addy… je ne veux même pas y penser, parce que j'ai trop peur de me dire qu'elle ne serait même plus là.

Je croise le regard de Luis qui m'observe. Il lève son verre avec l'air du gars qui n'a pas l'intention de laisser gâcher le triomphe de son meilleur ami.

– Yeah, buvons au karma. Et à Coop, parce qu'il déchire pour son premier match.

– À Cooper ! répète toute la bande.

– Il faut absolument qu'on organise une virée pour aller le voir ! s'exclame Addy.

Tendant le bras au-dessus de la table, elle donne une tape à Nate, qui scrute la salle comme s'il cherchait un moyen de partir en douce.

– Toi aussi, Nate. Pas question de te défiler.

– Toute l'équipe de baseball va vouloir y aller, dit Luis.

Nate lâche une grimace résignée, parce que quand Addy se met en tête de le sociabiliser, il n'est pas de taille à lutter.

Phoebe, qui a profité de quelques départs pendant le match pour se rapprocher de Knox et moi, se sert un verre d'eau.

– Bayview n'est plus pareil sans Simon, nous murmure-t-elle tout bas. Et en même temps, rien n'a changé. Vous voyez ce que je veux dire ? Passé le choc, on ne peut pas dire que les gens soient devenus plus sympas. C'est seulement qu'on n'a plus Askip pour se tenir au courant de qui a fait quoi d'horrible.

– Y aurait pourtant de quoi faire, marmonne Knox.

Après la mort de Simon, on a croulé sous les imitations d'Askip, même si la plupart disparaissaient au bout de quelques jours. À part Simon a dit, qui a tenu presque un mois avant que le lycée le fasse fermer. Mais celui-là, personne ne l'a pris au sérieux parce que son créateur – un gars discret dont personne n'est proche – ne postait que des trucs que tout le monde savait déjà.

Simon Kelleher était très fort pour ça : il connaissait des secrets quasiment insoupçonnables. Il était patient, prêt à attendre le temps qu'il fallait pour causer le maximum de dégâts et de psychodrames. Et il savait très bien cacher à quel point il haïssait tout le lycée. Le seul endroit où il l'exprimait était le forum sur lequel j'étais tombée après coup en cherchant des indices sur sa mort. Ses posts m'avaient donné la nausée, et ça me glace encore aujourd'hui de penser à quel point on avait sous-évalué le danger de se mesurer à un mec aussi machiavélique.

Les choses auraient pu super mal finir.

– Hou hou.

Knox me ramène à la réalité d'un petit coup de coude, et je cligne des yeux jusqu'à ce que son visage se précise. On est toujours repliés sur notre petite conversation à trois. De toute façon, je ne pense pas que les terminales de l'an dernier aient envie de s'appesantir très longtemps sur Simon.

– Fais pas cette tête, me dit Knox. Le passé, c'est le passé.

– Ouais, t'as raison.

À cet instant, un grondement collectif me pousse à me retourner. Je mets une bonne minute à comprendre ce qui se passe et ça me donne un pincement au cœur : le remplaçant de Cooper a rempli les bases à la fin de la dernière manche, il s'est fait remplacer et le nouveau lanceur vient de passer à côté d'un grand chelem. Tout à coup, les trois points d'avance de Cal State se sont transformés en défaite de dernière minute, à un point près. L'équipe adverse fonce sur son frappeur, lui saute dessus, et ils s'écroulent joyeusement les uns sur les autres. Cooper a eu beau lancer comme un dieu, il s'est fait souffler sa victoire.

– Nooon, gémit Luis comme s'il avait reçu un coup, en enfouissant sa tête entre ses mains. C'est *dégueulasse*.

Phoebe fait la grimace.

– Ah merde, c'est pas de bol. Mais Cooper n'y est pour rien.

Mon regard tombe sur la seule personne de la table sur laquelle je peux compter pour avoir une réaction sans filtre : Nate. Ses yeux se détachent de moi pour se poser sur le sel toujours éparpillé sur la table et il secoue la tête comme s'il avait deviné le pari que j'ai fait avec moi-même. Je déchiffre son expression aussi clairement que s'il disait : « Ça ne veut rien dire, Maeve. C'est juste un match. »

Il a sûrement raison. N'empêche, j'aurais vraiment voulu que Cooper gagne.

CHAPITRE DEUX

Phoebe

Mardi 18 février

La zone rationnelle de mon cerveau sait bien que ma mère ne joue pas à la poupée. Mais il est tôt, je suis fatiguée et je n'ai pas encore mis mes lentilles. Alors, au lieu de plisser les yeux, je demande en m'appuyant au comptoir de la cuisine :

– Qu'est-ce que tu fabriques avec ces trucs ?

– C'est pour le gâteau de mariage.

Elle arrache une figurine des mains de mon petit frère pour me la passer, et je découvre une mariée en blanc aux jambes enroulées autour de la taille du marié. Un artiste au talent méconnu a réussi à donner aux petits visages en plastique une expression lubrique très convaincante.

– Trop classe, dis-je.

J'aurais pu deviner que c'était une histoire de mariage. La semaine dernière, la table était envahie d'échantillons de cartes d'invitation, et, celle d'avant, de centres de table à faire soi-même.

– C'est la seule qui soit comme ça, précise ma mère, un peu sur la défensive. Il en faut pour tous les goûts. Tu peux la ranger ?

Elle me désigne sur le comptoir une boîte en carton à moitié pleine de billes de mousse.

J'y remets l'heureux couple de jeunes mariés avant de me remplir un verre d'eau à l'évier et de le vider en deux longues gorgées avides.

– Des décos de gâteau de mariage… Ça se fait encore ?

– C'est juste des échantillons envoyés par L'Anneau d'or.

Depuis qu'elle s'est lancée dans l'organisation de mariages, on voit surgir des boîtes de ce style tous les quinze jours à la maison. Ma mère prend des photos, note ce qui lui plaît et remballe le tout.

– Mais il y en a des sympas, ajoute-t-elle. Comment tu trouves celle-là ?

Elle me tend un couple de mariés qui dansent une valse.

Il y a une boîte de gaufres surgelées sur le comptoir. Je prends les deux dernières que je glisse dans le grille-pain.

– Personnellement, je trouve que des figurines en plastique, ça ne colle pas vraiment avec le style d'Ashton et Eli. Ils ne voulaient pas quelque chose de simple ?

– Quelquefois, on ne sait pas ce qu'on veut vraiment tant qu'on ne l'a pas vu, argumente ma mère gaiement. Ça fait partie de mon boulot de leur montrer toutes les possibilités.

Pauvre Ashton. La sœur d'Addy est une voisine de rêve depuis qu'on a emménagé en face de chez elle l'été dernier. Elle nous a donné les bonnes adresses du quartier, nous a montré les machines de la laverie qui ne bouffent pas la monnaie et nous file des billets gratuits pour des concerts du Centre artistique de Californie, pour lequel elle est graphiste. Elle ne savait pas dans quoi elle se fourrait quand elle a accepté d'aider ma mère à monter son business d'organisation de mariages en la laissant coordonner « quelques détails » pour son mariage avec Eli Kleinfelter.

Ma mère en fait un peu beaucoup. Elle tient d'autant plus à faire bonne impression qu'Eli est une sorte de célébrité chez nous. C'est l'avocat qui a défendu Nate Macauley quand il a été accusé du meurtre de Simon Kelleher. Depuis, il passe sa vie à se faire interviewer. Les médias craquent particulièrement sur le fait qu'il épouse la sœur de l'un des Quatre de Bayview et ils ne parlent que de ça. Ce qui fait de la pub gratuite à ma mère. Elle a eu droit à un article dans le *San Diego Tribune* et dans le *Bayview Blade* en décembre. Le journal s'étant changé en torchon à ragots depuis qu'il a couvert l'histoire de Simon, inutile de dire qu'il a choisi l'approche la plus poignante : *Après un deuil déchirant, une veuve de Bayview se lance dans une entreprise créatrice de bonheur.*

On s'en serait bien passés.

Cela dit, ma mère a mis davantage d'énergie dans ce mariage que dans n'importe quoi ces dernières années, et je devrais être reconnaissante à Ashton et Eli pour leur patience infinie.

– Tes gaufres sont en train de cramer, me signale tranquillement Owen en enfournant la sienne, qui dégouline de sirop.

– Merde !

Je les sors en me brûlant les doigts.

– Maman, on ne pourrait pas s'acheter un nouveau grille-pain ? Le nôtre est foutu. Il passe de zéro à lance-flammes en trente secondes.

Les sourcils de ma mère se rejoignent, comme chaque fois qu'il est question de dépenser de l'argent.

– Oui, j'ai vu. Mais on devrait commencer par le nettoyer avant de vouloir le remplacer. Il y a au moins dix ans de miettes à l'intérieur.

– Je vais le faire, propose mon petit frère en remontant ses lunettes sur son nez. Et si ça ne marche pas, je le démonte. Je parie que je peux le réparer.

Je lui souris distraitement.

– Excellente idée, petit génie. J'aurais dû te le demander.

– Je ne veux pas que tu joues avec quoi que ce soit d'électrique, Owen, objecte ma mère.

– Ce n'est pas pour *jouer*, rectifie-t-il, offusqué.

Un déclic me signale que ma sœur Emma est sortie de notre chambre. C'est un truc auquel je ne m'habituerai jamais dans la vie en appartement : comme on est tous au même étage, on sait tout le temps ce que font les autres, impossible de se cacher. Rien à voir avec notre maison où, en plus d'avoir chacun notre chambre, on avait un salon, un bureau qui avait fini par devenir la salle de jeux d'Owen, et l'atelier de papa au sous-sol.

Et puis, on avait papa.

Ma gorge se noue. Emma entre dans la pièce et enregistre les tas de figurines en grande tenue éparpillées sur la table.

– Ça existe encore, ce genre de décos pour les gâteaux de mariage ? s'étonne-t-elle.

– C'est exactement ce qu'a dit ta sœur, observe ma mère.

Elle fait toujours ça : souligner les points communs entre nous deux, comme si ça pouvait suffire à renouer les liens qui nous unissaient avant.

Emma lâche un petit *hmm* tandis que je me concentre sur ma gaufre.

– Excuse-moi, tu peux te pousser ? me demande-t-elle poliment en s'approchant. J'ai besoin du blender.

Pendant que je m'écarte, Owen prend une figurine qui représente une mariée rousse.

– Regarde, on dirait toi, lance-t-il à Emma.

La fratrie Lawton décline toutes les nuances de roux : auburn soutenu pour Emma, blond vénitien pour Owen et bronze cuivré pour moi. Mais c'est mon père qu'on repérait dans une foule, avec ses cheveux si orange qu'on l'appelait Curly au lycée. Un jour où on était tous au café au centre commercial, en revenant des toilettes, il a remarqué un couple âgé qui matait du coin de l'œil ma mère brune à la peau mate et ses trois enfants roux au teint pâle. Alors il s'est assis à côté d'elle en passant le bras autour de ses épaules et il a dit au couple avec un grand sourire : « Et comme ça, ça vous va ? Ça colle mieux ? »

Mais maintenant, trois ans après sa mort ? Ben ça ne colle plus du tout.

* * *

Si je devais identifier le moment de la journée qu'Emma aime le moins… j'aurais du mal, parce qu'elle ne semble pas en aimer beaucoup ces temps-ci. Mais sans hésiter, je mettrais en haut de la liste le fait de devoir passer prendre ma copine Jules tous les matins en allant au lycée.

– Non mais je rêve, fait Jules, essoufflée, en balançant son sac à dos à l'arrière de notre vieille Corolla.

Je me retourne et elle enlève ses lunettes de soleil pour me fusiller du regard.

– Phoebe, je te *déteste*.

– Pourquoi ? Qu'est-ce que j'ai fait ?

Je tire sur ma jupe, que mon mouvement a fait remonter sur mes cuisses. Après des années de tâtonnements, j'ai enfin trouvé le style qui convient le mieux à ma morphologie : jupe courte évasée, de préférence à imprimé audacieux, pull de couleur vive à col V ou haut à encolure ronde dégagée, et chaussures à petits talons.

– Ceinture, s'il te plaît, demande Emma.

Jules obéit en continuant à me regarder d'un sale œil.

– Tu le sais très bien.

– Mais non, je te jure !

Emma démarre devant le modeste pavillon de Jules, qui habite à une rue de notre ancienne adresse. Le quartier est loin d'être le plus riche de Bayview, mais le jeune couple qui a repris notre maison n'en était pas moins super content de pouvoir vivre là.

Les yeux verts de Jules, qui contrastent avec sa peau mate et ses cheveux bruns, s'agrandissent dans un effet théâtral.

– Nate était au Café Contigo hier soir et tu ne m'as même pas prévenue !

– Oh ! Euh…

Je monte la radio pour noyer ma réponse sous un tube de Taylor Swift. Jules craque depuis toujours pour Nate – elle a un gros faible pour les belles gueules sombres version bad boy –, mais elle ne s'était jamais sérieusement intéressée à lui avant que Bronwyn Rojas le fasse. Maintenant, elle plane autour de Nate comme un vautour chaque fois qu'ils rompent. Ce qui me met dans une sale position depuis que je travaille au Café Contigo et que je suis amie avec Addy, laquelle, logiquement, est à fond pour la team Bronwyn.

– En plus, il ne sort jamais, gémit Jules. Pour une fois que j'aurais pu le voir ! Franchement, tu m'as lâchée sur ce coup-là, Phoebe Lawton. C'est pas cool.

Elle sort de son sac un gloss lie-de-vin et se penche vers le rétroviseur pour s'en remettre une couche.

– Tu l'as trouvé comment ? Tu crois que c'est fini avec Bronwyn ?

– Euh, c'est dur à dire. Il n'a pas parlé à grand monde à part Maeve et Addy. Surtout Addy.

Jules fait claquer ses lèvres avec un air légèrement paniqué.

– C'est pas vrai ? Tu crois qu'il sort avec elle, maintenant ?

– Non, clairement pas. Ils sont juste amis. Toutes les filles ne flashent pas sur lui, Jules.

Elle lâche son rouge à lèvres dans son sac et appuie la tête contre la vitre en soupirant.

– Ça, c'est ce que tu crois. Il est tellement sexy qu'il me fait mourir.

Emma s'arrête à un feu rouge, se frotte les yeux et tend la main vers le bouton de la radio.

– Il faut que je baisse le volume, j'ai le crâne en compote.

– Ça ne va pas ? dis-je.

– Juste un coup de barre. Mon cours particulier s'est fini super tard hier.

– Sans blague.

Ma sœur donne des cours à Sean Murdock. Si on cherche des signes d'intelligence chez les élèves de première de Bayview, ce n'est pas chez lui qu'on a des chances d'en trouver. Mais ses parents ont du fric et ne demandent qu'à en faire profiter Emma, au cas où sa motivation et ses bonnes notes déteindraient sur Sean.

– Ce serait bien que tu m'en donnes aussi, Emma, déclare Jules. Ou ça va être un cauchemar en chimie ce semestre. Sauf si je la joue en mode Bronwyn Rojas et que je pique le sujet.

– N'empêche qu'elle a vachement remonté en chimie.

Ce rappel me vaut un coup de pied de Jules dans mon siège.

– Je t'interdis de prendre sa défense, fait-elle d'un ton boudeur. Elle flingue toute ma vie amoureuse.

– Au cas où tu serais sérieuse, j'ai un créneau ce week-end, lui propose Emma.

– Des cours de chimie le week-end ? s'indigne Jules. Non merci.

– Ah, OK, c'était pas sérieux, déduit ma sœur avec un léger soupir, sous-entendant que ça ne devrait pas la surprendre.

Emma n'a qu'un an de plus que nous, mais semble plus proche de l'âge d'Ashton que du nôtre. Elle n'a pas la vie d'une fille de dix-sept ans. Elle donne plutôt l'impression d'en avoir vingt-cinq et de stresser sur des exams de mastère que sur des options de terminale. Elle a déjà envoyé toutes ses candidatures pour l'année prochaine et n'a plus qu'à attendre les réponses, mais elle est incapable de se détendre.

On se tait pendant le reste du trajet. Mon portable vibre alors qu'on arrive dans le parking.

`Au stade ?`

Je sais que je ne devrais pas. Mon cerveau me rappelle instantanément que j'ai eu deux avertissements pour retard ce mois-ci, mais mes doigts sont déjà en train de taper *OK.* Je mets mon portable dans ma poche et j'ouvre ma portière alors qu'Emma n'a pas encore mis le point mort.

– Faut que je file au terrain de foot, dis-je en passant mon sac en bandoulière.

– Pour quoi faire ? Tu as envie d'être encore en retard ? me demande ma sœur en plissant les yeux.

On a toutes les deux exactement les mêmes yeux brun clair que mon père, ce qui est notre seul autre point commun en plus de la rousseur. Elle est grande et mince alors que je suis petite et tout en courbes. Elle a les cheveux raides comme des baguettes qui lui arrivent juste au-dessus des épaules et les miens sont courts et bouclés. Le soleil lui donne des taches de rousseur alors que moi, il me fait bronzer. Mais dans l'immédiat, on partage la même pâleur de février.

Je fixe mes pieds en rougissant.

– C'est, euh, c'est pour les devoirs, dis-je du bout des lèvres.

Jules sort de la voiture avec un grand sourire.

– Ah bon ? C'est comme ça que ça s'appelle, maintenant ?

Je tourne les talons pour m'éloigner vite fait, mais je sens la désapprobation de ma sœur peser sur mes épaules. Emma a toujours été la plus sérieuse de nous deux. Quand on était petites, ce n'était pas gênant, on était si proches qu'on pouvait se parler sans ouvrir la bouche. Notre mère disait en blaguant qu'on était télépathes, on se connaissait si bien que chacune était capable de déchiffrer les expressions de l'autre aussi clairement que des mots.

Et puis on était proches d'Owen à l'époque, malgré la différence d'âge. Papa nous appelait les Trois Amigos, et on a la même pose sur toutes les photos : Emma et moi de chaque côté d'Owen, les bras autour des épaules les uns des autres, avec de grands sourires sur le visage. On a l'air inséparables, et je croyais qu'on le serait toute notre vie. Il ne m'était jamais venu à l'esprit que papa était le ciment qui nous reliait.

Puis une distance s'est instaurée entre nous, si insidieusement que je ne m'en suis pas aperçue tout de suite. C'est Emma qui s'est repliée la première, en s'enfermant dans le travail.

« C'est sa manière de faire son deuil », disait ma mère au début. Et je l'ai laissée tranquille, alors que j'aurais aimé qu'on le fasse ensemble. J'ai compensé en me jetant dans toutes les activités qui se présentaient – surtout quand les garçons ont commencé à s'intéresser à moi. Quant à Owen, il s'est réfugié dans le monde réconfortant de la fantasy et des jeux vidéo. Le temps que je m'en rende compte, on s'était créé chacun nos ornières et on n'en a plus bougé. Notre carte de vœux de Noël de l'an dernier nous montre tous les trois par rang de taille, les mains jointes devant nous, un sourire crispé sur la figure. Papa aurait été super déçu en voyant cette photo.

Et par moi tout de suite après, à cause de ce qui s'est passé à la fête de Noël de Jules. Traiter sa sœur aînée avec une politesse distante, c'est une chose. Mais faire ce que j'ai fait… Avant, j'éprouvais un sentiment de solitude teinté de nostalgie en pensant à Emma. Maintenant, je me sens carrément coupable. Et soulagée qu'elle ne sache plus lire mes émotions rien qu'en voyant mon visage.

– Hé !

Je suis tellement perdue dans mes pensées que je serais passée sans m'arrêter devant le poteau qui soutient les gradins si une main ne m'avait pas retenue. Elle me tire en avant si brusquement que mon portable glisse de ma poche et atterrit dans l'herbe avec un bruit sourd.

– Merde, dis-je.

Mais la bouche de Brandon Weber est déjà sur la mienne. Je tortille des épaules pour me débarrasser de mon sac, qui rejoint mon portable. Brandon tire sur mon tee-shirt, et comme je suis là pour ça, je l'aide en le sortant moi-même de ma ceinture.

Ses mains remontent sur ma peau, dégrafent mon soutien-gorge, et il lâche un soupir tout près de mon oreille.

– C'est dingue ce que t'es sexy.

Lui aussi, il est sexy. Brandon est le quarterback de l'équipe de foot, et le *Bayview Blade* aime bien l'appeler « le prochain Cooper Clay », parce qu'il a le niveau suffisant pour que les facs commencent à s'intéresser à lui. Mais la comparaison ne me convainc pas. Non seulement Cooper est du niveau au-dessus, mais il est adorable. Alors que Brandon n'est qu'un connard.

Mais il faut reconnaître qu'il embrasse bien. Il me pousse contre le poteau et tous mes soucis s'envolent, remplacés par l'étincelle d'adrénaline de l'anticipation. Je passe un bras autour de son cou pour l'attirer à moi en jouant avec la ceinture de son jean. Tout à coup, je sens mon pied buter sur quelque chose qu'il envoie valser un peu plus loin, et je suis distraite par la sonnerie de mon téléphone.

– Mon portable, dis-je en me dégageant. Je vais le ramasser avant qu'on marche dessus.

– T'inquiète, je t'en achèterais un autre, me répond Brandon, la langue dans mon oreille.

Je déteste ça – qu'est-ce qui peut faire croire aux mecs que c'est excitant ? Pendant que je le repousse, la poche avant de son jean sonne bruyamment et j'aperçois la bosse qui déforme son pantalon en récupérant mon téléphone.

– Il a l'air énorme, ce texto, dis donc, fais-je.

Puis je balaie machinalement mon écran, et j'arrête de respirer quand mes yeux se posent sur le message.

– C'est une blague ou quoi ? Ça recommence !

– Quoi ? demande Brandon en sortant son portable à son tour.

– Numéro inconnu. Et devine ce que ça dit ?

Je prends un ton snob pour lire :

– *Askip te manque ? À moi, oui, en tout cas. Si on jouait à un nouveau jeu ?* Je n'en reviens pas que quelqu'un s'entête dans ces conneries après l'avertissement de Gupta.

– J'ai reçu le même, dit Brandon en parcourant son écran. Tu as vu le lien ?

– Ne clique pas ! C'est sûrement un virus ou…

– Trop tard ! fait-il en rigolant.

Je l'observe pendant qu'il consulte son portable : un mètre quatre-vingt-cinq, les cheveux châtain clair, les yeux bleu-vert et le genre de bouche aux lèvres pleines qui fait craquer toutes les filles. Il a une tête d'ange et il le sait mieux que personne.

– Montre.

Excluant d'ouvrir ce fichu lien sur le mien, je lui prends son portable et je tombe sur un site dont le logo est une mauvaise imitation de celui d'Askip, suivi d'un texte en gros caractères : « Lisez bien, Bayview, parce que je ne me répéterai pas. Voici la règle du jeu d'Action ou Vérité : j'envoie un message à l'un d'entre vous, qui n'a le droit d'en parler à PERSONNE. Ça gâcherait l'effet de surprise. Et puis ça me mettrait de mauvaise humeur et je ne suis pas très sympa dans ces cas-là. Celui qui reçoit un message a vingt-quatre heures pour m'envoyer sa réponse. S'il choisit la vérité, je révélerai l'un de ses petits secrets. S'il préfère l'action, je lui donnerai un défi à relever. Dans les deux cas, on s'amusera un peu et ça nous distraira de la monotonie de notre terne existence. »

Brandon passe la main dans ses épais cheveux châtains.

– Parle pour toi, pauv' loser.

« Allez, Bayview avouez que ça vous a manqué. »

Je lève les yeux au ciel avant de demander :

– Tu crois que tout le monde l'a reçu au lycée ? On va avoir intérêt à la boucler si on veut garder nos portables.

À la rentrée, après avoir fait fermer le dernier site qui copiait celui de Simon, la proviseure nous a prévenus qu'elle instaurait la tolérance zéro. Si jamais elle voit passer le moindre site qui ressemble de près ou de loin à Askip, plus de portables au lycée. Et elle virera quiconque essaiera d'en faire entrer un en douce.

Du coup, on agit en citoyens modèles, du moins en ce qui concerne les ragots en ligne. Personne ne conçoit qu'on puisse sortir vivant d'une journée de cours – sans parler d'une *année* – sans portable.

– Tout le monde s'en fout, de ces conneries, élude Brandon. C'est du réchauffé.

Il glisse son téléphone dans sa poche et passe le bras autour de ma taille pour m'attirer contre lui.

– Où on en était ?

Je tiens toujours mon portable, maintenant coincé contre sa poitrine, et il sonne avant que j'aie pu lui répondre. Quand je rejette la tête en arrière pour le consulter, c'est pour découvrir un nouveau message d'un appelant inconnu. Mais cette fois, Brandon ne l'a pas reçu.

Phoebe Lawton, à toi l'honneur ! Fais ton choix : vais-je révéler une vérité ou préfères-tu relever un défi ?

CHAPITRE TROIS

Knox

Mercredi 19 février

J'inspecte le portant de vêtements soldés à cinquante pour cent avec un sentiment d'angoisse existentielle. Je ne supporte pas les grands magasins. Trop de lumière, trop de bruit, trop de camelote dont personne n'a besoin. Chaque fois que je suis obligé d'y aller, je suis frappé par l'idée que la culture consumériste n'est qu'un moyen d'oublier qu'on va tous mourir, coûteux, répétitif et destructeur de l'environnement.

Ensuite je finis mon café glacé à six dollars, parce que je ne suis rien d'autre qu'un participant consentant de plus à cette mascarade.

– Ça fera quarante-deux dollars et soixante cents, jeune homme, m'informe la caissière quand mon tour arrive.

Je viens d'acheter un nouveau portefeuille pour ma mère et j'espère que j'ai choisi le bon. Même en me basant sur ses instructions écrites, il ressemble à douze autres portefeuilles noirs. J'ai passé trop de temps à hésiter et je suis à la bourre pour le travail.

Ça ne doit pas être trop grave vu qu'Eli Kleinfelter ne me paie pas, voire, la plupart du temps, ne s'aperçoit même pas que je suis là. Ce qui ne m'empêche pas de foncer sur le trottoir qui longe l'arrière du centre commercial. Puis, après un bref coup d'œil par-dessus mon épaule pour m'assurer qu'il n'y a personne, je m'approche d'un grillage déglingué qui entoure un chantier désert.

Il aurait dû y avoir un nouveau parking couvert sur la colline derrière le centre, en contrebas, mais l'entreprise a fait faillite juste après le début des travaux. Des sociétés ont essayé de reprendre le dossier, dont celle de mon père. En attendant, le chantier coupe le chemin qui descend du centre commercial au centre-ville. Maintenant, on est obligé de faire tout le tour du bâtiment par la route, ce qui prend dix fois plus de temps.

Sauf si on fait ce que je m'apprête à faire.

Je me plie pour passer par un trou géant dans le grillage et je contourne une demi-douzaine de gros bidons orange et blanc, ce qui me mène sur le futur toit du parking. L'ensemble est recouvert d'une épaisse bâche en plastique, à part une plateforme en bois d'où un escalier métallique descend sur un pan de colline abrupt qui n'a pas encore été creusé.

Je ne sais pas qui a eu l'idée géniale de mettre la plateforme un mètre cinquante plus bas que le toit, mais, en sautant, c'est devenu un raccourci classique pour le centre-ville. Soyons clair, mon père me tuerait s'il savait que je fais ça. Mais il n'est pas là, et en même temps il se fiche de moi encore plus qu'Eli. Bref, je me prépare psychologiquement, les yeux sur la plateforme en contrebas.

Il y a juste un petit problème.

Non, non, je n'ai pas le vertige. Disons plutôt que j'ai une nette préférence pour la terre ferme. Quand j'ai joué Peter Pan à la colo théâtre l'été dernier, j'ai tellement flippé à l'idée d'être suspendu dans les airs au bout d'une poulie qu'ils n'ont pas pu me décoller à plus de soixante centimètres du sol. « Ça ne s'appelle pas voler, ça, Knox, disait l'animateur en râlant chaque fois que je passais devant lui au bout de mon fil. C'est du rase-mottes, à la limite. »

OK, j'ai le vertige. Mais j'essaie de le surmonter. Je continue à fixer les planches de la plateforme. J'ai l'impression qu'elle est à six mètres de moi. Quelqu'un l'a changée de place ou quoi ?

– Super journée pour mourir. Pour les autres, marmonné-je comme si j'étais Dax Reaper, l'impitoyable chasseur de primes de *Bounty Wars*.

Parce qu'à part hésiter à sauter de mon perchoir, je n'ai rien trouvé de plus pathétique que de citer un personnage de jeu vidéo.

Je ne peux pas sauter. Pas pour de bon, en tout cas. Alors je m'assois sur le rebord, je ferme les yeux en serrant les paupières très fort et je me laisse glisser comme un serpent pétochard. Je grimace en ratant ma réception et je trébuche sur les planches irrégulières. Athlète, ce n'est pas vraiment moi.

Après avoir retrouvé mon équilibre, je me dirige en boitillant vers l'escalier. L'aluminium résonne bruyamment à chacun de mes pas. Je pousse un gros soupir quand mes pieds retrouvent enfin la terre ferme et je suis ce qui reste du chemin de la colline jusqu'au portillon du grillage du bas. Au début, il fallait l'escalader mais quelqu'un a fini par faire sauter le cadenas. Ensuite je passe par le petit bois qui borde le centre-ville. Le bus 11 qui va à San Diego attend au dépôt devant l'hôtel de ville. En courant, je réussis à monter dedans une minute avant le départ. Finalement j'arriverai peut-être à l'heure chez Présumé Innocent. J'achète un ticket, je m'affale sur l'un des derniers sièges disponibles et je sors mon portable.

J'entends renifler à côté de moi.

– Ces choses sont pratiquement greffées à vos mains, maintenant, hein ? Mon petit-fils ne pose jamais le sien. La dernière fois que je l'ai emmené manger dehors, je lui ai dit de le laisser à la maison et on aurait cru que je menaçais de le frapper.

En tournant la tête, je découvre deux yeux larmoyants derrière des lunettes à double foyer. Forcément. Ça ne rate jamais : dès qu'il y a une vieille dame dans le coin, c'est pour moi. Maeve appelle ça le syndrome du Gentil Jeune Homme. « C'est comme ça, c'est à cause de ta tête. Elles voient tout de suite que tu ne les enverras pas balader. »

Moi, j'appelle ça la Malédiction de Knox Myers : irrésistible pour les octogénaires, invisible pour les filles de mon âge. Pendant le match d'ouverture de saison au Café Contigo, Phoebe Lawton m'a pratiquement marché dessus pour rejoindre Brandon Weber quand il est arrivé en sautillant.

Je devrais continuer à scroller comme si je ne l'avais pas entendue, ce que ferait Brandon. « Ce que ferait Brandon » est un mantra horrible, vu que ce mec n'est qu'un trou noir suceur d'âmes qui traverse la vie comme sur des roulettes grâce à sa chevelure, ses traits réguliers et sa capacité à lancer une balle sur une trajectoire de spirale parfaite. Le fait est qu'il obtient toujours ce qu'il veut. Et je parie qu'il ne se laisse jamais embarquer dans des conversations gériatriques quand il prend le bus.

Alors, ouais, une surdité sélective pendant le prochain quart d'heure m'irait très bien. Mais à la place, je m'entends répondre :

– Il y a un mot pour ça : la nomophobie. C'est la peur de se retrouver sans son téléphone.

– C'est vrai ? s'étonne la mamie.

Et voilà, j'ai ouvert les vannes. Le temps qu'on arrive en ville, je sais tout sur ses six petits-enfants et sa prothèse de hanche. Je dois attendre d'être descendu du bus à une rue du bureau d'Eli pour reprendre ce que je faisais : regarder sur mon portable si j'ai un nouveau message de l'inconnu qui nous a envoyé les règles d'Action ou Vérité hier.

Le mieux serait de faire comme si de rien n'était. C'est ce que tout le lycée devrait faire. Mais non. Ce qui s'est passé avec Simon a gravé dans notre ADN une fascination morbide pour ce genre de trucs. Hier soir, alors qu'on était censés courir pour s'échauffer pour le match de printemps, on a passé la moitié de notre temps à essayer de deviner qui pouvait bien être le texteur mystère.

De toute façon, je suis sûr que c'est juste une blague débile. Il est 16 heures quand je franchis la porte de l'immeuble – bien après la fin de la deadline de vingt-quatre heures accordée aux « joueurs » – et le nouvel émule de Simon ne s'est plus manifesté.

Je longe le café qui occupe le rez-de-chaussée et je prends l'ascenseur pour monter au deuxième étage. Les bureaux de Présumé Innocent se trouvent au bout d'un couloir étroit, à côté d'une clinique capillaire qui emplit tout l'étage d'une atroce odeur chimique. Un type chauve en sort avec le front piqueté de touffes de cheveux éparses. Il baisse les yeux lorsqu'il me croise, comme si je venais de le surprendre en train d'acheter un magazine porno.

En ouvrant la porte, je suis assailli par le bourdonnement caractéristique d'une foule de gens qui parlent tous en même temps dans un espace trop petit.

– Combien de mises en accusation ?

– Douze à ce qu'on sait, mais il y en a forcément plus.

– Quelqu'un a rappelé Channel Seven ?

– Il y a quatre mois. Il a été relâché et réincarcéré aussitôt.

– Knox !

Sandeep Ghai, un diplômé en droit de Harvard qui travaille pour Eli depuis la rentrée, me fonce dessus, masqué jusqu'au nez par les dossiers rouges qu'il a dans les bras.

– Pile l'homme que je cherchais. J'ai besoin que tu me prépares quarante dossiers d'embauche et que tu les fasses partir. Le modèle est sur le haut de la pile avec toutes les adresses. Tu crois que ça peut être prêt pour la levée de dix-sept heures ?

– Quarante ?

Je hausse les sourcils en prenant le tout. L'association ne se contente pas de défendre les gens qu'elle pense condamnés à tort. Elle les aide aussi à trouver du boulot après leur sortie de prison. Alors j'envoie régulièrement des dossiers bourrés de CV avec un courrier type soulignant « les avantages d'embaucher des prévenus innocentés », comme dit Eli. On peut s'estimer heureux quand une entreprise nous répond.

– Pourquoi il y en a autant ?

– À cause de la publicité sur l'affaire D'Agostino.

Bien avancé. Devant mon air perplexe, Sandeep ajoute :

– Les boîtes ont tendance à se découvrir une responsabilité sociale quand ça leur donne l'occasion de faire parler d'elles gratuitement.

J'aurais pu deviner. Eli est partout dans les médias depuis qu'il a prouvé qu'un sergent de police de San Diego, Carl D'Agostino, et deux de ses subordonnés avaient piégé une bande de gars en les accusant de trafic de stups et les faisaient chanter. Présumé Innocent essaie de faire annuler les charges bidon et les flics attendent leur jugement en prison.

La dernière fois qu'Eli a bénéficié d'un tel battage médiatique, c'était pour l'affaire Simon Kelleher. Il est devenu une star en faisant libérer Nate Macauley. La boîte de mon père a embauché Nate quinze jours plus tard. Il y est toujours et l'entreprise prend même en charge le coût de ses études.

Après le départ de Bronwyn Rojas pour Yale, Présumé Innocent cherchait un nouveau stagiaire et j'ai cru que Maeve allait remplacer sa sœur. Elle s'entend très bien avec Eli, et elle a participé activement à la découverte de la machination de Simon. Personne n'aurait eu l'idée de le considérer autrement que comme une victime si elle n'avait pas dévoilé son vrai visage.

Mais Maeve ne voulait pas du job.

« C'était le truc de Bronwyn, pas le mien », a-t-elle décrété.

Alors j'ai postulé. Un peu parce que ça m'intéressait, un peu parce que je ne croulais pas sous les offres de stage. Mon père, qui dit à qui veut l'entendre que Nate Macauley est « un sacré môme », n'a jamais pris la peine de me demander si j'avais envie de travailler chez Myers Construction.

Pour être honnête, je ne suis pas le roi du marteau. J'ai déjà atterri aux urgences après m'être éclaté le pouce en voulant accrocher un cadre. Mais il aurait quand même pu me proposer quelque chose.

– Dix-sept heures, me répète Sandeep en me visant avec l'index et le majeur joints tout en repartant vers son bureau. Je compte sur toi, hein ?

– Ça marche.

Alors que je cherche un endroit où me poser, mon regard tombe sur Eli, le seul à avoir un bureau rien qu'à lui. Sa table croule tellement sous les dossiers que sa tignasse de chercheur fou disparaît derrière quand il se voûte pour parler au téléphone. Par je ne sais quel miracle, le bureau derrière lui est libre.

Je m'approche en espérant que c'est peut-être enfin l'occasion de lui parler. Eli me fascine. Il est incroyablement bon dans son boulot, et en plus il a un aplomb de dingue, je ne sais pas, une sorte de magnétisme, alors que personne ne le remarquerait en le croisant dans la rue. Maintenant que je travaille avec lui depuis plusieurs mois, ça ne m'étonne plus du tout qu'il ait une fiancée à tomber, ni qu'il arrive à faire cracher toutes sortes d'infos à des gens impliqués dans des affaires criminelles même quand ils feraient mieux de se taire. Je veux qu'il m'apprenne.

Et, cerise sur le gâteau, qu'il se souvienne de mon nom.

Mais je n'ai même pas le temps de traverser la moitié de la pièce que j'entends Sandeep brailler :

– Eli ! On a besoin de toi à Winterfell !

Eli fait rouler son fauteuil en arrière et lève le nez pardessus ses piles.

– Où ça ?

– À Winterfell, répète patiemment Sandeep.

Comme Eli n'a pas l'air de percuter, je m'éclaircis la gorge pour préciser :

– C'est la petite salle de réunion. Tu te souviens ? Sandeep leur a donné des noms pour qu'on les différencie. L'autre, c'est, euh, Port-Réal.

Grand fan de *Game of Thrones* – comme moi –, Sandeep s'en est inspiré pour baptiser les salles. Mais comme Eli n'y connaît rien, il est complètement paumé.

– Ah, d'accord. Merci, me dit-il distraitement. Tu ne pourrais pas me dire simplement « la petite salle de réunion », Sandeep ?

– On t'attend à Winterfell, insiste ce dernier avec une soupçon d'impatience.

Eli se lève en soupirant et me gratifie d'un sourire en coin en passant. On avance.

J'étale mes papiers sur le bureau libre, je pose mon portable et je me mets à constituer les dossiers. J'ai à peine eu le temps de commencer que mon téléphone me signale l'arrivée d'un chapelet de messages, de mes sœurs, bien sûr. J'en ai quatre, toutes plus âgées que moi : Kiersten, Katie, Kelsey et Kara. Chez nous, c'est comme chez les Kardashian, mais sans le fric.

Mes sœurs lancent des discussions de groupe sur tout et n'importe quoi : les anniversaires, les séries télé, les petits amis ou petites amies du moment, les ex. Et sur moi, régulièrement. C'est un cauchemar quand elles se mettent à s'exciter toutes en même temps sur ma vie amoureuse ou mon avenir : « Knox, qu'est-ce qu'elle est devenue, Maeve ? Elle était géniale ! », « Knox, t'invites qui au bal de promo ? » « Knox, t'as réfléchi pour la fac ? L'an prochain, c'est demain ! »

Mais le sujet du jour porte sur les fiançailles surprises de Katie le jour de la Saint-Valentin. Et comme c'est la première de la fratrie Myers à se marier, il y a *beaucoup* de choses à dire.

Elles finissent par se calmer et j'en suis à la moitié de mes dossiers quand je reçois un nouveau message. Je jette machinalement un coup d'œil – je parie pour Kiersten parce qu'il faut toujours qu'elle ait le dernier mot –, mais c'est un numéro privé.

C'est mal. Pas de réponse de notre joueuse numéro un. Perdu.

Tu me déçois, Phoebe Lawton. Ce n'est pas drôle.

Maintenant, je vais devoir révéler l'un de tes secrets en vrai mode Askip.

Merde. On dirait que ça recommence. Enfin, ça ne devrait pas aller bien loin. La vie de Phoebe est tellement un livre ouvert que Simon ne s'est jamais embêté à parler d'elle. Elle sort avec plein de mecs, mais elle ne les trompe pas et ne les mène pas en bateau. Elle fait partie des filles qui naviguent facilement d'un groupe à l'autre, comme si les barrières invisibles qui nous séparent ne s'appliquaient pas à elle. Je suis à peu près sûr que personne n'a rien à dire sur Phoebe que tout le monde ne sache déjà.

Des points de suspension s'attardent sur l'écran, ce qui signifie qu'il est en train d'écrire. Le messager anonyme fait monter le suspense, et j'ai beau savoir que je ne devrais pas tomber dans le panneau, mon rythme cardiaque s'accélère. Soudain je me déteste, et je suis sur le point de retourner mon portable quand la suite s'affiche enfin.

`Phoebe a couché avec le mec de sa sœur.`

Hein ? Pardon ?

Je regarde autour de moi comme si je m'attendais à ce que tout le monde réagisse dans le bureau. Des fois, j'oublie que je suis le seul lycéen à bosser chez Présumé Innocent. Tout le monde m'ignore, bien sûr. Ils ont autre chose à faire, avec tous les trucs importants qu'il y a à gérer ici. Je reporte mon attention sur l'écran, qui s'est assombri, et j'appuie sur la touche d'accueil pour le réactiver.

`Phoebe a couché avec le mec de sa sœur.`

Impossible. Il faudrait déjà qu'Emma Lawton ait un mec. C'est l'une des filles les plus discrètes et les plus réservées de terminale. À ma connaissance, la seule relation intime qu'elle ait, c'est avec ses devoirs. Ensuite, Phoebe ne ferait jamais ça à sa sœur. Quand même. Enfin, je ne la connais pas super bien, mais il y a des choses qui ne se font pas. Mes sœurs s'entre-tueraient pour un truc pareil.

Puis les messages reprennent en chaîne.

Alors, Bayview ? Vous n'étiez pas au courant ?

Honte à vous. On se relâche sur les ragots.

Un petit conseil pour la prochaine fois :

prenez toujours Action.

CHAPITRE QUATRE

Maeve
Jeudi 20 février

Je devrais connaître le protocole à suivre pour prendre des nouvelles de quelqu'un qui vient de voir son secret le plus honteux fuiter dans tout le lycée. Mais je suis un peu rouillée. Ça fait un moment.

Hier, je faisais mes devoirs au Café Contigo quand le message est tombé. Dès que j'ai vu Phoebe regarder son portable, j'ai su que c'était vrai. Elle avait exactement la même tête que Bronwyn quand le pseudo-Askip de Jake Riordan, après la mort de Simon, a révélé qu'elle avait triché en chimie. Une expression d'horreur, mais aussi de culpabilité.

Emma a déboulé dans le café peu après, tremblante et écarlate au point que j'ai failli ne pas la reconnaître.

« C'est vrai ? a-t-elle lancé à sa sœur. C'est pour ça que tu es aussi bizarre en ce moment ? »

Elle brandissait son téléphone en s'étranglant presque. Phoebe était en train d'enlever son tablier derrière la caisse à côté du père de Luis. Je pense qu'elle allait faire la fille qui ne se sent pas bien et filer sans demander son reste. Emma a continué à avancer jusqu'à quelques centimètres d'elle, et j'ai bien cru qu'elle allait la gifler.

« C'était *pendant* qu'on était ensemble ? »

« Après », a répondu Phoebe, si vite et si vivement que j'ai su que c'était vrai, ça aussi.

Puis M. Santos a passé un bras autour des épaules des deux sœurs pour les pousser vers la cuisine et je ne les ai pas revues de la soirée.

J'ai cru qu'il avait été assez rapide pour que l'incident passe inaperçu, jusqu'à ce que deux gars de l'équipe de baseball de seconde s'approchent du comptoir.

« Un plat à emporter au nom de Reynolds », a dit l'un des deux au serveur, qui se retrouvait soudain tout seul pour couvrir la salle et la caisse.

L'autre gars n'a pas levé le nez une minute de son portable. Le temps que je rentre chez moi et que j'appelle Knox, il était déjà au courant.

« Il faut croire que le nouveau corbeau de Bayview connaît bien la fange dont il parle », a-t-il commenté.

J'ai passé la soirée à me demander si je devais envoyer un message à Phoebe, du genre : « Ça va ? » On n'est pas proches, même si je l'aime bien. On est en bons termes, mais c'est surtout parce que je suis toujours fourrée au café où elle travaille et qu'elle est du genre extraverti qui discute facilement avec tout le monde. Elle m'a passé son numéro une fois, « comme ça, tu l'auras », mais je ne m'en suis jamais servi et ça aurait fait un peu bizarre de commencer comme ça. J'ai eu peur qu'elle mette ça sur le compte de la curiosité et pas de l'inquiétude. Me voilà au lendemain matin, et je ne sais toujours pas ce que j'aurais dû faire.

Ma mère est assise à la table de la cuisine, le nez dans son portable, les sourcils froncés. Avec Bronwyn, on prenait toujours notre petit-déjeuner sur le bar. Maintenant, rien que l'idée de m'asseoir à côté de son tabouret vide me coupe l'appétit. Ma mère ne l'avouerait jamais, parce qu'elle a toujours rêvé que ma sœur aille à Yale, mais je pense qu'elle lui manque autant qu'à moi.

Elle lève les yeux et m'adresse un grand sourire.

– Devine ce que je viens de faire ? me demande-t-elle, avant de plisser les yeux en me voyant sortir une boîte de Froot Loops du placard. Tiens, je ne me souviens pas d'avoir acheté ça.

– Ce n'est pas toi.

Je m'assois à côté d'elle et je remplis mon bol à ras bord de petits anneaux de céréales multicolores.

Ma mère jette un coup d'œil assassin à mon père qui arrive à ce moment-là en resserrant sa cravate.

– Franchement, Javier, on n'avait pas décidé de manger sain au petit-déjeuner ?

L'air coupable de mon père ne dure pas plus d'une seconde.

– Ce sont des céréales enrichies en vitamines et en sels minéraux. C'est même écrit sur la boîte.

Il pique quelques anneaux dans mon bol avant que j'y verse du lait et les fait sauter dans sa bouche.

– Tu es pire que ta fille, grogne ma mère en levant les yeux au ciel. Ne venez pas pleurer quand vous aurez des caries.

Mon père avale ses céréales et dépose un baiser sur sa joue, puis sur ma tête.

– Je promets de supporter toutes mes dents en moins avec le stoïcisme qui s'impose.

Comme mon père avait dix ans quand il est arrivé de Colombie, il n'a pas d'accent, ou pas vraiment, mais il parle avec un rythme particulier, à la fois musical et un peu formel. C'est l'une des choses qui me touchent le plus chez lui. Ça et notre passion commune pour le sucre, que ma mère et Bronwyn ne partagent pas du tout.

– Ne m'attendez pas pour le dîner, OK ? nous dit-il. J'ai une réunion ce soir, ça va forcément s'éterniser.

– D'accord, l'accro au boulot, lui répond ma mère d'un ton affectueux.

Il prend ses clés au crochet dans l'entrée et s'en va.

J'avale une bouchée géante de Froot Loops détrempés en agitant la main en direction de l'ordinateur de ma mère.

– Alors, t'as fait quoi ?

Ma mère cligne des paupières pour enregistrer le changement de sujet avant de me répondre avec un sourire radieux :

– Tu vas adorer ! Des billets pour aller voir *Into the Woods* la semaine prochaine, quand Bronwyn sera là. Ils jouent la pièce au Civic. Comme ça, on pourra comparer le club de théâtre du lycée avec les acteurs professionnels. C'est bien ça qu'ils répètent cette année, non ?

Je mâche une nouvelle bouchée de céréales avant de répondre, histoire de rassembler le niveau d'enthousiasme requis.

– Wouah, super ! On va s'éclater !

Oups. J'en ai trop fait, là. Ma mère fronce les sourcils.

– Ça ne te tente pas ?

Je m'enferre :

– Si si, à fond.

Je ne l'ai toujours pas convaincue.

– C'est quoi, le problème ? Je croyais que tu adorais les comédies musicales !

– Mais oui ! Je me demande juste si Bronwyn ne l'a pas déjà vue.

– Ah bon ? Quand ?

Je traque mes derniers Froot Loops avec ma cuillère, puis je prends tout mon temps pour les avaler.

– À Noël, je crois… Euh, avec Nate.

Ouh, trop nul, le mensonge. Nate ne se laisserait jamais traîner vivant à une comédie musicale.

Ma mère est de plus en plus perplexe. Elle n'a rien à reprocher à Nate, mais elle a du mal à cacher que, pour elle, Bronwyn et lui « ne viennent pas du même monde ». Et elle revient régulièrement sur le fait que Bronwyn est trop jeune pour s'engager dans une relation. Quand je lui rappelle qu'elle a connu mon père à la fac, elle me répond qu'ils étaient en troisième année, comme si ça faisait dix ans de différence.

– Bon, je l'appelle pour lui demander, dit-elle en prenant son portable. J'ai une demi-heure pour annuler.

Je me frappe le front.

– Tu sais quoi ? Laisse tomber, ce n'était pas *Into the Woods*. C'était *Fast and Furious* numéro douze, ou je ne sais quoi. Enfin tu vois le genre.

Ma mère passe très vite de déroutée à exaspérée en me voyant aspirer bruyamment le fond de mon bol.

– Arrête, Maeve, tu n'as plus six ans.

Puis elle ramène son attention sur son ordinateur.

– Ah, c'est pas vrai. J'ai consulté ma boîte mail il y a *dix secondes* ! Comment il peut déjà y avoir autant de nouveaux messages ?

J'attrape une serviette en papier parce que mon nez s'est mis à couler, et je l'essuie en me disant distraitement qu'il est un peu tôt pour les allergies. Mais quand je baisse la main…

Merde.

Je me lève sans dire un mot en serrant la serviette dans mon poing et je file dans la salle de bains. Je sens le liquide qui s'accumule sous mon nez, et avant même de me regarder dans le miroir, je sais déjà ce que je vais voir. Un teint pâle, des lèvres tirées, des yeux un peu écarquillés… et un petit filet de sang rouge vif qui coule de chaque narine.

Le sentiment de terreur est si subit et si violent que ça me fait l'effet d'un coup de taser : passé le premier moment de choc, je ne suis plus qu'une masse secouée de tremblements et de mouvements convulsifs, au point que j'ai du mal à tenir la serviette sur mon nez. Le rouge s'étale sur son joyeux petit imprimé. Mon cœur me martèle la poitrine, ses battements paniqués résonnent à mes oreilles. Dans le miroir, mes paupières papillonnent en rythme avec les deux mots qui se répètent en boucle dans ma tête.

C'est revenu. C'est revenu. C'est revenu.

Toutes les récidives de ma leucémie se sont signalées par un saignement de nez.

Je me vois revenir à la cuisine et montrer la serviette ensanglantée à ma mère, et tout l'air déserte mes poumons. Je ne veux pas que son visage refasse ce *truc* qui la fait vieillir de vingt ans en vingt secondes. Elle appellerait mon père, et toute sa gaieté se serait envolée quand il rentrerait à la maison. Il aurait cette expression que je déteste plus que tout au monde, parce que je sais quelle prière intérieure se cache dessous. J'avais huit ans et je venais de frôler la mort quand je l'ai entendu la dire tout bas en espagnol, assis la tête baissée à côté de mon lit d'hôpital. « *Por favor, Dios, llévame a mí en su lugar. Yo por ella. Por favor.* » J'avais beau être à peine consciente, j'ai pensé : « Non, Dieu, ne l'écoute pas », parce que je rejette toute prière dans laquelle mon père demande de mourir à ma place.

Si je montre cette serviette à ma mère, on va devoir reprendre le grand manège sans fin des examens. Ils commenceront par le moins invasif et le moins douloureux, mais au final il faudra les faire tous. Puis on s'assoira en face du Dr Gutierrez et on fixera son long visage inquiet en l'écoutant peser le pour et le contre de différents traitements aussi horribles les uns que les autres, et nous rappeler que « chaque fois que ça revient, c'est plus difficile à traiter et il faut s'adapter en conséquence ». À la fin, on choisira un nouveau poison et je serai repartie pour des mois à ne faire que perdre : perdre du poids, des cheveux, de l'énergie. Perdre espoir.

La dernière fois, j'avais treize ans et je me suis juré que je ne recommencerais pas.

Je ne saigne plus. J'examine la serviette avec tout le détachement clinique dont je suis capable. Il n'y a pas tant de sang que ça, en fait. C'est peut-être une histoire de sécheresse liée au chauffage. Un saignement de nez, ça peut être juste un saignement de nez, pas de quoi faire paniquer tout le monde. Mon rythme cardiaque se calme. Je ferme la bouche, je respire lentement par le nez et je n'entends rien d'autre que le bruit de l'air dans mes narines. Je jette la serviette dans les toilettes et je me dépêche de tirer la chasse pour ne pas voir les filets de sang se diluer dans l'eau. Puis je prends un Kleenex dans la boîte posée au-dessus des toilettes, je l'humidifie et j'essuie les dernières traces de rouge sur mon visage.

– Tout va bien, dis-je à mon reflet en agrippant les bords du lavabo. Tout va bien.

* * *

Le nouveau corbeau du lycée de Bayview a envoyé deux messages ce matin : le premier pour signaler que c'est bientôt le tour du prochain, et le second contenant un lien vers le premier post, celui qui donnait les règles. À l'heure du déjeuner, tout le monde garde les yeux rivés sur le nouvel Askip tout en mangeant mécaniquement. Je ne peux pas m'empêcher de me dire que Simon aurait adoré ça.

Et pour être honnête, cette distraction m'arrange dans l'immédiat.

– Franchement, ce qui m'étonne le plus, c'est qu'Emma ait ou ait eu un petit ami, déclare Knox en glissant un coup d'œil vers la table où Phoebe mange avec Jules Crandall, sa meilleure amie, et un groupe de filles de première.

Aucun signe d'Emma, mais ça, ce n'est pas nouveau. Je parie qu'elle déjeune dehors avec la seule amie que je lui ai jamais vue, une certaine Gillian aussi discrète qu'elle.

– Tu crois que c'est quelqu'un du lycée ?

Piochant une frite dans l'assiette qu'on partage, je la noie dans le ketchup avant de l'enfourner.

– En tout cas, je ne l'ai jamais vue avec un mec.

Lucy Chen, qui était en grande conversation à côté de nous, se retourne brusquement.

– Vous parlez de Phoebe et d'Emma ? nous demande-t-elle en nous fixant avec un regard lourd de désapprobation.

Lucy est le genre de fille qui passe son temps à reprocher leurs actes aux autres tout en essayant de s'incruster. Une vraie drama queen, et pas seulement parce qu'elle donne la réplique à Knox dans *Into the Woods*.

– Personne ne devrait s'intéresser à ce jeu débile.

Son petit ami, Chase Russo, la regarde en battant des paupières.

– Ça fait dix minutes que t'en parles, lui signale-t-il.

– Oui, pour dire à quel point c'est dangereux, précise-t-elle d'un ton moralisateur. On est une population à haut risque, ici, pour ces trucs-là.

Je me retiens de soupirer. Voilà ce qui se passe quand on n'est pas doué pour se faire des amis : on finit par en avoir qu'on n'aime pas particulièrement. La plupart du temps, je me satisfais de l'atmosphère détendue qui règne au club de théâtre parce que ça me fait de la compagnie quand Knox n'est pas là. Parfois, je me demande à quoi ressemblerait la vie au lycée et à la maison si je faisais plus d'efforts. Si j'essayais de temps en temps de choisir quelqu'un, au lieu de me laisser approcher passivement par ceux qui veulent bien de moi.

Mon regard dérive vers Phoebe, qui mâche les yeux dans le vide. Ça doit être rude pour elle, mais elle est là, et elle fait face. Elle me rappelle Bronwyn. Comme d'habitude, Phoebe porte une robe de couleur vive, ses boucles auburn tombent en cascade sur ses épaules et son maquillage est parfait. Elle n'a pas cherché à se fondre dans le décor. Finalement, je regrette de ne pas lui avoir envoyé de message hier soir.

– En plus, je pense qu'on sait tous qui se cache derrière ce site, reprend Lucy.

Elle désigne d'un mouvement de la tête une table à l'écart où Matthias Schroeder mange tout seul, le visage presque entièrement masqué par un gros livre.

– Il aurait dû se faire virer après Simon a dit. La politique zéro tolérance de Gupta est arrivée trop tard.

– Sérieux ? Tu crois que c'est Matthias ? Simon a dit était super mou.

Je ne peux pas me résoudre à détester Matthias, même si mon nom revient partout dans le blog qu'il a tenu brièvement à la rentrée en copiant celui de Simon. Il est arrivé à Bayview en troisième, au moment où j'ai repris les cours de manière à peu près régulière, et il ne s'est jamais vraiment intégré. Je l'ai vu tourner autour de groupes qui se foutaient de lui ou qui l'ignoraient, et il ne m'a pas échappé que j'aurais pu être à sa place si je n'avais pas eu Bronwyn.

– Ce mec sait que dalle, dit Chase d'un air amusé. « Maeve Rojas et Knox Myers ont rompu ! » ajoute-t-il dans un murmure théâtral. On est tous au courant, et on s'en fout ! Jamais vu une rupture aussi prévisible et inintéressante. Trouve autre chose, mec.

– N'empêche que je ne lui fais pas confiance, fait Lucy d'un ton dédaigneux. C'est le genre solitaire et aigri. Comme Simon.

– Simon n'était pas…

Mais une voix tonitruante m'interrompt en lançant derrière nous :

– Alors, Phoebe, ça roule ?

Tout le monde se retourne et Knox lâche un borborygme dégoûté en voyant Sean Murdock penché en arrière sur sa chaise, son torse épais tourné vers Phoebe. Sean est le copain le plus débile de Brandon Weber, ce qui n'est pas peu dire. En troisième, il m'appelait la Morte-vivante, et je suis sûre qu'il ne connaît toujours pas mon nom.

Phoebe ne réagit pas, et Sean recule bruyamment sa chaise.

– Je savais pas que vous étiez si proches, Emma et toi ! s'exclame-t-il par-dessus le brouhaha des conversations. Si tu cherches un autre mec à partager, je suis là.

Ses potes ricanent et Sean reprend un cran plus haut :

– Soit chacune votre tour, soit en équipe, c'est vous qui voyez.

Monica Hill, une fille de première qui traîne toujours avec Sean et Brandon, lui frappe le bras d'un air outré, mais son geste semble plus destiné à l'exciter qu'à le faire taire. Quant à Brandon, c'est celui qui rit le plus fort.

– Dans tes rêves, mec, dit-il à Sean sans même accorder un regard à Phoebe.

– C'est pas parce que tu te la fais que tu dois tout garder pour toi. Chez les Lawton, il y en a pour tout le monde. Pas vrai, Phoebe ? Deux pour le prix d'une. Quand on aime on ne compte pas. Hé, t'as vu ça, Bran ? ajoute-t-il en gloussant. Je suis un vrai poète !

La salle est bien calme tout à coup, le genre de silence qui tombe quand tout le monde se concentre sur la même chose. Phoebe regarde par terre, toute pâle, les lèvres serrées. Alors que j'ai commencé à me lever pour intervenir sans savoir moi-même ce que je vais faire ou dire, elle relève la tête et regarde Sean bien en face.

– Merci, mais non, répond-elle d'une voix posée et parfaitement audible. Pas besoin de ça pour te voir te rétamer. Je n'ai qu'à aller te regarder jouer au baseball.

Et elle croque d'un air décidé dans la pomme vert vif qu'elle tient dans la main.

La salle se remplit aussitôt de huées et d'acclamations.

– Wouah, ça casse, commente Chase à côté de moi.

Sean est devenu écarlate, mais avant qu'il ait pu riposter, un gars de la cantine sort de la cuisine. C'est Robert. Il est taillé comme une armoire à glace et c'est le seul à parler plus fort que Sean. Il met les mains en porte-voix pour lancer :

– On se calme, là-dedans, ou il faut que j'aille chercher un enseignant ?

Le volume diminue de moitié, ce qui permet à tout le monde d'entendre distinctement la remarque de Sean tandis qu'il se retourne vers ses potes :

– Tu parles vraiment comme une pute, Phoebe Lawton.

– Chez la proviseure, Murdock, réplique Robert.

– Quoi ? proteste Sean en écartant les mains dans une démonstration d'innocence. Hé, c'est elle qui m'a cherché. Elle m'a insulté, en plus. C'est une violation de la politique anti-harcèlement du lycée.

La colère bouillonne dans mes veines. Pourquoi je continue à me taire, au juste ? Qu'est-ce que j'ai à perdre ?

– C'est toi qui l'as provoquée, connard ! Tout le monde t'a entendu.

Ma sortie fait sursauter Knox.

– Personne t'a sonné, la cancéreuse, riposte Sean par-dessus les murmures d'acquiescement qui s'élèvent.

Le mot me frappe comme un coup à l'estomac, mais je réagis par une moue de mépris, comme devant une insulte éculée.

– Va te faire foutre, Sean.

Robert avance de quelques pas en croisant ses bras couverts de tatouages. D'après la rumeur, avant, il travaillait à la cantine d'une prison, ce qui lui donne toute l'expérience requise pour ce poste. C'est même sans doute ce qui lui a valu d'être embauché. Au moins, la proviseure a tiré des leçons des événements de l'an dernier.

– Chez la proviseure, Murdock, répète Robert. Soit tu y vas de toi-même, soit je te donne un coup de main. Mais je te préviens, ça risque de ne pas te plaire.

Cette fois, je n'entends pas ce que marmonne Sean en se levant. Il passe devant la table de Phoebe en lui jetant un sale regard qu'elle lui retourne direct. Mais je vois ses traits s'affaisser dès qu'il a disparu.

– Ça sent la colle ! lance Chase d'une voix chantante. T'es mort, Murdock ! T'es mort.

J'ouvre la bouche pour ajouter quelque chose, mais je m'abstiens. Chase me regarde d'un air gêné.

– Oups, c'est de mauvais goût, peut-être ?

La cloche sonne et on commence à ramasser nos affaires. À quelques tables de la nôtre, Jules prend le plateau de

Phoebe en lui murmurant quelque chose à l'oreille. Celle-ci hoche la tête puis se dirige vers la porte. Elle ralentit au niveau de notre table pour laisser passer un groupe de filles de seconde qui la dévisagent avant de pouffer sans bruit.

Je touche le bras de Phoebe au passage.

– Ça va ?

Mais Lucy s'approche sans lui laisser le temps de répondre.

– Ce n'est pas normal que tu subisses ça, Phoebe, déclare-t-elle.

Pendant quelques secondes, elle m'est presque sympathique, jusqu'à ce qu'elle reprenne d'un ton moralisateur :

– On devrait peut-être en parler à la proviseure. Je commence à me dire que ça irait mieux dans ce lycée si personne n'avait de portable pour…

Phoebe se tourne vers elle avec des étincelles dans les yeux, et Lucy recule en faisant la fille choquée. Cela dit, Phoebe paraît réellement prête à lui sauter dessus et son ton est glacial lorsqu'elle lui réplique :

– *Essaie* pour voir.

CHAPITRE CINQ

Phoebe

Jeudi 20 février

— *Absurde*, dis-je à Owen.

Il se penche sur le tabouret du bar de la cuisine, le visage plissé par la concentration.

– Facile, dit Owen. A-B-S-U-R-B-E.

Il sourit avec espoir, s'attendant clairement à ce que je le félicite comme je l'ai fait pour les douze mots précédents.

Je bats des paupières, la carte dans la main. Le fait qu'Owen commette une erreur en révisant son concours d'orthographe fait partie des rares choses susceptibles de me distraire des événements des dernières vingt-quatre heures. Normalement, il est incollable.

– Tu t'es trompé, dis-je.

– T'es sûre ?

– C'est « absurDE », pas « absurBE ».

– Hein ? Je peux voir ?

Ce n'est pas dans mes habitudes, mais comme je culpabilise à cause d'Emma, je lui ai proposé de l'aider à faire ses devoirs en rentrant du lycée. Il a eu l'air tellement surpris et content que je me suis sentie encore plus mal. Je sais qu'il voudrait qu'on soit plus présentes, toutes les deux. Ça se voit à sa manière de nous tourner autour. D'ailleurs, sa tendance à fouiner empire quand il y a des amis à la maison. Il n'arrête pas d'entrer dans ma chambre quand Jules est là, et il va jusqu'à traîner à la bibliothèque quand Emma y donne ses cours particuliers. Du coup, on s'énerve contre lui. Alors qu'il a seulement besoin d'occuper un peu plus de place dans nos vies.

Ce ne serait pourtant pas compliqué de l'inclure.

– Bien sûr, tiens ! dis-je en lui tendant la fiche.

Mon nouvel accès de culpabilité a rendu mon ton doucereux et Owen me glisse un coup d'œil suspicieux.

On est tout seuls dans l'appartement. Ma mère est au travail et Emma… n'est pas là. Je l'ai à peine vue depuis que M. Santos nous a entraînées dans la cuisine pour nous suggérer de rentrer discuter chez nous. Elle a accepté, mais dès qu'on est sorties du café, elle a filé chez sa copine Gillian. Elle a dormi là-bas, n'a répondu à aucun de mes messages et m'a évitée toute la journée.

Quelque part, ça me soulage, mais ça ne fait que retarder l'inévitable.

Owen jette la carte sur le bar en faisant un bruit de pet avec la bouche.

– Mince, j'ai toujours cru que c'était « absurbe ». La honte.

Je me retiens de lui ébouriffer les cheveux. Ce n'est plus un bébé, même s'il se comporte encore comme tel. J'ai parfois l'impression qu'il a arrêté de grandir à la mort de papa. Il est plus brillant qu'Emma et moi. Il a pratiquement le QI d'un génie et sait réparer notre vieil ordi portable et le synchroniser avec nos téléphones d'une manière qui scotche toute la famille. Mais il est si immature sur le plan affectif que ma mère n'a jamais accepté de lui faire sauter une classe, alors qu'il a largement le niveau.

J'entends une clé tourner dans la serrure de la porte d'entrée et mon cœur bat plus vite. Il est trop tôt pour que ce soit ma mère. Emma fait son come-back.

Ma sœur entre avec son sac de cours sur une épaule et un petit sac marin sur l'autre. Elle est en jean et chemise d'homme bleu clair, les cheveux retenus par un bandeau bleu marine. Ses lèvres sont pâles et gercées. À ma vue, elle s'arrête net et laisse tomber ses sacs par terre.

– Salut, dis-je.

C'est sorti comme un couinement, avant que je perde ma voix tout à fait.

– Salut, Emma ! s'exclame Owen, tout joyeux. Tu ne vas pas croire comment je viens de me planter en épelant un mot.

Il attend qu'elle l'interroge, mais comme elle n'a rien de mieux à lui offrir qu'un sourire forcé, il ajoute :

– Tu vois le mot *absurde* ?

– Oui, lui répond Emma sans me quitter des yeux.

– Ben je croyais que c'était *absurbe* !

– Bah, ça peut arriver, dit-elle avec l'air de fournir un effort surhumain pour parler normalement. Tu réessaies ?

– Non, non, cette fois, c'est bon, dit-il en glissant de son tabouret. Je vais plutôt jouer à *Bounty Wars*.

Ni Emma ni moi n'ouvrons la bouche pendant qu'il gagne sa chambre. Mais dès qu'on entend sa porte se refermer, elle croise les bras en se tournant vers moi.

– Pourquoi ? me demande-t-elle à mi-voix.

J'ai la bouche sèche comme du parchemin. Je vide le verre de Fanta à moitié plein d'Owen avant de répondre :

– Je suis désolée.

Les traits d'Emma se crispent.

– Ce n'est pas une explication.

– Je sais. Mais je suis quand même désolée. Je n'ai jamais voulu… C'était juste… Il y a eu une fête chez Jules à Noël, et Derek…

Elle tressaille à la mention de ce prénom, mais je continue.

– Enfin, il connaît le cousin de Jules. Ils sont allés en vacances ensemble. Et ils jouent du saxophone tous les deux.

Je m'égare, et ma sœur me dévisage d'un air de plus en plus tendu.

– Bref, je suis allée à cette fête pour voir Jules, et… il était là.

– Il était là, répète Emma. C'est ça, ton explication ? Il était là ?

J'ouvre la bouche, puis je la referme. Je n'ai pas la bonne réponse. Ni pour elle ni pour moi. Ça va faire deux mois que j'essaie de comprendre.

Parce que j'avais bu. C'est vrai, mais ce n'est pas une excuse. L'alcool ne me fait jamais rien faire que je ne ferais pas l'esprit clair. Ça me donne juste un petit coup de pouce pour faire ce que je ferais de toute façon.

Parce que vous aviez rompu. Ouais, enfin, depuis trois semaines. Emma avait rencontré Derek à un stage de prépa pendant l'été et il venait de la larguer au bout de cinq mois. Je ne sais pas pourquoi. Elle ne me l'a jamais dit, pas plus qu'elle ne m'a parlé de leur relation. Mais je voyais bien, dans notre appart exigu, le temps qu'elle passait à se préparer avant chaque rencard. Ils se seraient peut-être remis ensemble si Derek et moi, on n'avait pas anéanti toute possibilité que ça arrive.

Parce qu'il me plaisait. Au secours. Ça, c'est ce que je pourrais dire de pire pour justifier ma décision à la con. Il ne me plaisait pas tant que ça, en plus.

Pour te faire du mal. Sûrement pas consciemment, mais... je me demande parfois si ça ne s'approche pas d'une vérité pas très agréable. Je n'ai pas arrêté de chercher à attirer l'attention d'Emma depuis la mort de papa, mais la plupart du temps, c'est comme si j'étais transparente. Peut-être que, d'une manière tordue, j'ai voulu la forcer à faire attention à moi. Si c'est le cas, mission accomplie.

Son regard me transperce.

– C'était le premier, lâche-t-elle. Le seul. Tu le savais ?

Non, je ne le savais pas. Elle ne l'avait jamais dit. Mais j'aurais pu m'en douter, et il est clair que ça ne fait qu'aggraver les choses. Mes remords n'en sont que plus amers.

– Je suis vraiment désolée, Emma. Je ferais n'importe quoi pour me faire pardonner. Et je te jure que je ne l'ai dit à personne, même pas à Jules. Derek a dû…

– Arrête de dire son nom !

Son cri est si perçant qu'il me réduit au silence.

– Je ne veux plus l'entendre. Je le déteste, je te déteste, et je ne veux plus jamais vous parler de toute ma vie !

Les larmes coulent sur ses joues, et j'en ai le souffle coupé. Emma ne pleure jamais. La dernière fois, c'était à l'enterrement de papa.

– Emma, s'il te plaît, on ne pourrait pas essayer de… ?

– Je suis sérieuse, Phoebe ! Fous-moi la paix !

Elle passe devant moi comme une flèche pour filer vers notre chambre et claque la porte si fort qu'elle tremble sur ses gonds. Celle d'Owen s'ouvre lentement, mais avant qu'il ait pu glisser la tête par l'entrebâillement, je prends mes clés et je me tire.

Mes yeux se remplissent de larmes et je dois cligner des paupières plusieurs fois avant de distinguer clairement la personne qui me fait signe depuis le paillasson d'en face.

– Salut ! me lance Addy Prentiss. J'allais justement passer voir si ta mère était là…

Elle s'avance, et l'inquiétude plisse son visage d'elfe.

– Ça va ?

– Très bien, dis-je en m'essuyant les yeux. Un petit problème d'allergie.

Comme elle n'a pas l'air convaincue, je m'empresse d'ajouter :

– Ma mère n'est pas encore rentrée, mais elle devrait être là dans une heure. Je peux l'appeler si tu as besoin de quelque chose.

– Non, non, il n'y a pas d'urgence. Je suis en train d'organiser l'enterrement de vie de jeune fille d'Ashton et je voulais discuter du choix du restaurant avec elle. Mais je peux lui envoyer un message.

Elle me sourit, et le nœud que j'ai dans la gorge se desserre un peu. Addy me fait du bien, parce que sa vie a volé en éclats quand le blog de Simon a exposé sa pire erreur et qu'elle a réussi à remonter la pente. Elle est même plus forte et plus heureuse qu'avant, et elle s'est rapprochée de sa sœur. Addy est la reine de la deuxième chance et j'ai bien besoin qu'on me rappelle que ça existe.

– Tu pensais à quel genre d'endroit ?

– Un truc tranquille. Le genre où ils acceptent les mineurs. L'idée est que ça ressemble à une soirée resto entre filles et pas à une orgie.

Tout à coup, j'ai envie de proposer à Addy de venir avec moi, bien que je ne sache pas où je vais. L'idée était juste de m'enfuir. Mais avant que j'aie trouvé un truc qu'on puisse faire ensemble, elle ajoute en jetant un coup d'œil vers sa porte :

– Je ferais mieux de me bouger, je dois commander les petits cadeaux pour les invités. Demoiselle d'honneur, c'est un boulot sans fin.

– Quel genre de petits cadeaux ?

– Des sachets de dragées. Super original, je sais. Mais Ash et Eli adorent ça.

– Je pourrai t'aider à les préparer, si tu veux. Je suis un peu devenue l'experte en petits cadeaux depuis que ma mère passe ses journées à en tester.

– Ce serait super ! me répond Addy avec un grand sourire. Je te préviens dès que je les ai. Bon après-midi ! Il fait un temps génial.

Et elle se retourne pour rentrer chez elle.

– OK ! dis-je en mettant mes clés dans ma poche.

Mais je sens déjà refluer le coup de boost que vient de me donner cette conversation. Dans l'ascenseur, les dernières paroles d'Emma me tournent dans la tête. *Je le déteste, je te déteste, et je ne veux plus jamais vous parler de toute ma vie !*

Les relations étaient peut-être tendues entre Addy et Ashton l'an dernier, mais je parie que ça n'a jamais atteint un niveau pareil.

Quand l'ascenseur se rouvre, je traverse l'entrée dallée de faux marbre, je pousse la lourde porte en verre et je me retrouve en plein soleil. Je n'ai pas pris mes lunettes et je dois me protéger les yeux en me dirigeant vers le parc qui se trouve en face de chez nous. Il n'est pas très grand, et il a beaucoup de succès auprès des jeunes parents hipsters de Bayview à cause des jeux pour les petits et de l'épicerie bio du coin. Je passe sous l'arche de l'entrée en esquivant deux petits garçons qui se poursuivent et je vais m'installer sur un banc à l'ombre, dans un coin relativement calme.

Je sors mon portable avec le cœur lourd. J'ai reçu des dizaines de messages aujourd'hui, mais sachant qu'aucun d'eux n'est d'Emma, je me sens incapable de les lire. Pour la centième fois de la journée, je m'en veux de ne pas avoir compris que ce type ne rigolait pas.

Ignorant les messages des gens que je ne connais pas très bien, je me concentre sur ceux de Jules :

Tu aurais pu me le dire, tu sais.

Je ne t'aurais pas jugée.

Bon, c'est pas très glorieux, mais on commet tous des erreurs.

J'ai un poids sur l'estomac. Jules a fait bouclier entre moi et les autres aujourd'hui. Elle a été géniale. Mais je sais que ça l'a blessée d'apprendre pour Derek en même temps que tout le lycée. On a l'habitude de tout se dire, mais j'avais trop honte pour lui parler de ça.

Son dernier message dit :

Monica me ramène en voiture ce soir. Tu veux rentrer avec nous ?

J'aurais dû lire celui-là avant de faire trois kilomètres à pied pour rentrer chez moi. Sauf que… Monica ? Depuis quand elles sont potes ? Je revois son air faussement scandalisé face à Sean ce midi, et quelque chose me dit que ce rapprochement a commencé à la minute où elle a repéré une bonne occasion de remuer la merde.

Le message suivant provient d'un numéro qui ne fait pas partie de mes contacts.

Salut, c'est Maeve. Je voulais juste savoir si ça allait.

Tiens, c'est la première fois que Maeve m'envoie un message. C'est sympa de sa part, et je lui suis reconnaissante d'avoir remis Sean à sa place ce midi, mais je ne sais pas trop quoi répondre. Non, ça ne va pas du tout, mais elle ne peut pas y faire grand-chose, avec ses parents parfaits, sa sœur parfaite et son ex qui est devenu son meilleur ami parce que même les gens qu'elle largue ne lui en veulent jamais.

Brandon :

Tu passes chez moi ? Mes parents ne sont pas là ;)

Je sens monter une flambée de colère.

– J'y crois pas !

En fait, si. J'ai toujours su que Brandon se souciait moins de moi que de sa première paire de chaussures de foot. C'est bien son genre de se foutre de moi à la cafétéria. Je n'aurais jamais dû sortir avec lui, point.

Contrairement à Emma, j'ai eu des tas de copains. Je n'ai pas couché avec tous, mais je l'ai fait chaque fois que ça m'a paru naturel. J'ai toujours vu le sexe comme quelque chose de naturel et de positif. Jusqu'en décembre dernier, quand je me suis glissée dans la buanderie de Jules avec Derek. Puis je suis passée directement de lui à Brandon, malgré tous les drapeaux rouges géants qui auraient dû m'alerter. Je me suis peut-être dit que je ne méritais pas mieux, après mon gros dérapage avec Derek.

Mais à la réflexion, je mérite mieux. Personne ne devrait être condamné à un avenir rempli de Brandon Webers à cause d'une simple erreur. J'efface son message et puis, tant que j'y suis, je le vire de ma liste de contacts. Ça me procure une demi-seconde de satisfaction jusqu'à ce que je tombe sur le message suivant.

Alors, on s'est bien marrés, non ? Qui est prêt pour…

C'est tout ce qui s'affiche dans l'aperçu. J'envisage de l'effacer sans lire la suite, mais ça ne changera rien. Si ce tordu parle de moi, je le saurai que je le veuille ou non. Alors je clique dessus.

Alors, on s'est bien marrés, non ? Qui est prêt pour le prochain tour ?

Viennent une cinquantaine de réponses de gens du lycée trop pressés de connaître la suite. Bande de connards. Je vais jusqu'au dernier message d'Inconnu :

Le prochain joueur sera contacté très bientôt. Tic tac.

Et soudain je me rappelle pourquoi Askip a eu tant de succès pendant si longtemps : parce que j'ai beau détester Inconnu, trouver ça horrible qu'il ait révélé mon secret et avoir carrément la gerbe à l'idée qu'un nouveau Simon Kelleher rôde autour du lycée… je ne peux pas m'empêcher d'être curieuse.

Il va se passer quoi, maintenant ?

CHAPITRE SIX

Knox
Samedi 22 février

Je vais tuer ma sœur.

– Désolé, Kiersten, t'es sur mon chemin.

D'un coup de pouce sur la manette, j'envoie bouler son avatar dans *Bounty Wars*. Un geyser de sang jaillit de son cou et il s'affale. Ma sœur bat des paupières, appuie vainement sur quelques boutons et se tourne vers moi d'un air mi-outré, mi-incrédule.

– Je rêve ou tu viens de me *trancher la gorge* ? Je croyais qu'on s'était associés !

Tandis qu'elle fixe furieusement l'écran sur lequel Dax Reaper enjambe son corps sans vie, Fritz, notre vieil épagneul, qui somnolait à ses pieds, lève mollement la tête pour émettre un grognement asthmatique.

– Qu'est-ce que tu veux, dis-je en le grattouillant entre les oreilles, tu ne m'es plus d'aucune utilité.

Dax acquiesce sur l'écran.

« Super journée pour mourir, gronde-t-il en rengainant son couteau et en bandant ses muscles. Pour les autres. »

Kiersten fait la grimace.

– Il est pourri, ce jeu. Et je meurs de faim, moi.

On est assis sur le canapé du sous-sol et elle me donne un petit coup de genou. Elle est étudiante dans une fac à une heure de chez nous et rentre rarement le week-end, mais sa petite amie est partie au Japon pour un stage de six semaines et elle avait besoin de se changer les idées.

– Allez, viens. Laisse tomber ton crétin d'alter ego gonflé aux stéroïdes, on va déjeuner.

– Oh, tu veux parler de mon sosie. La ressemblance est stupéfiante, non ?

Je pose ma manette pour faire jouer mes biceps, ce dont je me repens aussitôt. C'est quoi, le contraire de « crétin gonflé aux stéroïdes » ? « Maigrichon pathétique » ? Kiersten est la plus âgée de mes sœurs et celle qui me ressemble le plus, jusqu'aux cheveux courts en épis, mais elle est bien plus musclée que moi à force de faire de l'aviron tous les week-ends. J'évite généralement d'attirer l'attention sur ce point.

Kiersten ignore ma tentative de blague minable.

– Tu as envie de manger quoi ?

Mais elle m'arrête d'une main avant que j'aie ouvert la bouche.

– Pitié, ne prononce pas le mot « fast-food ». À mon âge, il me faut mes légumes et mon petit verre de vin.

Kiersten a trente ans. Mes quatre sœurs sont toutes nées à la queue leu leu, après quoi mes parents ont cru en avoir fini jusqu'à ce que je fasse mon apparition dix ans plus tard. Pendant des années, elles m'ont traité comme une poupée. Elles me portaient tout le temps, au point que je n'ai pas jugé utile d'apprendre à marcher avant deux ans.

– Le Wing Zone, dis-je aussitôt.

C'est une institution à Bayview, célèbre pour ses ailes de poulet super épicées et pour le poulet géant gonflable qui orne son toit. Maintenant que la ville commence à attirer les bobos, les nouveaux arrivants râlent parce que le poulet en plastique kitsch « jure avec l'esthétique de la ville ». Du coup, les patrons du Wing Zone en ont remis une couche. Le jour de la Saint-Valentin, ils lui ont ajouté une guirlande clignotante de cœurs rouges autour du cou et elle y est toujours. Ça, c'est du mauvais esprit niveau pro. J'approuve à fond.

Ma sœur fronce les sourcils tandis qu'on se dirige vers l'escalier, Fritz sur les talons.

– Le Wing Zone ? Ils servent des légumes, maintenant ?

– Ils ont des bâtons de céleri.

– Ça ne compte pas. Ça contient quatre-vingt-dix-neuf pour cent d'eau.

– Et du coleslaw.

– Cent pour cent mayonnaise.

– Hmm… Sinon, ils ont des ailes de poulet au citron.

– Retiens cette leçon de vie, Knox : les arômes artificiels ne sont pas et ne seront jamais des légumes.

Kiersten se retourne pour me regarder en ouvrant la porte du sous-sol, et je lui adresse le genre de sourire doucereux et plein d'espoir qui ne marche absolument sur personne sauf sur mes sœurs.

– Bon... OK, grogne-t-elle. Mais tu me revaudras ça.

– Ça marche.

Ce n'est pas cher payé puisqu'elle ne me demandera jamais de lui renvoyer l'ascenseur. C'est l'avantage quand tes sœurs se prennent pour ta mère.

L'escalier du sous-sol donne sur la cuisine. En haut, on tombe sur mon père, plongé dans la paperasse. Il ressemble beaucoup plus que moi à Dax Reaper. Il n'est plus obligé de mettre la main dans le cambouis sur les chantiers maintenant qu'il a créé sa boîte, mais il continue à le faire quand même, ce qui lui donne une condition physique bien supérieure à celle de tous les hommes de plus de cinquante ans que je connais. Il lève les yeux et son regard glisse sur moi – le môme sans intérêt qui vit encore à la maison – pour s'illuminer en se posant sur ma sœur.

– Je ne savais pas que tu étais là, lui dit-il.

Fritz, qui a toujours préféré mon père, le mâle alpha, à tout le reste de la famille, s'appuie contre sa jambe avec adoration.

– C'est Knox, il m'a entraîné dans l'enfer des jeux vidéo.

Mon père se rembrunit. Pour lui, les jeux vidéo sont une perte de temps. Contrairement au foot, auquel il rêverait que je joue. Mais il se contente d'agiter la feuille qu'il tient à la main en me disant :

– Il faudra que tu m'apportes ça au bureau lundi.

– Qu'est-ce que c'est ?

– Des promesses d'embauche. On va recruter deux prévenus innocentés dans l'affaire D'Agostino. J'ai reçu une brochure de Présumé Innocent l'autre jour.

Super. Sauf qu'il ne l'a pas « reçue ». C'est moi qui l'ai apportée et qui l'ai posée sur son bureau. Avec un mot. Qu'il n'a même pas remarqué, j'imagine.

– C'est génial, papa ! s'exclame Kiersten. Ça va montrer l'exemple à toutes les boîtes du coin !

Mon père et ma sœur forment une drôle de paire. Ce type de la vieille école, macho et conservateur, est plus proche de ma sœur lesbienne écorchée vive que de n'importe qui. Peut-être parce qu'ils sont tous les deux du genre athlétique, responsable et entreprenant.

– Bah, l'expérience s'est bien passée jusqu'ici, dit mon père en repoussant le dossier. Nate bosse bien. Et figure-toi qu'il a eu des A aux deux matières que je lui ai fait réviser au dernier semestre. Franchement, les gens sous-estiment son intelligence.

On ne peut pas dire que Nate soit sous-estimé chez nous, en tout cas. Mais passons.

– C'est vraiment super, tout ce que tu fais pour lui, dit Kiersten.

La chaleur qu'il y a dans sa voix me fait un peu honte. Je n'ai rien contre Nate. Mais je ne peux pas m'empêcher de penser qu'il est le fils que mon père aurait voulu avoir.

Je prends mon sweat-shirt sur la chaise où il traîne tandis que ma sœur lui propose :

– Tu viens déjeuner avec nous, papa ? On va au resto manger des ailes de poulet.

Elle réussit à ne pas trop grimacer à la fin de sa phrase.

– Non, merci. J'ai du boulot et je dois boucler notre réponse à l'appel d'offres pour le parking couvert du centre commercial. Ce chantier désaffecté est une verrue dans le paysage et un vrai danger public.

Il poursuit en se tournant vers moi d'un air soucieux :

– Un de mes gars m'a raconté que des jeunes coupent par là pour aller en ville. Ça te dit quelque chose, Knox ?

– Quoi ? Non, absolument pas !

J'ai répondu en haussant le ton avec emphase, presque en criant. C'est dingue comme mon père réussit toujours à me faire stresser. Il plisse le front de plus belle tandis que ma sœur me tire par la manche.

– Allez, on y va. À plus, papa !

Elle m'entraîne dehors et attend d'être à mi-chemin de l'allée du jardin pour ajouter à mi-voix, en déverrouillant les portes de sa Civic à distance :

– Essaie de travailler un peu ton air imperturbable, Knox. Et arrête de prendre des raccourcis en passant par des chantiers abandonnés.

C'est une belle journée ensoleillée, mais fraîche, et je rabats la capuche de mon sweat sur ma tête en m'asseyant à la place du passager.

– Je ne l'ai fait que deux fois.

– C'est pas le problème, réplique ma sœur en s'installant au volant. En tant que sœur passablement plus âgée que toi, il est de mon devoir de te rappeler à quel point c'est imprudent. Ceci est à considérer comme une mise en garde.

Elle allume le moteur et le braillement de la musique qui explose dans l'habitacle nous arrache une grimace. J'oublie toujours que Kiersten monte le son comme une malade quand elle est toute seule dans sa voiture.

– Désolée, me dit-elle en baissant le volume.

Elle jette un coup d'œil dans le rétroviseur et part en marche arrière dans l'allée.

– En fait, on n'a pratiquement pas pu se parler pendant ton jeu de chasseurs de primes flippant. Au passage, c'était super nul de me tuer. Je t'en veux encore. Mais quelles sont les nouvelles ? Ça se passe comment au boulot, et en cours, et pour la pièce ?

– Tout va bien. Globalement.

– Pourquoi seulement « globalement » ?

Je ne sais pas trop par où commencer, mais la sonnerie du portable de ma sœur me dispense de le faire. Elle répond aussitôt.

– C'est Katie, me dit-elle en me passant l'appareil. Tu peux la mettre sur haut-parleur ?

J'obéis, et elle dit en parlant plus fort :

– Katie ? Je suis en voiture avec Knox. Je t'écoute.

D'une voix un peu atténuée par le haut-parleur, ma deuxième sœur par ordre d'ancienneté se lance dans un délire sur un truc qui est rose alors qu'il devrait être pêche, ou le contraire.

– Stop, Katie, la coupe Kiersten en prenant la rue principale qui mène au centre-ville. Je ne comprends rien à ce que tu racontes. C'est de fleurs qu'on parle, là ? OK, la Godzilla du mariage, on se calme…

M'abstrayant de la discussion, je prends mon téléphone avec un frisson d'anticipation. Comme tout le lycée, je guette depuis le début du week-end un message d'Inconnu qui ne se décide pas à tomber. J'en déduis que sa nouvelle cible a choisi Action, et je ne sais plus trop à quoi m'attendre. Nous voilà en territoire inconnu. Simon ne s'était jamais encombré de ce genre de petit jeu.

Je culpabilise un peu de me sentir… disons, intrigué ? Je ne devrais pas, c'est sûr, après ce qui s'est passé pour Phoebe. Sans parler du bazar de l'an dernier qui a duré des mois. Mais tout ça a un petit côté jeu vidéo qui me tient curieusement en haleine. Je pourrais parfaitement bloquer les messages d'Inconnu une fois pour toutes, mais non. Comment nous a appelés Lucy Chen l'autre jour au déjeuner ? Ah oui, une « population à haut risque ». Des gens conditionnées à réagir docilement à des stimulations, comme des rats de laboratoire.

Ou des lemmings. Ça, c'était l'expression de Simon.

À ce moment-là, je reçois un message de Maeve.

On se retrouve à plusieurs vendredi quand Bronwyn sera là. Tu viendras ?

Peut-être. Elle sera en vacances ?

Non, elle rentre juste pour le week-end, c'est l'enterrement de vie de jeune fille d'Ashton. Et on va voir Into the Woods.

Maeve conclut par un émoji dégoûté et je lui en renvoie trois. Cette pièce me sort déjà par les yeux alors qu'on est à des semaines de la représentation. Mes talents de chanteur sont très limités, ce qui ne m'a pas empêché de récupérer le rôle principal parce que je suis l'un des rares mecs du club de théâtre. Non seulement j'ai mal à la gorge en permanence à cause de l'effort, mais les répétitions ne collent pas avec mon emploi du temps à Présumé Innocent.

C'est bizarre, et plutôt inconfortable, de se rendre compte qu'un truc qui a compté plus que tout dans sa vie a perdu tout intérêt. Encore plus quand on ne sait pas par quoi le remplacer. Ce n'est pas comme si je déchirais en cours ou au boulot. Ma meilleure contribution jusqu'ici chez Présumé Innocent, c'est d'avoir soutenu Sandeep pour le choix des noms des salles de réunion. Mais au moins, ça me plaît de travailler là-bas. J'irais même plus souvent si je pouvais.

Le temps que Katie se décide à raccrocher, on est arrivés. Ma sœur me glisse un coup d'œil confus en se garant en face du Wing Zone.

– Désolée qu'on ait été interrompus par une, ouvrez les guillemets, « urgence florale », si ça existe. À qui tu as envoyé un message pendant que je te laissais à ton triste sort ?

– À Maeve.

Comme je n'ai presque plus de batterie, j'éteins mon portable.

Kiersten se gare et arrête le moteur.

– Ah ouais, Maeve, fait-elle avec un soupir nostalgique. La fille qui m'a laissée en plan. J'étais à fond pour votre couple. Je t'ai déjà dit que je vous avais même trouvé un surnom et tout ? Knaeve.

J'ouvre ma portière avec un grand soupir.

– À ce propos, ça a l'air d'aller, toi, continue Kiersten. Je me trompe ? Tu as envie d'en parler ?

Elle passe son temps à me proposer ça, et moi à décliner.

– Mais oui, très bien. Ça fait un moment qu'on a rompu.

On sort de la voiture et on se dirige vers la sortie du parking.

– Je sais, je sais. Mais je ne comprends pas *pourquoi*. Vous alliez super bien ensemble !

Il y a des moments comme ça où, aussi géniales que soient mes sœurs, je regrette de ne pas avoir de grand frère. Ou un ami branché filles. Non, Maeve et moi, on n'allait pas super bien ensemble, mais je ne me vois pas aborder la question avec Kiersten. Ni avec personne d'autre.

– On s'entend mieux comme amis, dis-je simplement.

– En tout cas, je trouve ça cool que… Hé !

Elle a pilé si brusquement que je lui suis rentré dedans.

– C'est quoi, tout ce monde ? C'est toujours aussi blindé le samedi ?

On arrive en vue du restaurant et elle a raison, il y a foule sur le trottoir.

– Normalement non, dis-je.

Un gars se retourne en entendant ma voix. Je ne l'identifie pas tout de suite parce que je ne l'ai jamais vu en dehors du lycée. Mais, même hors contexte, Matthias Schroeder n'est pas difficile à reconnaître. On dirait un épouvantail : grand et maigre, flottant dans ses vêtements baggy, avec des cheveux blonds qui ressemblent à de la paille et des yeux très sombres. Je me surprends à le fixer avec un peu trop d'attention en me demandant s'il porte des lentilles.

– Salut, Knox, me dit-il. C'est le poulet.

– Hein ?

Il parle en langage codé, maintenant ? Je suis censé répondre quoi ? « Le grand-duc vole de nuit » ? Kiersten semble attendre quelque chose, comme si j'étais censé faire les présentations, mais je ne sais pas quoi dire. « Je te présente Matthias. Il s'est fait virer huit jours du lycée pour avoir imité le blog de Simon Kelleher. On ne s'est jamais adressé la parole. Chelou, non ? »

Matthias lève un long index pâle vers le ciel. Je suis son regard jusqu'au toit du Wing Zone, et je n'en reviens pas de ne pas l'avoir remarqué plus tôt : le collier de petits cœurs rouges du poulet a disparu… ainsi que sa tête. Plus exactement, quelqu'un a collé sur son cou la tête de chat sauvage qui est la mascotte de la ville. Ça donne une sorte de chat-poulet géant assez flippant, dont je n'arrive pas à détacher les yeux. Je lâche un gloussement, avant de ravaler un éclat de rire devant l'air exaspéré de Kiersten.

– Non mais je rêve, marmonne-t-elle. Qui peut avoir l'idée de faire un truc pareil ?

– La vengeance des bobos ?

Je rejette aussitôt cette idée. Ceux qui se plaignent que ce poulet gonflable dévalue le quartier ne sont pas du style à apprécier ce genre d'humour.

– T'as pas compris ? me demande Matthias en me regardant fixement.

Franchement, ce mec est trop bizarre. Je peux presque entendre Maeve me dire : « C'est juste quelqu'un de seul. » Peut-être bien, mais ça ne l'empêche pas d'être trop bizarre. Au contraire. L'un expliquerait l'autre, et inversement.

Mon estomac gargouille. Il sait que les ailes de poulet ne sont pas loin et il n'aime pas attendre.

– Compris quoi ? fais-je.

– « Prenez toujours Action. »

Puis Matthias me fait un petit salut tout raide et s'éloigne en se fondant dans la foule.

– C'est quoi, son problème ? me demande Kiersten, déconcertée.

– Bonne question, dis-je distraitement en rallumant mon portable.

J'ai deux messages d'Inconnu.

ACTION : Remplacer la tête du poulet du Wing Zone par celle de la mascotte de Bayview.

STATUT : Effectué par Sean Murdock. Félicitations, Sean. Mission accomplie.

Le second message est accompagné d'une photo du chat sauvage-slash-poulet. En gros plan, comme si celui qui l'a prise se trouvait juste à côté. L'arrière-plan est sombre, et j'en déduis que la substitution a eu lieu de nuit.

D'autres messages tombent en masse en réponse :

T'as déchiré, Sean !!!

Ouahaha ptdr

Putain t'assures mec

mdrrrr

Je ressens une petite piqûre de dépit. Dès mon arrivée à Bayview en cinquième, Sean – comme Brandon Weber – a fait de ma vie un enfer grâce à des jeux désopilants tels « Faire tenir un maximum de livres de Knox dans la cuvette des chiottes ». Aujourd'hui encore, Sean ne manque pas une occasion de me demander des nouvelles de ma sœur la « fille à pédés » vu qu'il est trop crétin pour comprendre le sens des insultes qu'il emploie. S'il y en a un à qui ça n'aurait pas fait de mal d'être remis à sa place par ce jeu, c'était Sean. Mais cette histoire ne va réussir qu'à le rendre encore plus con qu'avant.

Les mecs comme Brandon et lui ne paient jamais les conséquences de leurs actes. Jamais.

– Ton portable est en train de péter un plomb, me signale Kiersten. C'est quoi, le sujet qui excite tes amis à ce point ?

J'éteins mon appareil en regrettant de ne pas pouvoir éteindre ma rage aussi facilement.

– Une discussion de groupe qui part en vrille. Et ce n'est pas mes amis.

Et Inconnu encore moins, vu à qui profite ce cinéma. J'aurais pu le comprendre dès le début. En tout cas, là, c'est clair.

CHAPITRE SEPT

Maeve

Jeudi 27 février

Je ne peux pas arrêter de sourire en regardant Bronwyn.

– Ça me fait tellement bizarre que tu sois là !

– Je suis déjà revenue il y a deux mois.

– Mais tu as quelque chose de changé.

Je sais que ce n'est pas vrai. Bon, la tresse sur le côté est une nouveauté, mais à part ça, rien de neuf. Elle a même mis son vieux pull en cachemire préféré, si antédiluvien qu'elle doit retrousser ses manches pour cacher l'usure aux poignets. En fait, le changement, c'est que tout est plus gai quand elle est là. Même les noms des plats du jour gribouillés à la craie sur l'ardoise murale du Café Contigo me semblent plus pétulants que d'habitude.

– Toi, tu reviens ici pour ton mastère, compris ? dis-je. Cette histoire de distance, ça ne me va pas du tout.

– À moi non plus, avoue Bronwyn en soupirant. Aussi surprenant que ça puisse paraître, il s'avère que j'ai l'âme d'une Californienne.

Elle égalise la mousse de son latte du dos de sa cuillère.

– Mais tu ne seras plus là si tu pars étudier à Hawaï, ajoute-t-elle.

– Arrête, Bronwyn. On sait très bien toutes les deux que je n'irai pas à Hawaï, dis-je en faisant passer ma dernière bouchée d'alfajore avec une gorgée d'eau.

J'ai répondu avec le genre de ton détaché qui sous-entend : « Je n'irai pas là-bas parce que les îles, ce n'est pas mon truc » et pas : « Je n'irai pas là-bas parce que j'ai encore saigné du nez ce matin. » Ça s'est arrêté au bout de quelques minutes et je n'ai pas d'autres symptômes, ni douleurs, ni fièvre, ni hématomes bizarres, alors je me dis que ça va.

Tout va bien.

Bronwyn pose sa cuillère et croise les doigts en prenant son air de grande sœur sérieuse.

– Si tu pouvais choisir tout ce que tu voulais, tu te verrais vivre où et faire quoi dans cinq ans ?

Pas question qu'elle m'entraîne sur ce terrain. Si je commençais à me projeter dans cinq ans, toute ma stratégie de compartimentation s'écroulerait et je craquerais comme une coquille d'œuf. Ça gâcherait son week-end, son semestre et un milliard d'autres trucs.

– Ce n'est pas le bon moment pour extrapoler sur mon avenir, dis-je en reprenant un biscuit. Ça porte malheur.

– Hein ? Pourquoi ?

Je désigne l'horloge murale, qui indique 10 heures depuis que les piles sont mortes il y a huit jours.

– Parce que le temps s'est littéralement immobilisé.

– Non mais je rêve, Maeve, fait Bronwyn en levant les yeux au ciel. Je suis sûre que ce n'est même pas une vraie superstition. Juste encore une de vos inventions à Ita et toi. Elle t'embrasse, au fait.

Maintenant que Bronwyn vit dans le Connecticut, elle voit nos grands-parents beaucoup plus souvent. Notre grand-père, Ito, continue à donner des conférences à Yale.

– Elle dit que tu es sa préférée et que tu es parfaite.

– Mytho.

– C'était sous-entendu. Ça l'est *toujours*. Le dîner du dimanche avec Ita et Ito, ça se résume globalement à une soirée d'hommage à Maeve.

Bronwyn sirote son café en prenant un air pensif.

– Alors, si c'est déjà un jour porte-malheur aujourd'hui, ça veut peut-être dire que Nate et moi, on a rompu pour de bon, cette fois ?

Les coins de sa bouche retombent et je secoue la tête.

– Bronwyn. Tu m'expliques à quoi vous jouez, tous les deux ? Vous ne pouvez pas trouver un moyen pour que ça marche ? Franchement, entre vous, tout a commencé par des discussions au téléphone, je te rappelle ! Il suffit que vous continuiez à faire pareil par tranches de trois mois et tout se passera bien !

Elle enlève ses lunettes pour se frotter les yeux. On est venues ici directement depuis l'aéroport et elle est visiblement sous l'effet du décalage horaire. Elle sèche des cours pour être là, ce qui n'enchante pas mon père, mais ma mère est trop contente quand elle revient en prenant un jour de plus.

– Je ne sais pas, dit-elle d'un air abattu. On n'est plus jamais en phase, ces derniers temps. Quand j'ai la pêche, il a l'impression de me « tirer vers le bas ». (Elle marque les guillemets avec ses doigts en faisant la grimace.) Quand il commence à parler de ce qu'on pourrait faire à Pâques, je me demande si je n'aurais pas dû m'inscrire au chantier de bénévoles que j'avais repéré. Jusqu'à ce que j'imagine Nate dans sa coloc avec toutes ces filles qui vont et viennent en permanence. Ça me rend tellement jalouse que je deviens totalement irrationnelle, ce qui ne me ressemble pas du tout.

– Surtout que toi aussi, sur ton campus, tu habites dans une sorte de coloc géante.

– Je sais ! soupire-t-elle. Je n'aurais jamais cru que ce serait aussi dur ! Quoi que je dise ou que je fasse, avec lui, j'ai toujours l'impression d'être à côté de la plaque.

Je ne me fatigue pas à lui demander si elle est toujours amoureuse de Nate. Je sais que oui.

– Tu réfléchis trop.

Elle me répond par un rire ironique.

– Non, tu crois ? Merci pour le scoop.

Son portable vibre sur la table et elle le regarde avec une grimace.

– Quatre heures, déjà ? Evan m'attend dehors.

– Quoi ? Evan *Neiman* ? piaillé-je. Qu'est-ce qu'il vient fiche ici ?

– Il passe me prendre pour m'emmener en voiture chez Yumiko, répond Bronwyn en siphonnant son latte. On a rencard chez elle avec l'ancien groupe du Défi de maths pour regarder un truc genre *Avengers*. Ne me demande pas quoi, tu me connais, je m'en fous complètement.

Elle range son portable dans son sac dont elle inspecte le contenu.

– Bon, je crois que j'ai encore oublié mes lunettes de soleil adaptées à ma vue. Je suis nulle, je ne sais jamais où elles sont. Pour ce qu'elles me servent dans le Connecticut.

– Pourquoi c'est lui qui t'emmène ? Il n'est pas à Caltech, maintenant ?

– Si, si, mais il voit Yumiko de temps en temps, répond-elle sans lever le nez de son sac. Et il est passé à Yale le mois dernier pour des joutes du club oratoire… Aah ! Les voilà.

Je m'éclaircis bruyamment la gorge et elle se décide à relever la tête, son étui à lunettes bleu vif dans la main.

– Quoi ? Pourquoi tu me regardes comme ça ?

– *Evan ?*

Elle s'agite sur sa chaise.

– Pas de quoi en faire un plat.

– Tu te balades en voiture avec ton ex alors que tu viens de faire une crise d'angoisse parce que ça rame avec ton autre ex, et c'est tout ce que tu trouves à me dire ? Tu me parais bien naïve pour une fille censée être intelligente.

Sérieux, même moi qui ai passé la moitié de ma vie dans un service d'oncologie, je me rends compte que c'est débile.

– Evan et moi, on est juste des amis qui, accessoirement, sont sortis ensemble il y a longtemps. Comme Knox et toi.

– Ça n'a rien à voir. Avec Knox, on a rompu d'un commun accord. Toi, tu as largué Evan pour Nate et il a mis l'année à s'en remettre. Il t'écrivait des poèmes. Tu as oublié *Les Fournaises du désespoir* ? Parce que moi, ça ne risque pas. Et là, il va faire deux heures et demie de route en pleine semaine pour regarder *Iron Man* avec toi ?

– Je ne crois pas que ce soit *Iron Man*, observe-t-elle d'un ton sceptique.

– On se concentre, Bronwyn. C'est pas le sujet. Evan est raide dingue de toi et tout le monde le sait.

J'agite la salière sous son nez comme si c'était une grenade, mais je finis par la renverser et je n'ai plus qu'à recommencer le rituel de la pincée de sel par-dessus mon épaule. Bronwyn profite de la diversion pour se lever et me serrer contre elle d'un seul bras. Elle commence à avoir l'air vaguement inquiète, mais son chauffeur l'attend dehors, et je peux presque voir les rouages tourner dans sa tête pendant qu'elle essaie d'estimer si ça se ferait de se défiler maintenant. Pas trop, en fait.

– Faut que j'y aille. On se retrouve à la maison, je serai rentrée pour le dîner.

Puis elle glisse la courroie de son sac sur son épaule et s'éloigne.

– Prends les bonnes décisions !

La porte du café se rabat sur elle et j'inspecte la salle. Phoebe est de service, aujourd'hui. Elle note la commande de deux hipsters à bonnet, le front plissé par la concentration. Depuis le triomphe exaspérant de Sean Murdock au Wing Zone, tout le lycée se comporte comme si le jeu d'Action ou Vérité n'était qu'une super blague trop drôle. Inconnu a envoyé un nouveau message hier – « Le joueur suivant a été contacté. Tic tac » – et les paris sont ouverts sur l'identité de la personne en question et sur le choix qu'elle va faire. Au vu des deux premiers épisodes, je penche pour Action.

Tout se passe comme si Bayview avait oublié que Simon Kelleher était une personne en chair et en os, et qu'il a été la première victime de ses propres manips. Il suffit pourtant de regarder les yeux tristes et les traits tirés de Phoebe pour voir qu'il n'y a vraiment rien de drôle là-dedans.

Je prends mon ordinateur pour aller sur le nouvel Askip. La photo du poulet de Sean s'y affiche en grand, suivie de commentaires qui se partagent entre félicitations et spéculations sur l'identité d'Inconnu.

C'est Janae Vargas, les gars. Elle termine ce que Simon a commencé.

Je n'y crois pas une seconde. La meilleure amie de Simon ne s'est pas attardée à Bayview une minute de plus que nécessaire après le lycée. Elle est à la fac à Seattle, et je ne pense pas qu'elle soit revenue une seule fois.

Matthias Shroeder le dingue, qui d'autre ?

Simon en personne. Il n'est pas mort, c'est juste ce qu'il a voulu nous faire croire.

J'ouvre un nouvel onglet pour taper dans la barre de recherche l'ancien pseudo de Simon, AnarchiSK. Je passais mon temps à taper ce nom sur Google à l'époque où j'essayais de comprendre qui pouvait en vouloir autant à Simon. Les résultats, qui se comptent par milliers, concernent principalement de vieux articles de presse, et je restreins la recherche aux dernières vingt-quatre heures. Ça ne laisse qu'un lien vers un sous-forum de Reddit intitulé « Soif de vengeance ».

J'ai des picotements dans la nuque. Simon postait ses délires revanchards dans un forum du même nom, mais c'était sur 4chan. Je suis bien placée pour le savoir, j'ai passé assez d'heures à les lire avant d'envoyer le lien aux *Enquêtes de Mikhail Powers*. Mikhail animait une série d'émissions sur la mort de Simon, et il avait à peine eu le temps de parler du forum que celui-ci avait été envahi de faux posts et de curieux. Le truc avait fini par être fermé.

C'est du moins ce que je pensais. Pendant une demi-seconde, avant que je clique sur le lien, la phrase « Il n'est pas mort, c'est juste ce qu'il a voulu nous faire croire » ne me paraît plus si aberrante que ça.

Mais la page ne contient qu'une poignée de posts :

Faut que mon prof me lâche ou je vais vraiment
le tuer. – Méduse

J'ai bien failli lui défoncer la gueule aujourd'hui lol.
– Méduse

Sauf que maintenant tu ne peux plus le tuer.
Qu'est-ce que Simon disait toujours ?
« Apprenez à cacher votre jeu. » – EspritdesTénèbres

Je l'emmerde. Et il s'est fait choper. – Méduse

Luis entre dans le café, casquette de baseball sur ses cheveux bruns, dans un vieux tee-shirt déteint au sigle de la fac de San Diego. En croisant mon regard, il a ce petit mouvement consistant à projeter le menton en avant qu'il partage avec Cooper, et qui annonce en langage viril : « C'est bon, je t'ai vue, mais je suis trop cool pour dire bonjour. » Puis, à ma grande surprise, il change de cap pour venir vers moi et se laisse tomber sur la chaise que Bronwyn vient de libérer.

– Quoi de neuf, Maeve ?

Il parle de mon taux de globules blancs, là ? (Non mais Maeve, quel humour !)

– Pas grand-chose, dis-je en repoussant mon ordi. Tu sors de cours ?

– Ouais. Compta, me répond-il avec une grimace. Pas ma matière préférée. Mais on ne peut pas passer ses journées dans une cuisine. Malheureusement.

Luis suit une formation hôtelière et rêve d'ouvrir un jour son resto, le genre de truc que je n'aurais jamais imaginé quand il faisait sa star sur le stade du lycée.

– Tu as raté Bronwyn, dis-je, supposant que c'est la raison pour laquelle il s'est installé à ma table.

Ils ne sont pas vraiment proches, mais ils se voient de temps en temps à cause de Cooper.

– Elle est chez Yumiko, si jamais…

Je ne vais pas plus loin, parce que la zone de recoupement des relations sociales de Luis et de Bronwyn se limite à Cooper. Je doute que Luis ait prévu de passer la soirée à regarder un film avec la bande de matheux de Bayview.

– Cool.

Il lâche un grand sourire en étendant les jambes sous la table. J'ai tellement l'habitude d'être en compagnie de Knox que la présence de Luis est un peu déstabilisante. Il occupe plus d'espace, à la fois physiquement et… en termes d'assurance, je dirais. Knox a toujours l'air de se demander s'il est bien censé être là, alors que Luis s'étale comme s'il était chez lui. En l'occurrence, le café est à ses parents, ceci explique peut-être cela. N'empêche qu'il y a une aisance chez lui qui doit venir de son physique athlétique et du fait qu'il a toujours été populaire, toujours au centre d'une équipe, qu'il s'est toujours intégré partout.

– J'avais un truc à te demander, en fait, ajoute-t-il.

Je sens que je rougis, et j'essaie de le masquer en calant mes joues sur mes mains en coupe. Ça m'énerve d'être toujours attirée par le genre de mecs qui soit m'ignorent, soit me traitent comme leur petite sœur. Mais c'est comme ça. Je suis sans défense contre la catégorie Joueurs de foot craquants.

– Ah ?

– Tu vis ici, maintenant ?

Je cligne des paupières, sans parvenir à décider si je suis déçue ou simplement déconcertée.

– Pardon ?

– Tu passes plus de temps que moi ici, alors que je suis payé pour.

Ses yeux bruns pétillent et je rougis de plus belle. C'est pas vrai. Il croit que je viens pour *lui* ? Bon, d'accord, le voir passer dans un tee-shirt moulant est souvent le meilleur moment de ma journée, mais je ne pensais pas être aussi transparente.

Je le regarde en plissant les yeux et je réplique du ton le plus détaché possible :

– Il te reste des progrès à faire niveau évaluation des motivations de la clientèle.

Il sourit jusqu'aux oreilles.

– C'est pas ça. Je me demandais juste si tu avais entendu parler de la notion d'extérieur. Il paraît qu'on y trouve de l'air frais, du soleil, tout ça.

– N'importe quoi. Encore une fake news. Et puis il faut bien que je participe à l'économie de Bayview. Je soutiens le commerce local.

Je vide mon verre d'eau pour me forcer à me taire. Je n'ai jamais eu une conversation aussi longue avec Luis, et je dois faire tellement d'efforts pour avoir l'air cool que je ne sais même plus ce que je dis.

– L'argument serait plus crédible si tu prenais autre chose que du café, réplique-t-il.

Je ris malgré moi.

– Je vois que tu n'es pas si nul que ça en compta.

Il rit à son tour, et j'arrive enfin à me détendre assez pour que mon visage retrouve une température normale.

– Tu crois que tu reprendras le café un jour ?

– Sans doute pas, non. C'est à mes parents, ici, et j'ai envie d'avoir mon truc à moi. Et puis je préférerais un resto classe, le genre dîners gastronomiques. Mais mon père dit que je me la pète. « *Tienes el ego por las nubes, Luis* », ajoute-t-il en imitant la voix grave de son père.

Je souris. C'est vrai que l'ego de Luis atteint les nuages, mais au moins il en est conscient.

– Il doit quand même être content que tu t'intéresses à la restauration.

– Oui, je crois. Surtout que Manny n'est pas foutu de faire griller une tranche de pain sans la cramer.

Le frère aîné de Luis, qui porte le même nom que leur père, a toujours été plus attiré par les voitures que par la cuisine, mais il travaille au resto depuis qu'il a perdu son boulot dans un garage.

– Il vient bosser demain soir et mon père a déjà commencé à lui dire : « Pitié, tu ne touches à rien. Contente-toi de faire la vaisselle. »

Luis enlève sa casquette le temps de se passer la main dans les cheveux.

– Tu seras là, demain soir ? Je crois que Cooper va pouvoir rentrer, finalement.

– C'est vrai ?

Ça me fait sincèrement plaisir. Tous les amis de Bronwyn et d'Addy se retrouvent au café demain soir avant l'enterrement de vie de jeune fille d'Ashton. Aux dernières nouvelles, Cooper ne savait pas encore s'il pourrait être là.

– Ouais, reprend Luis. On sera assez nombreux pour que mon père nous laisse la salle du fond.

Il glisse un coup d'œil vers un rideau de perles qui donne sur une petite salle privée à l'arrière du restaurant.

– Espérons que tout le monde ne va pas rappliquer en apprenant que Cooper est là. On peut tenir à une dizaine max. Toi, moi, Coop, Kris, Addy, Bronwyn, Nate, Keely... énumère-t-il en comptant sur ses doigts. Qui d'autre ? Ton mec viendra ?

– Mon quoi ? Tu parles de Knox ?

Luis hoche la tête et je cligne des paupières.

– Ce n'est pas mon mec. On a rompu depuis des siècles.

– Ah bon ?

Il hausse vivement les sourcils. Je rêve. À croire qu'une fois qu'ils ont quitté le lycée, les gens ne sont plus au courant de rien.

– Mais il passe tout son temps ici avec toi !

– Ouais, on est toujours amis. Mais on n'est plus ensemble.

– Oh. OK.

Les yeux de Luis me fixent en papillonnant et je rougis de plus belle.

– Luis !

M. Santos sort la tête de la cuisine. Il est beaucoup plus petit et plus rond que ses fils, même ceux qui sont encore préados. Ils ont tous hérité de la grande taille de leur mère.

– Tu bosses ou tu dragues ?

Je reprends mon ordinateur à la hâte et je baisse le nez avec un air affairé pour cacher ma déception. C'était si agréable de parler avec Luis que j'ai failli oublier qu'il est juste dans son fonctionnement habituel. Il sait parfaitement jouer de son charme, raison pour laquelle la moitié de la clientèle de base du Café Contigo est constituée de filles de quatorze à vingt ans.

Il se lève en haussant les épaules.

– Je suis multitâche, papa.

M. Santos tourne les yeux vers moi en fronçant les sourcils d'un air bourru.

– Il t'embête, *mija* ? Dis-le-moi et je le mets dehors.

Je me force à sourire.

– Non, non, il fait juste son boulot.

Luis s'arrête et me demande en jetant un regard que je n'arrive pas à déchiffrer :

– Tu veux autre chose ? Un café… ou un café ?

– Rien, merci.

Mon sourire étant de plus en plus crispé, je renonce.

– Je te rapporte des biscuits, me lance-t-il par-dessus son épaule en partant vers la cuisine.

Phoebe, qui passe à ce moment-là, s'arrête pour le regarder s'éloigner.

– C'est drôle, pourquoi ça a l'air salace quand il te dit ça ? demande-t-elle d'un ton perplexe.

Elle donne un petit coup de pied dans ma chaussure et ajoute en baissant la voix :

– Il est trop craquant. Qu'est-ce que t'attends pour foncer ?

– Dans mes rêves, dis-je entre mes dents avant de me replonger dans mon ordi.

Un nouveau coup de pied, plus fort que le premier, m'arrache un petit cri.

– Hé ! Pourquoi tu fais ça ?

– Parce que tu es bouchée, réplique-t-elle en s'asseyant en face de moi. Il a flashé sur toi, c'est clair.

– Sérieux ? fais-je en agitant la main en direction de la cuisine. Franchement, tu l'as regardé ?

– Et *toi*, tu t'es regardée ? Ne me dis pas que tu fais partie de ces filles jolies qui répètent partout qu'elles sont moches. C'est lassant, à la fin. T'es sexy, admets-le. Et il te plaît, non ? Alors montre-lui qu'il t'intéresse, au lieu de faire ta chelou et de froncer les sourcils dès qu'il te dragouille.

– N'importe quoi. Je ne fais pas ça !

Phoebe se contente de pencher la tête sur le côté en enroulant une mèche de cheveux cuivrés autour de son index, jusqu'à ce que j'ajoute :

– Enfin, pas tout le temps. De toute façon, Luis est comme ça avec toutes les filles. Ça ne veut rien dire.

Phoebe hausse les épaules.

– Ce n'est pas l'impression que j'ai. Et je suis plutôt forte pour décoder les mecs.

Ce n'est qu'un simple constat, mais sa petite phrase a suffi à me rappeler tout le battage qu'il y a autour d'elle et l'ex d'Emma, et je ne peux pas m'empêcher d'ouvrir de grands yeux. Elle se mord la lèvre en détournant le regard.

Bon, comme je manque totalement de crédibilité sur ce point en ce moment, je vais te laisser retourner à ce que tu faisais, dit-elle en reculant sa chaise.

Je la retiens par le poignet dans un geste spontané.

– Non, attends. Excuse-moi, je ne voulais pas avoir l'air de te juger, mais... il faut croire que c'est une manie chez moi d'être chelou et de froncer les sourcils.

Comme j'ai presque réussi à la faire sourire, je m'enhardis :

– Écoute, je sais que ça doit être dur pour toi. Je suis passée par là l'an dernier avec Bronwyn, alors... j'ai appris à écouter. Donc, si tu as envie de parler... Ou même, je sais pas, boire un café ou passer toute la nuit au téléphone...

À mon grand soulagement, elle rit. Je n'ai pas beaucoup d'entraînement pour ce qui est de faire le premier pas, et je m'attends vaguement à ce qu'elle se débine pour ne plus jamais m'adresser la parole.

– Je pourrais te prendre au mot, me répond-elle.

Puis son visage s'assombrit et elle tire sur un fil de son tablier.

– Emma m'en veut à mort. Je n'arrête pas d'essayer de m'excuser mais elle refuse de m'écouter.

– Je suis désolée. Elle a peut-être besoin d'un peu de temps.

Phoebe hoche la tête d'un air morne et j'ajoute :

– J'espère qu'elle est consciente que tu n'étais pas toute seule. Son mec aussi a sa part de responsabilité.

Elle fait la grimace.

– C'est son ex, en fait. Je ne sais même pas s'ils se sont parlé depuis. Je n'ose pas lui demander.

Le menton calé sur son poing, elle contemple pensivement les carreaux de mosaïque colorés qui tapissent le mur.

– J'aimerais bien savoir comment ça s'est su. Derek a dû en parler à quelqu'un, parce que c'est clair que ça ne vient pas de moi. Mais il habite à Laguna et il ne connaît personne, ici.

– Comment tu es tombée sur lui, alors ?

– C'était à Noël, chez Jules. Elle ne le connaît même pas. Ils n'ont pas dû se parler de la soirée. Derek était venu avec son cousin.

Je stocke l'information à toutes fins utiles. Si l'épisode de l'an dernier m'a appris une chose, c'est de me méfier des coïncidences.

– OK, dis-je. J'ai un truc qui peut t'intéresser. Donne-moi une minute.

J'appuie sur une touche de mon portable pour rallumer l'écran.

– J'étais justement en train de chercher des infos sur Simon et sur ce qui s'est passé l'an dernier et…

Je recharge la page du forum Reddit au cas où il y aurait de nouveaux posts, mais quelque chose cloche. La discussion que j'étais en train de lire a disparu, et l'écran n'affiche plus que le logo du forum.

– Qu'est-ce que c'est que cette connerie ?

– Qu'est-ce qu'il y a ? me demande Phoebe en approchant sa chaise. Soif de vengeance ? Pourquoi ça me dit quelque chose ?

– C'était le nom du forum où Simon Kelleher postait l'an dernier, sauf que celui-ci n'est pas hébergé par le même site, dis-je en me tapotant le menton. Trop bizarre. Je voulais te montrer une discussion qui parlait de Simon, mais elle a disparu.

– Tu as essayé de recharger la page ?

Phoebe clique sur la flèche qui se trouve à côté de la barre de recherche.

– Ouais, et c'est justement ce qui l'a fait disparaître. C'était…

– Ce n'est pas ça ? me coupe Phoebe alors que trois nouveaux posts font leur apparition.

– Non, dis-je en lisant les quelques lignes. Ça, c'est nouveau.

Exact, Méduse. Il s'est fait prendre.

Mais il reste une source d'inspiration à Bayview.

Et il s'éclaterait à suivre le putain de jeu que je viens de lancer. – EspritdesTénèbres

CHAPITRE HUIT

Phoebe

Vendredi 28 février

Le vendredi après-midi, j'envoie une rafale de messages à Jules.

T'es occupée ? Ça te dit de faire un truc ce soir ?

Je bosse, mais je finis à 20 heures.

Tu me retrouves sur place au café ?

Puis je reste assise au bord de mon lit, à contempler la chambre que je partage avec Emma. Elle est plus petite que celle que j'avais pour moi toute seule dans notre maison d'avant, et contient deux fois plus d'affaires. Après la mort de mon père, sa boîte a versé une indemnisation à ma mère.

Elle n'a jamais dit à combien elle s'élevait, mais je croyais que ça suffisait, que c'était assez pour lui permettre de garder la maison et de ne pas avoir à prendre un boulot.

Maintenant, elle a un travail de responsable administrative qu'elle déteste et on se retrouve dans cet appart. Quand on a déménagé l'été dernier, elle nous a dit que c'était uniquement pour des raisons pratiques, mais personne n'est dupe à part Owen.

Je me lève pour m'approcher du coin d'Emma, immaculé comparé au mien. Son lit est parfaitement fait, sans un pli sur le couvre-lit blanc. Sur son bureau, il n'y a que notre ordinateur portable commun, un mug rempli de crayons de couleur et un carnet à la couverture représentant un tableau de Monet. Brusquement, j'ai envie de l'ouvrir pour y gribouiller un message, avec une couleur qui indique à quel point je suis désolée. En rose pâle, par exemple : *Emma, tu me manques. Depuis des années. Dis-moi ce que je peux faire pour que tu me pardonnes et je le ferai.*

Elle est à la bibliothèque, et même si on ne se parle pratiquement plus, le silence qui règne ici me pousse presque à aller frapper à la porte d'Owen pour lui proposer de faire une partie de *Bounty Wars*. Je suis sauvée par la sonnerie de mon portable, et je constate non sans surprise que Jules m'a répondu. Elle est plutôt distante avec moi depuis l'histoire de Derek, et je ne m'attendais pas à ce qu'elle réagisse aussi vite.

Ça se passe ce soir ? Avec Cooper Clay et tous les autres ?

Ouais, vers 18 h. Mais ça va être blindé. T'as peut-être intérêt à attendre 20 h, quand j'aurai fini.

Le rassemblement prévu au Café Contigo avant l'enterrement de vie de jeune fille d'Ashton a commencé à partir en live dès que les gens ont su que Cooper risquait d'y être. Des dizaines de gens du lycée qui ne le connaissent même pas annoncent qu'ils vont venir, et je ne suis pas certaine que les Santos soient prêts à accueillir autant de monde.

Nate y sera ?

Je soupire avant de répondre :

Sans doute.

J'ai l'impression qu'elle va avoir du mal à attendre 20 heures.

Une nouvelle sonnerie de mon portable me fait sursauter. Cette fois, c'est Jules qui veut me parler sur FaceTime. Une seconde plus tard, son visage souriant emplit l'écran.

« Salut, me fait-elle d'un ton cordial. T'as le temps pour un coaching fringues ? »

– Bien sûr.

« Alors, lequel des deux dit : “Je suis tellement plus cool que ton ex *et* j’habite ici” ? Celui-là… ? »

Elle brandit un haut à paillettes à décolleté plongeant avant de le remplacer par un autre, sans manches et à froufrous.

« Ou celui-là ? »

Au secours. Je n’ai pas du tout envie d’encourager Jules dans sa poursuite obsessionnelle de Nate Macauley. Même sans Bronwyn, quelque chose me dit que le couple Jules-Nate n’aurait aucune chance. Elle est du genre collant, ça ne doit pas être son style.

– Les deux sont parfaits, dis-je.

Jules fait la moue et j’en déduis que ce n’est pas la bonne réponse.

– Mais si je devais trancher, je prendrais le noir.

Tant qu’à faire, j’ai choisi le moins décolleté.

« OK, adjugé, conclut-elle d’un ton enjoué. Plus qu’à regarder quelques tutos de maquillage et à me débrouiller pour un smoky eyes. À ce soir ! »

Là-dessus, elle agite la main et se déconnecte.

Je balance mon portable sur ma couette froissée, qui est roulée en boule au milieu de mon lit parce que je bouge beaucoup la nuit, encore plus en ce moment. Je me lève en m’attachant les cheveux et je m’apprête à sortir. Mais quand j’ouvre la porte, Owen manque de trébucher à l’intérieur.

– Non mais je rêve ! fais-je en plissant les yeux. Tu écoutes aux portes, toi, maintenant ?

Question rhétorique, je connais déjà la réponse. Plus la guerre froide avec Emma se prolonge, plus il est fouineur. Il sent que quelque chose cloche et il essaie de comprendre.

– Pas du tout, me réplique-t-il sans conviction. Je voulais juste...

À ce moment-là, quelqu'un frappe énergiquement à la porte d'entrée et je lis clairement « sauvé par le gong » sur le visage de mon frère.

– ... te prévenir qu'il y a quelqu'un à la porte.

– Ben voyons.

On frappe une deuxième fois.

– C'est bizarre, je n'ai pas entendu l'interphone.

Ça doit être une livraison. Même si, en principe on n'entre pas dans l'immeuble comme ça.

– C'est toi qui as ouvert en bas ?

– Non, me dit Owen. On ouvre quand même ?

– On va d'abord regarder qui c'est.

Traversant le salon, je vais coller un œil au judas. Le visage qui se trouve derrière la porte est déformé, mais tristement familier.

– J'y crois pas.

– C'est qui ? me demande Owen en rôdant autour de moi.

– Va dans ta chambre, OK ?

Comme il ne bouge pas, je le pousse doucement.

– Juste quelques minutes. Après, on se fera un *Bounty Wars*.

– Coool !

Il file sans discuter et j'attends d'avoir entendu le déclic de sa porte pour tourner le verrou.

Devant moi, Brandon Weber arbore un petit sourire en coin.

– T'as mis le temps, fait-il en entrant et en refermant derrière lui.

Je croise les bras fermement sur ma poitrine en me rappelant que j'ai enlevé mon soutien-gorge en arrivant.

– Qu'est-ce que tu fais là ? Comment tu es entré ?

– Une mamie qui sortait de l'immeuble.

Évidemment. C'est comme ça que ça marche pour Brandon Weber : les portes s'ouvrent devant lui dès qu'il en a besoin. Il s'approche de moi, beaucoup trop près. Je recule.

– Pourquoi tu ne réponds plus à mes messages ? me demande-t-il.

– Pardon ? Tu vis sur quelle planète, toi ?

Je scrute son joli visage un peu boudeur à la recherche d'un indice, sans succès.

– Tu t'es foutu de ma gueule devant tout le monde, Brandon ! Sean s'est comporté comme un connard et tu t'es cru obligé d'en rajouter une couche !

– Oh c'est bon, c'était juste pour blaguer. T'as perdu ton sens de l'humour ? Je croyais que tu aimais bien t'amuser…

Il s'approche encore et me prend par la taille avec un sourire satisfait.

Je le repousse, sentant la colère monter. On m'a traitée toute la semaine comme une pestiférée : celle qui a trahi sa sœur et qui a bien cherché ce qui lui arrive. Je suis presque soulagée de pouvoir enfin m'en prendre à quelqu'un.

– Bas les pattes. C'est fini, nous deux.

– Je te crois pas.

Il sourit toujours, totalement à côté de la plaque. Il prend ça pour un jeu, un jeu dont il dicterait les règles et auquel je devrais m'estimer heureuse de participer.

– Mais tu me manques ! Regarde.

Il essaie de guider ma main vers son entrejambe et je le repousse encore.

– Te fatigue pas. Je ne suis pas intéressée.

Il s'assombrit en m'attirant à lui, plus violemment que la première fois.

– Fais pas ton allumeuse.

Soudain, je suis prise d'une vague appréhension. Moi qui ai toujours été sensible à sa force physique, ça me plaît moins tout à coup. Mais ma colère bouillonne toujours et je me sers de l'adrénaline pour me dégager.

– Ah, OK. Voyons si j'ai bien compris : si je ne fais pas ce que tu veux, je suis une allumeuse. Ce que je veux, moi, on s'en fout. Normal, vu que c'est toi le big boss de Bayview. J'ai bien résumé ?

Brandon ricane.

– Tu me fais quoi, là ? Tu as viré féminazi ?

Je ravale une réplique cinglante. Avec lui, c'est une perte de temps.

– Allez, va-t'en, maintenant.

Mais au lieu de m'écouter, il se jette sur moi et écrase ma bouche sous la sienne. Une onde de choc me traverse de la tête aux pieds. Je le repousse presque aussitôt de toutes mes forces, mais il me bloque en passant les bras autour de ma taille. Je tourne la tête pour cracher et chasser le goût de sa bouche.

– Arrête ! J'ai dit non !

Je n'ai émis qu'un grondement sourd, parce que même si j'ai l'impression que mon cœur va exploser, bêtement, j'ai encore peur d'inquiéter mon frère.

Mais Brandon ne m'écoute plus. Sa bouche, ses mains sont partout et je ne sais plus quoi faire. Je ne me suis jamais sentie aussi vulnérable.

Il recommence à m'embrasser de force. Dans le mouvement, j'arrive à dégager un bras. Tout en serrant les lèvres autant que je peux pour repousser sa langue, je l'agrippe par les cheveux pour lui tirer la tête en arrière, puis je lui assène une gifle. Il relâche sa prise avec un cri de douleur et je le pousse assez fort pour le faire reculer.

– J'ai dit « dehors » !

Je hurle, cette fois, au point de me faire mal à la gorge.

Brandon me regarde fixement, bouche bée, avec la trace rouge de ma main sur sa joue pâle. Sa bouche se tord. Au moment où je recule, prête à courir je ne sais même pas où, la porte d'Owen s'ouvre brusquement et il passe la tête par l'embrasure en écarquillant les yeux.

– Qu'est-ce que vous faites ?

– Rien, dis-je en m'efforçant de parler calmement. Brandon allait partir.

Celui-ci lâche un rire amer en nous regardant l'un après l'autre.

– Qu'est-ce qu'y a, le mioche ? Y a rien à voir, ici. À part que ta sœur est une pute, mais ça, vous devez déjà le savoir. Surtout Emma.

Je prends une longue inspiration en serrant les poings, luttant contre l'envie violente de le frapper de nouveau. Les yeux de Brandon scintillent lorsqu'il voit que son insulte a fait mouche. Puis il ouvre la porte et agite la main d'un air guilleret.

– À plus, Phoebe.

Et il part à reculons dans le couloir en enfonçant les mains dans ses poches, toujours sans me quitter des yeux.

Je claque la porte, je tourne le verrou et je garde la main dessus, immobile, comme pétrifiée.

– Phoebe ? dit Owen d'une petite voix.

J'appuie mon front contre la porte. Je ne peux pas. Je ne *peux pas* parler de ça avec mon petit frère.

– Retourne dans ta chambre.

– Est-ce que tu…

– Retourne dans ta chambre, Owen. S'il te plaît.

J'entends ses pas s'éloigner et sa porte se refermer, et j'attends encore quelques secondes avant de laisser les larmes couler.

Ce ne serait jamais arrivé du temps de mon père. Je sais, au fond de moi, que je serais quelqu'un de meilleur, de plus malin, de plus fort s'il était encore là. Je me souviens du jour de sa mort comme si c'était hier. Emma et moi, on avait toutes les deux la grippe, et on était recroquevillées chacune à un bout du canapé, enveloppées dans des couvertures. Ma mère est allée nous chercher des glaces à l'eau dans la cuisine et son portable a sonné. J'ai entendu son « allô » fatigué – on commençait à la mettre à rude épreuve –, puis le silence.

« C'est grave ? » a-t-elle fini par demander, d'une voix mécanique que je ne lui avais jamais entendue.

Elle est apparue à la porte quelques minutes plus tard, son portable dans une main et une glace à moitié fondue dans l'autre. Un filet de liquide violet coulait le long de son bras.

« Je dois vous laisser un petit moment, nous a-t-elle annoncé de la même voix de robot. Il y a eu un accident. »

Un cauchemar d'accident, horrible, inimaginable, totalement gore. Mon père était chef de chantier dans une usine de taille de granit à Eastland, et il supervisait les ouvriers qui découpaient des blocs énormes. Un chariot élévateur a eu une défaillance pile au mauvais moment… et je n'ai jamais voulu en savoir plus. De toute façon, il n'était plus là et ça ne changeait plus rien.

– Tu me manques, dis-je tout bas, le front toujours appuyé contre la porte.

J'ai les yeux fermés, les joues trempées de larmes, le souffle haché.

– Tu me manques, tu me manques, tu me manques.

Les mots résonnent dans ma tête, toujours aussi lancinants après trois ans. Je ne pense pas qu'ils se tairont un jour.

– Tu me manques.

* * *

C'est un soulagement de passer la soirée au boulot, entourée de gens. Et quand je dis « entourée », c'est littéral : je n'ai jamais vu le Café Contigo aussi plein. Non seulement toutes les tables sont occupées, mais M. Santos a apporté les chaises qu'il stocke au sous-sol et ça ne suffit toujours pas. Il y a des groupes de gens debout un peu partout, qui se déplacent par vagues pour me laisser passer avec mon plateau chargé de verres.

Je franchis le rideau de perles qui me sépare de la salle du fond. Elle ne contient qu'une grande table, en bonne partie occupée par des visages familiers : Addy, Maeve, Bronwyn, Luis et Cooper. Un beau brun assis à côté de Cooper se lève à mon entrée et tend les mains d'un air interrogateur vers mon plateau surchargé.

– Ça va tout déséquilibrer si je prends les verres ?

Je lui souris. Il me plaît tout de suite. Je ne l'ai jamais rencontré mais j'ai vu sa photo dans le journal : c'est Kris, le petit ami de Cooper. Il a dû être serveur s'il connaît l'importance stratégique d'un plateau équilibré.

– Enlève ceux du milieu, ce sera parfait.

La salle est censée être privatisée, mais tandis que je distribue les verres avec l'aide de Kris, des curieux n'arrêtent pas de passer la tête pour apercevoir Cooper. La plupart repartent tout de suite, mais une grappe de filles traîne près de la porte en chuchotant avec la main devant la bouche, avant de se répandre en gloussements presque hystériques.

– Désolé, c'est chelou, me dit Cooper quand je lui tends son verre de Coca.

C'est la première fois que je le revois depuis la fin des cours en juin, et je ne peux pas reprocher aux filles attroupées à la porte d'être subjuguées. Ses cheveux ont poussé et lui donnent un air décoiffé-sexy, il est très bronzé et on ne voit que ses muscles sous son tee-shirt blanc à l'emblème de Cal State. J'ai l'impression de regarder le soleil en face.

– Normal, tu es le chouchou de Bayview, lui dit Kris en se rasseyant.

Cooper lui prend la main, mais il paraît un peu tendu.

– Pour le moment, répond-il. On verra combien de temps ça durera.

Je peux comprendre qu'il ne prenne pas toute cette vénération pour argent comptant. Il suffit de se rappeler comment il a été traité quand tout le monde a su qu'il était gay. Et pas seulement par des lycéens, mais aussi par des adultes qui n'avaient aucune excuse. Globalement, Cooper a fait taire les commentaires de ces connards en frôlant la perfection à chaque lancer de balle. Mais la pression doit être lourde. Qu'est-ce qui se passera quand il se mettra à perdre ?

La fille la plus hardie de la bande des glousseuses s'approche.

– Je peux avoir un autographe ?

Elle lui tend un stylo et pose le pied sur le premier barreau de la chaise de Cooper en orientant vers lui sa cuisse dénudée par sa jupe courte.

– Ici.

– Euh, fait-il, un peu sidéré.

Addy étouffe un rire.

– Je ne pourrais pas plutôt… signer sur une serviette ?

La salle se remplit et je fais la navette avec des boissons et des trucs à grignoter, qui semblent disparaître à peine arrivés sur la table.

– Comment ça se passe à côté ? me demande Addy à mon cinquième voyage depuis la cuisine.

– À part que Manny a fait tomber trois commandes d'empanadas, super, dis-je en déposant une assiette entre Bronwyn et elle. Tiens, c'est la dernière. Bon app'.

Assise à gauche de Bronwyn, Maeve est vêtue d'un tee-shirt noir plus décolleté et plus ajusté que ce qu'elle porte d'habitude, ce qui la met très en valeur. Il a un motif sympa qui fait penser à un bouquet de fleurs au premier abord, mais qui est constitué de petits monstres style dessin animé. Je n'arrête pas de le regarder. Luis non plus, mais pas pour les mêmes raisons, à mon avis.

Cela dit, Maeve ne nous remarque ni l'un ni l'autre, trop occupée à fixer la porte. Quand Nate arrive, elle se lève d'un bond en me disant :

– J'ai l'impression que tu as besoin d'un coup de main, Phoebe.

Euh, pas particulièrement, mais je la laisse ramasser une poignée de couverts au hasard.

Nate prend la place qu'elle vient de libérer avec une petite pression du poing dans le bras de Bronwyn, dont le visage s'illumine.

– Salut, fait-elle. J'espérais…

– Hello, dit-il au même moment. Tu as l'air…

Ils se taisent, se regardent en souriant, et je me dis que Jules n'a décidément aucune chance. Il se penche pour lui murmurer quelque chose à l'oreille et elle rit en se tournant vers lui. Puis elle passe les doigts sur sa veste comme pour enlever une poussière, le truc le plus vieux du monde. Et ça marche : il lui prend la main. Wouah, ils n'auront pas mis longtemps. Au moment où je vais me détourner pour ne pas être indiscrète, une nouvelle voix retentit dans la salle.

– Houlà, c'est *blindé* ici !

Un gars en polo bleu glacier, mi-nerd mi-hipster, vient de franchir le rideau de perles et inspecte la salle en s'éventant nonchalamment. C'est Evan Neiman, l'ex de Bronwyn. À ma connaissance, il n'a pas été invité. Il repère la dernière chaise libre et la tire le plus près possible de Bronwyn avant de se pencher vers elle avec un grand sourire.

– Salut, toi, lui dit-il. J'ai réussi à me libérer, finalement !

Bronwyn se fige en ouvrant de grands yeux, comme un lapin pris dans les phares d'une voiture.

– Evan ? Qu'est-ce que tu fais là ?

Nate se rembrunit et lui lâche la main en basculant sa chaise en arrière. Bronwyn s'humecte les lèvres.

– Tu n'es pas à… Pasadena ?

– Je n'ai pas voulu rater l'occasion de te revoir avant ton départ, répond Evan.

La chaise de Nate retombe avec un bruit sec.

– Te *re*voir ? souligne-t-il en la regardant avec insistance.

Il n'a pas vraiment l'air en colère, plutôt blessé. Les yeux de Bronwyn vont de l'un à l'autre tandis qu'Evan continue à sourire comme si de rien n'était. Je n'arrive pas à déterminer si c'est de l'inconscience ou du machiavélisme.

– Tiens, tu as oublié tes lunettes de soleil dans ma voiture, ajoute-t-il en brandissant un étui bleu vif tel un trophée.

Debout à côté de moi, Maeve passe frénétiquement une serviette en papier sur un couteau propre.

– C'est pas vrai, c'est pas vrai, c'est pas vrai, marmonne-t-elle tout bas.

Je lui prends le couteau des mains.

– On les lave, tu sais. On a un lave-vaisselle.

– Je peux y aller avec toi ? me murmure-t-elle. Je ne veux pas voir ça.

Je lui passe mon plateau, mais alors qu'on s'approche de la porte, une main écarte le rideau de perles et une fille entre. Je n'ai pas reconnu Jules tout de suite ; elle en jette carrément avec son smoky eyes. Ses cheveux bruns sont lissés et elle porte le fameux haut à paillettes avec un jean extra-slim et des sandales à talons. Objectivement, je dois admettre que ce haut lui fait des seins d'enfer.

– Salut, Ju…

Mais elle me fait taire en posant un doigt sur ses lèvres et s'approche de la table. Alors que Nate a reculé sa chaise comme pour se lever, elle l'arrête d'une main sur son épaule. Puis, sans lui laisser le temps de réagir, elle s'assoit face à lui sur ses genoux en collant sa poitrine contre son torse, prend son visage entre ses mains et l'embrasse à pleine bouche. J'ai l'impression que ça dure une éternité, même s'il ne doit pas s'écouler plus de quelques secondes. Enfin j'espère. Un éclair jaillit à l'autre bout de la salle et je vois Monica brandir son portable à travers le rideau de perles.

Personne ne moufte. Jules se relève aussi vivement qu'elle s'est assise, rejette ses cheveux en arrière et retraverse la pièce. Nate essuie lentement sa bouche maculée de gloss avec une expression totalement déroutée. Cooper a pris un air inquiet et Addy paraît furieuse. Quant à Evan Neiman, il sourit comme s'il venait de gagner au loto.

Je lâche un cri de douleur ; Maeve vient de faire tomber le plateau sur mes orteils. Jules croise mon regard et me décoche un clin d'œil appuyé juste avant de ressortir.

– Toujours choisir Action, me murmure-t-elle au passage.

VENDREDI 6 MARS

LA JOURNALISTE : Bonsoir, ici Liz Rosen de Channel Seven News, pour vous donner les dernières nouvelles sur notre dossier phare : la mort prématurée d'un deuxième lycéen de Bayview. Sona Gupta, la proviseure du lycée, va nous faire part de la position de l'établissement.

LA PROVISEURE, MME GUPTA : Une petite précision, si je puis me permettre. Cette tragédie ne s'est pas produite *dans* l'enceinte du lycée.

LA JOURNALISTE : En effet. Ce n'est pas ce que j'ai dit.

LA PROVISEURE, MME GUPTA : Il m'a semblé que c'était induit. Bien sûr, nous sommes dévastés par la perte d'un membre apprécié de toute notre communauté, et nous tenons à assurer nos élèves de tout notre soutien. Nous disposons de nombreux outils pour les aider à gérer et à surmonter leur peine.

LA JOURNALISTE : Le lycée de Bayview est devenu tristement célèbre à une échelle nationale pour sa culture corrosive du ragot. Ne craignez-vous pas que…

LA PROVISEURE, MME GUPTA : Excusez-moi. Ce sujet est sans rapport avec celui qui nous concerne actuellement, et il ne s'imposait pas. Le lycée de Bayview a beaucoup changé depuis dix-huit mois. Notre politique de tolérance zéro à l'égard des ragots et du harcèlement s'est révélée des plus efficaces et a même fait l'objet d'un article dans *Education Today Magazine*.

LA JOURNALISTE : Je ne connais pas ce magazine.

LA PROVISEURE, MME GUPTA : Il jouit d'une excellente réputation.

CHAPITRE NEUF

Knox

Lundi 2 mars

C'est devenu un réflexe de vérifier mes messages, même au boulot. Mais rien de neuf en provenance d'Inconnu Les derniers qu'il a envoyés datent de vendredi soir :

ACTION : Embrasser l'un des Quatre de Bayview.

STATUT : Effectué par Jules Crandall. Félicitations, Jules. Bien joué.

Suit une photo de Jules à califourchon sur les genoux de Nate, en train de l'embrasser comme si sa vie en dépendait.

Le joueur suivant sera contacté très bientôt. Tic tac.

Quelque part, je suis content que le club de théâtre m'ait empêché d'aller au Café Contigo vendredi. Maeve m'a dit que les choses avaient dégénéré à toute allure après le passage de Jules. Sans compter qu'avec le monde qu'il y avait, le café est tombé à court d'empanadas, et que Cooper a dû prendre la fuite par la porte du fond.

– Dans ce cas précis, les faux aveux constituent une cause contributive, dit Sandeep à côté de moi.

On partage la même table chez Présumé Innocent aujourd'hui, et il est vissé au téléphone depuis son arrivée Tout en parlant, il bat la mesure sur le bureau avec son crayon.

– Alors je ne pense pas que ça s'applique… Quoi ?… Non. C'est en lien avec l'homicide.

Il écoute un instant en continuant à battre la mesure.

– Ça, je ne peux pas encore vous le confirmer. Je vous rappelle dès que je sais… D'accord.

Sandeep raccroche. Présumé Innocent est équipé de téléphones fixes, de gros engins avec de vrais fils reliés aux murs.

– Tu peux commander de la pizza, Knox ? Je meurs de faim, me demande-t-il en roulant les épaules pour se détendre.

– Ça marche.

Je prends mon iPhone pour passer la commande parce que je ne sais pas me servir d'un fixe, puis je le repose en voyant Eli se matérialiser devant nous. Il a quelque chose de différent, mais je n'identifie pas quoi jusqu'à ce que Sandeep trouve la réponse :

– Tu t'es coupé les cheveux ?

Eli hausse les épaules. Il ressemble beaucoup moins à Einstein, comme ça. Sandeep s'adosse à son fauteuil et le fait pivoter à cent quatre-vingts degrés en calant son menton sur ses doigts en pyramide.

– Qu'est-ce qui t'arrive ? Tu ne te coupes *jamais* les cheveux.

– Si, si, ça m'arrive, répond Eli en remontant ses lunettes. Tu as le dossier Henson ?

– Un rapport avec le mariage ? C'est Ashton qui t'a forcé ?

Eli se masse la tempe comme pour s'efforcer de rester patient.

– Ashton et moi, on ne se *force* à rien. Bon, tu l'as, ce dossier, ou pas ?

– Euh, fait Sandeep en commençant à inspecter les chemises empilées sur son bureau. J'imagine qu'il est là, quelque part. Tu cherches quoi ?

– Le nom du procureur.

– Je l'ai, dis-je.

Ils se tournent vers moi et je précise :

– Pas le dossier, le nom. J'ai fait un tableau. Attendez, je vous montre.

Je clique sur le doc en question avant de tourner l'écran de mon ordi vers Eli.

– Ça contient toutes les infos sur les condamnations de l'affaire D'Agostino. Noms, adresses, dates, avocats, tout ça. Comme j'ai remarqué que vous demandiez souvent ces trucs-là, j'ai…

Je me tais en voyant une ride se creuser sur le front d'Eli. Je n'étais peut-être pas censé faire ça. Comme c'était des infos consultables par le public, je n'ai pas pensé que ça pouvait poser un problème de les rassembler dans un tableau.

Les yeux d'Eli balaient l'écran.

– Mais c'est génial ! Tu peux me l'envoyer ?

– Euh, oui, bien sûr.

Puis il croise mon regard.

– C'est quoi, ton nom, déjà ?

– Knox. Knox Myers.

Je souris un peu trop, tout fier d'avoir enfin été remarqué.

– Eh bien merci, Knox, me dit-il avec chaleur. Tu viens de me faire gagner un temps précieux.

– Eli ! braille quelqu'un à l'autre bout de la salle. Le juge Balewa pour toi au téléphone !

Eli file aussitôt tandis que Sandeep me donne un petit coup de poing dans le bras.

– Hé hé, bien joué, mon gars ! Des éloges du grand homme ! Mais gare à la grosse tête, hein. Bon, j'attends ma pizza, moi. Ah, au fait, tu pourras trier le courrier ?

Après avoir commandé des pizzas XXL pour tout le monde, je vais chercher un paquet d'enveloppes dans la corbeille du courrier entrant. Je mets à part pour Sandeep les recommandés, que je ne suis pas censé ouvrir. Je fais une autre pile pour les nombreuses factures et je trie le reste. Il s'agit principalement de demandes de prise en charge d'affaires par l'association. Je suis toujours étonné par le nombre de gens qui préfèrent envoyer une lettre qu'un mail.

Ils espèrent sans doute que ça aura plus de poids. Présumé Innocent reçoit plus de demandes qu'elle ne pourrait en traiter en triplant son personnel.

En ouvrant une enveloppe A4 adressée à Eli, j'y trouve une unique feuille sur laquelle figurent les quelques lignes suivantes :

Tu t'en es pris à ceux qu'il fallait pas, tête de con.

Je vais te baiser comme tu nous as baisés.

Et ce sera un plaisir de te regarder crever.

J'ai un mouvement de recul, comme si je venais de me prendre un coup de poing.

– Sandeep !

Il lève le nez de son ordinateur d'un air interrogateur et je lui tends la feuille.

– Regarde ça !

Il la prend et lit, mais n'a pas l'air plus choqué que ça.

– Ah, ouais... On en reçoit tout le temps. Je vais la ranger dans la chemise « Menaces de mort ».

– La chemise *quoi* ? dis-je avec horreur. Il y a carrément une *chemise* pour ça ?

– C'est le tarif pour toutes les grosses affaires. En général, c'est juste des connards pas contents qui ont besoin de se défouler. Mais on doit quand même tout garder, au cas où.

Après un dernier coup d'œil, il replie la feuille et la remet dans l'enveloppe.

– Au moins, dans celle-là, il n'y a rien sur les juifs. Eli reçoit plein de courriers antisémites. Ceux-là ont droit à une chemise à part.

– J'y crois pas, dis-je faiblement.

Mon rythme cardiaque s'est accéléré. Je savais que l'association devait gérer pas mal de merdes, mais je n'imaginais pas que ça allait jusque-là.

Sandeep me tapote l'épaule.

– Désolé, Knox. Je ne voudrais pas passer pour un blasé. Je sais que c'est choquant, surtout la première fois. Mais ça n'a rien d'exceptionnel vu notre activité, et on a mis en place les procédures adéquates pour gérer ça.

Il plisse le front devant mon visage en sueur, et sans doute livide.

– Ça t'angoisse ? Tu veux rentrer chez toi ?

Je déglutis en regardant Eli faire de grands gestes dans la salle de réunion.

– Non, non, je n'ai pas peur pour moi. Mais Eli…

– Il a l'habitude, me répond doucement Sandeep. Il a choisi de faire ce boulot et ces gens-là ne lui font pas peur.

Il jette l'enveloppe sur le bureau avec une expression de dégoût.

– C'est juste des lâches, c'est tout. Des gens qui envoient des lettres anonymes ou qui se cachent derrière leur écran pour intimider et menacer au lieu de se bouger pour régler leurs problèmes.

Je pose les yeux sur mon portable, rempli des messages triomphants et fielleux d'Inconnu.

– Ouais. Je vois ce que tu veux dire.

* * *

J'avais prévu de rentrer directement après le boulot, mais à 17 heures, je me sens toujours aussi déprimé et à cran. Du coup, sur le chemin de l'ascenseur, j'envoie un message à Maeve en me retenant de respirer les vapeurs âcres de l'institut capillaire :

T'es où ?

Elle me répond tout de suite :

Café Contigo.

Tu veux de la compagnie ?

Toujours.

Le bus étant bloqué par la circulation, je cours pour arriver à l'arrêt avant lui. Je monte avec mon portable dans la main, et il vibre au moment où je m'assois à côté d'une vieille dame aux cheveux gris frisottés. Elle me regarde sortir mes oreillettes avec un grand sourire, et je lui réponds avant de mettre mes oreillettes. Désolé, mamie. *Not Today*, comme la chanson d'Imagine Dragons me le braille dans les oreilles alors que je lis le dernier message envoyé par Kiersten.

Charge ça. Nouvelle appli de messagerie pour échanger entre nous.

Le lien m'amène sur un truc du nom de ChatApp. L'icône est une bulle de texte bleue ceinturée par un cadenas. En retour, je tape :

Connais pas. Tu reproches quoi aux dix applis que j'ai déjà ?

Kiersten me répond par un emoji qui hausse les épaules.

Sais pas. C'est Kelsey, elle dit que ça synchronise mieux avec son ordi.

Ma deuxième sœur est une sorte de dinosaure qui préfère utiliser son ordi plutôt que son téléphone pour envoyer des messages.

Et c'est mieux protégé.

Ouf. Imagine que les détails top secrets du mariage fuitent.

Haha. Wing Zone a réparé son poulet ?

Ouaip, c'est redevenu un poulet à cent pour cent. Avec un chapeau de leprechaun pour la Saint-Patrick.

Ma sœur me répond par trois emojis qui rient et je charge docilement la nouvelle appli. À peine inscrit, j'ai déjà quatre invitations en attente, de Kiersten, Katie, Kelsey et Kara. Ne me sentant pas prêt à subir un nouveau déluge sororal, je quitte ChatApp sans les accepter. De toute façon, je suis presque arrivé à mon arrêt et je dois me lever pour sortir.

Le Café Contigo est à moins de deux cents mètres de l'arrêt de bus. Je retrouve Maeve à sa table habituelle, avec son portable et sa tasse de café. Je m'assois en retirant mes oreillettes.

– Quoi de neuf ?

Elle pose son téléphone, qui vibre deux fois.

– Pas grand-chose. Ça a été, au boulot ?

Je n'ai pas envie de parler des menaces de mort. Je préfère penser à autre chose. Je désigne son portable, qui s'est remis à vibrer.

– Tu ne réponds pas ?

– Non, c'est juste Bronwyn qui est au théâtre et qui m'envoie des photos de la pièce. La scénographie est géniale, apparemment.

– Je ne savais pas qu'elle était branchée théâtre.

Maeve secoue la tête d'un air mi-amusé, mi-exaspéré.

– Elle croit que je le suis aussi sous prétexte que j'ai joué une fois dans une pièce. On dirait ma mère. Dès que je montre le moindre intérêt pour un truc, elle espère que j'ai trouvé la passion de ma vie.

Un serveur arrive, un étudiant grand et maigre du nom

d'Ahmed, et je commande un Sprite. J'attends qu'il s'éloigne pour demander :

– Comment elle va, au fait, après le numéro de vendredi ? Elle a encore rompu avec Nate ?

– Je ne sais pas si on peut rompre quand on ne s'est pas officiellement remis en couple, dit Maeve en soupirant. Elle ne veut pas en parler. Enfin, elle en a parlé *en boucle* samedi, mais elle s'est refermée comme une huître maintenant qu'elle est repartie à Yale. Je te jure, j'ai vraiment l'impression que quand elle est là-bas, ça court-circuite toutes ses émotions.

Elle boit une gorgée de café et ajoute avec une moue ironique :

– Elle est persuadée que Nate a adoré. Je parle du baiser. Ce n'est pas du tout l'impression que j'ai eue, mais elle n'écoute rien.

– Tu lui as expliqué que ça faisait partie d'un jeu ?

Maeve se mord la lèvre.

– J'ai essayé ! Mais je ne suis pas trop entrée dans les détails, parce qu'elle flipperait si elle savait que ça a un rapport avec Simon. Elle était déjà assez bouleversée comme ça. Cette photo à la con était partout sur les réseaux ce week-end. D'ailleurs, ça me fait penser que j'ai un truc à te montrer.

Elle balaie l'écran de son portable et me le tend.

– Je suis tombée là-dessus, l'autre jour. Tu te souviens du forum sur lequel Simon postait ses messages ?

Je hoche la tête.

– Ben ça, c'est la nouvelle version, sauf que les messages s'effacent au bout de quelques heures.

– Quoi ? Mais comment tu l'as découvert ?

– Par hasard, la semaine dernière, en faisant des recherches sur le vieux pseudo de Simon. Il y avait un post qui mentionnait Bayview et une histoire de jeu.

Elle pianote nerveusement sur la table.

– Je ne me rappelle plus trop ce que ça disait. C'est bête, j'aurais dû faire une capture. Mais je ne pouvais pas me douter que les posts s'effaçaient.

Je lis la poignée de messages qui s'affichent sur l'écran. Une certaine Méduse a vraiment une dent contre un de ses profs.

– Bon, OK… Et tu penses quoi, au juste ? Que Méduse est le maître du jeu d'Action ou Vérité ?

– Pas forcément plus qu'un autre. En plus, il ou elle a l'air assez monomaniaque. Mais ça peut aussi être celui qui lui répond. Tu ne trouves pas ça bizarre, toi, que les premiers messages qu'on a reçus parlent de Simon et que ce forum apparaisse tout de suite après et fasse pareil ?

– Si, peut-être, dis-je sans conviction.

Le lien me paraît ténu, mais bon, Maeve s'y connaît bien mieux que moi en traquage de ragots venimeux.

– Je devrais mettre en place une sorte de système de surveillance, ajoute-t-elle pensivement. Un truc comme PingMe.

Devant mon air perplexe, elle précise :

– C'est un outil qui te prévient quand des messages tombent sur un site. C'est plus rapide qu'une alerte Google.

Ça me permettrait de suivre ces conversations avant qu'elles disparaissent.

Puis ses yeux se perdent dans le vague. J'ai beau trouver que son intérêt pour ces posts débiles frôle la fixette, je vois bien que ce n'est pas la peine de discuter. Alors je me contente de lui rendre son portable sans ajouter de commentaire. Dans le geste qu'elle fait pour le reprendre, sa manche remonte sur son bras en révélant un bleu violacé.

– Ouch, comment tu t'es fait ça ?

– Quoi ?

Elle suit mon regard et retient son souffle. Puis elle pâlit en se figeant comme une statue, avant de rabattre sa manche en tirant dessus.

– Oh, j'ai dû me cogner, j'imagine.

– Tu imagines ?

Elle baisse le nez et un malaise me noue l'estomac.

– Quand ça ?

– Je ne sais plus.

J'humecte mes lèvres desséchées.

– Maeve, c'est… c'est quelqu'un qui t'a fait ça ?

Elle relève vivement la tête et lâche un rire surpris.

– Quoi ? Enfin, Knox, mais non ! Je te jure, ça n'a rien à voir !

Elle me regarde droit dans les yeux et je me détends un peu. Si je sais une chose sur elle, c'est qu'elle est incapable de regarder quelqu'un en face en disant le moindre mensonge, même le plus anodin. Ne lui demandez jamais ce qu'elle pense de votre coupe de cheveux si vous n'êtes pas prêt à affronter la vérité. Je l'ai appris à mes dépens pas plus tard que la semaine dernière.

– Bon, OK…

Je me tais, parce que je ne sais plus de quoi on parlait. Puis le regard de Maeve se pose quelque part derrière moi et elle agite la main. En me retournant, je découvre un gamin frêle aux cheveux blond vénitien qui rôde à quelques mètres de nous.

– Salut, Owen ! lui dit Maeve. Phoebe ne travaille pas aujourd'hui.

– Je sais. Je viens chercher un plat à emporter.

Il s'éloigne et Maeve me précise à mi-voix :

– C'est le petit frère de Phoebe. Il vient souvent après la classe, surtout histoire de parler avec sa sœur ou avec M. Santos, quand ils sont disponibles. Je crois qu'il se sent un peu seul.

On dirait que le petit scandale autour du « jeu » des messages a rapproché Maeve et Phoebe, ce qui est la seule bonne chose qui en soit sortie jusque-là. Maeve est un peu perdue depuis le départ de Bronwyn, et Phoebe a bien besoin d'un soutien ces jours-ci. Le lycée continue à bruire de remarques humiliantes et son amie Jules déjeune désormais avec toute la clique de Monica Hill. Il faut croire qu'elle a trouvé une super occasion de tirer son épingle du jeu : l'ascension sociale grâce à Action ou Vérité.

M. Santos sort de sa cuisine pour donner un grand sac en papier kraft à Owen, puis agite la main pour refuser le billet qu'il veut lui donner.

– Non, non, *mijo*, range-moi ça. On ne veut pas de ton argent ici. Comment ça va, au collège ? Phoebe dit que tu prépares le concours d'orthographe ?

Owen se met aussitôt à parler avec un débit de mitraillette, mais je n'écoute plus parce que je pense à l'air soulagé qu'il a eu quand M. Santos a refusé son billet. Ma mère a suivi le dossier d'assurance-vie de M. Lawton après son décès. Un jour où elle ne savait pas que j'écoutais, je me souviens de l'avoir entendue dire à mon père que la boîte avait payé bien moins qu'elle n'aurait dû. « À mon avis, Melissa Lawton ne se rend pas compte à quelle vitesse cet argent va filer maintenant qu'elle n'a plus de rentrées. »

Quand Owen finit par se retourner, il a un grand sourire sur le visage et je me dis que ça lui a fait du bien de discuter un peu. M. Santos doit représenter une sorte de figure paternelle pour lui, ou un grand frère. Je comprends très bien. Je sais ce que c'est de ne grandir qu'avec des grandes sœurs, même des sœurs géniales. Ce n'est pas elles qui peuvent t'expliquer comment un gars est censé se comporter au vingt et unième siècle. Lorsqu'il passe devant notre table, je me surprends à lui demander :

– Tu aimes bien *Bounty Wars* ?

Owen s'arrête et désigne son tee-shirt

– Oh *ouais* !

– Pareil. Moi, c'est Knox. Je suis au lycée avec Phoebe.

Maeve hoche la tête en souriant, comme pour confirmer à Owen qu'il peut me croire.

– C'est qui, ton avatar ?

Owen prend un air un peu réservé avant de me répondre :

– Dax Reaper.

– C'est vrai ? Moi aussi ! T'es à quel niveau ?

– Quinze.

– Carrément ? Je n'arrive pas à dépasser le niveau douze !

Le visage d'Owen s'illumine.

– Faut juste savoir choisir son arme ! me répond-il aussitôt.

Et le voilà lancé. On discute stratégie jusqu'à ce que je m'aperçoive qu'une tache de gras se répand sur son sac en kraft.

– Tu ferais bien de rapporter ça chez toi vite fait, dis-je. On doit t'attendre pour dîner.

– Ouais.

Owen se dandine d'un pied sur l'autre avant de me demander :

– T'es ami avec Phoebe ?

Bonne question. Je ne dirais pas ça, même si, maintenant qu'elle voit davantage Maeve au lycée, je passe logiquement plus de temps avec elle. Dans le nid de serpents qu'est devenu Bayview, mieux vaut maintenir une saine distance avec tout le monde.

– Ben, oui.

– Viens jouer à *Bounty Wars* avec nous, un jour. Je dirai à Phoebe de t'inviter. Salut !

Et il s'en va.

Maeve, qui a passé toute la conversation le nez dans son portable, me donne un petit coup de genou.

– C'était trop gentil.

– Arrête de dire que je suis gentil, dis-je en marmonnant.

Ça la fait sourire.

À ce moment-là, un grand gars aux cheveux bruns en bataille entre en tenant la porte pour laisser Owen passer sous son bras. Il doit avoir un ou deux ans de plus que moi. Ses yeux inspectent la salle, glissent sur nous sans nous accorder beaucoup d'intérêt et s'arrêtent sur une serveuse qui prépare les paniers de condiments au fond. Son regard a quelque chose d'un peu trop insistant. M. Santos, qui compte ses tickets de caisse, lève la tête et semble avoir la même impression que moi.

– Bonsoir, lui lance-t-il.

Le gars traverse la moitié de la salle sans quitter la serveuse des yeux, jusqu'à ce qu'elle se retourne et révèle le visage d'une femme de quarante ans qui dément sa queue-de-cheval juvénile. Monsieur Regard intense se tourne enfin vers M. Santos.

– Salut, Phoebe est là ?

Il parle trop fort pour le petit espace.

M. Santos se penche en avant en croisant les bras sur le comptoir.

– Si vous avez besoin de quelque chose, je peux peut-être vous aider.

Pas de « *mijo* » pour celui-là.

– Je cherche Phoebe. Elle travaille ici, non ?

M. Santos ne répond pas tout de suite et le gars crispe les mâchoires en enfonçant les poings dans les poches de sa veste de chasse kaki.

– Vous comprenez pas l'anglais, *señor* ? fait-il avec un accent espagnol de série télé.

Maeve inspire un grand coup, mais M. Santos ne se départit pas de son sourire.

– Je vous comprends on ne peut mieux.

– Alors répondez à ma question.

– Si vous voulez commander quelque chose, je me ferai un plaisir de vous servir, reprend M. Santos, toujours sur le même ton.

– Écoutez, mon vieux…

Le gars s'avance, puis s'arrête net en voyant Luis et Manny sortir de la cuisine l'un après l'autre. Luis prend le torchon jeté sur son épaule et le fait claquer dans sa main en bandant ses biceps. Le moment est mal choisi pour moi de regretter de ne pas mieux maîtriser les codes de la virilité, mais franchement, Luis est stylé. Il réussit à avoir la dégaine de Captain America même avec un tee-shirt graisseux et un bandana.

Ça n'échappe pas à Maeve, qui est presque en nage.

Sans être aussi sportif que son frère, Manny est super baraqué, et intimidant à souhait quand il croise les bras en roulant les yeux. Ce qu'il est en train de faire.

– On a besoin de toi en cuisine, p'pa, dit-il en fixant Monsieur Regard intense. On s'occupe de la salle.

L'autre est peut-être un gros con, mais il n'est pas débile. Il tourne les talons et ressort.

Les yeux de Maeve s'attardent sur le comptoir jusqu'à ce que Luis reparte en cuisine, puis elle se tourne vers moi.

– C'était quoi, ça ?

Puis son portable vibre et elle lâche un grognement irrité.

– C'est bon, Bronwyn, tu me lâches un peu ? La scénographie, ça ne me passionne pas plus que ça.

Elle tourne quand même son portable pour lire l'écran, et pâlit.

– Oh non…

– Quoi ?

Elle fait glisser l'appareil vers moi en écarquillant ses yeux d'ambre.

Maeve Rojas, à toi de jouer ! Envoie-moi ton choix. Prendras-tu Action ou dois-je révéler une vérité ?

CHAPITRE DIX

Maeve

Mardi 3 mars

> Celui qui reçoit un message a 24 heures pour m'envoyer sa réponse.

Je suis au Café Contigo devant un café froid auquel je n'ai pas touché, parce que je n'arrête pas de relire le post d'Askip rappelant les règles d'Action ou Vérité. On est mardi et il est 15 h 15, ce qui me laisse un peu moins de trois heures avant l'échéance. Mais je m'en fous. Je ne jouerai pas. Je me suis déjà retrouvée en plein milieu du cauchemar de l'affaire Simon Kelleher, et je refuse de participer à quoi que ce soit qui traite cette histoire à la légère. C'était une tragédie, pas une blague, et ça me rend malade que quelqu'un essaie d'en faire un jeu. Je ne serai pas le pion d'Inconnu, et il peut faire ce qu'il voudra parce que je n'ai rien à cacher.

Sans parler du fait que, à l'échelle des trucs qui comptent, Inconnu n'est qu'un moucheron.

J'affiche la liste de mes numéros favoris. J'en ai cinq : mes parents, Bronwyn, Knox et mon oncologue. En appuyant sur le gros bleu qui s'étale sur mon avant-bras, je peux presque entendre la voix du Dr Gutierrez me dire : « Un traitement précoce est absolument déterminant. C'est grâce à ça que tu es toujours là. »

Je l'appelle sans trop me laisser le temps de réfléchir et une femme décroche aussitôt :

– Ici le cabinet du Dr Gutierrez.

– Allô, bonjour, euh, j'aurais une question de... diagnostic.

– Êtes-vous une patiente du Dr Gutierrez ?

– Oui. Je me demandais si...

Je baisse la voix en me tassant sur ma chaise.

– Théoriquement, si je voulais passer un examen pour... savoir où j'en suis en termes de rémission, est-ce que je pourrais le faire sans que mes parents soient au courant ? Je ne suis pas majeure.

Il y a un silence au bout de la ligne.

– Vous pouvez me donner votre nom et votre numéro de téléphone ? me demande la femme.

Je crispe une main moite sur l'appareil.

– Vous pouvez répondre à ma question d'abord ?

– L'accord parental est nécessaire pour les mineurs. Mais si vous me...

Je raccroche. C'est bien ce que je pensais. Je tourne le bras pour ne plus voir le bleu. Hier soir, j'en ai trouvé un autre sur le haut de ma cuisse. Leur simple vue me remplit de terreur.

Une ombre passe sur ma table et je découvre Luis en levant les yeux.

– J'ai mis au point un petit exercice de prise de conscience.

Je cligne des paupières, un peu perdue. Luis représente un monde si éloigné de mes préoccupations du moment que je dois me forcer à repousser mes pensées d'unités de cancérologie et de messages anonymes pour me concentrer sur lui. Et même alors, je ne suis pas certaine d'avoir bien entendu.

– Quoi ?

– Tu te souviens de cette notion d'extérieur à laquelle tu ne crois pas ? Je vais te prouver que tu as tort. Viens, on va dehors !

Il me fait signe de me diriger vers la porte avant de croiser les bras. Après l'épisode d'hier entre M. Santos et le gars agressif, j'ai du mal à ne pas mater ses biceps. S'il pouvait refaire le coup du torchon deux ou trois fois, ou vingt…

Il attend ma réponse, puis soupire.

– Une conversation implique généralement plus d'une personne, Maeve.

Je réussis à décongeler ma langue.

– On va où ?

– Dehors, répète patiemment Luis, comme s'il s'adressait à un enfant très jeune et pas très futé.

– Et ton boulot ?

– Je commence à cinq heures.

Mon portable me nargue, posé sur la table devant moi. Peut-être qu'en rappelant, je tomberais sur une autre personne et une autre réponse.

– Je ne sais pas trop…

– Allez. Qu'est-ce que t'as à perdre ?

Il me décoche un de ses sourires à cent mille watts et, d'un coup, je suis debout. Quand je vous disais que j'étais sans défense face à cette catégorie de mecs.

– Et tu as quoi en vue dans ce fameux « extérieur » ?

– Surprise, me dit-il en me tenant la porte.

Sur le trottoir, je regarde à gauche, puis à droite en me demandant par où on va partir, mais il s'arrête devant un vélo attaché à un parcmètre et entreprend d'enlever la chaîne.

– Euh… il est à toi ?

– Non, j'ai trouvé une clé dans ma poche et c'était celle de ce cadenas. C'est dingue, non ? réplique-t-il en enroulant la chaîne sous la selle.

Il me décoche un nouveau sourire quand il a terminé.

– Évidemment que c'est le mien. On a à peu près un kilomètre cinq à faire.

– OK mais… (Je désigne l'espace autour de nous.) Je n'ai pas de vélo, moi. Je suis venue en voiture.

– Tu n'as qu'à monter avec moi.

Enfourchant l'engin, il pose les mains sur le guidon pour le stabiliser.

– Allez, grimpe !

– Grimper où ?

Il attend.

– Tu veux que je saute sur le *guidon* ?

– Tu ne faisais pas ça quand tu étais petite ?

Ben non, vu que j'ai passé la moitié de mon enfance à l'hôpital.

J'avoue que ça me tente bien, et ça ne me ferait pas de mal de me changer les idées. Mais il n'en reste pas moins que je ne sais pas faire de vélo.

– On n'est pas des gosses, il n'y a pas assez de place.

– Mais si. Je le fais tout le temps avec mes frères et ils sont bien plus costauds que toi.

– Tu fais ça avec Manny ? dis-je, incapable de garder mon sérieux devant l'image qui surgit dans ma tête.

Ça le fait rire aussi.

– Je parlais de mes autres frères, les petits. Mais je suis sûr que ça marcherait avec Manny.

J'hésite encore, incapable de visualiser comment on pourrait y arriver, et son sourire plein d'assurance finit par s'estomper.

– Si tu préfères, on peut faire un tour à pied.

– Non, non, le vélo, c'est super, dis-je.

Ça me fait trop bizarre de voir Luis avec cet air déçu. Les gens à qui on ne dit jamais non sont carrément paumés quand ça leur arrive. Et puis ça ne doit pas être si compliqué. Ce n'est pas pour rien que tout le monde dit que c'est facile.

– Bon, ben, je grimpe, alors.

Après un coup d'œil méfiant sur le guidon, qui ne me frappe pas par son allure accueillante, je conclus que je ne m'en sortirai pas en bluffant.

– Mais je fais comment, concrètement ?

Luis passe direct en mode coach.

- Tu te mets devant moi en me tournant le dos et tu places les jambes de chaque côté de la roue.

Ce n'est pas super pratique, mais je m'exécute.

– Maintenant, pose les mains derrière toi sur le guidon. En serrant bien, comme ça.

Ses mains, chaudes et un peu calleuses, se replient brièvement sur les miennes.

– Et là, tu fais une traction pour te soulever et… Super !

Il rit, surpris, quand je me perche sur le guidon d'un mouvement fluide. Même si je ne sais pas trop comment je m'y suis prise.

– Nickel ! T'es une vraie pro !

Je me suis déjà trouvée dans des positions plus confortables, et on peut même dire que ce n'est pas très stable. Surtout quand Luis se met à pédaler.

– Luis, on va mourir, là ! lâché-je en fermant les yeux.

Mais il pose son menton sur mon épaule et une douce brise me caresse le visage. Franchement, il y a pire.

Pédalant avec vitesse et assurance, il gagne sans à-coup la piste cyclable qui longe Bayview. Elle est large et presque déserte. De temps en temps, un petit point surgit au loin devant nous, puis, en moins de deux, Luis l'a dépassé.

– Accroche-toi, je vais freiner, me prévient-il dix minutes plus tard.

Nous sommes devant des grilles en fer forgé à côté desquelles un panneau en bois annonce : ARBORETUM DE BAYVIEW.

Je descends de manière beaucoup moins élégante que je ne suis montée, mais Luis ne paraît pas le remarquer. Il accroche son vélo à un poteau, prend une gourde dans sa sacoche et en vide la moitié en quelques gorgées.

– Ça te dit, l'Arboretum ? me demande-t-il.

– C'est génial ! Ça fait super longtemps que je ne suis pas venue.

On s'engage dans une allée de gravier bordée de cerisiers qui commencent à peine à fleurir.

– J'adore cet endroit, me dit-il. C'est super paisible ! Je viens chaque fois que j'ai besoin de réfléchir.

Je le regarde à la dérobée. Avec sa peau hâlée, sa large carrure et son sourire détendu, je n'aurais jamais imaginé que Luis était du genre à rechercher le calme pour méditer.

– Et tu réfléchis à quoi ?

– Bah, à des pensées profondes sur l'humanité et l'état du monde, tout ça… Ça me préoccupe beaucoup.

Je penche la tête sur le côté en écarquillant les yeux pour l'inciter à me donner des exemples et il sourit en croisant mon regard.

– Oui, enfin, je n'en ai pas à cet instant précis. Donne-moi une minute.

Je souris à mon tour. Impossible de faire autrement.

– Et quand tu ne médites pas sur des questions existentielles, tu as l'esprit occupé par quel genre de pensées ?

– Me tenir à flot sur tous les fronts, répond-il aussitôt. Par exemple, ce semestre, j'ai un paquet d'heures de cours plus des TP supplémentaires parce que j'essaie de passer mes exams en avance. Je bosse vingt à trente heures par semaine au café, en fonction des besoins. Et puis je continue à jouer au baseball de temps en temps. Juste des matchs improvisés avec les potes, rien à voir avec l'an dernier avec Cooper, mais on essaie de monter une ligue. Ah, et j'aide un peu mon frère à entraîner les petits de temps en temps. Tout ça, ça me plaît, mais c'est prenant. Enfin, tu vois, quoi, il y a des moments où je finis par m'y perdre.

Non, je ne vois pas. Au lycée, j'étais persuadée qu'il ne faisait que jouer au baseball et aller à des fêtes.

– Je ne savais pas que tu étais aussi actif.

On approche d'une roseraie. Ce n'est pas encore le printemps et la plupart des rosiers n'en sont qu'à leurs premiers boutons, mais quelques frimeurs arborent déjà des fleurs.

– C'est une manière polie de dire que tu me prends pour un sportif décérébré ? me demande-t-il en me glissant un coup d'œil.

– Pas du tout !

Je m'absorbe dans la contemplation des rosiers, parce que c'est exactement ce que je pensais de lui jusqu'à cet instant. J'ai toujours considéré Luis comme un gars sympa autant que peuvent l'être les champions du lycée, et il a gagné des points lorsqu'il a continué à soutenir Cooper alors que tous ses autres amis de terminale lui tournaient le dos. Mais ça s'arrêtait là.

Ah, et il y a son physique, bien sûr. Il a toujours été très beau. Et voilà qu'il révèle toutes ces faces cachées qui le rendent plus attirant que jamais, ce qui, franchement, n'est pas du jeu. Je n'avais vraiment pas besoin d'être encouragée.

– C'est juste que je n'avais pas réalisé que tu avais autant de projets, dis-je. Ça m'impressionne.

– Oh, n'exagérons rien. Je fais des trucs qui me plaisent et on verra bien où ça me mène.

– Ça a l'air si simple, présenté comme ça !

Je ne peux pas masquer une certaine envie.

– Et toi, quel est le genre de pensées qui t'occupent l'esprit ?

Ces derniers temps ? Toi.

– Moi ? Oh, les fondations philosophiques de la civilisation occidentale, bien sûr.

– Cela va de soi. Et quoi d'autre ?

La mort.

Je retiens les mots à la dernière seconde. Essayons de ne pas tomber dans la morbidité, Maeve. *Voyons… je me demande si des horreurs sur moi vont être envoyées à tout le monde dans approximativement deux heures et cinq minutes.* C'est pas vrai… Je me rends compte brusquement que Luis est honnête avec moi depuis le début alors que je n'ai pas réussi à lui dire une seule chose sincère, tellement je suis empêtrée dans mes doutes et mes secrets.

– Ce n'est pas un piège, précise Luis.

Je réalise soudain que j'ai traversé la roseraie sans ouvrir la bouche. On se trouve maintenant dans une mini prairie de fleurs sauvages qui jettent des taches de couleurs vives dans un enchevêtrement de verdure, et je ne lui ai toujours pas répondu.

– Ça peut être n'importe quoi, ajoute-t-il : la musique, les vidéos de chats, Harry Potter, les empanadas, ce que tu veux.

Puis, avec un sourire éclair :

– Moi, par exemple.

J'essaie d'ignorer mon cœur qui s'emballe.

– On ne peut rien te cacher. En fait, je me demandais combien de pétales de roses il faudrait pour épeler ton nom sur la pelouse.

– Quinze, réplique-t-il aussitôt.

Je ricane et il écarquille les yeux d'un air innocent.

– Quoi ? Ça m'arrive super souvent. Les jardiniers m'interdisent carrément de venir ici au printemps.

Je réprime un sourire.

– *Tienes el ego por las nubes, Luis.*

Il sourit aussi.

Sa main frôle la mienne, si brièvement que je ne saurais pas dire si c'est intentionnel. Puis il me dit :

– Tu sais, j'avais déjà envie de te proposer qu'on se voie l'année dernière.

J'ai chaud partout, et je jurerais avoir mal entendu jusqu'à ce qu'il ajoute :

– Mais Coop ne voulait pas.

Mon pouls s'affole. Merde, de quoi il se mêle, celui-là ? Mes relations amoureuses, ou leur absence, ce n'est pas ses affaires.

– Cooper ? Mais pourquoi ?

– C'est son côté protecteur, me répond Luis avec un petit rire. Il avait un peu de mal avec mon tableau de chasse, au lycée. Il ne croyait pas que j'étais prêt à changer.

On est au milieu de la prairie de fleurs sauvages, maintenant.

– Mais il avait tort, ajoute-t-il en me regardant du coin de l'œil.

Cette fois, ma respiration s'accélère. Qu'est-ce que je dois comprendre ? Je pourrais le lui demander, d'autant que c'est lui qui a amené le sujet. Ou je pourrais simplement exprimer ce que j'ai dans la tête, à savoir : « Dommage que tu l'aies écouté. Tu ne voudrais pas faire une autre tentative ? » Mais à la place, je me force à rire en disant :

– Bah, tu connais Cooper. Il est comme ça avec tout le monde, c'est son côté papa. Et c'est papa qui a raison. « Écoute les conseils de papa. »

Luis glisse les mains dans ses poches.

– Ouais, c'est pas faux, fait-il à mi-voix, sur un ton où j'entends presque de la déception.

Quand on était au collège, Bronwyn me disait souvent que je flashais sur des garçons inaccessibles parce que ça me mettait à l'abri. « Tu préfères le rêve à la réalité. Ça te permet de garder tes distances. »

Et je levais les yeux au ciel, vu qu'elle non plus, elle n'avait pas de petit ami. Mais elle n'avait peut-être pas entièrement tort, parce que tout ce que je suis capable de dire, c'est :

– En tout cas, merci pour l'aide à la prise de conscience. Tu avais raison, j'en avais bien besoin.

– Quand tu veux, me répond Luis avec son insouciance habituelle.

Et je réalise, un peu accablée, que s'il existait la moindre chance qu'il se passe un truc avec Luis, je viens de la laisser filer.

* * *

Le soir, après le dîner, je suis nerveuse, agitée. Il y a maintenant trois points sur ma liste des sujets-auxquels-je-ne-veux-pas-penser : les hématomes et les saignements de nez, l'injonction d'Action ou Vérité qui arrive à échéance dans un quart d'heure, et le fait que je suis la dernière des lâches sur le plan affectif. Si je ne trouve pas un truc à faire qui me donne au moins *l'impression* d'être productive, je vais devenir dingue. Alors je prends mon ordi, je me perche sur la banquette de la fenêtre de ma chambre, je branche mon casque à mon portable et j'appelle Knox.

« Tu as une raison particulière de passer par une technologie vocale ? me demande-t-il en guise de salutation. C'est trop déroutant comme mode de communication ! Je t'assure, ça fait bizarre de tenir une conversation sans points de suspension qui clignotent ni correcteur ortho. »

– Moi aussi, Knox, je suis contente de te parler. Désolée, je suis sur mon ordi, j'ai besoin de garder les mains libres. Mais tu peux laisser des blancs dans la conversation si ça t'aide à te sentir mieux.

Je tape une recherche sur Google avant d'ajouter :

– Tu t'es déjà demandé comment on pouvait envoyer un message en masquant son identité ?

« C'est juste rhétorique ou tu comptes me l'expliquer ? »

– Je suis en train de chercher.

Au bout de quelques secondes, les réponses s'affichent.

– D'après WikiHow, il y a trois moyens.

« Je ne suis pas sûr que WikiHow fasse autorité en la matière. »

– C'est un point de départ.

Je m'éclaircis la gorge. En toute franchise, je me sens un peu idiote. Il y a dix-huit mois, je piratais le panneau de configuration du site de Simon à la recherche d'indices qui auraient échappé à la police. Et là, je suis réduite à chercher des infos sur WikiHow. Si j'en savais moitié autant sur le fonctionnement des téléphones portables que sur les systèmes informatiques !

– Alors... Ça dit qu'on peut passer par un site de messagerie, une appli ou une adresse mail.

« OK. Et ça t'avance à quoi ? »

– Ça me donne les connaissances de base. La vraie question est : comment retrouver un numéro à partir d'un message anonyme.

Je fronce les sourcils.

– Je rêve. La première réponse sur Google remonte à trois ans. Pas bon signe.

Knox me laisse lire un moment avant de déclarer :

« Écoute, si c'est Inconnu qui t'inquiète, tu n'as qu'à choisir Action. Ce qu'il demande reste assez inoffensif. »

– Quand Jules a embrassé Nate, ça n'avait rien d'inoffensif.

« C'est vrai, admet Knox. Mais c'était lié aux circonstances. Si les choses avaient été claires entre Nate et Bronwyn, ça l'aurait sûrement énervée que Jules se jette sur son mec, mais elle s'en serait remise. En tout cas, elle ne lui en aurait pas voulu à *lui*. Ou Jules aurait pu choisir quelqu'un d'autre, ou encore rendre ça plus léger en se contentant d'une bise. Remarque, ça aurait peut-être été considéré comme de la triche. »

Une fenêtre s'ouvre sur mon écran et je me fige. C'est une alerte PingMe : *Le site que vous surveillez vient d'être mis à jour.* Je n'arrête pas de recevoir ce message à propos de Soif de vengeance, sur mon portable comme sur mon ordi, et je commence à regretter d'avoir installé ce système. Je ne découvre rien d'utile, seulement des commentaires assez glauques de gens qui se défoulent. Au moins Méduse a l'air de s'être un peu calmée. J'ouvre quand même un onglet de navigation pour taper l'URL.

Cette fois, il y a un chapelet de posts d'un certain EspritdesTénèbres, et à peine ai-je vu ce nom que je reconnais celui qui a éveillé ma curiosité au départ. Celui qui parlait de Simon, et de Bayview.

– Knox, dis-je, tout excitée. EspritdesTénèbres poste des messages.

« Hein ? Qui ça ? »

– Sur le forum.

J'entends Knox soupirer.

« Tu continues à espionner ce truc ? »

– Chut, je lis.

Je balaie les quelques lignes :

> Bravo à ceux d'entre nous qui SE BOUGENT LE CUL cette semaine.
> À savoir Bayview2020 et moi.
> Conseil aux non-initiés : ne nous cherchez pas d'embrouilles.

– Il reparle de Bayview, dis-je. Plus exactement de quelqu'un qui a inclus « Bayview » dans son pseudo. Je te parie que c'est quelqu'un du lycée.

« Il y a une autre hypothèse, observe Knox. C'est qu'il s'agisse d'un tordu fan de Simon qui a pris ce nom *parce que* c'est un tordu fan de Simon. Ce qui se tient, vu qu'on est sur un sous-forum de fans de Simon. »

Je fais une capture d'écran de la page avant de l'actualiser.

– Tu fais de l'ironie, là ?

Je ne suis pas surprise que Knox ne me prenne pas au sérieux. Bronwyn a réagi de la même façon la première fois, jusqu'à ce que mes recherches passent aux infos nationales grâce aux *Enquêtes de Mikhail Powers*.

« Si peu », me répond Knox.

La page se recharge et je pousse un cri de triomphe si bruyant que Knox proteste à l'autre bout de la ligne. Mon cœur me martèle la poitrine.

– OUAIS ! Je le savais ! Il y a un nouveau post d'EspritdesTénèbres, et écoute ce qu'il dit : « J'ai toujours voulu dépasser Simon, et putain, je crois que j'y suis arrivé. Suite très prochainement. Tic tac. » T'entends, ça, Knox ? « Tic-tac » ! C'est pile l'expression d'Inconnu quand il est sur le point d'envoyer une injonction. C'est lui, je te dis !

« OK, c'est vrai que ça devient intéressant, admet Knox. Mais ça peut être une coïncidence. »

– Tu rigoles ? Les coïncidences, ça n'existe pas dans ce genre de trucs. Et il se compare à Simon, ce qui veut dire que lui aussi, il se sert des ragots comme d'une arme. Je sais que c'est lui.

« Super. Et on fait quoi, maintenant ? Comment tu comptes découvrir qui est ce mec ? »

Sa question fait retomber mon enthousiasme.

– Ça, c'est la phase deux. Je m'en occuperai… plus tard.

« Ouais, désolé, j'arrive, dit Knox d'une voix qui s'éloigne, comme s'il tenait son portable à distance, avant d'ajouter à un volume normal : Faut que je te laisse, Maeve. Je suis au bureau. »

– Ah bon ? Tu ne devais pas répéter ce soir ?

« Si, mais on croule sous le boulot à Présumé Innocent, et ça ne fait pas de mal à ma doublure de s'entraîner un peu. J'ai séché. »

Il m'annonce ça tranquillement, mais je me souviens d'un temps où il n'aurait raté une répète pour rien au monde.

« Bon, écoute, Maeve, il est presque six heures, alors... si tu choisis Action, c'est le moment où jamais. »

– Pas question, je t'ai dit. Je ne joue pas à ce petit jeu.

N'empêche que j'ai du mal à avaler ma salive en jetant un coup d'œil à l'heure sur mon ordi. 17 h 59.

Je n'arrive pas à dire si le soupir de Knox exprime l'exaspération ou la résignation.

« Très bien. Mais il ne faudra pas venir te plaindre. »

CHAPITRE ONZE

Phoebe

Mardi 3 mars

Emma la reine de la ponctualité est en retard.

Je l'attends devant son casier depuis la sonnerie, qui a retenti il y a cinq minutes. On est censées aller au concours d'orthographe d'Owen – en présentant un front uni pour sauver les apparences vis-à-vis de notre mère –, mais je commence à avoir la sensation désagréable qu'elle m'a plantée.

Bon. Encore deux minutes et j'y vais.

Je me décale de quelques mètres pour lire les annonces sur le panneau d'affichage. SOIS LE GENRE DE PERSONNE QUI DONNE À CHACUN L'IMPRESSION D'ÊTRE UNIQUE, m'enjoint une affiche dans des lettres déclinant les couleurs de l'arc-en-ciel. Sauf que UNIQUE a été rayé et remplacé par UNE MERDE.

Ah, Bayview. On ne peut pas te reprocher de manquer de constance.

Une épaule bute contre la mienne et je me retourne.

– Pardon ! me lance gaiement Monica Hill.

Elle porte sa tenue de cheerleader de l'équipe de basket et ses cheveux platine sont noués par un ruban blanc et violet.

– Tu lis ton annonce ? C'est cool que tu montes un truc avec Emma.

– On ne monte rien du tout.

Je ne sais pas de quoi elle parle et je m'en fiche. Monica est super pote avec Sean et Brandon, et je ne marche pas dans son numéro de la fille sympa. Sans compter que ça fait des semaines qu'elle essaie de me piquer ma meilleure amie. Et qu'elle y arrive, a priori, puisque Jules est allée se confier à elle et pas à moi sur le défi qu'elle avait reçu d'Inconnu.

Les lèvres de Monica se retroussent dans un petit sourire.

– Ah bon ? Ce n'est pas ce qui est écrit ici.

Elle se penche pour poser le doigt sur une feuille bleue qui déclare *Cours de soutien par Emma Lawton*. Ma sœur colle ces affichettes dans tout le lycée, avec son numéro et la liste des matières concernées : maths, chimie, biologie, espagnol. Mais il y a une précision supplémentaire sur cette annonce-ci, gribouillée au bic sous l'écriture soignée d'Emma.

Plan à trois (rabais avec Phoebe Lawson)

Contactez-nous sur Instagram !

Je fixe en silence mon pseudo Instagram inscrit en bas de la feuille, avec une boule dans la gorge. Une vengeance de Brandon, à tous les coups, après que je l'ai jeté la semaine dernière. Mais quel connard.

Pas question de donner à Monica la satisfaction de me voir réagir. Quoi que je fasse ou que je dise maintenant, elle ira directement le lui répéter.

– Tu ne devrais pas être au match, toi ?

Alors que je finis ma phrase, une main passe au-dessus de mon épaule, s'empare de la feuille bleue et l'arrache du tableau d'affichage.

En me retournant, je vois Emma, avec sa chemise et son bandeau de toujours, qui froisse le papier d'un air impassible.

– Excuse-moi, dit-elle à Monica, qui a suivi l'opération avec un petit sourire ironique. T'es qu'un détritus. Pardon, je voulais dire : c'est qu'un détritus.

Emma se décale pour jeter la boulette de papier dans la poubelle de recyclage et se tourne vers moi, toujours aussi imperturbable.

– Désolée pour le retard. J'avais des questions à poser au prof d'histoire à la fin du cours. Prête ?

– Prête.

Je dois pratiquement courir dans le couloir pour suivre ses longues enjambées. Mon esprit bouillonne. Est-ce que je dois comprendre qu'elle me pardonne ? Ou du moins qu'elle ne m'en veut plus autant ?

– Merci, dis-je à mi-voix en franchissant la porte qui donne sur le parking.

Elle me glisse un regard par en dessous qui n'est pas exactement amical, mais pas hostile non plus.

– Il y a des gens qui ne savent pas s'arrêter. Bien obligée de leur rappeler qu'il y a des limites.

* * *

Contrairement à mon souvenir, l'auditorium du collège Granger est étouffant, violemment éclairé, et il sent le tissu moisi et les vieilles rognures de crayon. La moitié de la salle est occupée par des chaises pliantes, et je repère ma mère qui nous fait des signes énergiques depuis le troisième rang. Une lourde tenture masque la scène. Une femme d'âge moyen, vêtue d'un gilet ample et d'une jupe plissée, la franchit pour venir nous annoncer :

– Nous allons commencer dans quelques minutes.

Personne ne l'écoute. Ma mère continue à nous faire signe jusqu'à ce qu'on soit à un mètre d'elle avant de retirer ses affaires des deux chaises voisines et de rentrer les genoux sur le côté pour nous laisser passer.

– Vous arrivez juste à temps, nous dit-elle.

Elle est jolie, aujourd'hui. Ses cheveux bruns tombent en cascade sur un foulard aux tons automnaux qui met en valeur son teint mat. Ça me remonte le moral, je me rappelle qu'elle était toujours la maman la mieux habillée quand j'étais au collège. Elle a une élégance naturelle, mais ne fait plus beaucoup d'efforts depuis la mort de mon père. Ça lui a visiblement fait du bien de s'occuper du mariage d'Ashton et d'Eli. D'ailleurs, elle souffle aussitôt à Emma en tirant sur sa manche :

– J'ai besoin de toi pour régler quelques trucs pour le mariage.

Elles parlent en chuchotant et j'en profite pour sortir discrètement mon portable. Emma m'a carrément adressé la parole en chemin et je n'ai pas voulu menacer cette trêve fragile en consultant mon compte Instagram. Mais j'ai besoin de mesurer l'ampleur des dégâts.

Mon écran se remplit de notifications à la seconde où je tombe sur mon compte. Je prends cher.

Logique : mon dernier post était un selfie en pleines révisions qui m'avait valu une vingtaine de commentaires. Maintenant, il y en a plus de cent. Je lis le premier – « Je souhaite m'inscrire à un plan à trois niveau débutant, merci » – et je referme aussitôt mon téléphone.

– Chers parents, bienvenue à notre concours d'orthographe annuel !

Mon cœur bat déjà à toute vitesse et la voix amplifiée par le micro me met encore plus à cran. C'est la même femme qu'il y a cinq minutes, debout devant un pupitre dans un coin de la scène. Dix enfants, dont Owen, se tiennent alignés à côté d'elle.

– Permettez-moi de vous présenter les experts qui vont maintenant vous éblouir par leur science de l'orthographe. Commençons par notre seul élève de sixième, Owen Lawton !

J'applaudis très fort jusqu'à ce que la principale passe au candidat suivant et je replonge dans mon portable. C'est comme si on venait de m'arracher un pansement et que je ne pouvais pas m'empêcher de gratter la plaie. Je mets mon compte en mode privé, ce que j'aurais dû faire il y a huit jours, avant d'aller voir les demandes dans ma messagerie. Des tas de gars que je ne connais pas me supplient de leur donner des « cours particuliers ». Il y en a même un qui s'est contenté de laisser son numéro de téléphone. Ça peut vraiment marcher, ce genre de tactique ? Est-ce qu'*une* fois, une fille a répondu à un message d'un inconnu parce qu'il lui avait laissé son numéro sur Insta ? Alors que je m'apprête à refuser le tout en bloc, un nom en bas de l'écran arrête mon regard.

Derekculpepper01. Salut, c'est Derek. Je me

C'est tout ce que je peux lire sans ouvrir le message. Pfff, qu'est-ce qu'il me veut, l'ex d'Emma ? On ne s'est pas reparlé depuis l'épisode de la buanderie. S'il s'excuse pour avoir vendu la mèche, je m'en fous, je ne veux pas le savoir. Trop tard.

Mon pouce plane de nouveau au-dessus de « Tout supprimer », mais la curiosité l'emporte.

Salut, c'est Derek. Je me demandais si on pouvait se parler. Tu peux m'envoyer un message ?

Il me laisse son numéro.

Bien. Ça soulève plus de questions que ça n'apporte de réponses.

Masquant mon écran pour empêcher Emma de voir ce que je fais, je vais sur le profil de Derek. Son flux Instagram ne contient pas *un seul* selfie. Rien que des photos de bouffe ou de son chien. Mais qui fait ça ? Il n'est pas moche à ce point. Il a un physique insignifiant, mais quand même.

Je regarde ma sœur du coin de l'œil. Je préférerais me couper le bras que de reparler à Derek Culpepper, et elle est forcément du même avis que moi. Ce qui fait de Derek la seule personne de notre trio tordu à souhaiter rouvrir le canal de communication, et il n'intéresse personne.

– Bien, reprend la principale, c'est parti. Owen, peux-tu nous épeler le mot « absurde » ?

Je relève la tête juste à temps pour croiser le regard de mon frère, qui lève le pouce avec un grand sourire en se croyant discret. J'essaie de lui sourire à mon tour en rangeant mon portable.

* * *

Deux heures plus tard, alors que ma mère est à une réunion à L'Anneau d'or, son réseau d'organisateurs de mariages, je suis allongée sur mon lit avec mon ordi sur les genoux. Emma travaille à son bureau, casque sur les oreilles, dodelinant de la tête en rythme avec la musique. Je n'irais pas jusqu'à dire que tout est redevenu comme avant, mais l'atmosphère s'est un peu détendue.

On frappe à la porte et Owen passe la tête à l'intérieur. Je me redresse tandis qu'Emma enlève son casque.

– Coucou ! dis-je. Hé, encore bravo, l'intello !

– Merci, me répond-il modestement. Mais franchement, ce n'était pas un *vrai* concours. Ils sont tous nuls en orthographe dans ce collège.

– Alex Chen s'est très bien débrouillé, nuance Emma.

Owen reste dubitatif.

– En quatrième, on devrait savoir épeler *parallèle*.

Il s'assoit au bord de mon lit et je lui retire ses lunettes toutes graisseuses pour essuyer les verres sur mon tee-shirt. On a l'impression qu'il manque quelque chose à son visage quand il ne les a pas.

– Phoebe, j'ai oublié de te dire. Il faut que tu invites ton copain, Knox je-sais-plus-qui.

– Il faut que… quoi ? fais-je en lui rendant ses lunettes, qu'il remet de travers. Comment tu connais Knox, toi ?

– Je l'ai vu au Café Contigo. Il joue à *Bounty Wars* ! précise-t-il, comme si ça expliquait tout.

– Tu es amie avec Knox Myers ? s'étonne Emma.

– On est mitoyens d'amis.

Elle hoche la tête d'un air approbateur.

– Ça a l'air d'être un mec bien.

– Il l'est, confirmé-je. Mais pourquoi tu veux que je l'invite, Owen ?

– Pour jouer à *Bounty Wars* ! On en a parlé au café.

Je commence à y voir plus clair. Mon frère a beaucoup de mal à déchiffrer les codes sociaux. Knox a dû lui poser des questions sur son jeu préféré pour être sympa pendant qu'il attendait d'être servi. Je ne suis pas intime avec Knox, mais ce serait bien son genre, c'est le style de gars que les parents adorent parce qu'il est gentil avec les petits et les vieux. Poli, propre sur lui et parfaitement inoffensif.

Ça m'a laissée perplexe qu'il sorte avec Maeve l'été dernier, parce qu'ils formaient vraiment un drôle de couple. Elle a un genre de beauté délicate qui passe sous le radar, mais dont on se demande comment on a pu ne pas la voir une fois qu'on l'a remarquée. Je ne connais personne d'autre qui ait cette couleur d'yeux miel sombre et qui traverse le lycée avec l'air de glisser à travers tout sans se soucier des conneries qui occupent les autres. Pas étonnant que Luis craque pour elle. *Eux*, je les vois très bien ensemble. Ça colle.

Ça paraît un peu superficiel comme façon de voir, mais ça n'en est pas moins vrai.

Cela dit, Knox a du potentiel. Avec quelques kilos en plus, une autre coupe de cheveux et un petit boost de confiance en soi, *bam*, Knox Myers pourrait briser des cœurs, un jour. Il n'est pas prêt, c'est tout.

Mon frère continue à me regarder d'un air plein d'espoir.

– Knox et moi, on n'est pas vraiment assez proches pour s'inviter, dis-je.

La lèvre inférieure d'Owen s'avance dans une moue boudeuse.

– Mais pourquoi ? T'as bien laissé entrer Brandon.

Ma poitrine se serre au souvenir de la langue gluante de Brandon essayant d'envahir ma bouche.

– Brandon *Weber* ?

L'exclamation d'Emma, lancée d'une voix aiguë, nous fait sursauter tous les deux.

– Cet abruti est entré chez nous ? Pour quoi faire ?

Je ne réponds pas, et le dégoût se change bientôt en colère sur son visage.

– J'y crois pas. C'est avec *lui* que tu es, maintenant ?

– On peut parler de ça à un autre moment ? dis-je avec un regard éloquent en direction d'Owen.

Mais le teint d'Emma est devenu rouge et marbré, jamais bon signe chez elle. Elle jette ses écouteurs sur son bureau et se lève pour marcher sur moi comme si elle allait me projeter contre le mur. Mais elle s'arrête à trente centimètres de moi, les poings sur les hanches.

– Bon Dieu, Phoebe, t'es complètement débile ! Brandon Weber n'est qu'une petite merde qui ne s'intéresse qu'à lui-même. Tu es au courant, j'espère ?

Je la regarde bouche bée, blessée et désorientée. Moi qui croyais qu'on était en train de dépasser le problème Derek, voilà qu'elle m'attaque sur Brandon ? À moins que... Oh non. Pas ça.

– Tu... Tu es sortie avec Brandon ?

Emma reste stupéfaite.

– J'y crois pas. Tu peux vraiment penser que... Mais non, enfin ! T'es dingue ? D'ailleurs, c'est bien le problème. Tu ne penses pas. Tu agis. Tu fais tout ce qui te passe par la tête sans réfléchir.

Retournant à son bureau, elle prend son cahier et son ordi et déclare en les serrant sur sa poitrine :

– Je vais à la bibli. Je ne peux pas bosser dans ce bordel.

Elle sort en claquant la porte, suivie des yeux par Owen.

– Dis, tu crois que vous allez arrêter de vous faire la guerre un jour ? me demande-t-il après un silence.

Je me voûte, trop épuisée pour nier.

– Tout est fichu, hein ? reprend-il, si bas que j'ai du mal à l'entendre. La famille. C'est comme ça depuis la mort de papa.

– Mais non, Owen !

Je passe le bras autour de ses frêles épaules et je l'attire à moi, mais il est si tendu qu'il reste plaqué contre moi comme une planche. Et j'ai un coup au cœur, brusquement, en réalisant que je ne sais même plus à quand remonte la dernière fois que j'ai fait un câlin à mon frère. Ni à ma sœur.

– Mais non, voyons ! Rien n'est fichu ! Tout va bien ! Emma et moi, on traverse juste une mauvaise passe.

Mais je me rends compte moi-même que mes paroles sont insuffisantes et qu'elles arrivent trop tard. Il aurait fallu que je passe les trois dernières années à réconforter Owen, pas les trois dernières minutes.

Il se dégage et se lève.

– Je suis plus un bébé, Phoebe. Je vois bien quand tu mens.

Puis il ouvre la porte, se faufile dans le couloir et la referme, plus doucement que ne l'a fait Emma mais d'une manière tout aussi parlante.

Je regarde l'heure en me laissant tomber sur mon lit. Incroyable qu'il soit seulement 19 heures. J'ai l'impression que je ne verrai jamais la fin de cette journée.

Tsss, pas de réponse de notre dernière joueuse.

Tu as donc perdu par forfait, Maeve Rojas.

Maintenant, à moi de révéler l'un de tes petits secrets en mode Askip.

Je fais les yeux ronds. Maeve ne m'a pas dit que c'était son tour, alors qu'on se voit beaucoup en ce moment au lycée. Soit cette fille est super réservée, soit elle a carrément du mal à affronter la réalité. Peut-être les deux.

En même temps, il n'y a pas de quoi paniquer. Contrairement à moi, Maeve ne multiplie pas les petits secrets honteux. Inconnu va sans doute nous servir une resucée de cette vieille histoire comme quoi elle a gerbé dans la cave d'un joueur de basket quand elle était en troisième. À moins qu'il ne parle de son crush pour Luis, bien qu'on puisse difficilement appeler ça un secret tellement ça crève les yeux. Quoi qu'il en soit, j'ai hâte que le message arrive pour pouvoir arrêter de focaliser sur ce jeu débile.

Et il tombe.

Le dernier ragot d'Inconnu remplit l'écran, et j'ai beau cligner des paupières cinq ou six fois, je ne parviens pas à y croire. Oh non. *Oh merde.*

Suit une avalanche de messages du style *Sérieux ? !,* si rapide que j'ai du mal à suivre. Me redressant tel un ressort, je me dépêche de composer le numéro de Maeve, mais elle ne répond pas. Logique. Elle a un appel plus urgent à passer.

CHAPITRE DOUZE

Knox
Mardi 3 mars

Le gars qui se trouve derrière la porte close de Port-Réal sue sang et eau. Il se tortille, se balance et se frotte la mâchoire toutes les trois secondes en parlant avec Sandeep.

– C'est quand même curieux comme les innocents peuvent parfois avoir l'air coupables, dis-je à Bethany Okonjo, une étudiante en droit qui travaille comme assistante juridique pour l'association.

On est installés à une table devant la salle de réunion, occupés à collecter des articles de presse sur l'affaire D'Agostino. Bethany prend des agrafes dans le tiroir en haussant les épaules.

– Et inversement, non ? Les coupables peuvent aussi avoir l'air terriblement innocents.

Elle me tend un article de fond sur le sergent Carl D'Agostino accompagné d'une photo. Il se pavane tout sourire en uniforme de flic, le bras autour des épaules d'un gars d'une vingtaine d'années qui brandit un insigne de police.

– C'est bizarre qu'ils aient choisi ce portrait et pas une photo de l'identité judiciaire, non ? ajoute-t-elle en rejetant sa tresse derrière son épaule. Aucun des types qu'il a piégés n'a eu droit à autant d'égards.

Je regarde la légende : *La semaine précédant son arrestation, le sergent Carl D'Agostino a félicité les étudiants de l'Université d'État de San Diego pour l'excellence de leur tutorat auprès de leurs jeunes camarades.*

– Je ne m'étais jamais fait la réflexion, dis-je, mais tu as raison. Les médias ne font que répéter combien ce type était génial avant que, oups, le scandale éclate. Comme s'il avait piégé dix-sept personnes sans le faire exprès.

Je pose l'article sur ma pile en jetant un coup d'œil à l'horloge. Presque 19 heures. Je ne suis jamais resté aussi tard, mais je commence à me dire que je suis le seul ici à partir à l'heure d'habitude. Les locaux continuent de bouillonner, les tables sont couvertes de dossiers, de boîtes à pizza vides et de canettes de Coca. Bethany ramasse la croûte de la sienne pour la grignoter.

– C'était pareil avec le gars de ton lycée, Jake Riordan, reprend Bethany. Tu te rappelles ?

Comme si j'avais pu oublier.

– *Jeune sportif très populaire impliqué dans l'affaire Simon Kelleher*, fait-elle d'une voix de présentatrice.

« Impliqué », vous voulez dire « qui a essayé d'assassiner sa petite amie » ?

– Lamentable.

Bethany ricane en poussant la dernière part de pizza vers moi.

– Eh oui. Le système judiciaire a un traitement à part pour les hommes blancs, riches et beaux. C'est bon à savoir si tu décides un jour de te lancer dans une carrière criminelle.

Je prends la pizza, mais elle est si froide et cartonneuse que je n'ai même pas envie d'en manger une bouchée.

– Je ne coche que deux de ces cases.

– Ne te surestime pas, surtout.

Eli passe avec un portable à la coque familière qu'il agite dans ma direction.

– C'est le tien, non ? Tu l'as laissé à la photocopieuse. Ah, et Maeve essaie de te joindre. Pardon, a essayé. Tu viens de la manquer.

Je me disais bien que mon portable était étrangement silencieux.

– Désolé, dis-je en le récupérant.

Je remarque juste que j'ai reçu un nombre surprenant de messages avant de le poser sur le bureau, avec l'air du pro qui a trop de boulot pour s'intéresser aux ragots du lycée. Eli a enfin retenu mon nom et commence à me confier des tâches plus intéressantes. Je ne vais pas tout flinguer en passant pour un ado obsédé du portable. Même si c'est le cas.

– Vous avez besoin de quelque chose ? lui demandé-je.

Eli passe la main dans ses cheveux fraîchement tondus.

– J'ai besoin que tu rentres chez toi. Sandeep soutient qu'il y a une législation sur le travail des mineurs, je m'en voudrais de l'enfreindre. Bref, rappelle Maeve et file, OK ? Le reste peut attendre jusqu'à demain.

Il regarde Bethany, en train d'agrafer des articles.

– Bethany, tu as le temps de revoir le planning des audiences de la semaine prochaine avec moi ?

– Oui, oui, dit-elle en inspectant la salle des yeux. On fait ça à Winterfell ?

Eli lève les yeux au ciel. Il ne s'y fera jamais.

– C'est parti !

Ils s'éloignent et je jette un œil suspicieux sur mon portable. Je déteste téléphoner. Mais peut-être que Maeve est de nouveau sur son ordi et qu'elle ne peut pas m'envoyer de message. Elle répond dès la première sonnerie.

– Ah, enfin, dit-elle à mi-voix, un peu essoufflée. J'avais peur que tu ne rappelles pas.

Je suis distrait par le type en sueur qui continue à tourner comme un fauve en cage dans la salle de réunion.

– Pourquoi je n'aurais pas rappelé ? Je blague quand je dis que je suis allergique aux appels. Enfin presque.

Pas de réponse. Je me dis qu'on a été coupés.

– Maeve ? Tu m'entends ?

– Je… Oui. Euh, tu fais quoi ?

– Je suis encore au boulot, mais j'allais y aller.

– OK. Bon. Tu as…

Elle se tait et il me semble l'entendre distinctement déglutir.

– Tu as regardé ton portable ?

– Non. Je l'avais laissé à la photocopieuse. Il y a du neuf ?

Je regarde l'horloge et, enfin, je percute.

– Merde. Il a envoyé le message, c'est ça ? Ça dit quoi ? Ça va ?

– Oh, Knox, je suis désolée, me dit Maeve d'une voix pâteuse. Vraiment, vraiment désolée.

– Quoi ? Qu'est-ce qu'il y a ? Tu commences à me faire flipper.

J'ai le ventre noué, maintenant.

– Tu *pleures* ?

– Euh…

Elle pleure.

– Bon, écoute… Je vais te le lire parce que… je ne veux pas que tu t'infliges la lecture de toutes les réactions qui s'affichent avant. Elles sont juste débiles, comme toujours.

Elle prend une inspiration saccadée.

– Mais d'abord… il faut que tu saches que je n'ai jamais dit ça, d'accord ? Je n'aurais jamais fait un truc pareil. Je me suis creusé la tête et je me suis rappelé seulement *une* conversation qui ait un vague rapport, mais je te jure que c'était bien plus nuancé. Et c'était avec Bronwyn, qui n'aurait jamais répété ça à personne. Je ne comprends vraiment pas comment ça a pu arriver.

– Maeve, sérieux, qu'est-ce qui se passe ? À qui je dois casser la gueule ?

– Non, non, je… Bon, OK. Voilà ce que ça dit : « Maeve Rojas »…

Elle prend une grande inspiration et lâche d'une traite :

– « Maeve Rojas a largué Knox Myers parce qu'il n'arrive pas à bander. »

Hein ?

J'écoute le souffle saccadé de Maeve pendant une minute. Mais c'est peut-être le mien. Puis elle dit prudemment :

– Knox ?

Là, je raccroche. Le portable glisse de ma main et rebondit en souplesse sur le bureau. Je le laisse là, l'écran retourné, et je serre mes poings sur mon front.

Putain. J'ai l'impression que mon cœur va jaillir de ma poitrine. Non. Pas ça. Dites-moi que tout le lycée ne vient pas d'apprendre le truc le plus humiliant de ma vie. Un truc *privé* et qui était censé le rester.

Maeve et moi… c'était totalement con. On en a parlé pendant des mois, de « perdre notre virginité », comme si c'était un projet à boucler avant la fin du lycée. Ça aurait dû nous mettre la puce à l'oreille, qu'on ait une approche aussi pragmatique. Mais on pensait en avoir envie, et puis mes parents sont partis en week-end et ça a été l'occasion.

J'avoue que j'étais tendu. J'ai pris deux shots de vodka avant l'arrivée de Maeve parce que je pensais que ça me calmerait, mais ça n'a fait que me donner le vertige et une vague nausée. Puis on s'est embrassés et… enfin, ça ne marchait pas. Rien. Je me rendais bien compte qu'elle n'en avait pas envie non plus. Mais bon, on s'était engagés, et je ne voyais pas comment me débiner à la dernière minute. Surtout que les mecs sont censés être opérationnels de manière innée.

Ça a été un soulagement énorme quand Maeve m'a demandé si on pouvait faire une pause. Puis elle a reboutonné sa chemise et elle a dit :

« Tu n'as jamais l'impression qu'on fait beaucoup d'efforts pour être ce qu'on n'est pas, toi et moi ? »

Je lui ai été reconnaissant de comprendre. De ne pas en faire tout un plat. De réagir aussi naturellement qu'il était possible, à la fois sur le coup et après, ce qui m'a permis de faire comme si ça n'était jamais arrivé. J'avais presque réussi à m'en persuader. Jusqu'à aujourd'hui.

Parce qu'elle en a parlé. Et pas seulement à sa sœur, c'est sûr, vu que ce n'est pas le genre de Bronwyn de répandre des ragots.

De toute façon, peu importe qui c'est. Le mal est fait.

Je retourne mon portable. J'ai reçu d'autres messages de Maeve, que j'ignore pour ouvrir le giga message groupé d'Inconnu. « Je ne veux pas que tu t'infliges la lecture de toutes les réactions qui s'affichent avant, a dit Maeve. Elles sont juste débiles, comme toujours. »

Il doit y en avoir des centaines.

C'est moche, le coup de mou, mec.

Je connais une pharmacie super au Canada où les mineurs peuvent acheter du Viagra.

C'est peut-être parce que Maeve n'est pas un mec.

C'est pas vrai. Je ne pourrai jamais débarquer au lycée demain, moi ! Ni après ! Et encore moins monter sur une scène dans un mois pour jouer *Into the Woods* et chanter devant tout le monde. Au lycée, ils sont sans pitié. Il suffit d'un bug pour vous définir jusqu'à la fin de votre vie, et le mien vient de me tomber dessus. Dans vingt ans, Brandon Weber et Sean Murdock en riront encore.

– Knox ?

La voix d'Eli me fait sursauter. Il revient avec Bethany, chacun portant son ordinateur à la main.

– Tu ne devais pas rentrer chez toi ?

Je passe la main sur mon visage et il me regarde en fronçant les sourcils.

– Tu te sens bien ? Ça n'a pas l'air d'aller.

– Mal au crâne, dis-je d'une voix rauque. Rien de grave. Mais je vais y aller… Ouais, je vais y aller.

Je me lève en prenant mon portable et Eli me regarde d'un air de plus en plus inquiet.

– Laisse-moi te ramener. Tu es tout pâle.

J'hésite. Quel est l'endroit le plus à fuir pendant que des blagues de bite s'amoncellent sur mon portable ? Une voiture avec mon patron ou un bus à côté d'une grand-mère que je ne reverrai jamais ? Le choix est vite fait.

– Non, non, merci, tout va bien. On se voit demain.

Je suis presque à la porte quand je sens quelqu'un me tirer par le bras. Je me retourne sans parvenir à retenir un mouvement d'humeur.

– Tout va bien, j'ai dit !

– Pardon, tu as juste oublié ça, me dit Bethany en me collant dans la main la bretelle de mon sac à dos.

– Oh. Désolé.

Un peu honteux, je cale mon sac sur mon épaule en évitant son regard. Je suis en rogne, mais elle n'y est pour rien. J'attends d'être à l'abri dans l'ascenseur, porte refermée, pour trouver une meilleure cible.

Les premiers messages de ma liste sont tous de Maeve.

Je suis vraiment désolée.

Je n'ai jamais voulu te faire de mal.

On peut se parler ?

J'aurais beaucoup à dire, mais je m'en tiens à un style direct et concis :

Va te faire foutre.

CHAPITRE TREIZE

Maeve

Mercredi 4 mars

La première personne à me saluer au lycée le mercredi est Sean Murdock, ce qu'il fait en saisissant le devant de son pantalon.

– Si jamais t'as besoin d'un homme, un vrai, t'es la bienvenue, me fait-il avec un regard torve. Satisfaction garantie.

Puis il projette plusieurs fois son bassin en avant tandis que Brandon Weber ricane derrière lui.

J'ai le visage en feu. Je n'ai pas éprouvé un tel mélange de honte et d'horreur depuis le post sanglant que Simon Kelleher a écrit sur moi quand j'étais en troisième.

Si ce n'est que cette fois, je ne peux plus me fondre dans l'ombre pour échapper à tout ça. D'abord, ma sœur n'est plus là pour se battre à ma place. Et ensuite, je ne suis pas la seule concernée.

Je réplique bien fort :

– Un, t'es répugnant. Deux, ces messages débiles racontent n'importe quoi. Ils mentent. Ça ne correspond pas du tout à la réalité.

Je fais tourner la combinaison du cadenas de mon casier et je l'ouvre si violemment que la porte va claquer contre celui d'à côté.

– Tu n'es qu'un abruti si tu crois tout ce que tu lis. De toute façon, t'es un abruti. Mais je te le répète, tout ça est complètement faux.

C'est ma version, et je m'y tiendrai contre vents et marées.

– Mais ouais, bien sûr, Maeve, répond Sean. En attendant, ma proposition tient toujours.

Son regard qui me déshabille me donne la chair de poule. J'aurais préféré qu'il se décide à se rappeler mon nom dans un autre contexte.

– Même qu'elle est au garde-à-vous, commente Brandon en se marrant de plus belle.

Il lève la main pour faire un check à son pote, qui visiblement n'a pas compris la blague.

Puis des rires résonnent dans le couloir et Sean sourit jusqu'aux oreilles en se retournant. Il y a un attroupement du côté du casier de Knox.

– Tiens, ton mec est arrivé, on dirait, reprend Sean. Pardon, ton ex. Remarque, on peut pas te le reprocher. J'espère que son cadeau va lui plaire.

Le cœur serré, je les regarde se diriger tous les deux vers le groupe, qui grandit à vue d'œil. Prenant une pile de livres qui ne sont sans doute même pas ceux qu'il me faut, je les fourre dans mon sac et je claque la porte de mon casier.

Alors que je suis à mi-chemin de celui de Knox, quelqu'un me retient par le bras.

– J'éviterais, à ta place, me dit Phoebe. Le fait de vous montrer ensemble ne ferait qu'aggraver les choses, dans l'immédiat.

Elle l'a dit sans méchanceté, comme un simple constat, mais ça fait mal.

– Qu'est-ce qu'ils ont fait ?

– Ils ont collé des nouilles toutes molles sur son casier. En leur donnant une forme… enfin, tu vois.

Phoebe hausse les épaules d'un air délibérément détaché, mais ses lèvres pincées racontent une autre histoire.

– Ça aurait pu être pire. Au moins, les nouilles, ça durcit et… (Elle crispe les mâchoires.) Je veux dire, ça se nettoie facilement.

Je m'avachis contre le casier le plus proche.

– Mais merde, quelle bande de demeurés ! Ce n'est même pas vrai, en plus ! dis-je en haussant le ton. Je n'ai *jamais* dit ça !

Je la regarde du coin de l'œil pour tester l'efficacité de mon mensonge sur quelqu'un qui possède nettement plus de neurones que Sean.

– Ça ne change rien, répond-elle, toujours sur le même ton, à la fois désinvolte et amer. Les gens croient toujours ce qu'ils veulent croire.

Je lâche une grimace de frustration.

– Le pire, c'est que je commençais à avancer sur l'identité de celui qui joue à ça. Mais pas assez vite, visiblement.

Phoebe bat des paupières.

– Tu me la refais ?

Je lui parle des derniers posts publiés par EspritdesTénèbres sur Soif de vengeance.

– Et je te parie que le dernier me concerne, dis-je en lui montrant mon portable pour lui faire lire ma capture d'écran.

Suite très prochainement. Tic tac.

Phoebe se mordille pensivement la lèvre.

– Hmm. Ça se peut, mais ça ne nous dit pas qui c'est.

– Pas encore. Mais tu serais étonnée de voir à quel point les gens qui se croient super discrets et anonymes se trahissent pour un oui ou pour un non… par un tas de petites choses.

C'était vrai pour Simon, en tout cas.

– Je peux te donner un conseil ? me demande Phoebe.

Je hoche la tête et elle s'adosse au casier à côté de moi.

– J'ai passé la soirée d'hier à réfléchir à ce jeu débile, et à la façon dont ça nous transforme en pantins. Celui ou celle qui se trouve derrière ça prend son kif à détenir du pouvoir sur les autres. Le truc, c'est que c'est nous qui lui donnons ce pouvoir. En l'écoutant, en réagissant, en passant notre temps à angoisser sur qui sera le prochain et ce qui est vrai dans tout ça. En bref, on ne fait qu'alimenter la connerie ambiante. Alors en ce qui me concerne, c'est terminé. J'ai bloqué Inconnu hier soir et tu devrais en faire autant. Prends tes distances avec ce forum. Arrête de donner à ces malades l'attention qu'ils essaient d'attirer à n'importe quel prix. Si personne ne s'occupait d'eux, ils arrêteraient.

– Sauf qu'il n'y a aucune chance. On parle du lycée de Bayview, je te rappelle. La capitale américaine du ragot.

– Il faut bien que quelqu'un commence, non ? Moi, je déclare officiellement que je ne m'occupe plus de ces conneries.

– En théorie, ça a l'air génial, je suis d'accord. Mais ce n'est pas ça qui va aider Knox.

– C'est ridicule, la façon dont les gens montent cette histoire en épingle.

Phoebe se rapproche pour me préciser à voix basse :

– C'est classique, tu sais. Surtout la première fois. Il avait bu avant ?

Je résiste à grand-peine à l'envie de me taper la tête contre le casier.

– Pitié, arrête.

Mais comme j'ai besoin de comprendre ce qui s'est passé et pourquoi Knox refuse de me parler, j'ajoute à mi-voix :

– Je n'ai aucune idée de comment ça s'est su. Je n'en ai parlé qu'à Bronwyn, et elle ne l'aurait jamais répété.

– Tu en es sûre ?

Je ne peux pas lui reprocher son scepticisme. On ne peut pas dire qu'elle ait un lien de confiance indestructible avec sa sœur.

– Certaine. C'est peut-être Knox qui l'a dit à quelqu'un Il a beaucoup plus d'amis que moi.

Phoebe secoue énergiquement la tête.

– Oublie. Aucun mec ne ferait ça.

J'ai la gorge nouée.

– Il me déteste, maintenant.

La cloche sonne et elle me tapote le bras.

– Écoute, c'est dur pour lui, c'est normal qu'il réagisse comme ça. Mais tu n'as rien fait de si terrible. C'est comme ça, les filles parlent de ces trucs-là. Les *gens* en parlent. Il le sait. Laisse-lui le temps de digérer.

– Ouais…

Soudain, je vois le sweat gris familier de Knox se diriger vers nous et mon cœur manque un battement. Il marche tête baissée, son sac balancé sur une épaule. Lorsqu'il est assez près pour que je voie sa tête, il me paraît si abattu que je ne peux pas m'empêcher de lancer d'une voix mal assurée :

– Salut, Knox !

Les coins de sa bouche retombent, signe qu'il a entendu. Mais il passe à côté de nous sans s'arrêter.

Phoebe me tapote le bras, plus fort que la première fois.

– Un peu plus de temps que ça.

* * *

La journée ne va pas en s'améliorant. Les dessins de pénis flapis se multiplient sur les casiers, les portes des salles de classe, les murs des toilettes, jusque dans la cafétéria.

En prenant au self un sandwich à la dinde détrempé que je n'ai aucune intention de manger, je vois Robert l'ancien cuistot de prison en déchirer un.

– Quel nouvel enfer ils mijotent, ces monstres ? grommelle-t-il, mi-dérouté, mi-inquiet.

Le sujet a chassé toute autre question de ma tête. Les saignements de nez et les bleus attendront. Quant à l'identité d'Inconnu, ce n'est plus mon problème. Phoebe a raison, qui que ça puisse être, il ne mérite pas le temps et l'énergie que je lui ai consacrés. Je dois me concentrer sur le problème de Knox. Quand j'y pense, j'ai cinq malheureux contacts dans mes favoris et il est le seul dans le tas à ne pas faire partie de ma famille ni à être payé pour me maintenir en vie. Je ne peux pas laisser cette histoire détruire notre amitié.

Après la dernière sonnerie, je me rends à la répétition d'*Into the Woods*, mon dernier espoir de réussir à lui parler. Je descends lentement l'allée centrale de l'auditorium en scrutant le petit groupe, tout en comptant les lumières qui éclairent la scène. Si c'est un nombre pair, Knox me pardonnera aujourd'hui. Dix, onze, douze... treize.

Merde. Double malchance.

Je ne le vois nulle part, et les répétitions ne semblent pas avoir commencé. Il n'y a que deux personnes sur la scène. En m'approchant, je reconnais Mme Kaplan, la prof de théâtre, et Eddie Blalock, qui a l'air boudeur.

– Je ne connais pas le rôle, proteste-t-il.

C'est un élève de seconde, un petit brun maigre qui se hérisse les cheveux avec du gel.

– Mais tu es la *doublure* ! lui rappelle la prof, les poings sur les hanches. Tu es censé avoir passé les deux derniers mois à apprendre le texte !

– Ouais, ben je le sais pas, avoue Eddie en se grattant la tête.

Mme Kaplan pousse un soupir à fendre l'âme.

– Tu avais *une* chose à faire, Eddie.

Lucy Chen est assise au bord de sa chaise au premier rang, penchée en avant, les jambes et les bras croisés.

– Qu'est-ce qui se passe, Lucy ?

Elle serre les lèvres si fort qu'elles sont presque effacées.

– Knox arrête tout, me répond-elle en fixant Eddie tel un oiseau de proie. Et accessoirement, Eddie est nul.

J'étouffe un cri de surprise et Lucy semble réaliser à retardement à qui elle s'adresse.

– Merci pour avoir fait foirer la pièce et pour tout le reste, conclut-elle.

La colère me saisit. Je veux bien me faire des reproches toute la journée, mais je n'accorde pas ce droit à Lucy.

– Je n'y suis pour rien. C'est à cause de ce jeu horrible…

– Tu parles de ce jeu que j'ai proposé de dénoncer à la direction il y a quinze jours ? fait-elle en me défiant du regard. Si on m'avait écoutée, il aurait sans doute été arrêté et rien de tout ça ne serait arrivé.

Je déteste quand Lucy a raison.

– Il n'est peut-être pas trop tard, dis-je en regardant Mme Kaplan.

– Oh non, pas question. Elle a assez de problèmes comme ça. En plus, tout le monde a compris comment gérer ce truc, maintenant : il suffit de choisir Action. Il faut être dingue pour faire autre chose.

Je repense au point de vue de Phoebe : « Celui ou celle qui se trouve derrière ça prend son kif à détenir du pouvoir sur les autres. Le truc, c'est que c'est nous qui lui donnons ce pouvoir. »

– Sinon, dis-je, on pourrait tous bloquer le numéro de ce salopard et arrêter de jouer le jeu.

Et je sors mon portable pour joindre le geste à la parole.

* * *

– Tu as passé toute l'heure du dîner ici et tu n'as rien mangé, *mija*. Ça va ?

La voix de M. Santos me fait relever la tête de mon ordi et je sursaute en voyant qu'il a calé une casquette de base-ball sur sa tignasse bouclée. Il ne la met que pour quitter le café, et il est généralement le dernier à partir. Je n'avais pas réalisé qu'il n'y avait plus personne.

– Oui, oui, ça va. Je n'ai pas faim, c'est tout.

Comme je me sentais trop tendue pour m'asseoir à table avec mes parents ce soir, je leur ai dit que j'allais voir Knox. Ce n'est qu'un gros mensonge, malheureusement. Il ne répond même pas à mes messages. Ça fait… des heures, apparemment, que je fixe la feuille sur laquelle je suis censée rédiger ma dissert d'histoire.

M. Santos a un claquement de langue désapprobateur.

– Je ne te crois pas. Je pense qu'on n'a pas trouvé ce qu'il fallait pour te donner envie. Il te faudrait peut-être un bon vieux plat colombien traditionnel. C'est lequel, ton préféré ?

Puis il frémit.

– S'il te plaît, ne me dis pas « des salchipapas ».

Je ris. Comme Bronwyn refusait de manger des saucisses quand on était petites, on ne faisait jamais ce plat colombien chez nous, des saucisses découpées en morceaux avec des frites.

– Clairement pas, dis-je. Chez nous, c'est plutôt le style ajiaco.

– Très bon choix. Je vais t'en préparer.

Je le rattrape par la manche alors qu'il se retourne vers la cuisine.

– Mais non, monsieur Santos ! Enfin, c'est très gentil, mais ça prend des heures ! Et vous fermez, là.

– Je vais te faire la version fast-food, à l'argentine. J'en ai pour un quart d'heure.

C'est pas vrai. Je ne peux pas croire que j'ai l'air déprimé au point que cet amour d'homme se sente obligé de faire des heures sup pour me nourrir. Au moins, j'ai mis des manches longues et il ne voit pas qu'en prime je suis couverte d'ecchymoses.

– Ce n'est pas la peine, je vous assure, monsieur Santos. Ce n'est vraiment pas…

– Je m'en occupe ! lance une voix derrière nous.

Luis est appuyé au chambranle de la porte de la cuisine, terriblement sexy dans un tee-shirt gris maculé de graisse qui lui moule les épaules.

– Rentre à la maison, papa. Je fermerai.

Il traverse la moitié de la salle et tend la main. Je ne comprends pas ce qu'il fait jusqu'à ce que son père fouille dans sa poche et lui lance un trousseau de clés.

– Ça marche, dit M. Santos.

Puis il se tourne vers moi avec un sourire affectueux.

– Ne prends pas cet air coupable, *mija*. Ça ne lui fait pas de mal de s'entraîner un peu.

Il agite gentiment la main et s'en va. J'attends qu'il ait disparu à l'angle du bâtiment pour me lever d'un air désolé en rangeant mon portable dans mon sac.

– Écoute, rentre chez toi, Luis. Si ton père te demande, tu lui diras que tu m'as fait à manger. Je n'ai pas faim, de toute façon.

C'est le moment que choisit mon estomac vide pour gargouiller bruyamment. Luis hausse les sourcils tandis que je croise les bras sur mon ventre, sans réussir à le faire taire.

– Pas faim du tout.

Un demi-sourire flotte sur ses lèvres.

– Allez, viens. Tu vas m'aider, qu'est-ce que tu crois.

Puis il redisparaît dans la cuisine, ne me laissant pas d'autre choix que de le suivre.

Je ne connais la cuisine que sous l'angle qu'on en voit depuis la salle : un endroit saturé de lumière, de bruit et d'agitation. À cette heure-ci, elle est plongée dans le silence.

La voix de Luis résonne lorsqu'il me dit en me désignant une longue table en métal polie par l'usage :

– C'est là que la magie opère.

Les poings sur les hanches, j'examine la cuisine d'un œil aussi professionnel que possible.

– Impressionnant.

– Donne-moi une minute. Faut que je me change, ce tee-shirt est dégueu.

Il passe derrière une paroi d'étagères métalliques, prend quelque chose de blanc dans un sac en toile et, avant que j'aie compris ce qui se passait, a retiré son tee-shirt qu'il a remplacé par un autre. J'ai juste eu le temps d'entrevoir ses épaules musclées.

Si j'avais su, j'aurais mieux regardé.

Puis il ouvre un frigo au format industriel.

– Alors voyons... Cool, on est parés. Il y a des patates et du poulet déjà prêts pour demain. Pas la bonne sorte de patates, mais ça ira. Il n'y a que le maïs à préparer.

Il se met à sortir des ingrédients qu'il pose sur le comptoir, choisit un couteau sur la barre murale et me le tend.

– Tu peux hacher les oignons ?

– Pas de problème.

Je prends prudemment le couteau. C'est le plus petit du lot, mais je n'ai jamais rien manipulé d'aussi menaçant.

– Il y a une planche à découper sous le comptoir.

Il y en a même plusieurs. Faute de savoir s'il vaut mieux en prendre une en bois ou en plastique, j'opte pour celle du haut de la pile. Je pose les oignons dessus et je cherche le meilleur angle d'attaque en le tournant dans un sens, puis dans l'autre. Le temps que j'en hache la moitié, Luis semble déjà avoir abattu plusieurs heures de boulot. Une casserole boue, l'ail frit dans une poêle et le poulet et les patates sont coupés en petits cubes parfaitement réguliers. Il pose son couteau, s'éponge le front, jette un coup d'œil dans ma direction et me fait un grand sourire.

– Prends ton temps, hein.

Je ris pour la première fois de la journée.

– Je sais, je suis le pire commis de l'univers.

– Tu n'as pas vu Manny en cuisine.

Il règle un brûleur et j'accélère le mouvement pour être libre de le regarder faire. Il se déplace dans la cuisine comme sur un terrain de baseball : avec souplesse et assurance, comme si chaque geste était anticipé et qu'il savait exactement où il doit être à chaque instant. Je n'ai jamais rien vu d'aussi sexy.

Il se tourne vers moi pour prendre des pinces, me surprend en train de l'observer et sourit. Grillée. Je rougis.

– Qu'est-ce qui t'arrive, aujourd'hui ? me demande-t-il. T'as passé des heures ratatinée sur ton ordi.

Je cherche quoi répondre. Pas question de lui raconter tous les détails de l'histoire.

– Bah, sale journée. Je me suis disputée avec Knox. Et, euh, je crois que c'est de ma faute. Rectification : je *sais* que c'est de ma faute.

Je guette sa réaction, parce qu'il a encore des amis au lycée et qu'il se peut qu'il soit déjà au courant. Mais si c'est le cas, il le cache bien.

– Tu lui as dit ?

– J'ai essayé, mais il ne veut pas me parler.

Luis prend ma planche à découper couverte d'oignons pour les verser dans la casserole fumante. Ça sent trop bon. Je ne vois pas comment ça pourrait devenir une soupe en dix minutes, mais je ne vais pas discuter ses méthodes.

– C'est nul de sa part, me répond-il. On doit au moins donner aux gens l'occasion de s'excuser.

– Il est super mal, ça peut se comprendre. Les réseaux sociaux sont remplis de trucs sur lui qui n'auraient jamais dû sortir. Tout le monde ne parle plus que de ça, maintenant, un vrai cauchemar.

– Je peux te dire qu'il ne me manque pas, ce lycée, grogne Luis avec une grimace. L'ambiance est super toxique, là-bas.

– J'ai surtout l'impression que c'est moi qui suis toxique.

C'est sorti tout seul, et voilà que les larmes me montent aux yeux. Merde. Je vais rincer la planche à découper pour cacher mon visage.

Luis s'appuie au comptoir.

– Non, tu n'es pas toxique. Je ne sais pas ce qui s'est passé, mais ça, je le sais. Écoute, on commet tous des erreurs. Au lycée, la plupart du temps, je me comportais comme un crétin. Il a fallu que les choses dégénèrent pour Jake, et Addy, et Cooper pour que je change.

Il nettoie le plan de travail aussi rapidement qu'il a préparé le repas.

– Je racontais ce qui se passait à mon père, et il me disait : « Qui tu veux être ? Celui qui suit le mouvement, ou celui qui se lève pour dire ce qu'il pense ? C'est le moment de décider. »

Je range la planche à découper.

– C'était génial, la façon dont tu as pris la défense de Cooper.

Un muscle tressaille dans la mâchoire de Luis.

– C'est *Nate* qui a pris la défense de Cooper, rectifie-t-il. Moi, je n'ai fait que l'imiter. Et j'aurais dû défendre Addy bien plus tôt. Je n'étais pas un guerrier, pas comme toi, qui les as aidés depuis le début. Mais bon, on ne peut pas revenir sur le passé. On peut seulement essayer de mieux faire la fois d'après. Alors c'est pas le moment de lâcher.

À cet instant, je meurs d'envie de prendre son visage entre mes mains pour l'embrasser. Et au lieu de me sentir coupable après ce qui s'est passé aujourd'hui avec Knox, je ne fais que me rapprocher discrètement de lui. Ça m'épuise, tout à coup, de ne jamais faire ce que je veux ni dire ce que je pense.

Après tout, je pourrais être morte dans six mois. À quoi ça rime de me retenir ?

Luis va baisser le feu sous la casserole et met un minuteur en marche.

– Plus que cinq minutes.

Puis il revient en s'essuyant les mains sur un torchon, et je me décide.

J'avance jusqu'à effacer presque tout l'espace qui nous sépare et je pose la main sur son bras. Ça fait des années que je rêve de faire ça. Mon cœur bat la chamade quand je demande :

– On fait quoi, pendant ces cinq minutes ?

Il ne bouge pas et, pendant une seconde atroce, je me dis qu'il va éclater de rire. Auquel cas je n'aurai plus besoin d'avoir peur de mourir parce que je mourrai sur-le-champ. Puis sa bouche s'étire lentement dans un sourire. Il me regarde sous des cils si longs et si épais qu'ils semblent presque emmêlés, et pose la main sur ma taille.

– Je ne sais pas. Une idée ?

– Quelques-unes.

Je glisse la main sur sa nuque et je me laisse aller contre lui en passant mes doigts dans ses cheveux. Ils sont plus doux que je ne l'aurais cru, et sa peau a emmagasiné la chaleur de la pièce. Je reprends ma respiration parce que c'est presque trop, la façon dont tous mes nerfs vibrent alors qu'il ne s'est encore rien passé.

Puis il m'embrasse, une pression douce et chaude sur ma bouche, presque délicate, jusqu'à ce que je l'attire à moi en passant les bras autour de son cou. Son baiser se fait plus ardent et il me soulève d'un geste fluide pour me hisser sur le plan de travail. Il n'y a pas de place pour mes jambes… sauf autour de sa taille. Un grognement presque imperceptible lui échappe tandis que sa bouche frôle mon menton puis mon cou. Mes mains se faufilent sous son tee-shirt, et toutes les pensées éparses qui rebondissaient encore dans ma tête se dissolvent quand je sens ses muscles se contracter sous mes doigts. On continue à s'embrasser jusqu'à ce que toute notion de temps et d'espace ait disparu. Je ne sais plus qu'une chose, c'est que j'en veux *encore*.

Soudain, un bruit me ramène sur terre. Quelqu'un sifflote (faux) et des pas lourds se rapprochent. Me détachant de Luis, j'ai le visage en feu quand je réalise jusqu'où j'ai remonté son tee-shirt. Quelques secondes de plus et je l'aurais fait valser par-dessus sa tête.

Luis a le regard un peu vitreux, jusqu'à ce qu'il enregistre le bruit à son tour. Il recule, fronce les sourcils.

– Qu'est-ce que c'est, encore ? marmonne-t-il en se dirigeant vers la porte.

Je saute du comptoir et je me recoiffe comme je peux. J'ai les jambes en coton. Une seconde après, Manny déboule dans la cuisine, toujours en sifflant.

– Ça roule, Luis ? Encore aux fourneaux ?

Il tend le poing pour lui faire un check et change son geste en coup de poing en voyant que son frère ne réagit pas.

– Je prépare un truc pour Maeve, répond Luis, d'un ton moins chaleureux que celui qu'il emploie généralement avec lui. Et toi, qu'est-ce que tu fais là ?

– Oh, salut, Maeve, fait Manny en me voyant derrière son frère. J'ai oublié mon sac de gym avec mon portefeuille dedans. Wouah, ça sent bon ici. Il y a du rab ?

Il va inspecter le contenu de la casserole bouillonnante et Luis le fixe en croisant les bras.

– Bonne analyse de la situation, mec.

– Hein ? fait Manny en tournant la cuillère dans l'ajiaco.

La sonnerie du minuteur me fait sursauter.

– C'est prêt, là, non ? demande Manny.

– Je ferais mieux d'y aller, dis-je brusquement.

J'ai toujours les joues en feu, et la tête qui tourne. Je ne comprends pas ce qui m'a pris de me jeter sur Luis après tout ce qui s'est passé depuis hier. Enfin, si, je comprends, mais quand même. Ça fait de moi à la fois un cliché vivant et une amie horrible.

– Merci pour tout, Luis, mais je n'ai toujours pas faim et je ferais mieux de… d'y aller.

Manny nous regarde tour à tour et semble enfin comprendre.

– Oh, euh, mais non, te sauve pas. Je prends mon portefeuille et j'y vais.

Mais j'ai déjà franchi la porte. Je ramasse mon sac sur la chaise au passage et je file vers la sortie. Je suis une amie horrible ET une trouillarde, mais ça fait trop de choses à traiter d'un coup : la gêne, la culpabilité, et la découverte d'une violente sensation d'attraction physique que je n'aurais pas vraiment crue possible. Au moins, je sais enfin pourquoi on en fait tout un plat.

Pourquoi on en fait tout un plat… Oh non.

Le souvenir me frappe à l'instant où je pousse la porte. C'est l'expression que j'ai utilisée en racontant à Bronwyn ma soirée catastrophe avec Knox. « Je n'étais même pas déçue, lui ai-je dit. Juste soulagée. Tout ce que j'ai pensé, c'est : *Je ne comprends pas pourquoi on en fait tout un plat.* »

Et je l'ai dit ici. En public, à ma table habituelle. Là où tout le monde pouvait l'entendre.

Mais quelle débile.

CHAPITRE QUATORZE

Phoebe

Jeudi 5 mars

La journée s'annonce plutôt meilleure que la moyenne. D'abord, Emma est malade. Je ne me réjouis pas qu'elle soit enfermée dans la salle de bains à vomir ses tripes, mais le petit-déjeuner est beaucoup moins tendu quand elle n'est pas en train de me fusiller du regard. En prime, je récupère la voiture et, pour une fois, je peux passer prendre Jules. Ces derniers temps, je vais au lycée à pied pour laisser de l'air à ma sœur, ce qui oblige Jules à prendre le bus ou à se faire conduire par Monica. Elle me manque.

La deuxième raison, c'est que, pour la première fois depuis des semaines, je n'ai plus le sentiment que le jeu d'Action ou Vérité plane comme une ombre au-dessus de ma tête. Je sais que ce n'est pas terminé, mais maintenant que j'ai bloqué Inconnu, je suis soulagée de ne plus avoir à redouter l'apparition d'un nouveau message. Une sorte de confirmation de l'expression « loin des yeux, loin du cœur ».

Dans ma chambre, je choisis ma jupe préférée (que je n'ai pas mise depuis un moment parce que c'est la plus courte), et j'ai l'impression de me retrouver un peu en entendant le bruissement du tissu.

– Tu es jolie comme ça, chérie, me dit ma mère quand j'entre dans la cuisine.

Elle aussi, elle est stylée avec sa robe sweat-shirt d'avant, qu'elle porte avec des boots et de gros bijoux, et je souris en prenant les clés de la voiture. Ma mère est plus proche d'Emma du point de vue personnalité, mais on a la même manière de s'exprimer à travers nos vêtements. Si je décode correctement sa tenue d'aujourd'hui, elle aussi, elle se retrouve. Troisième raison pour avoir un bon feeling à propos de cette journée.

Quand je m'arrête devant chez Jules, elle sourit en me voyant derrière le volant.

– Qu'est-ce qui est arrivé à miss Balai-dans-le-cul ?

Mon premier réflexe est de prendre la défense de ma sœur, mais je n'ai pas envie de me disputer avec Jules alors qu'on s'est à peine vues de la semaine.

– Gastro, fais-je.

Elle rit en se glissant sur le siège passager, et non à l'arrière comme d'habitude.

– Oh, trop triste.

Elle tourne le bouton de la radio jusqu'à tomber sur Beyoncé et met sa ceinture. On chante un peu, et je commence à me laisser aller à savourer le tempo familier de notre relation, jusqu'à ce qu'elle déclare :

– Tiens, j'ai entendu parler d'un truc.

– Ouais ?

– Le coach de baseball a acheté des billets pour un match de Clay à Cal State, dit-elle avec un air gourmand, comme si elle parlait de son dessert préféré. Il les distribue au lycée, y compris aux anciens de l'année dernière. On devrait y aller. Je te parie tout ce que tu veux que Nate y sera.

– Il y a des chances, mais…

Cette fois, je ne peux plus me taire.

– Tu ne crois pas que tu devrais laisser tomber ?

– Laisser tomber quoi ? demande-t-elle d'un ton légèrement refroidi.

– C'est juste que… Enfin, Nate sait qu'il te plaît, non ? Tu l'as embrassé. Et c'est quelqu'un d'assez direct. S'il était intéressé, je pense qu'il l'aurait déjà montré.

Elle ne réagit pas, ce qui me fait espérer qu'elle réfléchit à mon argument. Alors je continue :

– En plus, je l'ai vu parler avec Bronwyn au Café Contigo l'autre jour avant que tu arrives, et… je crois vraiment que c'est sérieux entre eux. Même si elle est à cinq mille kilomètres, c'est toujours elle qui compte. Il l'a dans la peau. Et ce sera sans doute toujours le cas.

– Super, répond sèchement Jules. Merci pour ton soutien.

– Mais je te soutiens, justement ! Tu es une meuf géniale et tu mérites d'être avec quelqu'un qui tient à toi. Pas avec un mec amoureux de quelqu'un d'autre.

Elle baisse le pare-soleil et se regarde dans le miroir en passant le doigt sous ses yeux pour ramasser de microscopiques particules de mascara.

– Si tu le dis. Remarque, je devrais peut-être tenter ma chance avec Brandon, maintenant qu'il est dispo.

Je tourne dans le parking du lycée avec un nœud à l'estomac.

– Arrête, Jules.

Je ne lui ai pas raconté qu'il m'avait agressée chez moi, mais elle sait très bien que c'est lui qui a mis l'annonce pour les plans à trois. Et moi, je sais qu'elle l'a vu se marrer quand Sean s'est foutu de moi. Je n'en reviens pas qu'elle envisage de sortir avec lui après ça, même si elle plaisante. En espérant qu'elle plaisante.

– Ralentis, Phoebe dix mille volts, tu vas renverser ce pauvre gars.

Elle plisse les yeux pour identifier le grand échalas qui passe devant nous.

– Ah, c'est Matthias Schroeder. Réflexion faite, tu peux accélérer, il est trop chelou.

Elle glisse une mèche de cheveux raides comme des baguettes derrière son oreille ; elle est accro au fer à lisser depuis qu'elle a embrassé Nate.

– Quel freak, ce mec ! C'est typiquement le genre à prendre son pied en lisant des fanfictions de *Star Wars*, tu crois pas ?

J'enfonce la pédale de frein en sentant une veine battre dans ma tempe. Jules est corrosive, aujourd'hui. Ses sarcasmes frisent la méchanceté de plus près que d'habitude. Je baisse ma vitre pour lancer :

– Désolée, Matthias !

Il me regarde d'un air surpris et prend la fuite.

– Je ne sais pas, dis-je en manœuvrant pour me garer. Je ne pense *jamais* à Matthias Schroeder.

Une fois sorties de la voiture, on se dirige vers le lycée.

– On aurait dû recevoir un nouveau message d'Inconnu, depuis le temps, fait Jules en consultant son portable.

– Pardon ?

– Tu sais bien : « Le prochain joueur sera contacté très bientôt. Tic tac. »

Elle sourit. Ce qui me restait de patience s'envole et je rétorque sèchement en ouvrant la porte :

– Je n'en sais rien, je ne joue pas. Personnellement, je trouve ça beaucoup moins fun depuis qu'Emma me déteste. Mais tu fais comme tu le sens.

– Eh, faut que tu te calmes, réplique Jules alors qu'on entre dans le couloir.

Je ne prends même pas la peine de lui dire de se trouver quelqu'un d'autre pour la ramener ce soir. Je suis sûre que c'est déjà prévu.

* * *

Je ne croise Knox que vers le milieu de l'après-midi, mais j'ai vu défiler des tonnes d'attaques dirigées contre lui toute la journée. Il y a des dessins de pénis au repos *partout.*

Il n'y a plus de nouilles sur son casier, mais quand je passe devant en allant au cours d'hygiène – le seul cours que j'ai en commun avec lui –, elles ont été remplacées par un flacon de pilules géant avec le mot VIAGRA écrit en gros.

Je ralentis, le cœur serré, en voyant Knox l'arracher et le fourrer dans son casier. En ce moment, le cours d'hygiène est consacré au système reproducteur masculin. C'est déjà pénible pour tout le monde en temps normal, mais ça risque de tourner à la torture pour lui. Surtout avec Brandon et Sean. Sans réfléchir, je lui tape sur l'épaule. Il sursaute, se retourne et paraît soulagé en voyant que ce n'est que moi.

– Salut, dis-je. Ça te dit de sécher ?

– Hein ?

– Ça te dit de sécher la dernière heure ?

Je fais tourner la clé de ma voiture autour de mon index.

– Je suis en voiture, on peut se tirer.

Il a l'air totalement égaré.

– Mais comment… Comment ça marche, en fait ?

– On va ailleurs, dis-je en articulant distinctement. Ce n'est pas plus compliqué que ça, Knox.

Il inspecte furtivement le couloir comme si on était en train de faire un casse et que la police allait rappliquer d'une minute à l'autre.

– On ne va pas avoir des ennuis ?

– Tant que ça ne devient pas une habitude, ça passe. Tes parents recevront un SMS et tu leur diras que tu étais à l'infirmerie, mais que comme il y avait du monde, l'infirmière n'a pas pu te recevoir. (Je fais tourner ma clé de plus en plus vite.) Mais tu peux aller en cours d'hygiène si tu préfères.

À ce stade, j'espère un peu qu'il va dire non. Aux regards que nous lancent les gens qui passent, je commence à réaliser que ça va me retomber dessus si on nous voit traîner ensemble. Mais il me répond en refermant la porte de son casier d'un coup sec :

– Oh, et puis merde. OK, allons-y.

Trop tard pour faire marche arrière.

Je garde les yeux fixés droit devant moi sur le chemin de la sortie, en me retenant d'accélérer. Dans ma tête, un murmure pressant me répète, avec la voix off des documentaires animaliers que je regardais avec mon père : « Les mouvements rapides ne peuvent qu'attirer l'attention d'une meute affamée. » J'entends Brandon lancer une espèce de hululement derrière nous, mais il est trop loin pour que ça puisse être pour nous. Enfin, j'espère. N'empêche que je suis soulagée de franchir la porte de l'escalier du fond.

– Bienvenue dans ta nouvelle carrière de délinquant, dis-je à Knox en sortant sous une pluie fine.

Il écarquille les yeux et je lève les miens au ciel tandis qu'on descend l'escalier.

– Eh, ce n'est pas un crime, Knox. Sérieux, t'as jamais séché ?

– Non. J'ai eu les félicitations pour assiduité deux ans de suite, répond-il avant d'ajouter avec une grimace : Je ne sais pas pourquoi je te dis ça. Oublie.

Un léger bruit métallique nous fait nous arrêter. Quelqu'un est en train de sauter par-dessus le grillage au fond du parking. J'ai le temps de reconnaître la silhouette dégingandée de Matthias Schroeder et son sweat bleu pâle avant qu'il ne disparaisse dans les bois. Apparemment, on n'est pas les seuls à sécher l'hygiène. Ce cours est un cauchemar pour les nerds du monde entier.

Arrivé à la voiture, Knox tire machinalement sur la portière, mais la serrure électronique de la Corolla est morte depuis des années. Je dois monter dedans pour déverrouiller sa portière de l'intérieur.

– Bon, qu'est-ce qu'on fait ? me demande-t-il.

Je n'avais pas anticipé jusque-là. Je mets le contact en enclenchant les essuie-glaces pour repousser une pluie de plus en plus drue.

– Alors, vu le temps, je laisserais tomber la plage et le parc, dis-je en démarrant. On peut aller à San Diego, si tu veux. Je connais un café où il y a parfois des petits groupes qui jouent l'après-midi. Le seul truc, c'est que…

Déconcentrée par le fait de parler, je ne remarque pas qu'une voiture arrive alors que je vais m'engager sur la route et je dois piler pour l'éviter. On est projetés en avant tous les deux.

– Le seul truc, c'est que je n'ai pas l'habitude de conduire et que je me débrouille moyen dans la circulation. Surtout quand il pleut. L'Epoch Coffee, au centre commercial, ce serait peut-être plus prudent.

– Parfait, dit Knox en se massant l'épaule.

Puis on se tait, et je suis assaillie par un flash de rage fulgurant. C'est quand même délirant que je me fasse harceler parce que je couche, et Knox parce qu'il ne couche pas !

Et pendant ce temps, personne n'attaque Derek et Maeve, qui ont pourtant fait (ou pas) exactement la même chose que nous. Les gens se vantent d'avoir l'esprit ouvert, mais il suffit qu'on leur balance un bon vieux stéréotype de genre pour qu'ils le reprennent sans se poser de question. Je ne comprends pas cette manie de fourrer les autres dans des cases qu'ils n'ont pas choisies et de leur tomber dessus dès qu'ils essaient d'en sortir.

Mais si je commence à ruminer, je n'ai pas fini. Et Knox doit plutôt avoir besoin de se changer les idées. Alors je passe le trajet à parler de tout ce qui me passe par la tête : émissions de télé, musique, boulot au Café Contigo, mon petit frère.

– Au fait, il veut que tu viennes à la maison. Tu lui as fait une grosse impression, on dirait.

Je tourne dans le parking du centre commercial, blindé à cause de la pluie. Coup de chance, une Jeep libère une place près de l'entrée juste au moment où j'arrive devant.

– Les fans de *Bounty Wars* forment une communauté très soudée, me répond Knox.

Je prends la place de la Jeep et je coupe le moteur. Il pleut des cordes, maintenant. Je n'aurais pas pu me garer plus près de l'entrée, mais ça ne va pas nous éviter d'être trempés. Knox détache sa ceinture en prenant son sac à l'arrière. Puis il se redresse et me regarde en face pour la première fois depuis qu'on est montés dans la voiture. Il y a de beaux reflets d'or dans ses yeux bruns, info que j'archive dans mon dossier perso « Knox sera sexy un jour ».

– Merci, Phoebe.

– Pas de quoi.

J'ouvre la portière en baissant la tête pour me protéger de la pluie, mais elle ne me mouille que quelques secondes avant que Knox jaillisse à côté de moi avec un parapluie. Je lui lance avec un grand sourire :

– Dis donc, tu es drôlement prévoyant.

Il sourit aussi, et je suis contente de l'avoir extrait de l'enfer du cours d'hygiène.

– Scout un jour, scout toujours, déclare-t-il. Si on a besoin d'un feu plus tard, je sais faire aussi.

Une fois à l'Epoch, on prend une table idéalement placée dans un coin. Knox part commander et je consulte mon portable en attendant son retour. Je ne suis pas allée sur Instagram depuis que j'ai effacé tous les commentaires répugnants de la semaine dernière, et je jette juste un coup d'œil pour vérifier que mon passage en mode privé tient les trolls à distance. Globalement, oui, même si j'ai plusieurs demandes de message. Elles viennent toutes de gars que je ne connais pas, sauf une.

Derekculpepper01. Salut, excuse-moi je ne

Je clique dessus en fronçant les sourcils.

Salut, excuse-moi je ne veux pas te soûler, mais je voudrais vraiment te parler. Tu peux m'envoyer un message ? Ou m'appeler si tu préfères.

– Non, je ne peux pas, connard, dis-je tout haut à l'instant où Knox revient à notre table.

– Quoi ? dit-il en se figeant sur place.

– Mais non, pas toi, dis-je en lui prenant un café glacé des mains. Merci.

J'hésite à m'expliquer, avant de me dire que merde, quand on a des problèmes, rien ne vaut ceux des autres pour se changer les idées.

– Tu es au courant pour le cirque autour de ma sœur et moi à cause du jeu d'Action ou Vérité ? Figure-toi que le mec en question continue à m'envoyer des messages. Va savoir pourquoi. Je ne veux pas le savoir, d'ailleurs, mais ça m'énerve. *Il* m'énerve.

– Fuck les réseaux sociaux, répond Knox.

Ayant déposé une colline de sachets de sucre sur la table, il en prend trois qu'il déchire en même temps et voûte les épaules en touillant sa boisson.

– Je ne suis pas allé dessus depuis un bon moment.

– T'as bien raison. Tu as bloqué Inconnu, j'espère ?

– Oui, répond-il sombrement.

Comme il a de nouveau l'air abattu, je change de sujet et on passe l'heure qui suit à parler de tout sauf du jeu. À plusieurs reprises, j'envisage d'aborder le sujet de Maeve, mais non. Trop tôt.

Quand Knox m'annonce qu'il doit aller bosser, je m'étonne que le temps ait passé si vite. Je dois y aller aussi : il faut que j'aide Addy et Maeve à préparer les cadeaux des invités pour le mariage.

Par réflexe, j'essuie les ronds d'humidité que mon café glacé a laissés sur la table avant de me lever. Puis je suis Knox dans l'allée principale du centre commercial.

– Tu veux que je te dépose ?

– Euh, c'est à San Diego, ce n'est pas vraiment sur ton chemin, me répond-il un peu nerveusement, comme s'il se rappelait toutes les fois où on a failli avoir un accident en venant.

Dehors, le ciel reste couvert mais il ne pleut plus.

– Je vais prendre le bus, ajoute-t-il en regardant sa montre. Il y en a un dans cinq minutes. En coupant par le chantier, je peux encore l'avoir.

– Bon, OK…

Un gloussement familier m'interrompt et, en me retournant, je vois Jules traverser le parking avec Monica Hill. Elles se dirigent en biais vers le côté du centre commercial et non vers l'entrée. Arrivée à quelques mètres de nous, Jules s'aperçoit de ma présence et s'arrête net en attrapant le bras de Monica.

– Saluuut, me lance-t-elle, avec nettement moins d'enthousiasme qu'à son habitude. Qu'est-ce que tu fais là ?

Puis son regard se pose sur Knox et elle ouvre de grands yeux. Monica réprime un rire et lui chuchote quelque chose à l'oreille.

Je me sens devenir écarlate. Et je me *déteste* de me sentir gênée que Jules et Monica me voient avec Knox, surtout après le moment qu'on vient de passer. Mais c'est plus fort que moi.

– On est juste venus prendre un café.

– Nous aussi, me répond Jules, bien qu'elles ne se dirigent visiblement pas vers l'Epoch Coffee. C'est bête qu'on se soit ratées.

– Ouais, c'est bête, répète Monica.

Elles restent plantées là, attendant clairement que je m'en aille, ce qui me donne envie de rester rien que pour leur taper sur les nerfs. Mais la présence de Knox qui danse d'un pied sur l'autre à côté de moi rend la situation cent fois pire. Et si elles allaient s'imaginer qu'on a un rencard ? En même temps, qu'est-ce que ça peut bien me faire ?

Oh, qu'elles aillent se faire voir.

– Bon, ben salut, dis-je, à personne en particulier.

Puis je file à ma voiture. Mais une fois à l'intérieur, au lieu de démarrer, je pose le front sur le volant et je m'autorise à pleurer pendant un bon quart d'heure sur la perte d'une amie que j'avais depuis l'école primaire. Ce n'est qu'une ligne de plus dans la longue liste des dégâts provoqués par le jeu d'Action ou Vérité, mais ça fait mal.

Puis je rentre dans une espèce de brouillard, tournant aux carrefours sur pilote automatique jusqu'à ce qu'un hurlement de sirènes me fasse sursauter. Mes battements de cœur s'accélèrent, parce que je sais que je fais n'importe quoi et que j'ai dû enfreindre le Code de la route une demi-douzaine de fois. Mais au lieu d'arriver dans mon rétroviseur, les gyrophares surgissent en face de moi, et deux voitures de police suivies par un camion de pompiers me croisent en rugissant en direction du centre commercial.

CHAPITRE QUINZE

Maeve
Jeudi 5 mars

— Je ne vois pas où est le problème, dit Addy avant de lancer une dragée directement dans sa bouche.

On est avec Phoebe dans le salon d'Ashton, occupées à remplir des petites pochettes de dragées qu'on noue avec des rubans bleus avant de les aligner sur la table basse. Le mariage a lieu dans moins d'un mois.

– Je ne vois que ça, moi.

Addy prend son temps pour mâcher et avaler sa dragée.

– Embrasser un mec qui fait la cuisine pour toi, c'est un problème ? (Elle secoue la tête en prenant une huitième dragée.) Ben j'aimerais bien avoir les mêmes que toi.

Elle ne connaît pas la moitié de mes problèmes, mais ce n'est pas sa faute. C'est moi qui ai des secrets.

– J'ai failli déchiqueter son tee-shirt ! Tout ça pour m'enfuir en courant.

Chaque fois que je repense à cet épisode, je voudrais pouvoir l'effacer. Et Luis doit en être au même point. J'ai évité le Café Contigo aujourd'hui tout en espérant secrètement qu'il me ferait signe. Raté.

– Eh bien va lui parler, me conseille Addy.

Phoebe lâche un soupir théâtral.

– *Merci*, Addy. C'est ce que je n'arrête pas de lui répéter.

Comme je ne réponds pas, Addy me tapote doucement le bras.

– Ce n'est pas un signe de faiblesse de montrer à quelqu'un qu'il te plaît, tu sais ?

Oui, je sais. C'est ce que je me dis depuis des semaines. Mais je n'arrive pas à me décider à franchir le pas.

– Alors pourquoi c'est l'impression que ça fait ? dis-je, avant tout pour moi-même.

– Parce qu'on a tous horreur d'être rejetés, répond Addy en riant. Je ne dis pas que c'est ce que va faire Luis, précise-t-elle à la hâte devant mon regard.

– Aucun risque, murmure Phoebe en se concentrant sur son nœud.

– Je parlais en règle générale, reprend Addy. On a tous peur de s'exposer pour rien. Mais le truc, c'est que personne ne se retourne sur sa vie en se disant : « Merde, j'aurais dû être moins sincère avec ceux qui comptaient. »

Avant que j'aie pu répondre, une clé tourne dans la serrure, une porte grince et des talons martèlent le carrelage.

Ashton passe la tête dans le salon, chargée de sacs et d'une pile de courrier.

– Salut ! nous lance-t-elle.

Elle sourit en avisant les pochettes de dragées.

– Oh, merci de vous en occuper ! Ils sont super, vos ballotins. J'ai pris du pad thaï au Sweet Basil. Vous avez mangé ou vous en voulez ?

– On a mangé, répond Addy.

Elle finit de nouer son ruban et passe le courrier en revue.

Ashton va poser ses paquets dans le coin cuisine et revient s'asseoir sur l'accoudoir du canapé à côté de sa sœur.

– Addy, tu es libre samedi soir ? Comme le cousin d'Eli vient dîner, j'ai pensé qu'on pourrait aller au resto.

Comme Addy la regarde d'un air perplexe, elle précise :

– Mais si, je t'en ai parlé ! C'est Daniel, le garçon d'honneur d'Eli. Tu sais, l'étudiant en biologie moléculaire.

Puis, avec un coup de coude à sa sœur :

– Il t'a vue sur le compte Insta d'Eli, sur la photo qu'on a prise chez maman la semaine dernière. Et il a *très* envie de te rencontrer.

Addy fronce le nez.

– En biologie moléculaire ? Je ne sais pas, je crois que j'ai déjà un truc.

– Je suis sûre qu'il te plairait. Il est super sympa, et très marrant.

Ashton balaie l'écran de son portable et le tend à sa sœur.

– Regarde.

Phoebe se lève pour jeter un coup d'œil. En me penchant pour en faire autant, je lâche un *ooh* d'admiration. Méga craquant, l'étudiant en biologie moléculaire.

– Il ressemble à Liam Hemsworth, le gars qui joue Gale dans *Hunger Games*.

– Il y a un filtre ou il a vraiment les yeux aussi bleus ? demande Phoebe.

– Pas de filtre, répond Ashton.

– Bon, OK pour samedi, dit Addy en hochant la tête si vigoureusement que j'ai peur qu'elle se brise la nuque.

Ashton se relève d'un air satisfait.

– Super. Je demanderai à Eli de réserver dans un endroit sympa. Bon, je vais me changer, j'avale mon dîner et je reviens vous aider.

Elle disparaît dans sa chambre et Phoebe se rassoit par terre pour se remettre au travail. Addy ouvre une grosse enveloppe bien épaisse avec un soupir de satisfaction.

– Qu'est-ce que c'est ? demandé-je.

– Ça vient d'un certain collège San Silvestre, au Pérou.

Je suis prise d'un brusque élan de panique. *Non, tu ne vas pas me laisser, toi aussi !*

– Tu pars là-bas ?

Addy éclate de rire.

– Mais non ! Enfin, pas pour étudier. C'est une école primaire. Ils organisent des cours d'été, dont des cours d'anglais, et ils prennent des profs étrangers. J'ai envie d'envoyer ma candidature. Il n'y a pas besoin de parler espagnol. Comme je me dis que j'aimerais bien devenir prof, ça me ferait une première expérience. Et ça me permettrait de voyager. Je n'ai jamais quitté les États-Unis !

Elle feuillette lentement les pages de la brochure en papier glacé.

– Ashton dit que je peux rester ici aussi longtemps que je veux, mais il faudra bien que je réfléchisse à ce que j'ai envie de faire. Et je ne retournerai *pas* vivre chez ma mère.

Sa mère est une caricature de mère immature. La dernière fois que je l'ai vue, juste avant qu'Addy vienne s'installer avec sa sœur, elle m'a proposé un verre de vin blanc pendant que son mec de vingt ans rencontré sur Tinder matait mes fesses. Elle ne s'est pas beaucoup impliquée dans les préparatifs du mariage, sauf pour envoyer à Addy des photos de toutes les robes qu'elle a essayées pour le grand jour.

– Moi, je trouve ça super, ton projet, lui dis-je en regardant la brochure par-dessus son épaule. Je peux voir ?

Elle me la passe en souriant.

– Ça pourrait t'intéresser, signale-t-elle. Ils acceptent aussi les lycéens. Tu imagines, Maeve, si on partait toutes les deux ? Ce serait génial !

Elle a raison. Je ne vois rien qui me plairait plus qu'un été avec Addy en Amérique du Sud. Mais avec tout ce qui se passe, j'arrive à peine à planifier ma vie sur huit jours. Qui sait dans quel état d'esprit je serai au moment où il faudra s'inscrire ? N'empêche que la brochure me tente bien, avec ses super photos de l'école et des gamins, et que je la feuillette avec un intérêt croissant jusqu'à ce qu'Ashton revienne dans le salon en courant.

Elle est pieds nus et elle n'a visiblement pas fini de se changer.

– Je viens de recevoir un message d'Eli, dit-elle, le souffle court. Où est la télécommande ?

– Je crois que je suis assise dessus, répond Addy en se soulevant pour extirper l'appareil de derrière un coussin.

Ashton la lui arrache des mains.

– Du calme, Ash, y a pas le feu !

– Il y a eu un accident. Je crois qu'ils en parlent sur Channel Seven.

Ashton allume l'écran et change de chaîne.

– Oui. Voilà.

Un présentateur au visage grave se tient derrière un bureau semi-circulaire étincelant et les mots *FLASH INFO* s'inscrivent en majuscules derrière lui.

« Je donne la parole à notre reporter sur place, Liz Rosen, dit-il en fixant la caméra avec intensité. Liz, que pouvez-vous nous dire ? »

– Oh, non, pas elle, grogne Addy tandis qu'une brune vêtue d'une veste bleue apparaît à l'écran.

Liz Rosen a littéralement harcelé Addy, Bronwyn et Nate l'an dernier pendant toute la durée de l'enquête sur la mort de Simon. Addy se penche en avant en fronçant les sourcils.

– C'est pas le centre commercial ?

« Merci, Tom, dit la journaliste. Nous vous transmettons les dernières nouvelles de Bayview, où une tragédie vient de se jouer sur un chantier désaffecté. Nous ne disposons pas encore de toutes les informations, mais nous savons d'ores et déjà qu'un groupe d'adolescents se trouvait dans la zone fermée au public quand l'un d'eux est tombé à travers le toit d'un bâtiment en construction. Il y a un deuxième blessé, mais nous n'en savons pas davantage à l'heure actuelle. L'un des policiers vient de nous annoncer que le jeune homme tombé du toit est décédé. »

Je plaque la main sur ma bouche en découvrant les lieux familiers derrière l'épaule de Liz.

– Oh, mon Dieu, dit Addy.

Une poignée de dragées glissent de sa main sur la moquette.

Phoebe se lève en étouffant un cri.

– Knox, lâche-t-elle. Le chantier…

– Je sais, dis-je sans quitter l'écran des yeux. Il dit toujours que son père serait furieux s'il savait qu'il passe par là. Et c'est normal. C'est *vraiment* dangereux.

– Non, je veux dire qu'il l'a fait tout à l'heure. Pour aller bosser, juste avant que je vienne ici.

Oh non. *Knox*.

Mon cœur s'arrête de battre alors que l'info UN ADOLESCENT SE TUE SUR UN CHANTIER s'affiche en bas de l'écran. Une panique incontrôlable s'empare de moi. Je cherche mon portable d'une main tremblante au milieu des sachets de dragées sur la table basse.

– Ça ne peut pas être lui, dis-je d'un ton haché. Il va bien. Je l'appelle.

Je me suis forcée à prendre un ton convaincu. Si ça sonne vrai, peut-être que ce *sera* vrai.

Liz Rosen parle toujours :

« Il reste encore beaucoup de questions sans réponse. La police n'a pas voulu dévoiler le nom de la victime avant d'avoir informé sa famille. Nous n'avons pas non plus de précisions sur la gravité des blessures de l'autre adolescent, mais il semble que le jeune homme ait été transporté à l'hôpital de Bayview et que son pronostic vital ne soit pas engagé. »

Je tombe direct sur la boîte vocale de Knox, et je fonds brusquement en larmes.

– Il… Il ne répond pas.

Addy passe le bras autour de mes épaules et m'attire contre elle.

– J'appelle Eli, dit Ashton. Je reviens. J'ai laissé mon portable dans la chambre.

La tête toujours enfouie au creux de l'épaule d'Addy, j'entends le présentateur commenter d'une voix funèbre :

« Rappelons à nos auditeurs que la ville de Bayview n'en est pas à sa première tragédie, Liz. »

– Éteignez ça, dit Addy d'une voix étranglée.

– Je… Je ne trouve pas la télécommande, bredouille Phoebe, qui semble au bord des larmes, elle aussi. Je crois qu'Ashton l'a prise.

« Absolument, Tom, dit Liz Rosen. La ville est encore traumatisée par le suicide de Simon Kelleher, un élève du lycée de Bayview, qui a fait les gros titres de la presse nationale il y a dix-huit mois. Reste à voir ce que révélera cette nouvelle affaire, que nous continuerons à suivre afin de vous tenir informés. »

Je m'agrippe au bras d'Addy comme à une bouée, le ventre noué par l'angoisse et les remords. S'il est arrivé quoi que ce soit à Knox et que je ne peux pas me réconcilier avec lui…

– Il va bien ! C'est bon !

La voix d'Ashton me remplit d'un immense soulagement.

– Mais c'est lui qui est à l'hôpital. Eli n'en sait pas plus pour l'instant. Je vous emmène.

Addy se lève en laissant son bras autour de mes épaules. J'essaie de gagner la porte, sur des jambes aussi flageolantes que celles d'un faon qui vient de naître. Enfin, j'arrive à demander :

– Il sait qui est mort ?

Ashton hoche la tête d'un air sombre.

– Oui. Un certain Brandon Weber. Vous le connaissez ?

Un bruit sourd retentit près de la porte. Phoebe vient de lâcher tous les sacs qu'elle était en train de récupérer dans l'entrée.

* * *

Deux heures plus tard, on peut enfin voir Knox.

Au début, seules les visites de la famille étaient autorisées et même ses parents et ses sœurs ne pouvaient entrer que par roulement. Les informations tombent par à-coups, mais on a du mal à faire la part du vrai. Néanmoins, certaines données commencent à se confirmer.

Un : Brandon est mort en voulant couper par le chantier.

Deux : Sean, Jules et Monica étaient avec lui.

Trois : Knox a une commotion cérébrale, mais rien de grave.

Quatre : Sean Murdock a sauvé la vie de Knox en le poussant par terre quand il a voulu se lancer au secours de Brandon.

Sean Murdock. Phoebe répète son nom en boucle comme si elle l'entendait pour la première fois. Elle est assise dans la salle d'attente, pâle, les yeux dans le vide, les genoux repliés sur la poitrine. Elle paraît absente, et je ne suis pas sûre qu'elle réalise vraiment que Brandon est mort. Moi non plus, en fait.

– Sean Murdock a sauvé la vie de Knox ? déclare-t-elle. C'est comme si on me disait que les chiens ont le droit de passer le permis de conduire.

– J'ai déjà entendu ce nom, mais je ne vois pas qui c'est, remarque Addy.

– C'est…

J'ai failli dire « un gros connard », mais je me retiens à temps. Quoi qu'il se soit passé par ailleurs, Sean vient de perdre son meilleur ami. Et il a peut-être sauvé la vie de Knox, bien que j'aie autant de mal que Phoebe à intégrer cette information.

– C'est le meilleur pote de Brandon. Il n'est pas du tout proche de Knox.

Kiersten, une des sœurs de Knox, surgit d'un couloir suivie par deux de ses autres sœurs. Ses yeux balaient la salle d'attente et s'arrêtent sur moi.

– On va retrouver mes parents à la cafétéria, Maeve. Knox commence à fatiguer, mais il peut encore recevoir quelques visites. Vous voulez passer le voir ? Il est dans la 307.

Elle me sourit si gentiment qu'il est clair qu'elle n'est pas au courant pour Action ou Vérité, ni pour ce qui s'est passé entre Knox et moi.

Je me lève d'un bond en entraînant Phoebe et Addy.

– Oh, oui, merci. Comment il va ?

– Ça va. Ils le gardent en observation cette nuit, mais tout est OK.

Soudain son expression résolument enjouée s'assombrit légèrement.

– Enfin, presque. Il a le visage bien amoché, je préfère vous prévenir.

Et elle me presse le bras quand nous passons devant elle.

Comme les hôpitaux me rendent nerveuse, j'ai besoin de me préparer psychologiquement devant la porte de la chambre. Cette aile de l'hôpital ne ressemble pas du tout au service d'oncologie, qui est beaucoup plus moderne et high-tech, mais elle n'échappe pas à l'odeur d'antiseptique et à l'éclairage au néon. Une fois à l'intérieur, j'enregistre les détails : la peinture pastel vieillotte, le petit tableau qui représente un bouquet de tournesols, la télé fixée en hauteur dans un angle, le mince rideau qui sépare un lit vide de celui de Knox… puis mes yeux se posent sur lui et j'étouffe une exclamation.

– Ouais, je sais, dit-il malgré ses lèvres enflées. J'ai déjà eu l'air plus en forme.

Il a gardé ses vêtements et n'a qu'un petit bandage sur un côté de la tête, mais il est méconnaissable. Un de ses yeux est noir et à demi fermé, son nez est rouge et enflé et toute la partie droite de son visage n'est qu'un bleu géant.

Je me laisse tomber sur la chaise à côté de son lit. Il glisse la main sous la couverture élimée juste au moment où j'essaie de la prendre, mais je ne sais pas si c'est un mauvais timing ou s'il l'a fait exprès. Je me raisonne en me disant que ça n'a pas d'importance. Il est vivant et il va bien.

– Qu'est-ce qui s'est passé ?

– C'est Sean qui t'a fait ça ? demande Phoebe au même moment.

Elle approche une chaise et s'assoit à côté de moi.

– Pas toutes en même temps, intervient Addy qui est restée debout. Je me souviens quand j'ai eu ma commotion, ce genre de truc me collait la migraine. Regardez, il y a une interview de Sean Murdock, ajoute-t-elle en s'emparant de la télécommande pour monter le son.

– Génial, grogne Knox.

Liz Rosen tend son micro à Sean, qui croise les mains devant lui comme s'il s'apprêtait à prier. Ils sont devant une maison sur fond de crépuscule et la légende UN JEUNE PRÉSENT LORS DE L'ACCIDENT MORTEL DE BAYVIEW TÉMOIGNE clignote en bas de l'écran tandis que Liz Rosen déclare :

« Tout d'abord, merci de prendre le temps de nous parler après le traumatisme que vous venez de subir, Sean.

Pouvez-vous nous raconter ce qui s'est passé avec vos mots à vous ? »

Sean, qui est bien plus grand qu'elle, voûte les épaules comme pour se mettre à son niveau et répond :

« C'est un peu embrouillé, mais je vais essayer. On était au centre commercial et on a voulu aller faire un tour en ville. Et puis, bêtement, on a voulu gagner du temps. Franchement, comme si on ne pouvait pas prendre le chemin normal. Enfin, on avait déjà pris ce raccourci, comme beaucoup d'élèves du lycée. On n'a pas réfléchi. Bref, Bran faisait l'idiot, comme toujours, et il a sauté, et… »

Sean baisse la tête et se couvre les yeux un instant.

« Et puis tout à coup, il a disparu. »

Phoebe fait un petit bruit étranglé à côté de moi, et je lui prends la main. Contrairement à Knox, elle me laisse faire.

Brandon est mort.

Brandon Weber est mort.

Brandon.

Weber.

Est. Mort.

Je peux me le répéter autant que je veux, et de toutes les manières possibles, ça ne me semble toujours pas réel.

« Ça a dû être terrible », dit Liz Rosen.

Sean hoche la tête en continuant à regarder par terre. Je ne vois pas s'il pleure.

« Oui. »

« Avez-vous compris tout de suite ce qui était arrivé ? »

« On ne voyait pas à travers le... sous le toit. Mais on a compris que c'était grave. »

« Pouvez-vous nous dire comment l'autre victime a été blessée ? »

« Lui... il était sous le choc, je crois. Il a foncé vers le trou, et tout ce que j'ai pensé, c'est qu'il allait tomber aussi. Alors j'ai paniqué, et j'ai fait le premier truc qui m'est passé par la tête pour l'arrêter. »

Sean relève enfin la tête, la bouche tordue par une grimace de contrition.

« Je lui ai donné un coup de poing. Je crois que je lui ai vraiment fait mal, je suis désolé. Mais au moins, il n'y est pas allé. Au moins, lui, il n'est pas tombé. »

– N'importe quoi, murmure Knox.

On se tourne vers lui et je demande :

– Ça ne s'est pas passé comme ça ?

Il porte la main à son pansement et tressaille de douleur.

– Je... En fait, je ne me rappelle pas, dit-il d'un ton haché. C'est le grand flou entre le moment où j'ai quitté Phoebe et celui où j'ai vu que quelqu'un m'examinait avec une lampe torche. Mais je ne me vois pas courir derrière Brandon alors qu'il vient de *tomber à travers un toit* ! Sérieux, j'ai pratiquement grandi sur des chantiers. Je ne ferais jamais un truc aussi débile !

– Peut-être que tu ne savais plus ce que tu faisais, suggère Addy. Moi, en tout cas, j'aurais eu du mal.

Mais Knox reste sceptique.

– Ouais. Ou alors il ment.

Addy cligne des paupières.

– Mais pourquoi il mentirait ?

Knox secoue la tête et ses traits se crispent de nouveau sous l'effet de la douleur.

– Aucune idée.

DEUXIÈME PARTIE

DIMANCHE 15 MARS

LA JOURNALISTE : Bonjour, ici Liz Rosen de Channel Seven News, en direct des studios. Je suis en compagnie de notre invité spécial, Lance Weber, dont le fils de seize ans, Brandon, est mort tragiquement il y a dix jours sur un chantier désaffecté derrière le centre commercial de Bayview. Toutes mes condoléances, monsieur Weber.

LANCE WEBER : Merci. Ma femme et moi sommes totalement dévastés.

LA JOURNALISTE : Vous avez expliqué aux producteurs de notre émission que vous êtes ici ce soir pour obtenir des réponses.

LANCE WEBER : En effet. Je suis un homme d'affaires, et dans les affaires, la question centrale est toujours la chaîne des responsabilités. Or, aucun des organismes impliqués dans cette horrible tragédie ne m'a encore fourni la moindre information sur l'accumulation de négligences qui ont causé la mort de mon fils – ni l'entreprise de BTP, ni le centre commercial, ni la municipalité.

LA JOURNALISTE : Êtes-vous en train de dire que, pour vous, leur responsabilité est engagée ?

LANCE WEBER : Je dis seulement que ce genre de chose n'arrive jamais par hasard. Il y a toujours des responsables.

LE LENDEMAIN

Reddit, sous-forum Soif de vengeance
Discussion lancée par : EspritdesTénèbres

Qu'est-ce que tu fous, Bayview2020 ?
RÉPONDS-À-MES-MESSAGES
Je ne te conseille pas de me ghoster.
– EspritdesTénèbres

Ce n'est pas une blague.
Je sais où te trouver.
Et ça ne me fait pas peur de faire partir tout le truc en flammes.
Rien que pour le plaisir de te regarder cramer.
– EspritdesTénèbres

CHAPITRE SEIZE

Phoebe

Lundi 16 mars

– C'est super sympa de me déposer, dit Knox.

Emma met sa ceinture et passe la marche arrière.

– Pas de problème.

Ça fait dix jours que Brandon est mort, et les choses à Bayview ne semblent plus tout à fait pareilles. Du côté des plus, je continue à voir Knox, assez pour le ramener parfois en voiture après les cours. Du côté des très gros moins, Jules et Sean se sont maqués du jour au lendemain. J'ai cru à une hallucination la première fois que je les ai vus s'embrasser dans un couloir.

« C'est le traumatisme qui nous a rapprochés, l'ai-je entendue expliquer un jour en cours. On a *besoin* l'un de l'autre. »

Elle avait le regard vitreux d'une membre de secte qui parle de son gourou.

Le jeu des messages paraît avoir cessé après la bombe lancée sur Knox et Maeve. Du coup, je me demande si le seul but de l'opération n'était pas de lui nuire à elle. C'est quand même bien elle qui a retourné la situation contre Simon l'année dernière. Un de ses acolytes a peut-être voulu se venger. Si c'est le cas, c'est réussi. Knox lui adresse à peine la parole et ça la rend malheureuse. Moi, ça me fait de la peine. Mais au moins, plus personne au lycée ne parle de ce jeu débile.

Une autre hypothèse est qu'il a été piloté par Brandon lui-même pour aider ses amis à gagner des points de popularité, en démolissant au passage ceux qu'il n'aimait pas. Mais comme la première conséquence a été de dévoiler un moche secret sur moi alors que je sortais avec lui, cette théorie me fait vomir.

De son côté, Sean a initié une curieuse petite bromance avec Knox. Il s'est mis à l'appeler « frère » et s'en prend à quiconque tente une blague sur les problèmes d'érection. Ce qui rend tout le monde perplexe, vu que c'est lui qui a lancé le mouvement. Knox ne se rappelle toujours pas ce qui s'est passé sur le chantier le jour de la mort de Brandon.

Et Brandon… Brandon est mort et enterré.

Les funérailles ont eu lieu la semaine dernière. C'était les premières auxquelles j'assistais depuis celles de mon père. Je n'avais jamais ressenti un tel chaos d'émotions : le choc, l'incrédulité, la tristesse, mais aussi, toujours, la colère. C'est bizarre de faire le deuil de quelqu'un qui a été horrible avec vous. Quand le prêtre a fait son éloge, on aurait dit qu'il parlait de quelqu'un d'autre. Dommage, parce que ce gars-là avait l'air génial.

Quel gâchis.

– Je te dépose chez Présumé Innocent, Knox ? demande Emma.

Elle a retrouvé sa politesse réservée avec moi, et n'a pas mentionné le nom de Derek une seule fois depuis l'enterrement. Le choc de la mort de Brandon a peut-être été suffisant pour chasser sa colère, à moins qu'elle n'ait molli parce que j'ai enfin un ami qu'elle aime bien. Elle est même prête à faire un détour jusqu'à San Diego pour le déposer à son boulot.

– Non merci, je ne travaille pas aujourd'hui, répond-il. Chez moi, ce sera impec.

D'un coup d'œil dans le rétroviseur, je procède à mon évaluation quotidienne de ses contusions. Son œil est toujours violacé, mais sa joue et sa mâchoire ont viré à un jaune plus discret. Avec le bon fond de teint, il pourrait presque avoir l'air normal.

– Tu n'as qu'à venir à la maison, lancé-je sur un coup de tête. Comme ça, tu pourras faire cette fameuse partie de *Bounty Wars* dont Owen parle tout le temps.

Mon frère est plutôt sombre en ce moment, contaminé par l'atmosphère de tristesse qui flotte partout depuis la mort de Brandon. Une partie de jeu vidéo avec une nouvelle tête serait un bon moyen de lui remonter le moral.

– Oui, pourquoi pas, répond Knox.

Puis il se penche vers nous en fronçant les sourcils.

– Dites, vous n'avez pas l'impression que la voiture penche un peu ?

– Si, si, confirmé-je. C'est une antiquité.

– C'est ce que j'étais en train de me dire aussi, confirme Emma. Il y a un truc qui cloche.

Elle se gare à notre place attitrée dans le parking souterrain, descend de la voiture et recule pour inspecter le pneu avant gauche.

– Il est presque à plat, grogne-t-elle alors que je sors à mon tour.

Knox s'accroupit pour regarder.

– Tu as roulé sur un clou, on dirait.

Je prends mon portable, mais je n'ai plus du tout de batterie.

– Emma, tu peux envoyer un message à maman pour qu'elle appelle le garagiste ?

– J'ai perdu mon portable, tu ne te souviens pas ?

Exact. Même que ma mère a piqué une crise. Elle a dit qu'elle ne pouvait pas lui en racheter un et qu'elle devrait se le payer avec l'argent de ses cours particuliers. Emma ne l'a toujours pas remplacé, ce qui me dépasse totalement. Je ne tiendrais pas une heure sans mon portable. Mais je n'ai même pas l'impression que ça lui manque.

– Vous avez une roue de secours ? demande Knox. Je peux la changer

– C'est vrai ? dis-je, tout étonnée.

– Pas la peine de faire cette tête, je ne suis pas nul à ce point-là.

Je lui tapote le bras dans un geste pacificateur.

– Ce n'est pas ce que j'ai voulu dire. Mais je ne connais personne qui sache changer une roue. Je pensais que ça s'était perdu.

Ce n'est pas un mensonge, mais pour être honnête, si j'avais dû noter les talents supposés de mécanicien de Knox sur une échelle de un à dix, j'aurais dit zéro. Il n'a pas besoin de le savoir.

– Mon père a refusé qu'on passe le permis avant d'arriver à le faire, mes sœurs et moi. Ça m'a pris un mois, mais c'est le résultat qui compte.

Il ouvre le coffre, tire sur une languette dont j'ignorais jusqu'à l'existence et fait apparaître un double fond dans lequel se trouve une roue toute neuve.

– Waouh, s'exclame-t-il. Tout y est, il y a même le cric. Elles ont du bon, finalement, ces vieilles caisses.

Knox change la roue, si lentement et laborieusement que j'envisage de monter recharger mon portable discrètement pour contacter le garagiste, mais il finit par s'en sortir.

– Il faudra quand même changer la roue, mais ça vous permettra d'aller jusqu'au garage, précise-t-il.

Son ton nonchalant cache mal qu'il est assez fier de lui. C'est plutôt craquant.

– Merci beaucoup, dit Emma d'un ton chaleureux. T'es le meilleur.

– C'est le minimum, répond Knox alors qu'on se dirige vers l'ascenseur. Vous n'arrêtez pas de me servir de chauffeur.

– Oui, mais tu es en convalescence, rappelé-je en appuyant sur le bouton d'appel.

Il s'adosse au mur. La froide lumière artificielle du parking n'arrange pas ses ecchymoses.

– Bah, ça va mieux maintenant. Les médecins m'ont trouvé en pleine forme la dernière fois. En plus, mon père dit que je ne l'ai pas volé.

Emma reste bouche bée.

– Pardon ?

Knox prend aussitôt l'air penaud.

– J'exagère, il ne l'a pas dit comme ça. Il n'a pas digéré que j'aie pris ce raccourci.

– Il devrait plutôt se réjouir que tu sois encore en vie, dis-je en fronçant les sourcils. M. Weber serait heureux de changer de place avec lui.

Ces jours-ci, le père de Brandon passe sur toutes les grosses chaînes d'info de San Diego, menaçant d'attaquer tout le monde en justice.

– Tu l'as vu sur Channel Seven hier soir ?

– Ouais. Il délirait complètement.

Notre étage sent la vanille et le caramel. Addy doit encore être en train de faire des cookies.

– En même temps, on ne peut pas lui en vouloir. C'est vrai que ce chantier est dangereux. Mon père le répète depuis des mois. Comme en plus, Brandon était fils unique, c'est un peu toute sa famille qui disparaît d'un coup.

– Je sais, dis-je avec un pincement au cœur.

Emma n'a pas ouvert la bouche depuis qu'on est sortis de l'ascenseur. Une fois dans l'appartement, elle marmonne qu'elle a du boulot et file s'enfermer dans notre chambre.

– Je peux me laver les mains ? demande Knox en montrant ses doigts graisseux.

Je l'emmène à la cuisine, je fais couler l'eau et j'appuie sur le distributeur de savon.

– C'est sympa, chez toi, remarque-t-il en regardant les grandes fenêtres et les murs en brique nue.

– Ça va, dis-je d'assez mauvaise grâce.

Il a raison, c'est sympa… pour un couple sans enfants. Je parie qu'il trouverait ça nettement moins bien s'il devait y caser toute sa famille.

– Tu veux un truc à boire ? Je prends une limonade. Owen ne va pas rentrer avant dix minutes, un quart d'heure.

– Une limonade, c'est cool, merci.

Knox s'essuie les mains et s'installe au bar pendant que je prends des verres. Soudain, je me rends compte qu'à part Brandon, c'est le premier mec du lycée à venir ici. J'invite rarement des gens, et jamais de garçons. D'ailleurs, je n'avais pas invité Brandon.

– Ça va ? s'inquiète Knox tout à coup.

Je réalise que je viens de me figer avec les verres dans les mains.

– Ouais, excuse-moi. J'ai juste… des espèces de blancs par moments, tu vois ?

– Je vois très bien. Hier soir, la table de la cuisine était couverte de plans et j'ai frôlé la crise cardiaque en comprenant que c'était ceux du chantier. Mon père aide les enquêteurs à essayer d'y voir clair. Ils ne comprennent pas pourquoi le toit s'est effondré sous le poids de Brandon mais pas des autres. Ça fait des mois que les gens prennent ce raccourci.

Je nous verse la moitié d'un verre de limonade à chacun.

– Il faut dire que Brandon est – enfin, était – bien plus costaud que la moyenne des gars du lycée.

– D'accord, mais le toit est censé être conçu pour supporter un poids bien plus important.

– Ils ont découvert quelque chose ?

Knox masse sa mâchoire contusionnée d'un air absent.

– Mon père ne m'a rien dit de plus. À mon avis, s'il y avait un truc, il ne me le dirait pas, de toute façon. Il ne me parle pas vraiment de ses histoires de boulot. Pas comme Eli.

Je me hisse sur un tabouret à côté de lui et je sirote ma limonade.

– Ça te plaît de travailler pour Eli ?

– J'adore ça, me répond Knox en s'illuminant aussitôt. Il est génial. Surtout quand on pense à toutes les merdes qu'il a à gérer tous les jours.

– Comme quoi ?

– Bah, dans sa branche, il est harcelé en permanence. Par d'autres avocats, les flics, les médias… Sans compter ceux qui le tannent pour qu'il s'occupe de leur affaire et ceux qui lui en veulent parce qu'il a refusé. Il reçoit carrément des menaces de mort.

– Sérieux ?

Les médias présentent Eli comme un héros et j'ai toujours cru que c'était une bonne chose pour lui. Je n'avais pas songé que ce genre de publicité pouvait le mettre en danger.

– Ouais. On en a reçu plusieurs récemment qui ont toutes l'air de venir de la même personne. Du coup, ils commencent à prendre ça au sérieux. Sandeep – c'est l'un des avocats qui travaillent là-bas – dit que généralement, les gens n'en envoient qu'une.

Je pose vivement mon verre qui claque sur le bois.

– Mais c'est horrible ! Ashton est au courant ?

Knox hausse les épaules.

– Ben, j'imagine, non ?

– Oui, sans doute.

Un frisson me traverse et je le laisse monter pour m'en débarrasser.

– Ça doit être super flippant ! Déjà que je stresse quand je reçois des messages anonymes sur Insta…

– Tu en reçois encore ? me demande Knox en plissant le front. De… euh… (Il jette un coup d'œil vers la porte de ma chambre et baisse la voix.) De Derek ?

– Non, plus depuis un bout de temps. Espérons qu'il a laissé tomber.

La serrure de la porte d'entrée se met à faire un raffut du diable. Comme ça ne s'arrête pas, je finis par me lever pour y aller.

– Owen ne maîtrise pas encore totalement l'art de la serrurerie, dis-je en tournant le verrou pour ouvrir à mon frère.

– Je t'ai entendue, me signale Owen en posant son sac par terre. À qui tu… Oh, salut !

Il regarde Knox avec de grands yeux.

– Wouah, dis donc, tu as la tête complètement… Ouh.

– Ça fait moins mal que ça en a l'air, le rassure Knox.

– Knox est venu jouer à *Bounty Wars* avec toi, Owen ! dis-je avec entrain. C'est génial, hein ?

Knox me jette un coup d'œil perplexe, comme s'il se demandait pourquoi je parle à mon petit frère de douze ans comme à un bébé. Je serais incapable de lui expliquer, alors je me tais.

– C'est vrai ?

Knox acquiesce d'un hochement de tête et un sourire timide éclaire le visage de mon frère.

– OK, cool !

– Je te suis ?

Ils disparaissent dans la chambre d'Owen et je les regarde partir avec un curieux mélange de satisfaction et de regret. Je me vois tout à coup croiser Knox dans la rue dans dix ans, alors qu'il sera devenu super mignon, qu'il aura un boulot génial et une copine superbe, et je m'imagine me donnant des baffes pour ne pas avoir su voir autre chose en lui qu'un copain du lycée.

Je finis mon verre et je le rince dans l'évier. Comme mes cheveux me gênent, je les attache en gagnant la chambre. J'entrouvre doucement la porte.

– Emma ? Je viens juste prendre un élastique.

Elle est assise sur son lit, sa gourde métallique aux couleurs des Wildcats de Bayview à la main. Je m'approche de la commode en marchant sur une pile de vêtements et je fouille le tiroir du haut jusqu'à ce que je trouve un élastique rose scintillant.

– Je crois que j'ai ce truc depuis le CE2, dis-je en le montrant à Emma.

Puis je m'aperçois que des larmes coulent sur ses joues.

Je la rejoins et je me perche nerveusement tout au bout de son lit. Même si ça va mieux entre nous, je ne suis pas sûre à cent pour cent qu'elle ne va pas m'envoyer balader.

– Qu'est-ce qui se passe ?

– Rien.

Elle s'essuie les joues et, dans le mouvement, renverse un peu du contenu de sa gourde sur sa main.

– Oups, fait-elle en s'essuyant avec le bas de sa jupe.

Ce geste hésitant a quelque chose de familier parce que je l'ai accompli des dizaines de fois. Mais pas elle.

– Qu'est-ce que tu bois ?

– Hein ? Oh, de l'eau.

Emma ne boit jamais d'alcool, ni dans les fêtes, auxquelles elle ne va jamais, ni chez nous à 3 heures de l'après-midi. Mais elle a tant de mal à articuler que je ne vois pas d'autre explication.

– Pourquoi tu bois en pleurant ? Tu es triste à cause de Brandon ?

Ses yeux s'embuent de nouveau.

– Je ne le connaissais même pas, marmonne-t-elle dans sa gourde.

– Je sais, mais… c'est quand même triste.

– Tu peux me laisser ? me demande-t-elle à mi-voix.

Comme je ne bouge pas tout de suite, elle ajoute encore plus bas :

– S'il te plaît.

Ça fait un moment qu'elle ne m'a pas dit « s'il te plaît », et je m'incline. Mais ça me pèse de sortir en la laissant seule. Parce que ce n'est sûrement pas ce dont elle a besoin.

* * *

Le reste de l'après-midi se déroule sans histoire et je dois arracher Knox des griffes d'Owen à 5 heures. Mon petit frère a complètement flashé sur lui.

– Tu reviendras ? lui demande-t-il sur un ton plaintif.

– Mais oui, lui assure Knox en posant sa manette. Mais il va falloir que je m'entraîne un peu pour me mettre à ton niveau.

– Je te ramène, dis-je.

Je suis passée jeter un coup d'œil dans notre chambre et Emma avait l'air de dormir. Je n'arrête pas de me demander si j'ai mal interprété la situation – peut-être qu'elle buvait vraiment de l'eau et qu'elle en a renversé par maladresse ? Quoi qu'il en soit, ce n'est pas le moment de lui demander de prendre le volant. J'espère qu'elle ira mieux d'ici le retour de ma mère.

Knox fait un peu la grimace, probablement parce qu'il repense à la fois où il est monté en voiture avec moi, mais il me suit sans protester.

– Merci d'avoir été aussi sympa avec Owen, lui dis-je dans l'ascenseur. Tu as vraiment eu droit à une grosse session de *Bounty Wars*.

– Pas de problème, répond Knox en s'adossant à la paroi. Il déchire, ton frère ! Il a toute une stratégie super au point qui… Enfin bref, je ne fais pas le poids.

Une fois dans le parking, on s'installe dans ma voiture.

– C'est marrant, ce jeu, ça m'a fait penser à un truc, ajoute-t-il pensivement.

– Oui ?

– Tu connais le principe, il y a différents moyens de tuer les gens. On peut leur tirer dessus ou les poignarder, clairement.

– Clairement, oui.

– Mais on peut aussi faire preuve de créativité. À un moment, j'étais sur le toit d'un immeuble et j'allais pousser ma cible dans le vide, et j'ai repensé au jour de l'accident. Et puis tout à coup, j'ai eu un…

Il cligne des yeux alors qu'on sort du garage face au soleil et rabat le pare-soleil.

– … un souvenir, je crois, en fait.

– Un souvenir ? Avec Brandon ?

Cette idée me donne la chair de poule. Je ne suis pas sûre d'avoir vraiment envie de savoir ce qui est arrivé ce jour-là.

– Non, dit lentement Knox. Avec Sean. Rien qu'un flash, mais… d'un seul coup, je l'ai vu au bord du toit. Il tenait son portable à la main comme s'il prenait une photo, ou une vidéo. Et puis il a crié : « Putain, qu'est-ce que tu fous là, Myers ? »

– Attends, t'es sûr ?

Un coup de klaxon mugit et Knox se retient au tableau de bord.

– Il y avait un stop, me signale-t-il.

– Oh. Mince, désolée.

Je fais un signe d'excuse à l'intention du chauffeur de la voiture d'en face. En retour, il me fait un doigt.

– Ouais, c'est bizarre. Tu t'es souvenu d'autre chose ?

Knox pousse un soupir en se massant les tempes.

– Non. Et je ne suis même pas sûr que ce soit un vrai souvenir.

Je réfléchis en me mordillant la joue. Toute cette histoire avec Sean qui frappe Knox pour le sauver ne tient pas debout, mais Monica et Jules y étaient aussi et elles ne l'ont pas contredit. En même temps, Jules et Sean sont devenus de vrais siamois, alors…

– Tu devais peut-être repasser jouer avec Owen au cas où ça réactiverait d'autres souvenirs, dis-je à Knox en me garant devant chez lui.

Il détache sa ceinture avec un grand sourire.

– Quelque chose me dit que je l'aurais fait de toute façon. Ton frère n'a pas l'air, comme ça, mais il a vraiment de la suite dans les idées.

CHAPITRE DIX-SEPT

Knox

Mardi 17 mars

Le bal de promo c'est dans deux mois !

Tu y vas avec qui ?

N'attends pas la dernière minute !

Mes sœurs m'épuisent. Je suis tenté de fermer ChatApp sans répondre pour boucler mes devoirs en paix, mais ça ne ferait que les encourager à me bombarder de nouveaux messages. Alors je finis par taper :

Je crois que j'irai avec une amie.

Kiersten réagit à la vitesse de l'éclair.

Qui ça ? Maeve ?

Ça, c'est sûr que non. Je suis plus proche de Kiersten que de mes autres sœurs, mais je ne lui ai pas raconté ma brouille avec Maeve, et encore moins que j'étais la cible privilégiée des blagues du lycée sur les dysfonctionnements érectiles. Depuis hier, je suis tiraillé : d'un côté, je ne rêve que d'oublier l'histoire de l'accident ; de l'autre, j'aimerais bien comprendre ce qui s'est passé. Je réponds :

Sans doute pas.

Je me demande si Phoebe accepterait de m'accompagner. En amie, bien sûr. Il faudrait vraiment que je manque de lucidité pour espérer autre chose. Elle est tellement trop bien pour moi. Mais je pense qu'on pourrait bien se marrer tous les deux.

Mes relations avec Maeve restent compliquées, et même assez mauvaises. L'accident de Brandon est l'excuse parfaite pour éviter le sujet. Et plus on laisse passer de temps, plus ça devient difficile de le remettre sur le tapis. Mais au fond, ce n'est pas plus mal. Fréquenter une ex avec qui je n'ai pas réussi à perdre mon pucelage, ce n'était pas très sain à la base.

Presque 20 heures. Généralement, je ne sors plus à cette heure-ci. Mais je ne tiens pas en place. J'ai envie d'aller faire un tour. Je pense aux alfajores du Café Contigo et ça me met l'eau à la bouche. Phoebe est de service et, apparemment, Maeve n'y met plus les pieds. Et puis, là ou ailleurs…

J'ai descendu la moitié de l'escalier quand j'entends la voix de mon père.

– Ça pourrait venir d'un problème de charpente, mais c'est difficile à prouver.

Mes parents sont dans la cuisine ; je les entends vider le lave-vaisselle.

– N'empêche que les gamins n'avaient pas le droit d'être là. Y compris le nôtre. Si Lance Weber porte plainte, Knox risque d'être poursuivi aussi.

Merde. Je vais être *poursuivi* ?

– Lance ne manque pas d'air, dit la voix tendue de ma mère. Espérons que c'est juste le chagrin qui le pousse à réagir comme ça. J'ai de la peine pour lui, bien sûr. Je n'ose pas imaginer le cauchemar qu'il vit. Mais brandir la menace d'un procès après tout ce qu'il a fait pour sortir son fils du pétrin, c'est le comble de l'hypocrisie.

Je m'approche doucement en tendant l'oreille. De quoi parle-t-elle ?

– C'était une grosse erreur de sa part, répond sombrement mon père. Ça n'aurait jamais dû en rester là, pas pour quelque chose d'aussi grave. Ça n'a fait que montrer à Brandon qu'on n'a pas besoin d'assumer les conséquences de ses actes. Ce n'était vraiment pas le bon signal à envoyer, surtout à quelqu'un comme lui.

Ma mère lâche un gros soupir.

– Je sais bien. J'y pense tout le temps, et je regrette encore de ne pas avoir tenu bon. Mais c'était ma première année chez Jenson & Howard et je n'avais pas envie de faire de vagues. Si je devais traiter ce genre de dossier aujourd'hui, j'agirais différemment.

J'attends la réaction de mon père, mais je n'entends qu'un grognement guttural et un bruit de griffes sur le linoléum. Fritz entre dans le salon en reniflant bruyamment. Il me repère tout de suite, se met à remuer la queue, et ses reniflements se changent en espèces de ronflements excités.

– Chut. Assis, dis-je tout bas.

Mais il continue à geindre en passant le museau entre les barreaux de la rampe d'escalier.

Une chaise grince sur le carrelage de la cuisine.

– Knox ? lance la voix de ma mère. C'est toi ?

Je descends les dernières marches et Fritz me suit à la cuisine. Je trouve ma mère appuyée contre le plan de travail et mon père assis à la table.

– Salut. Vous parlez de quoi ?

Instantanément, mon père prend l'air irrité et mutique qu'il me fait subir depuis que je suis sorti de l'hôpital.

– Rien qui te concerne.

Ma mère m'adresse son meilleur sourire de gentil flic.

– Tu veux quelque chose, chéri ?

– Je vais faire un tour.

Je n'en jurerais pas, mais elle paraît soulagée.

– Vous parliez de Brandon ? Il a eu des ennuis ?

– Oh, rien de sérieux. On parlait boulot, avec ton père.

– OK, mais... Il était impliqué dans une affaire gérée par ta boîte ? Tu ne l'avais jamais dit. C'était quoi ?

Je ne sais pas trop pourquoi j'insiste. D'habitude, le moindre regard glacial de mon père suffit à me faire taire et j'en ai déjà reçu deux. Le sourire de ma mère s'efface aussitôt.

– Tu sais bien que c'est confidentiel, me répond-elle. Si j'avais su que tu écoutais, je n'en aurais pas parlé. Je te demanderai de ne pas répéter ce que tu viens d'entendre.

Elle s'éclaircit la gorge et je pourrais presque la voir classer l'affaire dans un tiroir spécial « À ne pas rouvrir ».

– Tu vas où comme ça ? me demande-t-elle ensuite.

Bon. Je n'en tirerai rien, et mon père est une cause perdue.

– Au Café Contigo. Je peux prendre ta voiture ?

– Bien sûr, répond-elle beaucoup trop vite. Amuse-toi bien. Mais rentre avant onze heures, s'il te plaît.

– OK.

En franchissant la porte de la maison, j'ai la certitude désagréable que quelque chose m'échappe. Mais quoi ?

* * *

– Ça roule, frère ?

Merde. Je venais voir Phoebe, pas mon nouveau BF. Mais c'est Sean qui est là et pas elle. Il me tend sa grosse patte pour faire un check. Je me plie au rituel sans enthousiasme.

Puis il s'appuie au comptoir pour attendre sa commande, super détendu, pas du tout comme si son meilleur pote était mort il y a moins de quinze jours. Bon Dieu, je hais ce mec.

Depuis que ce pseudo-souvenir a ressurgi, je n'arrête plus d'y penser : Sean debout au bord du toit, prêt à prendre une photo ou une vidéo. « Putain, qu'est-ce que tu fous là, Myers ? »

Impossible de savoir si ça s'est vraiment passé ou si je l'ai inventé. Ça me prend la tête.

Sean continue :

– C'est pour Jules. La bouffe craint, ici, mais elle aime bien, alors...

– Ouais, je comprends.

Je pose mon sac sur une chaise sans m'asseoir. Sean tient son portable du bout des doigts. À mon avis, il n'est pas du style à penser à effacer des photos ou des vidéos incriminantes. Pas assez futé. Luis sort de la cuisine en lui tendant un sac en papier et je m'éclaircis la gorge.

– Au fait, Sean. Je peux te demander un service, man ?

Je l'ai appelé « man ». La honte. Je ne sais même pas comment on parle à ce genre de gars. Il penche la tête sur le côté d'un air amusé et je poursuis laborieusement :

– Tu pourrais me prêter ton portable ? Je dois vérifier un truc et j'ai laissé le mien chez moi.

Il prend son portefeuille dont il sort un billet de vingt.

– Mais nan, mon pote. Regarde, il dépasse de la poche de ton sac à dos.

– Ah ouais, t'as raison. Merci !

Cette fois je m'assois, vaincu. Je suis vraiment pathétique.

– Ça va, mec ? demande Sean à Luis en lui faisant un check sophistiqué.

Il joue au baseball, lui aussi, assez bien pour avoir fait partie de l'équipe du lycée quand Cooper et Luis y étaient encore.

– Tu nous manques. Tu vas à Fullerton jeudi pour le match de Coop ?

– Je veux, dit Luis en lui rendant sa monnaie.

– Moi aussi, frère.

– On se voit là-bas.

– Cool. À demain, mec, me dit Sean en passant devant moi.

Il lève la main pour me refaire un check et je lui tape dans la paume en ayant hâte qu'il disparaisse. Il ne me sert plus à rien maintenant que ma tentative d'espionnage a lamentablement capoté.

Les talents de Maeve m'auraient été bien utiles ce soir.

Quand la porte se referme, Luis m'apporte une carafe d'eau et remplit mon verre.

– Qu'est-ce qui t'intéresse tellement sur son portable ?

– Hein ? Quoi ? Mais rien.

Il s'assoit en face de moi d'un air entendu.

– Te fatigue pas. Tu as fait une tête de chien battu quand ça n'a pas marché.

– Hmm.

On se dévisage quelques secondes en silence. Je ne sais pas grand-chose sur Luis, hormis le fait qu'il a été le seul à soutenir Cooper. Phoebe le trouve super, et son père est le type le plus gentil que je connaisse. Il y a sans doute pire comme allié.

– Une vidéo. Je ne crois pas qu'il me la montrerait si je lui demandais. C'est même sûr.

– Quel genre ?

J'hésite. Je ne sais même pas si elle existe vraiment. Toute cette histoire n'est peut-être que le produit de mon imagination.

– Celle qu'il a prise sur le chantier le jour de l'accident.

– Oh.

Il se tait un moment, puis inspecte la salle pour vérifier que personne n'a besoin de rien.

– Et pourquoi tu veux la voir ?

Bonne question.

– Je ne me souviens de rien à cause de ma commotion, et il y a des trucs qui ne collent pas dans ce qu'on me raconte. J'aimerais bien vérifier.

– Luis !

C'est Manny, qui passe la tête par la porte de la cuisine. On dirait son frère dans un miroir déformant : plus grand, plus lourd, et l'air un peu empoté.

– Dis, on met de l'ail dans le guacamole, ou pas ?

– Je rêve, Manny, fait Luis d'un ton désespéré. Tu me demandes ça tous les jours.

– Alors… j'en mets ?

– Faut que j'y aille, me dit Luis en se levant. Tu veux quelque chose ?

– Des alfajores. Mais il n'y a pas d'urgence.

Il s'éloigne et je regarde autour de moi. Je fais quoi, maintenant ? Je comptais sur Phoebe pour me tenir compagnie, et ça me met mal à l'aise de manger tout seul dans un resto. Elle faisait quoi ici, Maeve, pendant des heures ? Je prends mon portable, mais je le repose aussitôt : trente-sept notifications sur ChatApp. Ça peut attendre.

Un type entre. Au bout de quelques secondes, je reconnais Monsieur Regard intense, celui qui est passé il y a quelques semaines en cherchant Phoebe et qui s'est fait sortir par Luis et Manny. Cette fois, il n'y a personne derrière le comptoir et il se contente d'aller s'affaler à une table dans un coin. Ahmed, l'un des serveurs, lui porte un verre d'eau. Ils échangent quelques mots, mais rien ne semble alerter Ahmed qui repart avec son expression habituelle, à la fois agréable et préoccupée.

Regard intense baisse la tête chaque fois que Manny fait une brève apparition derrière le comptoir, mais le reste du temps il observe la salle comme s'il était au cinéma. Ahmed lui apporte un café et il reste assis là sans le boire, à regarder. Maintenant, je suis content que Phoebe ne travaille pas aujourd'hui, parce qu'il est évident qu'il est venu pour elle.

Mais pourquoi ? C'est qui, ce type ? Derek, l'ex d'Emma ? J'ai oublié son nom de famille. Je cherche sur Instagram, mais c'est peine perdue, il y a des millions de Derek.

Après que j'ai passé un quart d'heure à surveiller Regard intense slash Peut-être-Derek en train de surveiller la salle – activité aussi palpitante qu'elle en a l'air –, il balance un billet sur la table et part sans avoir touché à son café. Et je me retrouve avec la même sensation de vague malaise que tout à l'heure en sortant de chez moi.

C'est sûr, quelque chose m'échappe.

CHAPITRE DIX-HUIT

Maeve

Jeudi 19 mars

Cooper contracte ses muscles pour se préparer à lancer. La balle traverse le marbre à une vitesse foudroyante. Le frappeur de l'équipe adverse donne l'impression de vouloir écraser une mouche, rate son coup, et tout le stade résonne d'acclamations. Furieux, le gars balance sa batte vers le banc de touche avant de s'éloigner.

– Le pauvre, murmure Kris en tendant son bras à la grand-mère de Cooper pour l'aider à se mettre debout.

Elle se lève chaque fois que Cooper fait un retrait sur prise, ce qui s'est déjà produit plusieurs fois dans ce match. Je n'ai jamais rien vu d'aussi touchant.

On est venus le voir jouer contre UCLA, et le stade Goodwin de Fullerton est plein à craquer. Les gradins sont disposés en fer à cheval autour du terrain et on est assis presque pile derrière le marbre, dans une zone bourrée de lycéens de Bayview. Je suis venue en voiture avec Addy, qui a pris Nate sous son aile dès son arrivée et qui l'oblige à se sociabiliser. Je crois que j'ai aperçu Luis avec l'ancienne équipe de Cooper, mais j'ai détourné les yeux trop vite pour en être sûre. Après quinze jours de silence radio, je ne sais même pas ce que je lui dirais si on se croisait.

Mon portable vibre. Je m'attends à ce que ce soit Bronwyn, qui me demande des nouvelles du match toutes les cinq minutes, mais c'est seulement ma mère qui veut savoir à quelle heure je rentre. Je ne suis pas encore habituée au silence de mon portable depuis que j'ai désactivé les alertes PingMe sur le conseil de Phoebe. J'ai bien fait de le suivre, même si le jeu d'Action ou Vérité a pris fin de lui-même. J'essaie de me persuader que son auteur a arrêté par respect pour Brandon, mais c'est probablement parce que plus personne ne s'intéresse à lui depuis l'accident.

Je me demande toujours vaguement qui c'est et s'il en veut personnellement à ceux qu'il cible. Mais au fond, je crois que je m'en fiche. Mon principal problème est de ne pas m'être réconciliée avec Knox. Maintenant que j'ai réussi l'exploit d'être en froid avec lui et avec Luis, mon cercle d'amis s'est de nouveau restreint à celui de Bronwyn.

Et à Phoebe. Elle au moins, elle continue à m'adresser la parole.

Cette fois, Cooper lance une de ses balles lentes de la mort et le batteur d'UCLA n'a même pas le temps de réagir.

– Tu ferais aussi bien de rentrer chez toi, jeune homme ! lui lance la grand-mère de Cooper. T'es fichu !

Ça me remonte un peu le moral. Je me penche vers Kris pour lui chuchoter :

– Nonny qui crie sur les batteurs, je ne m'en lasserai jamais.

– Pareil, me répond-il en souriant.

Tout le temps qu'il a passé dans des stades a ajouté des reflets dorés dans ses cheveux châtains, et il est encore plus craquant que d'habitude avec son polo vert qui fait ressortir ses yeux.

– Tu crois que Cooper passera en ligue majeure l'année prochaine ?

– Sais pas, dit Kris. Il n'arrive pas à se décider. Il adore la fac et l'équipe est super. Pas juste d'un point de vue sportif, mais aussi pour… tout le reste. (Il se désigne lui-même d'un geste un peu ironique.) Les ligues majeures ne sont pas très gay-friendly. Le changement serait plutôt brutal, sans parler de la pression supplémentaire. D'un autre côté, c'est clair qu'il risque de plafonner s'il reste trop longtemps au niveau universitaire.

Je regarde Cooper sur le monticule. C'est drôle, je n'arrive pas à le reconnaître à cette distance. Avec sa casquette rabattue sur le front, ça pourrait être n'importe qui.

– Comment on fait pour choisir ? dis-je, presque à moi-même. Entre ce qui serait mieux et ce qu'on a envie de faire ?

J'ai l'impression que cette question vaut aussi pour ma sœur.

– On espère que les deux finiront par correspondre, j'imagine, répond Kris.

– Et si ça n'arrive pas ?

– Aucune idée.

Kris retient son souffle tandis que le frappeur touche la balle de Cooper, mais ce n'est qu'une balle frappée au sol inoffensive et l'arrêt court la bloque sans problème.

– Les Padres n'arrêtent pas de le contacter, ajoute-t-il. Ils tiennent vraiment à signer avec lui. Et ils sont en très bonne position cette année.

– Ce serait peut-être moins difficile de choisir s'il pouvait rester dans la région. Il serait toujours obligé de voyager tout le temps, mais au moins il ne serait pas séparé de ses proches.

– Tout à fait d'accord, répond-il en souriant.

Je souris aussi, malgré le fatras d'émotions contradictoires qui m'embrouille la tête. D'un côté, c'est bizarre d'être en pleine ambiance festive avec la moitié du lycée quinze jours après la mort de Brandon. De l'autre, ça fait du bien de se concentrer sur un truc positif pour changer. Et puis je suis heureuse pour Kris et Cooper, parce qu'ils méritent que tout se passe bien pour eux.

Mes perspectives à moi m'emballent moins.

Je remonte discrètement la manche de mon tee-shirt pour examiner un nouvel hématome. J'ai l'impression d'être une pêche bien mûre qu'on aurait laissée trop longtemps sur le rebord d'une fenêtre. Toute lisse à l'extérieur et déjà en train de pourrir à l'intérieur.

Soudain, ça recommence : mon nez se met à couler. *Oh non. Pas ici.*

Je me dépêche de plaquer un mouchoir sur mon visage et je me lève.

– Il faut que j'aille aux toilettes.

Heureusement, presque tout le monde est assis, entièrement concentré sur Cooper, et l'allée est dégagée. J'attends d'être enfermée dans une cabine pour regarder le mouchoir.

Il est rouge vif.

Je m'effondre sur le couvercle des toilettes et les larmes se mettent à couler, sans bruit, mais si fort que j'en ai les épaules secouées. J'ai beau faire le maximum pour me persuader que rien de tout ça n'arrive, je ne peux pas nier l'évidence. Et je ne sais pas quoi faire. Je me sens seule, impuissante, terrifiée et totalement épuisée. Je m'essuie le visage en prenant un mouchoir après l'autre et le sang se mélange aux larmes. Enfin, j'arrache deux bons mètres de papier toilette et j'enfouis la tête dedans.

Les larmes et le sang finissent par se tarir presque en même temps. Je laisse passer un tour de batte, le temps que mon rythme cardiaque et ma respiration s'apaisent, je tire la chasse et je sors. Puis je m'examine dans le miroir en m'aspergeant d'eau. Ça pourrait être pire. Mes yeux ne sont pas trop rouges et comme je ne me suis pas maquillée, j'échappe aux traînées sur la figure. Je me passe un coup de brosse, je me lave les mains, et c'est reparti.

Les toilettes donnent sur la buvette. La première image que je vois est un petit groupe de visages familiers au comptoir : Sean, Jules, Monica et Luis. Jules est tellement collée à Sean que le plateau chargé de snacks qu'il tient à la main menace de se renverser. Monica n'arrête pas de toucher le bras de Luis en battant des cils, et ils blaguent en rigolant tous les quatre comme si c'était le meilleur double rencard de leur vie et qu'il n'y avait pas un nuage dans le ciel.

Pendant une seconde, je les hais de toutes mes forces.

– Merci, mec, dit Luis à Sean. Je dois y aller.

– Oh non, tu ne vas pas nous laisser ? demande Monica avec une petite moue dragueuse. J'ai besoin de quelqu'un pour partager tout ce pop-corn, moi !

– Désolé, mais je ne veux pas rater Coop. On se retrouve sur les gradins !

Les trois autres se détournent en riant. Luis s'avance dans ma direction. Je retournerais volontiers me planquer dans les toilettes, mais mes jambes refusent de coopérer.

– Salut, dit-il en me remarquant.

Puis il fronce les sourcils.

– Tout va bien ?

Mes yeux ne sont peut-être pas aussi normaux que je l'espérais, finalement.

– Super, dis-je.

Je croise les bras en chassant le souvenir de mes larmes dans les toilettes.

– Tu es au courant que c'est un connard ?

– Hein ?

Il se retourne comme s'il croyait que je m'adresse à quelqu'un d'autre.

– Qui ça ?

– Sean. Il a été dégueulasse avec Knox et Phoebe et… Enfin, entre autres.

– Ouais bah, c'est juste qu'on a joué au baseball ensemble, alors…

Il hausse les épaules comme si ça expliquait tout. Ma colère monte, et ça tombe bien parce que ça me change les idées.

– Alors c'est ton pote ? dis-je d'un ton sarcastique. Génial.

Luis se fige en plissant les yeux.

– Ça veut dire quoi, ça ?

– Ça veut dire que vous vous serrez tous les coudes. La grande fraternité des machos. Les autres, on s'en fout.

Mes poils se hérissent sous l'effet d'un fond d'angoisse, d'une colère mal placée et d'autre chose que je n'arrive pas à identifier.

– Tant qu'il est capable de lancer, il fait ce qu'il veut, hein ?

– Un macho ? répète-t-il. C'est comme ça que tu me vois ?

– C'est ce que tu es.

Je ne sais même plus ce que je dis. Je sais juste que ça fait du bien de me lâcher.

– Je vois, ajoute-t-il en serrant les dents. C'est pour ça que tu as disparu, alors ?

– Je n'ai pas…

Je n'achève pas ma phrase. D'accord, c'est peut-être ce que j'ai fait. Mais il ne s'est pas trop fatigué à me chercher non plus. Mon nez me démange et une nouvelle poussée de peur me serre la gorge. Je vais me remettre à saigner, c'est sûr.

– Il faut que j'y aille. Et ne mange pas trop de pop-corn, surtout.

C'était ça, le sentiment non identifié : la jalousie.

– Attends une minute.

Son ton est suffisamment ferme pour me faire obéir. Il a les épaules raides, les traits crispés.

– J'espérais bien qu'on se verrait ce soir. Je voulais te demander ton numéro.

Malgré lui, mon cœur fait un petit bond idiot, avant de se crasher quand il ajoute :

– Maintenant que je connais ton opinion sur les *machos*, ne t'inquiète pas, je ne t'embêterai plus. Mais j'ai un truc à t'envoyer. C'est pour Knox, en fait, mais puisque tu es là…

Il sort son portable de sa poche.

– Tu peux me donner ton numéro ? Tu pourras toujours effacer le mien après, et me supprimer de ton portable et de ta vie une fois pour toutes.

Je lui passe mon numéro mécaniquement, pressée d'en finir. Je regrette déjà tout ce que j'ai dit, et je suis morte de trouille à l'idée de me remettre à saigner du nez devant lui.

– Comme c'est lourd, ça risque d'être un peu long à télécharger, ajoute Luis. Dis à Knox que j'espère que ça l'aidera.

Alors qu'il s'éloigne, une goutte de sang s'échappe de mon nez et coule sur mon tee-shirt, mais je n'essaie même pas de l'essuyer. Je ne peux pas expliquer ce qui s'est passé, si ce n'est que j'ai été infecte avec Luis sans raison et que je viens de piétiner toutes mes chances d'avoir une histoire avec lui.

Ça craint, mais c'est loin d'être mon principal problème dans l'immédiat.

– Maeve, mais *merde* ! dit une voix devant moi.

En relevant la tête, je découvre Nate avec un gobelet de Coca dans chaque main, en train de regarder mon visage et la tache de sang sur mon tee-shirt. Je n'ai jamais parlé de mes histoires de récidives avec lui, mais vu sa tête, Bronwyn s'en est chargée. Quelque chose se brise en moi, et je fonds de nouveau en larmes avant d'avoir pu me ressaisir.

Sans un mot de plus, Nate balance ses gobelets dans une poubelle, passe le bras autour de mes épaules et m'entraîne dans un coin à l'écart où il y a quelques tables de pique-nique. Il me fait asseoir sans retirer son bras de mon épaule, je m'affale contre sa poitrine et je pleure pendant je ne sais combien de temps tandis qu'il me passe des mouchoirs. Tout ce que j'arrive à me dire, agrippée à lui avec son bras autour de mes épaules, c'est que je ne suis plus seule avec ça.

Quand je me redresse enfin, il déclare :

– Bronwyn ne m'avait rien dit.

– Elle n'est pas au courant.

Ses yeux bleu foncé s'agrandissent.

– Tes parents ne l'ont pas prévenue ?

– Ils ne savent pas non plus. Personne ne sait.

– Maeve, mais *merde* ! répète-t-il. Mais ça ne... Enfin, je voudrais être sûr de comprendre. Ça t'arrive quand tu rechutes, non ?

Je hoche la tête.

– Mais alors, tu ne peux pas... Il faut que... Mais pourquoi ? Pourquoi tu gardes un truc pareil pour toi toute seule ?

– Tu ne sais pas ce que c'est de vivre ça, dis-je d'une voix rauque.

– Raconte-moi.

– C'est... Ça change tout. Tout le monde est triste. La vie normale s'arrête. C'est horrible, ça fait mal de toutes sortes de façons, et le pire, c'est que rien ne *marche*.

Je me remettrais à pleurer si je n'étais pas entièrement vidée. Je me laisse de nouveau aller contre l'épaule de Nate.

– Jamais pour de bon, en tout cas. La rémission la plus longue, ça a duré quatre ans. Je commençais à croire que j'étais peut-être enfin tranquille et je... je ne crois pas que j'aurais la force de recommencer tous ces traitements.

Nate laisse passer quelques secondes.

– Bon, me dit-il enfin. Je crois que je comprends. Mais c'est de ta *vie* qu'il s'agit, Maeve. Tu ne crois pas que tu *dois* essayer ?

Je me sens terriblement fatiguée. Si je fermais les yeux, je crois que je dormirais pendant des jours, ce qui, soit dit en passant, n'est pas très rassurant.

– Je ne sais pas.

– Si tu ne le fais pas pour toi, fais-le pour les autres ! reprend-il d'un ton pressant. Pense à tes parents. Et à Bronwyn. Qu'est-ce qu'ils deviendraient si… ? S'il t'arrivait quelque chose, ça les rendrait dingues, ils n'arrêteraient pas de se demander ce que ça aurait changé si tu leur avais fait assez confiance pour leur parler.

Je me raidis.

– Ce n'est pas une question de confiance.

– Pourtant c'est ce qu'ils penseraient.

Comme je ne réponds pas, il insiste :

– Tu sais très bien que c'est ce que Bronwyn penserait. Elle s'en voudrait de ne pas avoir été là, ou de ne pas l'avoir senti. Ça la boufferait jusqu'à la fin de sa vie.

Foutu Nate. Il connaît mon talon d'Achille.

Quand je me redresse, je vois du soulagement sur son visage.

– Bon, dis-je tout bas. OK, je vais leur en parler.

Aussitôt, un poids énorme me libère la poitrine, emportant avec lui une partie de l'angoisse qui m'étreint depuis des semaines, et je réalise brusquement à quel point ça me rongeait de l'intérieur de garder ça pour moi. Je me suis laissé paralyser par la peur et l'indécision. J'avais besoin d'un déclencheur.

– Ouf, soupire Nate.

– Par contre, tu fais un truc pour moi en échange : tu te bouges un peu avec Bronwyn.

Son rire allège la tension assez pour me faire sourire.

– Pas la peine de t'inquiéter pour ça, Maeve. Bronwyn et moi, on se retrouvera en finale.

– C'est à dire ?

– C'est à dire qu'on finira ensemble. Il nous faudra peut-être un an pour trouver notre rythme, ou deux, ou dix, on s'en fiche, mais ça se fera.

– C'est peut-être à elle qu'il faudrait le dire.

J'ai droit à un magnifique échantillon du célèbre sourire qui fait fondre ma sœur à tous les coups.

– Elle le sait déjà. Même si elle n'est pas encore prête à l'admettre.

CHAPITRE DIX-NEUF

Phoebe

Vendredi 20 mars

— Il faut que je vous montre un truc, les gars, dit Maeve en brandissant son portable.

Elle est verdâtre, mais ça vient peut-être de l'éclairage de la petite pièce qui sert de bureau au club de théâtre, et dont j'ignorais l'existence jusqu'à aujourd'hui. Une table et une chaise occupent la moitié de l'espace. Un mur entier est tapissé d'étagères bourrées d'accessoires, de livres et de costumes. Le tout est recouvert d'une fine couche de poussière.

– C'est quoi ?

Je suis assise par terre entre Maeve et Knox. C'est ma place attitrée quand on est tous les trois. Même si Knox n'est plus le bouc émissaire du lycée, ça ne s'est pas vraiment arrangé entre Maeve et lui. Il n'est venu que parce qu'elle a insisté lourdement.

– C'est une vidéo que Luis m'a passée, me répond Maeve. Je l'ai depuis hier, mais… j'ai eu une soirée chargée. Des histoires de famille. Bref, c'est pas la question. Tout ça pour dire que je viens seulement de la regarder. Luis m'en a envoyé tout un paquet, sûrement parce qu'il ne savait pas ce qui était important, et c'est clair qu'il ne les a pas regardées, sinon il aurait dit un truc parce que…

– Bon, tu nous la montres ou quoi ? dis-je en l'interrompant.

– OK, on y va. Mais juste pour vous prévenir… ça vient du portable de Sean Murdock, et ça a été filmé le jour de la mort de Brandon.

Knox, qui est complètement avachi à côté de moi, se redresse d'un seul coup.

– Attends. *Quoi ?* demande-t-il en rampant derrière moi pour mieux voir. Comment il a fait, Luis ?

– Je crois qu'il lui a piqué son portable pendant le match, répond Maeve.

– Mais c'est dingue ! dis-je en réalisant de quoi il s'agit. Alors elle existe vraiment, cette vidéo ! Tu n'as pas rêvé, Knox !

Maeve nous regarde tour à tour, d'un air moitié perplexe, moitié déçue.

– Ah, vous êtes déjà au courant ?

– Je ne sais pas ce qu'il y a dessus, lui assure Knox. J'ai eu un flash de Sean en train de filmer quelque chose sur le chantier, mais c'est tout.

Il est si tendu qu'il tremble presque en agrippant le bras de Maeve.

– Bon ben vas-y, lance !

Mon pouls s'accélère quand je vois Brandon apparaître sur l'écran, les cheveux balayés par le vent. Il se tient tout au bord du toit, le regard tourné vers le bas, et mes yeux se remplissent de larmes. J'avais presque oublié qu'il était aussi beau. Je pouvais passer toutes mes heures de cours à rêver à la forme de ses lèvres.

« C'est vraiment naze, râle-t-il. Il ne pouvait pas me filer un truc comme le tien ? Ou même le tien, à la limite », ajoute-t-il en s'adressant à quelqu'un qui se trouve hors champ.

Ça me donne la chair de poule de l'entendre.

« T'attends quoi, beau gosse ? lance la voix de Sean d'une voix de fausset. C'est juste un petit saut ! Tu flippes ou quoi ? »

« Je suis plutôt déçu, soutient Brandon, les poings sur les hanches. Y a rien de prestigieux à faire ça. Je sais pas, je pourrais peut-être faire un salto arrière, un truc qui en jette un peu. »

« C'est vrai que ça déchirerait », acquiesce une voix de fille un peu essoufflée.

Mon cœur s'arrête de battre un instant. *Jules.*

« Au moins, toi, tu participes, déclare une autre voix de fille – celle de Monica. Il faut faire quoi, ou se faire qui, pour avoir droit à Action ? »

– Oh putain, murmure Knox, que je fais taire aussitôt.

« Moi », réplique Brandon.

Sean s'esclaffe.

« Pour un mec qui n'a pas peur, je trouve que tu parles beaucoup, Brandy, raille-t-il. Tiens, on va filmer ton exploit pour la postérité. Allez, saute, frère, saute ! Saute, putain ! »

Jules et Monica reprennent l'invocation en frappant dans leurs mains. C'est si horrible que je pousse un gémissement.

– Il va… bredouillé-je.

Brandon plie les genoux pour sauter, et je ne peux pas voir ça. Je ferme les yeux en me cachant le visage au creux de l'épaule de Maeve, mais ça ne m'empêche pas d'entendre le bruit de la chute.

« Merde ! crie Sean d'une voix rendue aiguë par la terreur. Bran ! Réponds ! »

Jules et Monica crient aussi. Je relève prudemment la tête pour regarder l'écran. La vidéo ne montre plus que de la terre et de l'herbe qui tressautent au rythme des mouvements de Sean.

« Bran ? Réponds ! Oh merde… »

« Il est où ? » demande Jules avec des larmes dans la voix.

« Il est passé à travers le toit ! » braille Sean.

Son portable est dirigé vers le sol. Monica dit quelque chose que je ne saisis pas. Suivent quelques minutes de discussion paniquée à voix basse, impossible à comprendre, puis la voix de Sean lance distinctement :

« Putain, qu'est-ce que tu fous là, Myers ? »

La vidéo s'arrête.

– C'est pas vrai, souffle Knox.

– Maintenant, dit Maeve, on sait que le jeu ne s'est pas arrêté après Knox et moi. Brandon avait choisi Action.

– C'est clair, dis-je en ravalant mes larmes. C'est vraiment atroce.

Je porte les mains à mon ventre. Heureusement que j'ai l'estomac vide.

– Je suis désolée, me dit Maeve en me pressant le bras. J'avais oublié que tu avais eu… une histoire avec Brandon. En tout cas, Knox, on est sûrs que ce n'est pas pour te protéger que Sean t'a frappé. Du coup, je ne comprends pas.

Il garde les yeux rivés sur l'écran.

– Moi non plus. J'espérais qu'en voyant ça, je me souviendrais, mais non.

On se tait pendant quelques minutes, chacun plongé dans ses pensées, jusqu'à ce que Knox demande :

– Et les autres vidéos, Maeve ? Est-ce qu'il y a d'autres… ?

– Non. Rien d'autre sur Brandon. Tout le reste est… perso.

Elle devient écarlate et j'ai une grimace de dégoût.

– Pitié, ne me dis pas que Sean se balade avec des sextapes.

Maeve a à peu près la même expression que moi.

– Non, mais il y a des selfies de lui sous la douche. Et pas que de sa tête.

Knox lâche un rire sinistre.

– Vous imaginez comme on pourrait se marrer si on était aussi cons que lui ? Bon, on fait quoi de cette vidéo, maintenant ? On la montre à quelqu'un ?

– Euh… au fond, ça ne change pas grand-chose, dis-je prudemment. Ça reste un accident débile, à part qu'ils risquent d'avoir des ennuis parce qu'ils ont menti.

Je me fiche complètement de Sean et de Monica, mais pas de Jules.

– Sans compter que tout le monde serait au courant pour le jeu. Fini les portables au lycée, et on aurait tous les parents sur le dos.

Je glisse un coup d'œil à Knox, qui a l'air atterré. Il ne tient pas plus que moi à ce que ses parents apprennent ce qu'on raconte sur nous au lycée.

– Tu as raison, Phoebe, acquiesce-t-il fermement. Ça ne changerait rien.

Je me tourne vers Maeve, qui n'a encore rien dit, elle qui est toujours la première à donner son avis. Maintenant que mes yeux se sont accoutumés à l'éclairage, elle me paraît moins verte que tout à l'heure, mais toujours aussi épuisée.

– C'est vous qui voyez, déclare-t-elle enfin en ramassant son sac. Moi, je dois y aller. J'ai rendez-vous chez le médecin dans une demi-heure.

– Tout va bien ? dis-je en tirant sur sa manche.

– Oui, oui. C'est juste que…

Elle nous regarde tour à tour, se mord la lèvre, puis semble se décider.

– Je vais peut-être devoir m'absenter un peu. Enfin, ça dépendra de la façon dont ça va se passer aujourd'hui. J'ai des… symptômes. Le même genre que ceux que j'avais quand j'ai rechuté. Alors je passe des examens. Je commence par une prise de sang, ensuite on verra.

J'en reste sans voix, les pieds cloués au sol. Knox, à l'inverse, bondit sur ses pieds en se cognant au bureau.

– Quoi ? Mais pourquoi tu ne m'as rien dit ?

– Je n'ai pas vraiment eu l'occasion ces temps-ci, observe-elle avec un sourire résigné.

– D'accord mais… on s'en fout. Là, c'est sérieux.

Il passe une main dans ses cheveux et ramasse son sac.

– Je viens avec toi.

– Tu ne peux pas, tu as cours.

– T'inquiète, je sèche. Phoebe m'a montré comment on fait.

– Exact, dis-je.

– J'y vais avec mes parents, dit Maeve en se tordant les mains. Je ne suis pas sûre qu'ils tiennent à ce qu'il y ait un attroupement chez mon oncologue.

– J'attendrai dans le couloir. Ou sur le parking si tu préfères.

Knox serre la bretelle de son sac si fort que ses doigts ont blanchi.

– Écoute, Maeve, je suis désolé. Je me sens nul de ne pas avoir été là pour toi.

– Ce n'est pas de ta faute. C'est moi qui devrais m'excuser.

– Tu as essayé, mais j'ai refusé de t'écouter.

Je me sens de trop, tout à coup.

– Je dois y aller, dis-je à Maeve en la serrant contre moi. Bon courage. Je croise les doigts.

– Merci.

En sortant, je franchis le rideau de velours de la scène et je descends dans la fosse par un petit escalier latéral. Entre la vidéo et la bombe que vient de lâcher Maeve, ma tête est un vrai maelström. Au fond de la salle, je bute sur un pied qui sort d'une rangée de sièges pour me barrer le chemin.

– Salut, me dit Matthias Schroeder. J'ai un message pour toi.

Je le dévisage : sweat à capuche Star Wars bleu ciel, jean skinny noir et baskets rouges bizarres à grosses semelles. Ses cheveux blonds trop longs lui tombent dans les yeux. Il tient une moitié de sandwich à la main.

– Pour moi ?

Ça, c'est un scoop. On ne s'est jamais adressé la parole.

– Et tu avais besoin de m'empêcher de passer pour me le donner ?

– Je n'ai pas arrêté de te faire des signes mais tu ne m'as pas vu. Enfin bref. J'étais en cours avec Emma ce matin. Elle m'a dit de te dire qu'elle ne se sentait pas très bien et qu'elle prenait la voiture pour rentrer. Faut croire qu'elle n'a pas de portable.

– Ah. D'accord.

Puis je le fixe d'un air méfiant.

– Mais comment tu savais que j'étais là ?

– Je t'ai suivie.

J'ouvre de grands yeux et il s'empresse d'ajouter :

– Hé, je suis pas un pervers, moi ! Je voulais te le dire

à la cafète mais t'es venue là direct. Et comme de toute façon je déjeune souvent ici, j'ai préféré t'attendre.

Il mord dans son sandwich, un truc fait de deux minces tranches de pain de mie renfermant une viande rosâtre et un bout de laitue fanée. Je n'ai jamais rien vu d'aussi triste. Il le repose sur son sachet et je vois l'empreinte de ses doigts sur le pain.

– OK, merci de m'avoir prévenue.

Mais au lieu d'y aller, je demande brusquement :

– Tu as quelque chose à voir avec Action ou Vérité ?

– Hein ? Mais non ! Qu'est-ce qui te fait croire ça ?

Tout le monde le croit.

– C'est toi qui as lancé Simon a dit.

Matthias baisse les yeux sur son sandwich.

– C'était pas pareil.

– Pourquoi ?

– Je voulais juste voir ce que ça fait quand les autres vous écoutent, admet-il en rougissant.

– Il faut croire que ça t'a plu.

– Puisque je te dis que ce n'est pas moi !

Il semble surpris par l'écho de sa propre voix dans la salle vide, et continue un ton plus bas :

– En plus, comment je pourrais connaître les secrets qu'ils balancent ? Personne ne me parle, au cas où t'aurais pas remarqué.

– Moi, je te parle.

Il fourre le reste de son sandwich dans son emballage et en fait une boule.

– Oui ben, à mon avis, ça ne va pas durer.

Puis il déplie sa longue carcasse pour se lever et je me dis… Je ne sais pas. Que je ne devrais pas lui donner raison.

– Si tu n'as pas envie de manger tout seul demain, tu n'as qu'à venir avec nous.

Il fixe ses baskets rouges d'un air légèrement paniqué.

– Je crois pas… Mais merci quand même.

Et il file avant que j'aie pu lui répondre. Ça vaut peut-être mieux comme ça. Je ne vois pas trop ce qu'on aurait trouvé à se dire.

* * *

Il fait chaud pour un mois de mars, même en Californie. Pas le meilleur jour pour que ma sœur m'oblige à rentrer à pied. J'arrive chez moi en sueur et de mauvaise humeur. Mon portable sonne alors que je sors ma clé devant la porte de l'immeuble. *Merde.* Comme ma mère est presque la seule à m'appeler, je n'ai pas besoin de regarder l'écran pour savoir qui c'est.

– Ouais, m'man, dis-je en décrochant.

« Phoebe ? Tu es avec ta sœur ? Tu peux me la passer ? » me demande-t-elle d'une voix stressée.

J'essaie de tourner la clé dans la serrure, mais elle reste bloquée. Je la retire en râlant et je recommence. Cet immeuble a l'air nickel, mais tout déconne là-dedans, en fait.

– Elle n'est pas avec moi, dis-je distraitement.

Ma mère soupire.

« Je ne comprends pas ! Ça ne lui ressemble pas du tout. »

– Hein ?

Je ne l'écoute que d'une oreille, trop occupée à me battre avec la serrure. La porte se décide enfin à s'ouvrir.

– Qu'est-ce qui ne lui ressemble pas ?

« De me faire faux bond. Elle devait s'occuper de l'organisation du repas de répétition d'Ashton et d'Eli au restaurant. La responsable était disponible uniquement cet après-midi, et comme je ne pouvais pas me libérer, je lui ai demandé d'y aller à ma place. Je lui avais rédigé toute une liste de questions à voir sur place, mais elle n'est pas venue. Et comme elle ne s'est toujours pas racheté de portable, impossible de la joindre. »

Je m'arrête devant une plante en pot dans le hall de l'immeuble. C'est vrai, ce n'est pas du tout le style d'Emma, même si elle ne se sentait pas bien. Elle est capable de se traîner à ses cours particuliers avec une fièvre de cheval.

– Elle est un peu patraque, dis-je. Elle est rentrée à l'heure du déjeuner. Elle ne t'a pas prévenue ?

Nouveau soupir.

« Non. Mais qu'est-ce qu'elle a ? Elle a encore mal au ventre ou… ? »

– Je ne sais pas, je ne l'ai pas vue. Elle m'a fait passer le message au lycée et je rentre seulement maintenant.

Les portes de l'ascenseur se referment sous mes yeux et j'ai juste le temps de les bloquer pour monter dedans, avec un sourire d'excuse pour la vieille dame qui se trouve à l'intérieur.

– Tu veux que j'aille au resto à la place d'Emma ? dis-je à ma mère au téléphone.

« Oh, c'est gentil, Phoebe, mais c'est trop tard. La responsable a dû partir. Je trouverai une autre solution. Tu peux me rappeler quand tu auras vu ta sœur pour me dire comment elle va ? »

– OK.

L'ascenseur s'arrête à notre étage au moment où je raccroche. Je commence à m'inquiéter. Emma doit vraiment se sentir mal si elle a oublié qu'elle avait quelque chose à faire pour ma mère.

Pas un bruit dans l'appartement.

– Emma ?

Je laisse mes boots dans l'entrée et je dépose mes affaires sur le bar du coin cuisine avant de me diriger vers la chambre.

– Emma, ça va ?

Pas de réponse. La porte est fermée. En ouvrant, je vois ma sœur couchée dans un enchevêtrement de draps et de couvertures. Pour une fois, son lit est dans le même état que le mien. Elle dort comme une souche, la bouche entrouverte, et lâche un petit ronflement. Mon orteil bute sur quelque chose et je marche dans une flaque. La gourde métallique siglée « Wildcats de Bayview » est posée par terre près de son lit. Je la prends pour la renifler : c'est du gin.

Après avoir hésité un instant entre le dégoût et l'inquiétude, je garde les deux.

– C'est pas vrai ! Emma, merde, qu'est-ce qui t'arrive ?

Je m'accroupis pour essuyer la tache avec un mouchoir, et quelque chose de pointu s'enfonce dans mon genou. C'est le chargeur d'Emma. Depuis qu'elle a perdu son portable, elle m'emprunte le mien chaque fois qu'elle veut chercher un truc et qu'elle n'a pas son ordi sous la main, et ça m'énerve parce que…

Re-merde. Quand elle me demande mon portable, je le lui prête sans poser de questions et, la moitié du temps, je la laisse seule dans la chambre. Et si elle avait vu les messages de Derek sur mon compte Insta ? Je ne les ai pas effacés. C'est le genre de truc qui suffirait à la faire partir en vrille.

– Phoebe ?…

La voix vaseuse d'Emma m'a fait sursauter. Elle ouvre les yeux en battant des paupières et me demande :

– Qu'est-ce que tu fais ?

– Je nettoie ton bordel. Tu as renversé du gin par terre. Tu n'es pas malade, en vrai, hein ? Tu es bourrée ? Tu te rappelles que tu devais aider maman à organiser le dîner de répétition d'Ashton ?

Elle continue à me regarder en papillonnant des paupières.

– J'ai besoin de te poser une question.

Je commence à m'énerver.

– Tu as entendu ce que je viens de te dire ?

– Tu l'aimes ? me demande-t-elle d'une voix rauque.

Ma gorge se noue. Merde, elle a lu les messages.

– Non, c'était une énorme erreur. C'est fini et ça n'aurait jamais dû arriver.

Elle lâche un petit rire sans joie.

– Je *sais* que c'est fini, merci. Je ne suis pas débile. C'est seulement que je n'aurais jamais cru…

Elle baisse les yeux, ou les ferme, je ne vois pas bien.

– Qu'est-ce que tu n'aurais jamais cru ?

Elle ne répond pas tout de suite. Mais au moment où je vais sortir de la chambre, je l'entends murmurer très bas :

– Je n'aurais jamais cru qu'il continuerait.

– De quoi tu parles ?

Mais elle s'est remise à ronfler, et j'en déduis que je n'en tirerai pas plus pour l'instant.

Pendant que je nettoie la gourde dans la salle de bains, je me regarde dans le miroir. J'ai mal à la tête comme si c'était moi qui avais bu. Je ne comprends pas ce qui arrive à ma sœur, et je ne sais pas comment réagir. Je n'ai pas envie d'inquiéter ma mère alors qu'elle commence à peine à aller mieux. Je pourrais essayer de parler à Gillian, l'amie d'Emma, mais elle me déteste depuis l'affaire Derek. Quand elle me croise au lycée, c'est comme si j'étais transparente. Je ne connais personne d'autre qui soit assez proche d'Emma pour m'aider.

Ça me donne presque envie de répondre à Derek. Presque.

CHAPITRE VINGT

Knox

Vendredi 20 mars

Sandeep plisse les yeux en tendant l'enveloppe vers la lumière.

– Oui, je pense qu'elle vient de la même personne que les deux dernières. C'est la même typo.

Assise sur le coin du bureau que je partage avec Sandeep, Bethany se penche en avant pour mieux voir.

– Tu es sûr que c'est une typo ? On dirait que c'est écrit à la main.

Sandeep prend un sachet de congélation dans un tiroir et glisse l'enveloppe dedans avant de la tendre à Bethany.

– Ça imite une écriture manuscrite, répond-il, mais regarde le crénage. Il est parfaitement régulier.

– Le quoi ?

– Le crénage. C'est un terme de typographie qui désigne l'espace entre les lettres.

Elle lève les yeux au ciel.

– T'es vraiment un gros nerd, commente-t-elle en regagnant son bureau.

– Pas du tout ! lance-t-il dans son dos. La typographie est une forme d'art, je te signale.

– Si tu le dis. Bon, moi, j'y vais. Ne travaillez pas trop tard, les garçons.

– Tu ne l'ouvres pas ? dis-je à Sandeep.

– Plus tard, quand j'aurai mis des gants.

Je fronce les sourcils. Des gants ? Pour quoi faire ?

– Compte tenu du nombre de menaces qu'on a reçues de cet individu en particulier, on est censés transmettre l'affaire à la police. Alors j'essaie de polluer l'enveloppe le moins possible.

Je n'arrive pas à en détacher les yeux. La lettre précédente est restée gravée dans ma mémoire : « Rien que pour le plaisir de te regarder cramer. »

– Qu'est-ce qui peut bien mettre quelqu'un autant en rogne ?

Il pousse l'enveloppe dans un coin du bureau.

– Ce n'est pas précisé dans les lettres, mais à mon avis, ça a un rapport avec D'Agostino, me répond-il, si vite que j'en déduis qu'il y a déjà pas mal réfléchi. Quand un officier de police est accusé, ça met souvent les gens très en colère, mais ils ont tendance à la détourner sur les victimes ou l'accusateur. Les psys se penchent beaucoup sur le conflit entre l'obéissance à l'autorité et le sens moral.

– D'accord, dis-je, même si je n'ai pas tout compris.

Quand Sandeep passe en mode pédagogue, il est parfois difficile à suivre. Et puis je garde un œil sur mon portable. Le rendez-vous de Maeve chez l'oncologue s'est terminé il y a quatre heures, et elle m'a précisé qu'elle n'aurait pas les résultats tout de suite. « Les labos sont super imprévisibles », a-t-elle ajouté. Mais je ne peux pas m'empêcher d'espérer qu'« au plus vite » signifie « cet après-midi ». On est au vingt et unième siècle, oui ou non ?

Ce matin encore, j'en voulais à Maeve, et le risque de perdre ma meilleure amie à cause de ma rancune ne me traumatisait pas plus que ça. Mais à ce moment-là, l'idée de perte ne représentait rien de tangible ni de définitif. Maintenant, je n'arrête pas de me répéter combien c'est précieux d'avoir quelqu'un avec qui on peut rester soi-même, y compris quand le contexte est chaotique, inconfortable, voire un peu effrayant. *Surtout* dans ce cas-là.

Tout ce que je veux, c'est qu'elle aille bien. La voix de Sandeep m'extirpe de mes pensées et me ramène sur terre :

– Mais ne t'inquiète pas trop pour ça, on s'en occupe. En attendant, poursuit-il en poussant une pile de dossiers vers moi, Eli voudrait qu'on lui prépare un planning détaillé des audiences de la semaine prochaine. Et ce ne sera pas moi parce que j'ai un rencard.

Je jette un dernier coup d'œil sur mon portable. Toujours rien. Le vendredi à 18 h 30, ça ne doit pas être le meilleur moment pour les news médicales.

– Ils ont abrogé les lois sur le travail des mineurs ?

– Non, mais il y a dérogation quand j'ai un rencard, me réplique Sandeep en me désignant la petite salle de réunion. Eli est à Winterfell. Pour l'instant, il a juste besoin des dates clés qu'il a au programme. Tu n'as qu'à lui faire un tableau, il adore ça.

Puis il ajuste son col de chemise d'un air coupable.

– Sauf si tu dois rentrer chez toi. C'est vrai qu'il est tard.

– Non, c'est bon.

Ça ne me dérange pas de faire des heures sup pour Présumé Innocent. Je n'ai rien de mieux à faire un vendredi soir. Mais surtout, Eli, Sandeep, Bethany et les autres se comportent avec moi comme si j'étais vraiment utile, comme si tout marchait mieux quand je suis là. Et ça, ça me met du baume au cœur.

Sandeep se lève avec un grand sourire et fourre son ordinateur dans son sac.

– C'est sympa, merci. À lundi !

– Attends, tu oublies ça, dis-je en prenant la veste en cuir noir suspendue au dossier de sa chaise.

Il s'arrête, puis fait une drôle de tête.

– Mais ce n'est pas à moi !

Il examine la veste et son visage s'éclaircit.

– Oh, je crois qu'elle est à Macauley. Il est passé ce midi discuter avec Eli d'une étude de cas sur Simon Kelleher. Il va peut-être la publier dans le *Harvard Law Review*.

– Nate ? Ah bon ? dis-je, surpris.

– Harvard publie des tonnes d'articles d'ados sans formation juridique, maintenant. Tu n'étais pas au courant ?

réplique Sandeep en rigolant. Mais non, pas Nate, Eli ! Et seulement si toutes les personnes impliquées donnent leur accord. Bref, passe la veste à Eli, il la lui rendra.

– Je peux lui déposer, c'est sur mon chemin. Ça fera un truc en moins à gérer pour Eli.

Je n'ai jamais mis les pieds dans la grande baraque délabrée dans laquelle Nate loue une chambre, mais elle n'est qu'à deux rues de chez moi. Maeve me la montre chaque fois qu'on passe devant.

– Ça ne te dérange pas ? me demande Sandeep.

Comme je secoue la tête, il me vise avec l'index et le majeur en reculant vers la porte.

– T'es le meilleur !

Dans la salle de réunion, Eli est au téléphone et me fait signe de m'asseoir.

– Je te promets que non, est-il en train de dire. J'éteindrai mon portable.

Son ton est beaucoup plus chaleureux que quand il parle à un client ou à un autre avocat, et j'aurais deviné que ce n'était pas un appel pro même s'il n'avait pas ajouté :

– Moi aussi, mon ange. À tout à l'heure.

Il raccroche et m'annonce distraitement :

– Je dois faire tenir tout mon programme sur quatre jours la semaine prochaine. Jeudi soir, j'arrête tout.

– C'est dingue, dis-je en posant ma pile de dossiers sur la table. Je n'arrive pas à croire que vous vous mariez dans huit jours. Vous vous sentez prêt ?

Je ne sais pas trop pourquoi je lui demande ça, mais je me dis que c'est le genre de question que les mecs doivent poser dans ces cas-là.

– Ça fait un an que je suis prêt, me répond-il, radieux. Je suis content qu'elle le soit aussi.

– Ashton est géniale. Vous avez eu un vrai coup de chance.

Aussitôt, je me sens con, parce que ça ressemble à tout sauf à un compliment. Mais ça n'a pas l'air de le gêner.

– Carrément, acquiesce-t-il.

Puis il joint les mains et me regarde pensivement.

– Cela dit, je vais t'avouer un truc. Le mec que j'étais au lycée n'aurait pas imaginé une seconde qu'il construirait sa vie avec quelqu'un d'aussi incroyable. À l'époque, les seules fois où les filles se rappelaient mon existence, c'était quand elles avaient besoin d'aide pour leurs devoirs. J'ai eu mon premier rencard à dix-neuf ans.

– Sérieux ?

– Je te jure. C'est comme ça, il y en a qui mettent plus de temps que d'autres. Une chance que la vie soit longue et que le lycée passe vite, même si ce n'est pas l'impression que ça donne sur le coup.

Puis il désigne l'un des dossiers.

– C'est l'affaire Carrero, ça ?

Je vois bien que tout son speech vise un peu lourdement à me consoler de passer tous mes vendredis soir au bureau. Mais vous savez quoi ? Ça marche.

* * *

Avant même de voir la maison de Nate, on entend du rap, des éclats de voix et des rires fuser de la vieille baraque victorienne. Les voisins doivent adorer.

Je sonne, mais aucune chance pour qu'on m'entende. Du coup, j'entre dans un couloir étroit. La musique fait vibrer le plancher scarifié, et je suis frappé par une odeur de pop-corn et de bière éventée. Devant moi, au pied d'un escalier incurvé, un groupe de gars un peu plus âgés que moi lancent leurs gobelets en l'air en exhortant une fille assise à califourchon sur la rampe :

– Allez, vas-y !

La fille se laisse glisser et atterrit sur la mêlée. Tout le monde s'écroule comme au bowling.

– Nooon ! Faute ! beugle un gars vêtu d'un tee-shirt à l'effigie d'un groupe obscur.

Il vacille, me bouscule en renversant le contenu de son gobelet par terre et se retient à mon bras.

– Tu fais pas ça chez toi, hein ? Promis ?

– Nate est là ? dis-je en haussant la voix.

Comme il met la main en cornet autour de son oreille, je répète encore plus fort :

– NATE EST LÀ ?

– EN HAUT !

Je cherche des yeux un portemanteau pour laisser la veste, sans résultat. Alors je prends l'escalier en rasant le mur pour éviter le flux de gens qui montent et qui descendent. Au moment où je vais atteindre le premier étage, la fille qui a dévalé la rampe me tire par le tee-shirt et me tend un gobelet plein.

– On a de l'avance sur toi ! me crie-t-elle dans l'oreille.

– Euh, merci.

Comme elle attend, je bois une gorgée de bière. Elle est tiède et acide. Le petit couloir de l'étage est blindé de gens que je ne connais pas.

– Tu sais où est Nate ?

La fille me désigne une porte fermée au fond.

– Il fait son antisocial, comme d'hab. Dis-lui de venir jouer avec nous !

Puis elle m'ébouriffe les cheveux.

– T'es plutôt craquant, toi. À part les cheveux. Ça te donne l'air d'un lycéen. Tu devrais les laisser pousser.

– Mais je suis un lycé…

Trop tard. Elle est déjà en train d'enjamber de nouveau la rampe.

Une fois devant la porte de Nate, j'hésite sur la conduite à tenir. Il risque de ne pas m'entendre frapper, mais je ne peux quand même pas entrer comme ça. Et s'il est avec quelqu'un ? Je ferais mieux de laisser la veste par terre et de m'en aller.

Mais le gars au tee-shirt de groupe obscur surgit à côté de moi, pousse la porte en donnant un grand coup dedans et passe la tête dans la chambre.

– Putain, Nate, tu viens ou quoi ? braille-t-il.

Puis il repart en rigolant. Quand Nate se retourne, je suis tout seul à sa porte comme un crétin.

– C'est pas moi qui ai ouvert, dis-je en levant la main pour le saluer.

J'avais oublié la bière que je brandis bêtement.

– Qu'est-ce que tu fous là ? me demande-t-il.

C'est du moins ce que je comprends, parce que je ne l'entends pas bien. J'entre en refermant la porte.

– Comme tu as oublié ta veste chez Présumé Innocent, j'ai proposé à Eli de te la rapporter. C'est Maeve qui m'a dit où tu habitais.

– Merde, je m'en étais même pas rendu compte. Merci.

Il prend la veste et la balance au pied de son lit défait. Par ailleurs, sa chambre est relativement bien rangée, surtout comparée au reste de la maison. Les murs sont tapissés d'affiches de films japonais. Le mobilier se limite à un bureau, le lit et un terrarium ouvert qui contient un gros reptile jaunâtre. Je sursaute quand l'animal gratte la paroi de verre. On dirait un mini dinosaure.

– C'est Stan, m'informe Nate. Pas de panique, il ne bouge presque jamais.

– C'est quoi ?

– Un dragon barbu.

Je rêve. Même Nate a un animal de compagnie plus cool que le mien.

– Alors, t'as réussi à franchir le mur d'obstacles en bas ?

– C'est toujours comme ça, chez toi ?

– Seulement le week-end, répond-il en haussant les épaules. En général, ça se calme vers dix-onze heures. Au fait, tu as des nouvelles pour Maeve ? Elle m'a dit que tu l'accompagnais à ses examens aujourd'hui, mais je n'en sais pas plus.

– Elle n'aura pas les résultats avant lundi.

J'enfonce ma main libre dans ma poche, mal à l'aise. Au lieu d'être jaloux de Nate, je devrais me réjouir qu'il soit un meilleur ami pour Maeve que je ne l'ai été.

– Heureusement que tu as réussi à la convaincre de parler à ses parents, dis-je. Je n'étais même pas au courant. Je me sens super con.

– Ouais, enfin, pas la peine de te flageller, me répond-il en martelant sa table avec son stylo. Personne n'était au courant.

À côté de son vieil ordi cabossé, je remarque deux photos : une d'un gamin qui pose avec deux adultes devant une espèce de yucca, et l'autre de Nate avec Bronwyn. Elle se tient derrière lui, les bras autour de son cou, et l'embrasse sur la joue. Je ne l'ai jamais vu aussi rayonnant. Ses yeux se posent sur la photo et je commence à me sentir indiscret. Je suis sur le point de m'en aller quand je vois son écran d'ordi.

– Tu... Tu bosses sur un projet de chantier ?

– Hein ? Oh, ça ? Non, j'aide ton père à rassembler les données sur l'avancée des travaux au moment de la mort de Brandon. Il faut prendre des photos de tout pour l'enquête. Mais il y a des trucs qui me chiffonnent, dit-il en désignant les images affichées sur son ordinateur.

– Qu'est-ce qui cloche ?

Mon père ne me donne aucune information sur l'enquête,

et les photos que je vois me paraissent insignifiantes. Rien qu'un tas de planches brisées sur un sol en ciment.

– Il y a beaucoup moins de débris qu'on ne devrait en trouver après l'effondrement d'un plancher conçu correctement. Et certaines poutres n'ont même pas de solives. Du coup, je ne vois pas comment ça aurait pu tenir ! En revanche, il y a les trous de fixation dans les poutres, ce qui laisse supposer qu'il y a *eu* des solives. N'importe quel parano penserait que ça a été saboté.

– Saboté ? Sérieux ?

Je bois la moitié de ma bière avant de me rappeler que je suis censé rentrer chez moi juste après, et je me penche pour examiner les photos. Elles me paraissent toujours aussi anodines.

– Ton père trouve ça bizarre aussi, ajoute Nate, mais les comptes rendus de suivi de l'entreprise qui a fait le travail sont pourris. Ça n'aide pas à trouver des infos. N'empêche que ton père, lui, il connaît vraiment son boulot. Ses gars n'arrêtent pas de raconter comment les autres boîtes font des économies sur tout, alors que lui, jamais.

J'ai envie de grommeler un « si tu le dis » en mode mesquin, mais j'entends un fond de regret dans sa voix, un peu comme s'il se demandait ce que ça fait de grandir avec un père respecté, au lieu d'un type prêt à abandonner son gamin pour une bouteille de whisky. Vu comme ça, j'avoue que mes problèmes avec mon père paraissent plutôt secondaires. Alors je me rabats sur :

– Il est super content de bosser avec toi, en tous cas. Il me le dit tout le temps.

Alors qu'il ébauche un sourire, la porte s'ouvre de nouveau à la volée. Le gars au tee-shirt s'appuie au chambranle. Il est en sueur, le visage en feu.

– Hé, mec, articule-t-il d'une voix pâteuse en désignant Nate du doigt. Sur un plan purement hypothétique, si on décide de lancer un assaut sur le quartier, t'en es ?

– Non, fait Nate en passant la main sur son visage.

Puis il se tourne vers moi d'un air las.

– Si j'étais toi, c'est le moment que je choisirais pour me tirer.

* * *

En rentrant chez moi, je tombe sur mon père dans la cuisine. Il est assis à la table qu'on a depuis toujours, une espèce de monstruosité qui pouvait nous recevoir à l'aise tous les sept. Ma place à moi était celle du milieu le long du mur, celle du petit dernier casé à l'endroit le moins facile d'accès. Maintenant qu'on n'est plus que trois, je pourrais me mettre où je veux, mais je ne peux pas m'empêcher de m'asseoir toujours à la même place.

Il est en train d'écrire sur un bloc-notes, au milieu de ce qui semble être des plans. Il porte un tee-shirt avec le logo de sa boîte, noir à l'origine mais devenu gris au fil des lavages.

– Tu rentres tard, remarque-t-il sans relever les yeux.

Fritz ronfle doucement à ses pieds. Ses pattes tressautent comme s'il rêvait qu'il était en promenade.

Je prends un Sprite dans le frigo. J'ai besoin de faire passer le goût âcre de bière que j'ai dans la bouche.

– J'ai beaucoup de boulot ces jours-ci. Eli se marie la semaine prochaine.

– C'est bien, me dit-il en prenant une note. Enfin, c'est une bonne nouvelle que tu te motives enfin pour quelque chose.

« Ton père connaît vraiment son boulot », a dit Nate. C'est vrai, mais il ne partage jamais rien avec moi. Il n'a rien de mieux à m'offrir que ses petits commentaires acides. Je les ignore, généralement, mais là, je ne suis pas d'humeur.

– Ça veut dire quoi ?

– Ta mère m'a dit que tu laissais tomber le théâtre, me répond-il en continuant à écrire.

– Qu'est-ce que ça peut te faire ? Tu n'es pas venu voir une seule représentation depuis des années.

Il finit par lever la tête et je suis frappé par les rides profondes qui lui creusent le visage. Je pourrais jurer qu'elles n'étaient pas aussi marquées hier.

– Ce que ça me fait, réplique-t-il, c'est que quand on s'engage à faire quelque chose, on s'y tient.

Sur le principe, c'est pas faux. Sauf quand on est la risée de tout le lycée et que monter sur scène multiplierait le problème par cent. J'aurais flingué la pièce, même si ceux qui jouent dedans ne semblent pas l'avoir compris. Pas Lucy, en tout cas, vu qu'elle ne m'adresse plus la parole.

Et pour être honnête, la décision n'a pas été trop difficile à prendre. Ça fait un moment que mon intérêt pour le théâtre tiédit, même si mes parents ne s'en sont pas aperçus. Mon père fait comme s'il voulait que je change, mais au fond c'est faux. Dès que j'essaie un truc nouveau, il traite ça comme une lubie.

Mais je ne peux pas lui expliquer tout ça. Je ne peux rien lui expliquer du tout.

– Je n'ai plus le temps, dis-je.

Il lâche un petit ricanement avant de retourner à ses notes et la colère me donne un accès de témérité, peut-être aidée par la demi-bière que j'ai ingurgitée chez Nate.

– Pardon, tu as dit quelque chose ? Je n'ai pas bien entendu.

Mon père lève les yeux en haussant les sourcils, laisse passer un instant et, voyant que je soutiens son regard, me répond :

– Vu le temps que tu passes dans tes jeux vidéo ou le nez dans ton portable, si tu trouves déjà que tu as trop de choses à faire, je plains ton employeur quand tu auras un vrai boulot.

Mon ventre se noue. Je rêve. En gros, il vient de me traiter de nul. Mais vas-y, dis ce que tu penses, papa.

– Présumé Innocent *est* un vrai boulot. Je travaille dur, là-bas. Et pas seulement là-bas. Tu le saurais si tu m'avais laissé bosser avec toi.

– Tu n'as jamais montré le moindre intérêt pour ce que je fais.

– Tu ne me l'as jamais proposé ! C'est censé être une boîte familiale mais tu traites plus Nate comme ton fils que moi !

Ma mère ne doit pas être là parce que j'ai beau crier, elle n'a pas fait son apparition. Normalement, c'est le moment où elle arrive pour jouer les pacificatrices. Je désigne les plans en me rappelant ce que Nate m'a dit tout à l'heure.

– Tu ne me parles même pas de la façon dont se déroule l'enquête sur ce chantier, alors que j'étais là quand Brandon est mort !

Son visage se durcit. Oh-ho. J'ai joué la mauvaise carte. Il se penche vers moi en me visant de la pointe de son stylo, et j'ai envie de disparaître sous terre.

– Tu étais sur un chantier *interdit* au public ! lance-t-il en appuyant chaque syllabe d'un battement de stylo. Tu allais prendre un raccourci très dangereux alors que je t'avais explicitement interdit de le faire. Tu aurais pu mourir à la place de ce garçon. Je remercie Dieu tous les jours que ça ne se soit pas produit, mais je n'arrive pas à digérer que tu aies pris un risque pareil. Tu sais ce qu'est un chantier, Knox, tu n'as pas d'excuse. Mais tu n'as aucun respect pour ce que je dis, ni pour le travail que je fais.

Je ne sais pas quoi répondre. La honte me brûle les joues. Il a raison sur tous les points sauf le dernier. Il croit vraiment que je méprise son boulot ?

Devant mon silence, il agite de nouveau son stylo.

– Tu n'as pas de devoirs ? Une série à regarder ?

Congédié, comme d'habitude. Mais cette fois, je peux le comprendre, et je ne sais pas comment m'expliquer ni m'excuser. D'autant qu'il s'est déjà replongé dans son travail comme si je n'étais plus là. Alors que je monte dans ma chambre, les paroles de Nate continuent à me tourner dans la tête et s'enfoncent dans le sillon de mes pseudo-souvenirs brumeux du jour de l'accident.

« N'importe quel parano penserait que ça a été saboté. »

CHAPITRE VINGT ET UN

Maeve

Lundi 23 mars

Quand j'arrive dans le bureau du club de théâtre avec Phoebe à l'heure du déjeuner, Knox y est déjà, assis par terre. Phoebe s'assoit à côté de lui en jetant un coup d'œil intrigué au gros tupperware qu'il tient sur ses genoux.

– Tu manges des pains à hot-dogs sans rien dedans ?

– Mais non, ils sont au beurre de cacahuète.

– Trop bizarre, fait-elle en fronçant le nez.

– Pourquoi ? Le pain à hot-dog, c'est du pain aussi, juste d'une autre forme que le pain de mie, marmonne Knox, la bouche pleine.

Une fois qu'il a réussi à avaler, il se tourne vers moi.

– Des nouvelles de ton médecin ?

Il a dû me poser la question par message une dizaine de fois depuis vendredi. Ça ne me dérange pas, je suis contente que nos relations se normalisent.

– Non. Mais comme, aujourd'hui, le labo est ouvert toute la journée, avec un peu de chance, ça ne devrait plus tarder.

Phoebe me frotte le bras dans un geste réconfortant. Puis elle sort un smoothie violet de son sac. Je n'ai rien apporté à manger, mais mon estomac est bien trop noué pour que j'avale quoi que ce soit.

– Pourquoi tu voulais qu'on déjeune ici au lieu d'aller à la cafète ? dis-je à Knox.

– Je voulais être sûr qu'aucune oreille ne traîne dans le coin.

– Celles de Lucy, par exemple, fais-je.

Je n'ai pas encore digéré qu'elle m'ait fait la leçon le jour où je suis venue voir Knox pendant une répétition.

– Ou celles de Sean, ajoute-t-il. De Monica. Et de Jules.

Comme Phoebe hausse les sourcils, il ajoute :

– Ou de n'importe qui, en fait. Je me suis pris la tête tout le week-end sur un truc et je voulais voir si ça vous paraît bizarre ou si c'est moi qui me fais un film.

– Là, tu m'intrigues, dis-je.

En réalité, je ne l'écoute qu'à moitié en tirant sur le bracelet de perles qui orne mon poignet. Ita me l'a offert pour me porter chance avant mon dernier rendez-vous à l'hôpital il y a quatre ans. Je ne l'avais pas remis depuis et il serre un peu, mais… ce jour-là, ça s'est bien terminé. Plus qu'à espérer que ce sera le cas aujourd'hui aussi.

– Bon, alors voilà, reprend Knox. J'ai vu Nate, vendredi soir. Ne me demandez pas pourquoi, c'est une longue histoire en rapport avec le boulot et ce n'est pas le sujet. Bref, il était en train de regarder des photos du chantier du parking. Je vous ai dit que mon père aide les enquêteurs ?

Phoebe et moi hochons la tête.

– Eh bien, Nate se demande si quelqu'un n'aurait pas saboté le toit sur lequel Brandon a sauté.

– Hein ? Comment ça ?

Cette fois, il a toute mon attention.

– En enlevant des solives, apparemment. Je voulais demander à mon père mais… il n'était pas de très bonne humeur. Et de toute façon, Nate a précisé qu'il n'avait pas d'éléments concrets. Mais j'ai passé le week-end à réfléchir à ce que ça impliquerait. C'est quand même bizarre de s'amuser à saboter un chantier abandonné, non ? Et si c'était pour s'en prendre à Brandon ? Si on lui avait donné ce défi pour lui tendre un piège ?

Phoebe s'étrangle avec son smoothie et je lui tape dans le dos.

– T'es dingue ? dis-je. Tu penses à quelqu'un en particulier ?

– Non, j'en sais rien. Pourquoi pas Sean ? Il était sur place quand ça s'est passé et il m'a frappé quand je me suis approché. Il voulait peut-être se débarrasser de Brandon pour devenir le nouveau calife du lycée, quelque chose comme ça.

– Hmm.

Je fixe une affiche très graphique de *Wicked* qui représente une sorcière au teint vert et au sourire en coin.

Elle me fait repenser à ma conversation avec Lucy Chen le jour de la répétition d'*Into the Woods*. « Tout le monde a compris comment gérer ce truc, maintenant : il suffit de choisir Action. » Elle avait raison. En voyant ce qui nous est tombé dessus à Phoebe et moi, comparé aux conséquences pour Sean et Jules, aucune cible n'avait envie de choisir Vérité. Encore moins quelqu'un d'aussi compétitif et sûr de lui que Brandon.

Mais franchement… Sean Murdock ?

– Je ne sais pas, dis-je lentement. Sean est surtout une brute épaisse qui fonce dans le tas, pas vraiment le genre à anticiper. Je ne le vois pas du tout monter un plan aussi sophistiqué.

Phoebe semble partager mes doutes.

– Peut-être que l'entreprise a mal fait son boulot, tout simplement, suggère-t-elle. D'ailleurs, elle a fait faillite, non ? Peut-être justement parce qu'elle était nulle.

– Tout à fait possible, admet Knox.

– L'enquête est toujours en cours, de toute façon ? demande Phoebe. Attendons que ton père ait fini et on verra ce que raconte le rapport. Et puis on a toujours la vidéo sous le coude. On peut la diffuser quand on veut.

Tout cela paraît parfaitement sensé… mais une petite voix me conseille de réinstaller mes alertes sur PingMe. Juste histoire de garder un œil sur les éventuels échanges liés au jeu d'Action ou Vérité. Alors que je prends mon portable, il me fait sursauter en sonnant. Mon cœur s'arrête de battre quand mes yeux se posent sur l'écran. *Dr Gutierrez.*

– Oh merde, dis-je d'une voix étranglée. C'est mon oncologue.

– Tu préfères qu'on te laisse ? me demande Phoebe.

– Je… Je n'arrive plus à penser.

Elle se lève en prenant Knox par le bras pour l'entraîner vers la porte.

– On sort, mais on n'est pas loin. Ça va aller.

Mon portable sonne toujours. Oh non. Il s'est arrêté. Je fixe l'écran jusqu'à ce qu'il s'éteigne, je le relance les mains tremblantes et je rappelle.

– Ici le cabinet du Dr Gutierrez, me dit une voix de femme dénuée de toute cordialité.

Je suis incapable de parler. J'aurais dû demander à Phoebe de rester.

– Allô ?

Mes mains sont tellement moites que je ne sais pas comment j'arrive à tenir mon portable.

– Euh, allô, c'est… c'est Maeve.

Je ne réussis pas à aller plus loin, mais elle a compris.

« Oh, Maeve. Bien sûr, ne quittez pas, je vous passe le docteur. »

Je fais rouler mon bracelet sur mon bras d'un geste mécanique et la fraîcheur des perles sous mes doigts en sueur a quelque chose d'apaisant. « Ça va aller », a dit Phoebe. C'est toujours ce que disent les gens, et il arrive qu'ils aient raison. Mais après toutes ces années où ça n'allait pas, j'ai continué à m'attendre, dans un coin de ma tête, à ce que ça dégénère pour de bon.

« Maeve Rojas ! me lance le médecin d'une voix enjouée qui ne lui ressemble pas. J'étais en ligne avec ta mère et elle m'a autorisé à te contacter pendant qu'elle… Enfin, il lui fallait un peu de temps pour souffler. »

Merde, merde, ça veut dire *quoi*, ça ? Mais il ajoute sans me laisser me torturer davantage :

« J'ai de bonnes nouvelles. Tes analyses sont parfaitement normales. Je discuterai avec tes parents de l'opportunité de faire des examens complémentaires s'ils veulent être complètement rassurés, mais comme tu le sais, celui-ci ne nous a jamais trompés. En ce qui me concerne, il n'y a aucun doute. »

– C'est vrai ?

J'ai du mal à enregistrer l'information. J'ai besoin qu'il me le confirme en d'autres termes.

– Ma leucémie n'est pas revenue ?

« Non, en effet. Il n'y a aucun signe de récidive. »

Je lâche un long soupir haché, qui emporte toute la tension accumulée depuis un mois. Je me retrouve tout à coup sans forces, étourdie. Les larmes me montent aux yeux et débordent aussitôt.

– Mais les saignements de nez… les hématomes…

« Tu es anémiée, ce qui n'est pas bon pour quelqu'un qui a ton historique médical. On va se dépêcher de régler ça par un apport en fer, et on va procéder à des contrôles plus fréquents. Et il faudrait aussi que tu mettes une crème lubrifiante dans tes narines deux fois par jour. Tes membranes sont enflammées, ce qui accroît le problème. »

– Des vitamines et une crème ? C'est tout ?

Les mots sortent sans rien exprimer du soulagement mêlé de joie qui court dans mes veines. Ce qui se passe dans mon cœur n'a pas encore fait son chemin jusqu'à mes lèvres.

« C'est tout, me confirme doucement le Dr Gutierrez. Je reverrai tes parents pour qu'on parle tranquillement de la suite et des modalités de surveillance. Je comprends que tu aies eu très peur, mais je suis convaincu que ce n'est qu'un petit incident de parcours. »

– D'accord.

Il continue à parler, mais je n'entends plus parce que j'ai lâché mon portable et enfoui la tête dans mes mains pour pleurer toutes les larmes de mon corps. La porte grince sur ses gonds, un parfum de shampooing fleuri flotte dans la pièce et Phoebe s'agenouille à côté de moi pour me prendre dans ses bras. Knox me télescope de l'autre côté.

– Désolée, on a tout entendu, me dit Phoebe d'une voix étranglée. On est trop, trop heureux pour toi.

Je n'ai pas encore la force de lui répondre : « Moi aussi ».

* * *

J'ai beau être reconnaissante à Knox et à Phoebe d'être là, je suis soulagée quand ils s'en vont. J'ai besoin de rester un peu seule pour assimiler la nouvelle et retrouver mes esprits. J'ai envie de parler à mes parents, mais comme la pause déjeuner est finie, je me contente de leur envoyer un message en promettant de les appeler plus tard. Je connais déjà leur réaction : ils doivent être si soulagés qu'ils ne m'en voudront même pas de leur avoir caché mes angoisses pendant des semaines.

Je commence seulement à réaliser que je vais devoir analyser ce dernier point si je veux me donner une chance de dépasser le syndrome de la pauvre petite fille malade. Depuis aussi loin que je me souvienne, j'ai l'habitude qu'on me pardonne tout. Même Knox a passé l'éponge quand la leucémie a repointé sa tête ignoble.

Je n'ai jamais demandé à avoir cette béquille, mais ça ne m'empêche pas de m'appuyer dessus.

J'envoie un dernier message à un numéro que j'ai laissé dans mes contacts au lieu de l'effacer comme on me l'avait suggéré :

Salut, Luis. C'est Maeve. Je voulais te remercier pour la vidéo. Ça nous aide. Je voulais aussi m'excuser pour ce que je t'ai dit la dernière fois. Je ne le pensais pas. Ça ne justifie rien, mais c'était une sale journée et ça t'est retombé dessus.

Je suis vraiment vraiment désolée.

J'aimerais bien qu'on en reparle à l'occasion si tu es d'accord.

Puis je lâche mon portable dans mon sac. C'est loin d'être suffisant, mais c'est un début.

CHAPITRE VINGT-DEUX

Phoebe

Jeudi 26 mars

Le graffiti griffonné à côté du distributeur de serviettes dans les toilettes des filles est tout frais, rédigé à l'encre bleue d'une main malhabile : *Phoebe est une…* Le dernier mot a été recouvert au feutre noir. Merci, bienfaitrice inconnue, qui pourrait bien être Maeve. Non, en fait non. Maeve aurait aussi fait disparaître mon nom aussi.

Mes mains ne tremblent même pas sous l'eau du robinet. Au point où j'en suis, des graffitis sur les murs des toilettes ne me font plus ni chaud ni froid. Ces derniers jours, j'ai encore reçu deux messages de Derek sur Instagram, nettoyé deux fois le bazar que ma sœur a laissé dans notre chambre et planté un contrôle de sciences parce que je suis incapable de me concentrer au milieu de tout ça. En prime, Maeve me bombarde de captures d'écran de ce foutu forum sur lequel elle refait une fixette, où un certain EspritdesTénèbres n'arrête pas de brailler *PUTAINTESOÙBAYVIEW2020* ? Comme s'il était sur un site de petites annonces pour pervers chelous.

Tout ce que je vois, moi, c'est que ma journée de cours est terminée et que je vais pouvoir oublier le lycée jusqu'à demain.

Je suis en train de m'essuyer les mains quand la porte s'ouvre sur Jules.

– Oh, salut, dis-je, un peu déstabilisée.

Je ne l'ai pas recroisée depuis que j'ai regardé la vidéo de Sean. Je ne la vois pratiquement plus au lycée, si on oublie toutes les fois où je l'aperçois en train d'embrasser Sean dans un couloir.

– Saluuut, dit-elle en posant des yeux papillonnants sur le graffiti.

Elle n'a pas l'air surprise. J'aurais adoré pouvoir me dire que c'est elle qui a rayé la fin, ce qui serait le signe que je compte encore un peu. Mais il est tout aussi probable qu'elle en soit l'autrice, vu qu'elle ne lâche plus Sean d'une semelle. Elle serait même capable de mentir pour lui, ce que je n'aurais jamais cru si je n'avais pas vu la vidéo de mes propres yeux.

Je balance ma serviette dans la poubelle.

– Sean va bien ?

Elle plisse les lèvres en ouvrant son tube de gloss.

– Comme si ça t'intéressait.

À la vue de sa bouche parfaite, j'ai honte de mes lèvres desséchées et je sors mon baume. Mince, c'est celui que je n'aime pas, à la noix de coco. Je m'en mets quand même.

– Brandon doit lui manquer, dis-je.

– Qu'est-ce que ça sous-entend ? me demande Jules en me regardant froidement dans le miroir.

Je hausse les épaules.

– Rien de spécial. J'ai de la peine pour lui, c'est tout.

Je me rends bien compte que ça sonne faux. Sean n'a absolument pas le comportement de quelqu'un qui vient de perdre son meilleur ami. Je dirais même qu'il n'a jamais autant roulé des mécaniques.

« Et si c'était pour s'en prendre à Brandon ? » Quand Knox a dit ça, j'ai instantanément balayé son hypothèse. Trop absurde. N'empêche que sur le chantier, Sean était à côté de lui et l'encourageait à sauter. Il a paru choqué et terrifié quand il est tombé, mais soyons lucide : il a prouvé depuis qu'il sait parfaitement jouer la comédie quand c'est nécessaire.

Je resserre ma queue-de-cheval.

– Ça doit être flippant de penser que ça aurait pu être toi, non ?

– Quoi ? fait Jules, déroutée.

– N'importe lequel d'entre vous aurait pu passer à travers ce toit en prenant le raccourci.

Le visage de Jules exprime l'incompréhension quelques secondes de trop. Elle ne ment pas très bien.

– Oh, ouais, bah… dit-elle enfin.

– Mais bon, le hasard a fait que Brandon est passé le premier.

Je ne sais pas pourquoi j'insiste, ni ce que j'espère en tirer. Jules ne se confiera pas à moi. Elle a choisi son camp. Mais quelque part, je me dis que j'arriverai peut-être à fendiller son armure, à repérer un signe qu'il nous reste une chance de retrouver ce qu'on partageait avant.

Au fait, Jules, tu es au courant que mentir à la police, ça peut coûter cher ?

Tu ne crois pas que les parents de Brandon ont le droit de connaître la vérité ?

Tu ne t'es jamais dit que ton nouveau mec était peut-être un psychopathe ?

– Je n'aime pas trop parler de ça, me répond-elle avant de faire claquer ses lèvres en rangeant son tube de gloss.

Puis elle rejette ses cheveux en arrière et se retourne pour sortir.

– Faut que j'y aille. J'ai prévu un truc avec Sean.

– Moi aussi. Je veux dire, moi aussi, j'ai prévu un truc.

Ce n'est pas faux. Je bosse au café. Et comme j'y vais avec des amis, ça peut même compter comme une soirée.

Jules me dévisage d'un air critique. Elle sait que ma vie sociale est relativement limitée en ce moment.

– Avec Knox ? suppose-t-elle.

Vu le mépris qu'elle met dans sa voix, le sous-entendu est clair. Je me retiens de préciser que ce n'est pas un rencard.

– Et Maeve.

– Eh ben, il fait envie, ton plan à trois, lâche-t-elle avec un sourire ironique en ouvrant la porte.

Je sors derrière elle en me creusant la tête à la recherche d'une réplique qui claque, mais à peine est-elle dans le couloir qu'elle est engloutie par les tentacules de Sean la pieuvre.

– Salut, baby, gronde-t-il en lui ventousant le visage.

Les mâchoires serrées, je les contourne en regrettant tout à coup de ne pas avoir aidé Jules à draguer Nate tant qu'il était encore temps.

* * *

Quand j'arrive à 16 heures au Café Contigo, c'est calme pour un jeudi et il y a presque autant de personnel que de clients. Mme Santos, qui se tient exceptionnellement derrière la caisse, me fait signe de la rejoindre quand mon unique client se lève pour partir. Ahmed, l'autre serveur, appuyé au comptoir, observe la tablée de jeunes mamans branchées qui se trouve dans sa zone, cernée par les poussettes de luxe. Elles portent toutes le même uniforme : tenue de yoga cool et queue-de-cheval soigneusement négligée. On n'a pas entendu leurs bébés jusque-là, mais l'un d'eux commence à s'agiter.

– Chut, chut, lui dit sa mère d'une voix chantante en faisant rouler sa poussette d'avant en arrière. Tout va bien, fais dodo.

Ahmed a un air méfiant, et je le comprends. J'ai cinq cousins âgés de moins de cinq ans et je suis bien placée pour savoir que lorsqu'un petit se met à pleurer, les autres sont toujours solidaires.

– Tu peux partir, Phoebe, me dit Mme Santos. Addy arrive à cinq heures et Ahmed peut se débrouiller en attendant.

Elle est grande et mince, avec des yeux bruns très expressifs et des pommettes racées. C'est d'elle que Luis tient sa belle gueule.

– D'accord.

Sans quitter des yeux la table des mères, Ahmed lui demande :

– Vous avez donné le mot à Phoebe, madame Santos ?

– J'avais totalement oublié ! Désolée, Phoebe. Quelqu'un a déposé ça à Ahmed pour toi.

Elle fouille sous le comptoir et me tend une enveloppe à mon nom.

– C'est un jeune homme qui l'a apportée. Il a dit quoi, déjà, Ahmed ?

– Que tu es au courant.

Une mère blonde lui fait signe et il s'éloigne pour aller voir ce qu'elle veut.

– Au courant de quoi ?

Mais il ne m'entend pas. Fourrant mon tablier sous le comptoir, je vais rejoindre Knox, Luis et Maeve à leur table. Luis est censé bosser, mais ça fait une heure qu'il est là à bavarder. Et je jurerais que, chaque fois que j'ai regardé, sa chaise s'était un peu rapprochée de celle de Maeve. Elle est très jolie aujourd'hui, avec son tee-shirt ajusté parsemé de fils d'or qui rappellent la couleur de ses yeux. Elle est radieuse depuis que ses résultats sont tombés. À moins que ce soit à cause d'autre chose.

J'ouvre l'enveloppe dont je sors une unique feuille de papier.

– Tu as fini ta journée ? me demande Maeve.

Je sursaute en lisant les lignes qui se trouvent sous mes yeux :

C'est quoi cette manière de disparaître ?

Il faut qu'on parle.

RV au kiosque de Callahan Park à 17 h 30.

Et N'IGNORE PAS ce message comme tu as ignoré tous les autres.

C'est quoi, ces conneries ?

– Ahmed !

Il est en train de se diriger d'un pas vif vers la cuisine, mais mon ton pressant l'arrête.

– Quoi ?

– Qui a déposé ça ? dis-je en agitant la lettre.

– Je te l'ai dit, un gars.

– Oui, mais *quel* gars ?

– Il n'a pas dit comment il s'appelait. Un mec, quoi. Il était déjà venu.

– Qu'est-ce qui se passe ? demande Maeve.

Je lui tends la feuille et elle a un mouvement de recul en lisant.

– Wouah. Qui t'a écrit ça ?

– C'est bien ce que je voudrais savoir ! La seule personne que j'aie ignorée dernièrement, c'est Derek, et franchement, je n'aurais pas cru qu'il était du genre harceleur. Remarque, en dehors de ces fameuses dix minutes que j'ai commis l'erreur de passer avec lui à la fête de Jules, ce n'est pas comme si je le connaissais vraiment.

J'adresse des signes désespérés à Ahmed qui tente de s'échapper vers la cuisine.

– Ahmed, attends ! Tu peux venir une minute ?

Maeve lit le mot à Knox et à Luis et tout le monde se met à parler en même temps. Finalement, c'est la voix de Maeve qui domine :

– Attends, Ahmed. Tu dis que le mec qui a déposé ça était déjà venu ici ? À quoi il ressemble ?

– Je ne sais pas. Le mec blanc standard. Peut-être un peu plus âgé que vous, cheveux bruns, plutôt pâle, assez grand.

Tous les indices correspondent à Derek, ce qui me rassure un peu. Au moins je sais à qui j'ai affaire, ou à peu près.

Knox écarquille les yeux.

– Hé ! Mais on dirait Regard intense !

– Qui ça ? dit Ahmed en fronçant les sourcils.

– Tu sais, le gars à l'air super concentré qui est passé l'autre jour. Le genre monomaniaque sinistre.

L'un des bébés de la table des mamans se met à hurler et Ahmed tire sur le col de sa chemise.

– Il faut que j'aille bosser, là. Je reviens.

– De qui tu parles, Knox ? dis-je, tandis qu'Ahmed s'éloigne.

– La description d'Ahmed me fait penser à un mec que j'ai vu deux fois ici. Maeve, tu te rappelles ce type qui s'est comporté comme un con avec M. Santos et qui insistait pour voir Phoebe ? Celui que Manny et Luis ont dû flanquer dehors.

Première nouvelle.

– Pardon ? dis-je. C'est arrivé quand, ça ?

– Ça y est, je me souviens ! dit Luis. C'était il y a deux-trois semaines, non ?

Il se penche en arrière en croisant les bras et Maeve rougit en lui glissant un coup d'œil. On dirait qu'elle a complètement oublié le sujet de la conversation. Je manque de claquer des doigts sous son nez pour lui rappeler qu'elle est censée s'inquiéter pour moi au lieu de mater les biceps de Luis, aussi impressionnants soient-ils. Gardons le sens des priorités, s'il vous plaît.

– Je n'ai pas fait gaffe sur le coup, reconnaît Knox d'un air piteux. Je me suis juste dit que c'était un abruti. Mais il est revenu la semaine dernière. Il a demandé un café, il s'est assis, il a regardé autour de lui pendant un quart d'heure et il est reparti en laissant sa tasse pleine. Je me suis même demandé si ce n'était pas le célèbre Derek, vu que tu ne lui répondais pas.

Je le foudroie du regard, les poings sur les hanches.

– Et c'est maintenant que tu me dis ça ?

– Je n'ai pas l'esprit très clair, se défend Knox. J'ai une commotion cérébrale, je te rappelle.

– Tu as *eu* une commotion cérébrale. Il y a trois semaines.

– Les effets secondaires peuvent persister plusieurs années, m'informe-t-il en pianotant sur la table. Et puis ça ne m'a pas paru important. Tu penses que ça peut être lui ? Derek est grand, pâle, avec des cheveux bruns ?

– Oui. Personnellement, je ne l'ai jamais trouvé particulièrement déterminé ni exalté. Mais bon, c'est subjectif.

Maeve me rend la lettre que je fourre dans ma poche, l'esprit bouillonnant de questions. Franchement, j'ai du mal à voir Derek se pointer à mon boulot pour laisser un mot menaçant juste parce que j'ai ignoré ses messages sur Instagram. Il ne s'est jamais comporté de manière agressive ni possessive avec Emma. Enfin, pas à ma connaissance.

– C'est qui, Derek ? demande Luis.

Ma première réaction est de remercier le ciel qu'il ne soit pas au courant. Ça me laisse l'espoir qu'il y a une vie après le lycée, une vie libérée de la manie de détailler par le menu chaque faux pas des uns et des autres.

– C'est une longue histoire. Disons que c'est un gars que je ghoste.

– Tu n'aurais pas sa photo ? Comme on l'a tous vu, on pourrait te dire si c'est lui.

– Mais oui ! s'exclame Maeve. J'aurais dû y penser !

Luis sourit et elle lui glisse un nouveau regard prolongé.

– Malheureusement non, dis-je. Enfin, je peux chercher, mais il ne poste jamais de photos de lui.

Je vais sur Instagram au cas où il aurait actualisé son profil, mais comme d'habitude il n'y a que des photos de chiens ou de bouffe et des images artistiques de branches d'arbre. Je montre l'écran à Knox, qui hausse les sourcils.

– Pas un seul selfie ? Trop chelou, le mec.

Puis il regarde l'heure à l'horloge que M. Santos s'est enfin décidé à faire réparer.

– Callahan Park, c'est à Eastland, ça. En partant maintenant, on peut y être à temps.

Je proteste aussitôt :

– Mais je ne veux pas le voir, moi !

Knox m'apaise en levant la main.

– T'inquiète. On pourrait juste, je ne sais pas, aller l'espionner. Vérifier si c'est lui. Et ça te permettrait de porter plainte pour harcèlement.

Il tire de son portefeuille quelques billets qu'il ajoute aux vingt dollars déjà posés sur la table.

– On peut passer chez moi prendre mes jumelles. Comme ça, on n'aura pas besoin de s'approcher.

– Des jumelles ? fais-je en me laissant brièvement distraire. Tu as des jumelles, toi ?

– Ce n'est pas le cas de tout le monde ? dit-il, surpris.

– Non, répond Maeve en même temps que moi.

– Tu crois que c'est une bonne idée ? demande Luis avec une moue dubitative. Ce mec n'arrête pas de te coller, Phoebe. Tu ferais peut-être mieux de prévenir les flics et de les laisser gérer.

– Mais je ne suis même pas sûre que cette lettre soit de Derek. Ses messages Instagram étaient beaucoup plus polis. Tu peux nous emmener, Maeve ?

– Pas de problème.

– Alors je viens avec vous, dit aussitôt Luis. C'est tranquille aujourd'hui, je peux m'absenter un peu.

– D'accord, dis-je en m'efforçant de ne pas montrer mon soulagement.

J'adore Knox et Maeve, mais ils ne seraient clairement pas mon premier choix comme renforts si les choses devaient déraper. En attendant, que ce gars soit Derek ou pas, Luis l'a déjà géré une fois et je lui fais confiance s'il faut recommencer.

– OK, faisons comme ça, dis-je. C'est parti pour la soirée espionnage.

CHAPITRE VINGT-TROIS

Maeve
Jeudi 26 mars

– On perd notre temps, grommelle Phoebe. Je ne vois rien du tout.

On est arrivés à Callahan Park avec une bonne demi-heure de retard, merci l'heure de pointe, mais on avait à peine trouvé une place pour se garer devant la grille qu'on a repéré une silhouette solitaire assise sur les marches du kiosque. Elle est en plein dans notre ligne de mire, bien que trop éloignée pour être identifiable, même avec les jumelles de Knox. Phoebe les manipule depuis au moins cinq minutes et n'a toujours pas pu nous donner confirmation.

Je me tourne vers la banquette arrière pour lui demander :

– Tu veux qu'on s'en aille ?

Elle secoue énergiquement la tête.

– Tu rigoles ? Maintenant qu'on a fait tout ce chemin, pas question. Il faut juste que je m'approche un peu.

Elle examine les alentours.

– Vous voyez la cage à écureuil là-bas, sur l'aire de jeux ? La petite cabane tout en haut serait parfaite.

– On n'avait pas dit que tu restais dans la voiture ? demande Luis en fronçant les sourcils.

– Regarde, il y a des buissons partout. Je peux me planquer sur tout le trajet. Knox, tu me prêtes ton sweat ?

– Euh, OK.

Il enlève son sweat à capuche d'un air un peu perplexe pour le lui passer et elle l'enfile par-dessus son tee-shirt rose.

– Ça sent bon, commente-t-elle. Tu viens de le laver ?

– Non, avoue-t-il en prenant une mine coupable. Pas récemment. Désolé.

– Alors c'est toi qui sens bon, fait Phoebe en haussant les épaules.

Puis elle rabat la capuche sur sa tête en masquant ses boucles rousses à l'intérieur.

– Voilà. Ni vu ni connu. Et comme je suis petite, je peux passer pour une gamine.

– Je t'accompagne, dit Luis, qui n'a toujours pas l'air très enthousiaste.

Mais Phoebe secoue la tête.

– Il t'a déjà vu et tu es facile à repérer. J'y vais avec Knox.

– Ouais, pourquoi pas, marmonne l'intéressé. C'est vrai que moi, c'est rare qu'on me remarque.

Je me mords les lèvres. Dans le parc, le gars s'est mis à tourner en rond autour du petit kiosque.

– Ça me paraît risqué, dis-je. Plus ça va, plus je trouve ce mec flippant. On ferait peut-être mieux de laisser tomber.

– Pas avant que j'aie vu sa tête, persiste Phoebe. Il faut que je sache si c'est Derek.

Là-dessus, elle ouvre sa portière et tire Knox par la manche.

– Bon, tu viens ou pas ?

– Ben oui, je viens, répond-il avec un soupir. Vous nous envoyez un message s'il nous repère, OK ?

– Pas de risque, décrète Phoebe d'un ton assuré. Il ne nous verra même pas.

Elle a sans doute raison, mais j'ai quand même un nœud à l'estomac.

Ils disparaissent presque immédiatement dans le petit chemin entre les arbres. Puis je les aperçois qui s'approchent de l'aire de jeux.

– C'est n'importe quoi, grogne Luis à côté de moi. Ça s'est passé comme ça l'an dernier quand tu as suivi Simon avec Bronwyn ?

– Pas vraiment, dis-je. Je me suis limitée à des recherches sur Internet. Bronwyn a pisté un gars une fois, mais il était inoffensif. Il a même fini par nous aider, en fait.

La vibration de mon portable me fait sursauter. Un message de Knox.

`On y est.`

– Ils sont arrivés, dis-je en tapant :

Alors, c'est Derek ?

Pas encore pu voir. On a perdu une lentille, on doit la remettre.

Je transmets à Luis :

– Ils ont des problèmes avec les jumelles.

– Défaillance technique, fait-il avec un bref sourire. Ça arrive toujours au pire moment.

Alors que je réfléchis à une réplique spirituelle, je deviens soudain hyper consciente que je suis seule avec Luis pour la première fois depuis que je l'ai agressé au match. On a échangé pas mal de messages et il a accepté mes excuses. Mais je n'ai rien dit de ce que je voulais vraiment lui dire. Pour changer.

– Au fait…

– Écoute… commence-t-il à la même seconde que moi.

– Toi d'abord, reprend-on en même temps après un petit silence.

Il rit et j'ai un sourire gêné. Puis je prends mon courage à deux mains et je me jette à l'eau.

– En fait, non. Moi d'abord, si ça te va.

On ne sait jamais. S'il me disait un truc que je n'ai pas envie d'entendre, je ne pourrais plus lui dire mon truc à moi. Et même si j'ai l'impression que mon cœur va jaillir de ma poitrine à l'idée d'être sincère avec lui, je veux qu'il sache.

Il me fixe, le visage impénétrable.

– OK.

Grande inspiration.

– Je voulais te reparler de ce que je t'ai dit le jour du match.

Comme j'ai la gorge trop nouée pour continuer, je m'interromps pour avaler ma salive. Mais j'ai dû prendre un mauvais départ parce qu'il secoue la tête.

– Je te l'ai déjà dit, laisse tomber. J'ai compris. C'était une sale période pour toi.

Il effleure mon bras en traçant les contours d'un bleu qui s'estompe.

– Ce n'est pas ça, dis-je. Enfin, si, mais pas seulement.

Sa main s'immobilise et reste là. La chaleur de sa peau irradiant sur la mienne commence déjà à m'embrouiller la tête, mais je n'ai pas envie que ça s'arrête. Ça devrait être réglé en deux ou trois phrases, de toute façon.

– En fait, euh, j'étais jalouse, dis-je en gardant les yeux rivés au tableau de bord. Je t'ai vu avec Monica et ça ressemblait vraiment à un rencard. Et… Et… j'aurais voulu être à sa place. Parce que tu me plais. Et depuis un moment.

Voilà. C'est fait.

J'inspire rapidement, toujours sans le regarder, avant d'ajouter à toute vitesse :

– Je comprendrai très bien si tu ne ressens pas la même chose. On peut parfaitement être amis, et je ne serai pas bizarre ni rien…

– Holà, une minute, je peux répondre ou tu tiens vraiment à le faire à ma place ?

– Oh.

Mes joues s'enflamment, et je fixe le tableau de bord si intensément que c'est à se demander comment les chiffres du compteur kilométrique ne perdent pas la boule.

– Oui, oui, bien sûr, pardon.

Sa main descend le long de mon bras jusqu'à la mienne et il me presse doucement les doigts.

– Tu peux me regarder ? me murmure-t-il.

Je tourne la tête, et son expression est si douce, si ouverte qu'une étincelle d'espoir s'allume dans ma poitrine.

– Toi aussi, tu me plais, Maeve. Et depuis un moment.

Mon cœur saute un battement, puis s'emballe.

– Oh.

Je ne sais plus dire autre chose.

Sa bouche tressaille dans un petit sourire.

– Bon, tu penses qu'on devrait y faire quelque chose ou tu préfères continuer à me torturer ?

J'ai la sensation que mon sourire est aussi grand que mon visage.

– On devrait. Y faire quelque chose.

– Bien.

Il me caresse la joue et se penche vers moi. La chaleur m'envahit. Fermant les yeux, j'attends que ses lèvres se posent sur les miennes… et mon portable vibre bruyamment sur mes genoux. On sursaute tous les deux.

– Merde, c'est pas vrai, dis-je en prenant l'appareil. J'avais oublié qu'on était en mission.

Ça fait rire Luis.

– On ne s'ennuie jamais avec toi. Ils disent quoi ?

Je lis le message de Knox, je bats des paupières, je le relis.

– Phoebe dit que ce n'est pas Derek.

– Ah bon ? Mais alors c'est qui ?

– Mystère. Elle ne l'a jamais vu.

– Bizarre.

Un nouveau message tombe :

`Il bouge.`

– Oh non ! dis-je en agrippant le bras de Luis. Le voilà !

Le type traverse la pelouse, longe l'aire de jeux sans un regard pour la cage à écureuil et se fraye un chemin au milieu d'un groupe de gamins en se dirigeant vers nous. À cette distance, je reconnais clairement le garçon qui a eu un accrochage avec M. Santos au Café Contigo. Il y a deux chemins possibles pour sortir du parc et il faut qu'il choisisse celui qui passe juste devant ma voiture.

– Merde. Il arrive droit sur nous, dis-je en baissant la tête pour cacher mon visage.

Pas d'erreur, c'est bien le gars du café. Il m'a à peine regardée l'autre jour, mais je préfère ne pas prendre de risques.

– Baisse-toi, Luis.

Au lieu de quoi il fait précisément l'inverse, à savoir se pencher en avant pour mieux voir.

– Arrête ! Ne te montre pas ! Il va te reconnaître !

– Et alors ?

Franchement, Luis est peut-être le mec le plus sexy de la terre, mais il est nul comme détective privé. J'ai beau essayer de le tirer en arrière, il continue à tendre le cou alors que Regard intense est *juste là,* sur le point de traverser devant nous. Je n'ai pas d'autre solution que de prendre son visage à pleines mains pour l'embrasser.

Bon, il y en avait peut-être d'autres, mais je suis sûre d'avoir choisi la meilleure.

Luis détache ma ceinture de sécurité, qui me bloque dans une position inconfortable. J'interromps notre baiser le temps de me dégager. Il m'attire sur ses genoux, et je repose les mains de chaque côté de son visage tandis que ses bras m'enveloppent dans leur chaleur. L'espace d'un instant, on se regarde dans les yeux sans bouger.

– Magnifique, murmure-t-il.

Ça me fait complètement craquer. Puis sa bouche fond sur la mienne et ça recommence, la chaleur qui monte, la sensation de vertige et le besoin irrésistible d'être toujours plus près de lui. Ses pouces glissent sur mes joues, je plonge les doigts dans ses cheveux et on s'embrasse jusqu'à ce que je ne sache plus du tout où on est ni pourquoi.

Jusqu'à ce que des coups énergiques soient tapés sur la vitre.

C'est pas vrai. Je lève les yeux en m'attendant à découvrir le visage furieux de Regard intense. Mais c'est juste

Phoebe, qui agite la main avec un grand sourire, la capuche toujours bien serrée autour de sa tête. Quelque pas derrière elle, Knox s'escrime à ranger ses jumelles dans leur étui.

Je n'en ai aucun souvenir mais, à un moment ou à un autre, l'un de nous deux a incliné le siège de sorte qu'on est pratiquement allongés.

Je me penche vers la manette et je ne peux pas m'empêcher de rire quand le dossier se relève lentement alors qu'on est toujours enchevêtrés.

– Euh, alors... dis-je. Donc ça, c'est pour régler l'inclinaison.

– Je prends note, me répond Luis en m'embrassant dans le cou. Merci pour la démonstration.

– Pas de quoi. Je la fais à tout le monde. C'est important de bien connaître le fonctionnement d'un véhicule.

Je reprends position derrière le volant à contrecœur et je lui presse la main, un peu étourdie de pouvoir m'autoriser un tel geste.

– À suivre ?

Il sourit en répondant à la pression.

– Carrément.

Phoebe se glisse sur le siège arrière. Knox s'engouffre à sa suite et claque la portière. A priori, il n'a rien remarqué.

– Bon ! lance-t-elle. Je déclare officiellement que je n'ai jamais vu ce mec. Je n'ai pas la moindre idée de qui ça peut être.

– On fait quoi, alors ? dis-je. Est-ce qu'on...

– Merde, il est là ! s'exclame Knox.

Attirant brusquement Phoebe, il la serre contre lui et elle lâche un cri étouffé. Je me baisse instinctivement tandis que Luis – bien sûr – ne bouge pas d'un pouce. Il est vraiment lamentable.

– Désolé, dit Knox en libérant Phoebe. Sa voiture est passée juste à côté de nous. Mais tout va bien, il ne nous a pas vus.

Phoebe se penche vers le pare-brise.

– C'est la voiture bleue, là ?

Knox confirme d'un grognement et elle me tape sur l'épaule.

– Suis-le, Maeve. Voyons un peu ce qu'il fabrique quand il n'est pas en train de harceler des filles qu'il n'a jamais vues.

CHAPITRE VINGT-QUATRE

Knox

Jeudi 26 mars

Deux heures après avoir quitté le parc, on dispose d'un numéro d'immatriculation, d'une adresse et d'un nom. La voiture est enregistrée au nom d'un certain David Jackson, dont on peut supposer qu'il s'agit de Regard intense.

On a déposé Luis et Phoebe et je suis dans ma cuisine avec Maeve, mes parents dînant chez les voisins. Au menu : nouilles et bâtonnets de carotte, parce que c'est la limite de mon répertoire culinaire. Je ne suis pas Luis. Pas plus dans ce domaine-là que dans les autres.

Eh oui, j'ai tout vu. Et je tâche de me réjouir pour eux. Ce n'est pas de la jalousie, seulement… disons que j'aimerais bien qu'une fois dans ma vie, quelqu'un ressente ça pour moi.

– Génial, dis-je en allant sur Instagram. Super rare, comme nom. Il y en a des dizaines.

– Attends, je vais voir sur Google avec l'adresse… Hmm. Ça ne donne rien.

La voiture bleue nous a menés à une petite maison de plain-pied dans un quartier miteux de Rolando Village, dont Internet nous a appris qu'elle est censée appartenir à Paul et Lisa Curtin. Maeve pense qu'ils la louent.

– Il y a un dentiste dans le coin qui s'appelle David Jackson. Il est super mal noté sur Yelp.

– Si c'est notre gars, c'est pas étonnant. Il ne doit pas trop être du genre à avoir le sens du contact avec les patients. Ni avec personne, d'ailleurs. Mais il me paraît un peu jeune pour avoir un diplôme de dentiste.

Maeve croque dans un bâtonnet de carotte et Fritz, assis entre nous, relève brusquement la tête d'un air plein d'espoir.

– T'aimerais pas, lui assure-t-elle en gratouillant la plaque de poils qui grisonne entre ses oreilles.

Mais il ne semble pas la croire sur parole. Je me penche sur l'écran.

– Ce David Jackson-là a la cinquantaine, précise-t-elle. Le suivant de la liste est retraité d'une compagnie de gaz…

Elle clique sur la deuxième page, puis se laisse aller contre son dossier.

– C'est tous des vieux.

– Peut-être que Regard intense est le fils d'un de ces David Jackson et qu'il conduit la voiture de papa.

– Possible, admet Maeve. Mais ça ne nous avance pas beaucoup.

Elle se mordille pensivement la lèvre avant de déclarer :

– Ça m'embête que Phoebe ne veuille pas prévenir sa mère de ce qui se passe.

Sur la route du retour, on a tous essayé de la convaincre de lui parler de Regard intense et de la lettre, mais elle n'a rien voulu entendre.

« Ma mère a déjà assez de soucis comme ça, a-t-elle argumenté. En plus, c'est clair que c'est une erreur. Il cherche une autre Phoebe. »

Je comprends qu'elle ait envie de le penser, et j'espère qu'elle a raison. Même si ce n'est pas sympa pour l'Autre Phoebe.

Une alerte sonne sur l'ordinateur de Maeve. *Le site que vous surveillez vient d'être actualisé.* C'est dingue, elle a *tout* synchronisé avec PingMe. Je réprime un soupir tandis qu'elle ouvre un nouvel onglet pour aller sur le forum Soif de vengeance. Franchement, je préférerais encore passer l'heure qui vient à chercher le nom de David Jackson sur les réseaux sociaux que de repartir dans ce tunnel vaseux.

> Va te faire foutre, Phoebe.
>
> Ouais, je balance ton nom.
>
> ON AVAIT UN ACCORD
>
> – EspritdesTénèbres.

Je reste sans voix tandis que Maeve me regarde en écarquillant les yeux.

– Ben merde, souffle-t-elle.

Fritz geint doucement en percevant la tension dans sa voix.

– Ça ne peut pas être une coïncidence. Tu te rends compte de ce que ça veut dire ?

J'ai mis le temps mais oui, je me rends compte. Je me moque de Maeve depuis qu'elle a commencé à surveiller ce forum parce que je refusais de croire qu'il y ait un lien quelconque entre les délires paranos qui s'y étalent et ce qui se passe au lycée. Et voilà que ce message me balance à la figure à quel point je me suis trompé.

– Ça veut dire qu'EspritdesTénèbres et Regard intense ne font qu'un, dis-je.

– Oui, mais pas seulement ! fait Maeve, tout excitée.

Fritz pose la tête sur ses genoux et elle caresse machinalement une de ses longues oreilles sans quitter son écran des yeux.

– Depuis le début, je suis persuadée qu'EspritdesTénèbres est notre Inconnu d'Action ou Vérité, tu te rappelles ? Il n'arrête pas de parler de Bayview et d'un jeu, et il a même mis *tic tac* dans un de ses messages, exactement comme Inconnu. Si j'ai raison là-dessus, Regard intense est *aussi* Inconnu. Les trois pistes qu'on suit mènent à la même personne.

– Merde. Alors on vient de suivre le mec qui envoie les messages ?

– Je crois bien. Et ce n'est pas un élève de Bayview. J'étais sûre que ce n'était pas Matthias, ajoute-t-elle, comme en aparté. J'ai bien vu que le peu de visibilité que lui a apportée Simon a dit avait suffit à le faire flipper.

– Bon, OK, mais… de quoi il parle, en fait ? Son accord avec Phoebe, c'est un accord pour faire *quoi* ? Pour flinguer elle-même sa vie sociale au lycée ? Ça ne tient pas debout.

– Je ne comprends pas non plus. Tu crois qu'elle peut nous cacher quelque chose ?

– Comme quoi ?

– Je ne sais pas, moi. Une histoire de rupture qui se serait mal passée et dont elle n'aurait pas envie de parler. Mais alors, *super* mal passée, précise-t-elle avec une grimace, parce qu'il a l'air sacrément décidé à régler ses comptes.

Régler ses comptes. Je me redresse tout à coup, parce que cette expression me fait penser à quelque chose.

– Attends. Je viens d'avoir une idée. Mettons que tu aies raison et que Regard intense égale EspritdesTénèbres égale Inconnu. D'ailleurs, il va falloir s'en tenir à un seul surnom parce qu'on va finir par s'y perdre. Je vote pour Regard intense. C'est le plus descriptif, et en plus c'est moi qui l'ai inventé. Bref. Ça voudrait dire qu'il en voulait à Brandon ? Si ce forum s'appelle Soif de vengeance, ce n'est sans doute pas pour rien, si ? Et Nate soupçonne qu'il y a eu un sabotage au chantier. Là-dessus, Regard intense attire Brandon en lui donnant un défi. Du coup, la théorie que j'ai proposée l'autre jour se tient, et il s'en est pris délibérément à Brandon.

– Mais pourquoi ? Par jalousie ? Parce qu'il sortait avec Phoebe ? Tout a démarré avec la rumeur sur Phoebe et

Derek, remarque. Peut-être que ce mec ne supporte pas qu'elle sorte avec quelqu'un d'autre.

– Mouais. Sauf que tu n'étais pas à l'aire de jeux tout à l'heure, et je t'assure qu'elle n'avait jamais vu ce gars. J'avais une autre piste, du style…

Je suis interrompu par le portable de Maeve, qui se met à vibrer.

– C'est elle ?

Maeve décroche et tout son visage change, prenant une espèce de lueur chaude comme si quelqu'un lui avait injecté du champagne rosé sous la peau.

– Non, dit-elle en réprimant un sourire. Faut que je réponde, j'en ai pour une minute.

– Dis bonjour à Luis de ma part, dis-je.

Fritz, qu'elle a cessé de caresser, pousse sa cuisse du museau pour attirer son attention mais finit par se coucher par terre en voyant que c'est peine perdue.

Mes yeux tombent machinalement sur la sacoche d'ordinateur de ma mère, posée sur la chaise où elle le laisse toujours en rentrant du travail. Le travail d'expert en sinistres ne s'arrête pas à 17 heures, et elle rallume généralement son ordi au moins une fois dans la soirée pour avancer sur un dossier. Mais dans l'immédiat, mes parents ne devraient pas être de retour avant une demi-heure.

Quand Maeve se décide finalement à raccrocher, je déclare :

– Tu sais quoi ? On n'a peut-être pas attaqué le problème sous le bon angle.

– Hmm ? demande-t-elle d'un air distrait. Quel problème ?

– Tu demandais quelle raison Regard intense aurait de détester Brandon. Mais on devrait peut-être se poser la question inverse : qu'est-ce que Brandon a pu faire pour que quelqu'un le déteste au point de vouloir sa mort ?

– Tu m'as semée, là.

– Je repensais à une discussion que j'ai surprise entre mes parents. Je ne t'en ai pas parlé parce qu'on ne se voyait pas à ce moment-là, mais ça continue à me trotter dans la tête. Ils disaient que ce serait un comble si le père de Brandon portait plainte contre l'entreprise de BTP, à cause de poursuites judiciaires dont ma mère s'est occupée il y a trois ans et qui impliquaient Brandon. Et mon père a dit : « Ça n'aurait pas dû en rester là. Ça n'a fait que montrer à Brandon qu'on n'a pas besoin d'assumer les conséquences de ses actes. » Quand je leur ai posé des questions, ils se sont fermés comme des huîtres en se réfugiant derrière le secret professionnel. Mais si on savait ce qui s'est passé, on comprendrait peut-être ce qui peut pousser quelqu'un à vouloir se venger de Brandon.

– Tu vas en reparler à ta mère ?

– Pas la peine. Elle ne dirait rien.

– Même si tu lui expliquais tout ce qui se passe ? demande Maeve en désignant l'écran d'un geste de la main. Ton père trouve déjà que les circonstances de l'accident sont plutôt louches, sans même savoir que quelqu'un a attiré Brandon exprès sur le chantier. Il n'y a que nous qui le sachions, à part Sean, Jules et Monica.

– T'as peut-être raison. Le truc, c'est que mon père me prend pour un demeuré.

Maeve fait mine de nier, mais je la coupe d'un geste.

– Si, si, je t'assure. C'est comme ça. Alors imagine si je vais lui raconter des histoires de jeux sur Internet et de posts qui disparaissent au bout d'une heure sur des forums, et lui dire qu'on soupçonne un type qu'on a suivi dans un parc. Il ne me prendrait jamais au sérieux.

– OK, me répond prudemment Maeve.

Elle a l'air sur le point d'argumenter, mais se contente d'ajouter :

– Dans ce cas, on n'a plus qu'à espérer que tes parents finiront par relier les points. Après tout, c'est eux, les spécialistes.

– Mais je ne veux *pas* attendre ! Je veux savoir ce que Brandon a fait il y a trois ans qui a amené son père à étouffer l'affaire.

Je me penche en travers de la table pour attraper la sacoche et je la pose entre nous.

– C'est l'ordi de ma mère.

Maeve me fixe en battant des paupières.

– Et... tu as l'intention de le pirater ?

– Tu rigoles ? C'est ridicule. C'est toi qui vas le faire. Moi, j'en suis incapable.

Je sors un gros PC noir qui semble dater d'il y a vingt ans pour le pousser vers elle.

Elle pose la main dessus d'un air hésitant et me regarde en haussant les sourcils.

– Tu veux vraiment que je fasse ça ?

– C'est tout à fait dans tes cordes.

– Pfff. D'accord, je relève le défi. Si ta mère utilise une vieille version de Windows, il y a moyen de contourner le mot de passe. Mais on va commencer par essayer l'année de naissance de Kiersten.

Je la lui donne et elle marmonne :

– Kiersten plus année de naissance égale... Non, ça marche pas.

On recommence.

– Wouah, s'exclame Maeve. Il me reste encore six essais avant que ça bloque. C'est énorme ! Kelsey est née un an après Katie ?

– Oui, mais...

Tout à coup, elle tourne l'écran vers moi en souriant d'un air satisfait et je vois s'afficher une vieille photo de famille prise au cours d'une randonnée.

– Tu déconnes. Ça a marché pour de vrai ?

– Les parents sont de loin la pire menace à la cybersécurité, me dit posément Maeve en ramenant l'écran face à elle. Bon, cherchons les docs en rapport avec Brandon Weber.

Elle tape sur le clavier, puis s'adosse à la chaise.

– Il n'y a rien. Peut-être à « Weber » tout seul.

Après avoir frappé sur quelques touches, elle fait la grimace.

– Merde, cette fois, il y en a des tonnes. C'est la malédiction des noms de famille super courants, ce soir. Des mails, des répertoires téléphoniques, tout un paquet de trucs…

Elle continue à naviguer en grommelant tandis que je m'occupe en vidant le lave-vaisselle.

– Je crois que j'ai compris le système utilisé par ta mère pour nommer ses fichiers. Tous ses dossiers d'assurances commencent par les mêmes chiffres. Peut-être qu'en tapant ce code plus le nom de Weber… Au moins, ça limiterait le nombre de fichiers. Ça remonte à trois ans, tu dis ?

– Ouais. Ma mère venait juste de se faire embaucher.

Les doigts de Maeve volent sur le clavier et elle ébauche un petit sourire.

– Parfait, plus que deux documents. Essayons celui-là…

Elle clique deux fois dessus et hoche la tête comme si elle avait trouvé ce qu'elle espérait.

– Le mot de passe est protégé, mais…

Brusquement, Fritz se redresse en aboyant comme un fou et fonce vers la porte d'entrée. Maeve et moi, on se fige comme des statues, à part nos yeux, qui se fixent réciproquement avec le même air paniqué. Les seuls cas où Fritz a cette réaction, c'est lorsqu'une voiture tourne dans l'allée.

– Tu n'avais pas dit que tes parents devaient rentrer tard ? siffle Maeve entre ses dents.

Elle ferme les fichiers pendant que je me lève pour rejoindre Fritz, qui aboie toujours comme un dingue. Je l'attrape par le collier avant d'entrouvrir la porte pour jeter un coup d'œil dehors. Les phares qui luisent en face de moi sont plus petits que ceux auxquels je m'attendais.

Je crie pour couvrir les aboiements de Fritz :

– Attends, Maeve, n'éteins pas ! C'est Kiersten !

– Et elle serait d'accord pour qu'on fasse ça ?

– Jamais de la vie. Mais je peux la retenir quelques minutes. Envoie-toi les dossiers, OK ? Et rejoins-moi dehors une fois que tu as fini.

J'ouvre la porte juste assez pour sortir sans laisser passer le chien et je descends les marches quatre à quatre. Le mouvement déclenche l'allumage de la lumière du garage juste au moment où Kiersten éteint ses phares.

– Salut ! me lance-t-elle en sortant de sa voiture. Je passais dans le coin pour le boulot, alors j'en ai profité pour…

Sans la laisser finir, je la prends dans mes bras avec tant d'enthousiasme que je manque de la faire tomber.

– Je suis trop content de te voir ! dis-je en la soulevant le plus haut possible.

– Euh, wouah, OK. Moi aussi, ça me fait plaisir.

Elle me tapote prudemment l'épaule.

Je la repose par terre sans desserrer mon étreinte.

– Je crois que tu peux me lâcher, maintenant, me dit-elle d'une voix étouffée par mon tee-shirt en me tapotant un peu plus énergiquement.

Je continue à l'étreindre jusqu'à ce qu'elle me frappe le dos.

– Merci pour ce bel enthousiasme ! s'exclame-t-elle, un peu étonnée.

– Merci à toi ! fais-je sans la libérer pour autant. De nous faire l'insigne honneur de ta présence.

– De quoi ? Qu'est-ce que…

Soudain, elle se raidit et rejette la tête en arrière pour pouvoir me voir.

– Knox, tu as *bu* ?

Elle me renifle bruyamment et tire sur ma paupière inférieure pour examiner mes yeux.

– Tu as fumé ? Tu prends des trucs ?

Mais qu'est-ce qu'elle fout, Maeve ?

– Pas du tout, ça va bien, dis-je en me dégageant à la hâte. Je suis juste content de te voir parce que j'ai besoin de…

Je cherche désespérément quelque chose qui capte assez l'attention de ma sœur pour lui faire oublier qu'on campe toujours dans l'allée. Les yeux plissés, elle se met à taper du pied.

Enfin, je ravale un soupir avant de lâcher :

– J'aimerais bien que tu me donnes des petits conseils sur… mes relations avec les filles.

Son visage s'illumine et elle frappe dans ses mains.

– Eh ben c'est pas trop tôt !

C'est le moment que choisit Maeve pour sortir, son sac d'ordinateur sur l'épaule. Kiersten écarquille les yeux et me fixe avec un air plein d'espoir.

– Je ne parlais pas d'elle, soufflé-je. On est juste amis.

– Dommage.

Ma sœur tend les bras pour faire un hug à Maeve, qui me murmure en passant :

– C'est bon.

Il y a intérêt à ce qu'elle ait trouvé du lourd, parce que cette histoire va me faire perdre au moins une heure de ma vie à écouter des conseils pourris.

CHAPITRE VINGT-CINQ

Phoebe

Jeudi 26 mars

Quand je rentre chez moi, ma mère est encore à une réunion de L'Anneau d'or. Elle a laissé un mot à la cuisine : *Emma ne se sent pas très bien. Owen a mangé et il y a des restes dans le frigo. Tu peux vérifier qu'il a fait ses devoirs ?*

Je repose le mot en soupirant. J'ai dit à mes amis que je ne voulais pas parler à ma mère de ce qui vient de se passer au parc, et c'était vrai. Mais une partie de moi, et pas une petite, en a marre de jouer à être mon propre parent. Je sais que ce n'est pas la faute de ma mère. Elle fait ce qu'elle peut. Mais ça fait mal quand je pense à la façon dont je m'asseyais sur ses genoux quand j'étais petite pour lui confier tous mes problèmes. Ça faisait tellement de bien de pouvoir vider mon sac !

Mais ce n'était généralement que des problèmes d'enfant,

des histoires de jouet cassé ou de genou écorché. Si je devais lui raconter ce qui m'arrive depuis un mois et demi, ou ce qui arrive à Emma, je ne saurais même pas par où commencer. Une chose est sûre, ma sœur non plus n'a pas l'air d'avoir envie de se confier à qui que ce soit.

Ça craint qu'on ne puisse même pas s'aider entre nous.

Il n'y a pas de bruit dans l'appartement, hormis des petits bruitages de jeu vidéo en provenance de la chambre d'Owen et le ronronnement du lave-vaisselle. La seule et unique chose qui soit mieux ici que dans notre ancienne maison, c'est que le lave-vaisselle marche vraiment. Celui d'avant tombait toujours en panne. De temps en temps, mon père se mettait en tête de le réparer, mais il perdait toute sa dextérité naturelle avec cette machine. Sa dernière tentative s'est soldée par la transformation de la cave en piscine.

Ce jour-là, je lui ai suggéré d'en acheter un neuf en l'aidant à écluser l'eau avec un seau de plage. Je ne réfléchissais pas au coût des choses, alors. Un nouveau lave-vaisselle ou de nouvelles baskets, pour moi, c'était pareil.

« Jamais, m'a-t-il répondu d'un ton décidé. Entre cette machine et moi, c'est un bras de fer. Un jour, je gagnerai. »

Depuis, j'ai compris qu'en réalité on n'avait pas les moyens. Après la mort de mon père, on a soudain pu s'offrir tout ce qu'on voulait. Ma mère nous a emmenés à Disneyland, même si Emma et moi avions passé l'âge. Elle nous a fait faire toutes les attractions au pas de charge, avant de pleurer dans son oreiller le soir dans notre chambre d'hôtel. On a eu droit à de nouveaux vêtements, à de nouveaux portables, et elle s'est même acheté une nouvelle voiture pour nous laisser l'ancienne. Tout était flambant neuf. Comme on n'en demandait pas tant, ou pas vraiment, ça ne nous a pas gênées quand ça a cessé.

Je balance un coup de pied dans le bas de notre machine efficace et silencieuse. Finalement, je la déteste.

Je n'ai pas faim. J'ouvre le placard sous l'évier pour accomplir mon nouveau rituel : vérifier le niveau des bouteilles. Hier, il restait une bouteille de tequila. Aujourd'hui, elle a disparu. Ça me choque un peu que ma mère ne se rende compte de rien, mais il faut admettre qu'Emma nous a habitués à croire qu'elle aurait toujours la même conduite irréprochable. Si on ne partageait pas la même chambre, je n'aurais rien vu non plus. Et je n'aurais pas ce nœud à l'estomac chaque fois que je rentre à la maison. Je ne sais jamais ce que je vais trouver, ni quoi faire pour que ça s'arrange.

Cela dit, on doit arriver au bout, maintenant qu'Emma a éclusé tous les stocks de ma mère. Je ne peux pas imaginer que ma sœur introvertie et coincée ait les relations nécessaires pour se procurer de l'alcool. Je referme la porte du placard en soupirant et je me dirige vers notre chambre pour voir comment elle va. À tous les coups, je vais encore devoir nettoyer.

J'entrouvre notre porte et la première chose qui me frappe est le bruit, une espèce de gargouillis sourd.

– Emma ? dis-je en entrant. Ça va ?

Elle est en train de se tordre sur le lit. Je pense d'abord qu'elle a le nez bouché, avant de comprendre qu'elle s'étouffe. Elle a les yeux fermés, les lèvres bleues et je réalise avec horreur qu'elle est en train de convulser.

– Emma ! Emma, non !

Le cri est sorti de mes tripes. Je m'approche en manquant de trébucher sur la bouteille de tequila qui traîne par terre et je la saisis par les épaules pour la tourner sur le côté. Une espèce de sifflement se mêle maintenant au gargouillis.

– Emma !

Dans ma panique, je la secoue. Tout son corps se contracte et un jet de vomi sort de sa bouche, éclaboussant mon tee-shirt et le drap.

– Phoebe ? Qu'est-ce qui se passe ?

C'est Owen, qui se tient sur le seuil, bouche bée, sous le choc.

– Qu'est-ce que… Qu'est-ce qu'elle a ?

Après un haut-le-cœur, Emma se laisse retomber mollement sur le lit. Je la redresse en calant sa tête sur son oreiller. Du vomi continue à couler de sa bouche relâchée.

– Va prendre mon portable à la cuisine, Owen. Fais le 911. Dis-leur que c'est pour un coma éthylique et donne-leur l'adresse. *Vite.*

Il part en courant. Je nettoie la bouche d'Emma avec le drap, mais l'odeur acide du vomi me prend brusquement à la gorge et mon estomac se retourne tandis que je sens le liquide couler sur mon tee-shirt.

– Comment tu as pu faire ça ? dis-je doucement.

La poitrine d'Emma se soulève et s'abaisse à un rythme régulier, mais ses lèvres sont toujours aussi bleues. Je prends son poignet moite pour vérifier son pouls, qui me paraît super lent comparé au mien.

– Owen ! Ne raccroche pas ! Passe-moi le téléphone !

Il revient dans notre chambre, le portable plaqué sur son oreille.

– La dame dit qu'ils vont venir, m'informe-t-il d'une voix plaintive et un peu tremblante. Pourquoi on l'a empoisonnée, Emma ? Qui est-ce qui lui a fait ça ?

Emma est toujours sans réaction. J'écarte les cheveux qui lui barrent le visage.

– Personne, dis-je entre mes dents.

Pas littéralement, en tout cas. J'ignore qui ou quoi lui empoisonne la vie depuis des semaines, mais je commence à penser que ce n'est pas Derek. Si ma sœur a réussi à ne pas s'effondrer après avoir appris ce qui s'était passé, elle n'irait pas se tuer pour les quelques messages Instagram qu'il m'a envoyés ensuite.

– Allô, j'ai besoin d'aide. Je ne sais pas quoi faire. J'ai couché ma sœur sur le côté et elle a vomi. Du coup, elle ne s'étouffe plus mais elle ne réagit pas et elle respire à peine, et je n'arrive pas à… je ne sais pas…

« C'est bien, vous avez très bien fait. Maintenant écoutez-moi, me dit la femme d'une voix ferme mais apaisante. L'ambulance est en route. Je vais vous poser quelques questions pour que les urgentistes sachent quoi faire en arrivant. Je suis là, d'accord ? »

– Oui.

Des larmes coulent sur mes joues, et je prends une grande inspiration pour me calmer. J'essaie de me concentrer sur la voix de la femme pour chasser les deux questions qui tournent dans ma tête.

La mienne : *Comment tu as pu faire ça ?*

Et celle d'Owen : *Qui est-ce qui l'a empoisonnée ?*

CHAPITRE VINGT-SIX

Maeve
Vendredi 27 mars

Ma sœur m'écrase, mais de la manière la plus délicieuse qui soit.

Je suis rentrée de cours il y a une demi-heure. Bronwyn, qui vient d'arriver de l'aéroport, m'a rejointe dans ma chambre et me serre de toutes ses forces alors que j'essaie d'écouter ce que Phoebe me raconte au téléphone, mon portable collé à l'oreille.

– Mais ça, c'est plutôt bien, non ?

« Oui, je crois. »

Phoebe paraît épuisée. En me rendant compte de son absence ce matin au lycée, j'ai tout de suite pensé à Regard intense. Knox et moi, on lui a envoyé des tonnes de messages de plus en plus inquiets, et elle a fini par nous répondre à l'heure du déjeuner pour nous dire qu'elle était à l'hôpital avec Emma. Elle y a passé une bonne partie de sa soirée, jusqu'à ce que sa mère insiste pour qu'elle rentre se coucher. Elle y est retournée à la première heure ce matin.

« Elle est toujours sous transfusion mais ils ont arrêté l'oxygène, me précise-t-elle. Ils disent qu'il ne devrait pas y avoir de séquelles. Mais ils pensent qu'elle va devoir suivre une désintox. Enfin, un truc comme ça. »

– Elle a dit pourquoi elle s'était mise à boire ?

Phoebe pousse un long soupir fatigué.

« Non. Elle dort les trois quarts du temps. Ça n'arrêtera jamais, dans cette famille. »

Ma gorge se serre. Avant de savoir ce qui était arrivé à Emma, j'avais hâte de raconter à Phoebe ce qu'on a découvert hier sur Regard intense, et je voulais lui demander si elle était vraiment certaine de ne jamais l'avoir vu avant. Mais je ne vais pas lui imposer cela maintenant. Un problème à la fois.

– Je peux faire quelque chose pour t'aider ?

« Merci, mais je ne vois pas quoi. Je dois y aller. Il faut que je force ma mère à manger quelque chose. Je voulais juste vous prévenir qu'Emma allait s'en sortir, en tout cas cette fois-ci. »

Elle plaisante, mais je me suis sentie mal tout l'après-midi après l'arrivée de son message. Tout ce que j'arrivais à penser, c'est : *Phoebe ne peut pas encore perdre quelqu'un.*

– Fais-nous signe si tu as besoin de quelque chose, dis-je.

Mais elle a déjà raccroché. Je pose mon portable pour pouvoir rendre son câlin à ma sœur. Son odeur de shampooing senteur pomme verte m'enveloppe et je me détends pour la première fois de la journée.

– Désolée que ce soit toujours autant le bordel à Bayview. Tu m'as manqué.

Bronwyn me lâche enfin et on se pose près de la fenêtre, notre coin habituel, comme si elle n'était jamais partie. Elle porte un legging noir et un tee-shirt moulant siglé Yale University, la tenue parfaite pour prendre l'avion, confortable mais classe. Les parents sont encore au travail et la maison est silencieuse.

– Avec tout ce qui se passe ici, je ne sais même pas par où commencer, dit-elle en repliant une jambe sous elle. Emma va bien ?

– Ouais. Phoebe dit que ça va aller.

– C'est dingue, cette ville dégénère complètement. Et en ce qui te concerne… (elle me prend la main et la secoue, avec un mélange égal de reproche et d'affection sur le visage) je suis furieuse contre toi. Je t'ai engueulée mentalement toute la semaine. Qu'est-ce qui t'a pris de ne pas me raconter ce qui t'arrivait ? Je croyais qu'on se disait tout ! Je ne me doutais vraiment de rien !

– Ce n'était rien, au final.

Mais elle ne fait que me serrer la main plus fort.

– Passer des semaines à se demander si on n'a pas un cancer, je n'appelle pas ça rien. Imagine si tu avais perdu un temps précieux en retardant le traitement ? Tu n'as pas le droit de faire ça, Maeve. C'est injuste pour tout le monde.

– C'est vrai. Je…

Je fixe nos mains jointes en cherchant les bons mots.

– Le truc, c'est que je n'ai jamais vraiment cru que j'arriverais jusqu'au bout du lycée. Alors j'ai essayé de ne pas trop m'attacher aux gens, ni de les laisser s'attacher à moi. Pour que ce soit plus facile pour tout le monde. Mais je n'ai jamais pu y arriver avec toi. Tu ne m'as jamais laissée faire. Tu restais là en face de moi. Tu ne m'as jamais laissée prendre mes distances.

Bronwyn me serre la main plus fort en réfrénant un sanglot.

– Il faut croire qu'après ton départ, j'ai oublié à quel point ça faisait du bien.

Elle pleure pour de bon, maintenant, et moi aussi. On s'étreint quelques minutes en laissant les larmes couler, et j'ai la sensation de laisser partir des mois de regrets à propos de tout ce que j'aurais dû faire ou dire autrement. « On ne peut pas revenir sur le passé, m'a dit Luis le soir où il m'a préparé de l'ajiaco au Café Contigo. Tout ce qu'on peut faire, c'est essayer de mieux faire la fois d'après. »

Et j'y compte bien. Fini de répondre à l'amour en feignant l'indifférence. À partir de maintenant, j'arrête de cacher que je tiens à ma vie et aux gens qui en font partie, si fort que je suis prête à briser des cœurs si le pire devait arriver.

Bronwyn finit par se dégager en s'essuyant les yeux.

– Jure-moi que tu ne feras plus jamais ça.

– Croix de bois, croix de fer, si je mens je ne vais pas en enfer.

C'est la formule de notre enfance, que Bronwyn a modifiée pendant mon premier séjour à l'hôpital il y a dix ans, alors qu'elle avait huit ans et moi sept.

Elle a un petit rire haché et jette un coup d'œil à sa montre.

– Merde, il est presque quatre heures. On n'a même pas abordé les détails croustillants sur toi et Luis et je dois filer chez Addy. On est chargées de préparer le dîner de répétition pour que Mme Lawton puisse rester à l'hôpital avec Emma.

– Tu manges là-bas ?

– Non, le dîner est réservé à ceux qui participent activement, les demoiselles d'honneur, tout ça. Je repars quand on aura réglé les derniers détails avec Addy, et j'y retourne ensuite pour la fête.

– Vous avez besoin d'aide ?

Mais, malgré moi, mes yeux se posent sur mon portable. Je n'ai pas encore réussi à ouvrir les fichiers de la mère de Knox que j'ai copiés. Ils sont beaucoup mieux protégés que son mot de passe. Mais je crois que j'avance.

– Non, ça va, merci, me répond Bronwyn. À deux, ce sera largement suffisant. Je pense même qu'Addy pourrait se débrouiller sans moi, mais ce ne serait pas sympa de la laisser s'en occuper toute seule. Et il faut dire que ce n'est pas la fille la plus organisée que je connaisse, même si elle veut bien faire.

– Non mais tu te rends compte qu'Ashton et Eli se marient demain ? J'ai l'impression qu'ils viennent à peine de se fiancer.

– Moi aussi. Ça passe super vite.

– Tu as besoin que je te dépose chez Addy ?

Les coins de la bouche de Bronwyn se retroussent dans un petit sourire.

– Non merci. J'ai déjà un chauffeur.

Son regard se tourne vers l'extérieur, où une moto est justement en train de tourner dans l'allée. Je ris, toute contente.

– Tiens, tiens, qui voilà ? C'est curieux, j'ai l'impression d'avoir déjà vécu ça.

La toute première fois que Nate est venu chez nous, on était aussi assises près de la fenêtre. Je tire sur la manche de Bronwyn, qui irradie carrément en regardant Nate retirer son casque.

– Raconte !

– Je l'ai appelé après que tu m'as expliqué ce qu'il avait fait pour toi au match. Toutes nos petites disputes paraissaient ridicules, tout à coup. Depuis, on se parle tous les soirs et on regarde des films en restant au téléphone, comme au début.

Elle se lève en lissant son tee-shirt.

– C'est presque comme s'il était là, avec moi. Je n'avais pas ressenti ça depuis que je suis partie.

– Intéressant, dis-je en me tapotant le menton avec l'index d'un air pseudo-pensif. Donc, si je comprends bien, c'est ma fausse leucémie qui vous a réconciliés ? À ton service.

Un froncement de sourcils remplace brièvement le sourire de ma sœur.

– Euh, ce n'est pas la conclusion que je tirerais.

Je donne un petit coup de pied dans sa basket.

– Alors, qui est-ce qui a des petits secrets, hein ? Moi qui croyais qu'on devait tout se dire !

Le rouge lui monte aux joues et elle ne croise pas mon regard. Mais je crois que c'est surtout parce qu'elle a du mal à détacher les yeux de Nate qui l'attend patiemment sur sa moto.

– Ça ne fait que quelques jours, se justifie-t-elle. Je préférais attendre un peu avant de t'en parler pour ne pas nous porter malheur.

– Mais tu sais qu'il est dingue de toi, quand même ? Et de plus en plus. J'étais pratiquement en train d'agoniser devant lui et son seul souci, c'était toi.

Bronwyn lève les yeux au ciel.

– Tu n'étais pas en train d'agoniser.

– Peut-être, mais Nate ne le savait pas.

– Je l'aime *vraiment*, dit-elle à mi-voix.

– Scoop ! Si tu crois qu'on ne s'en était pas rendu compte… dis-je en lui balançant un coup de coude. Allez, amuse-toi bien. Je suppose que vous avez des plans pour le dîner, on se retrouve à la fête.

Elle s'en va, et j'attends à la fenêtre qu'elle émerge de la maison. Elle court vers Nate, qui descend de sa moto en parfaite synchronisation pour la réceptionner. Il la fait tournoyer dans ses bras, et je me détourne avec un sourire pour les laisser s'embrasser sans témoin.

– Fin de partie, dis-je à la chambre vide.

CHAPITRE VINGT-SEPT

Maeve
Vendredi 27 mars

– Il y a un mot pour dire qu'on stalke le stalker d'une amie ? demande Knox d'une voix pensive.

– Je parlerais d'une « opération confraternelle », dis-je sans relever les yeux de mon ordinateur.

– Ça fait deux mots. Et c'est vraiment trop moche.

Il est presque 20 h 30 et on est attablés dans un café à Rolando Village. Bronwyn est sortie avec Nate, Luis travaille, mes parents sont à une soirée de bienfaisance et je ne supportais pas l'idée de passer deux heures à tourner en rond chez moi en attendant la fête d'Ashton et d'Eli. Alors j'ai appelé Knox. On n'a pas réussi à parler d'autre chose que de Regard intense. Finalement, je suis passée le prendre et voilà.

Le café est infect, mais la vue est parfaite. On est presque exactement en face de la maison où Regard intense nous a menés après Callahan Park.

– Quelque part, ça me rassure qu'il soit chez lui, avoue Knox.

La voiture bleue s'est garée dans l'allée privée de la petite maison il y a quelques minutes et on a vu Regard intense rentrer seul chez lui. Il n'a pas bougé depuis.

– Ouais, dis-je distraitement.

J'ai apporté mon ordinateur pour avancer sur les fichiers de sa mère. Knox a pris le sien aussi et fait des recherches sur David Jackson, sans plus de succès qu'auparavant.

Il aspire bruyamment la moitié de son Sprite avant de demander :

– À quelle heure on doit partir à… C'est où, déjà, la fête ?

– Chez Talia, le resto à Charles Street. On peut encore glander ici une vingtaine de minutes.

Knox détaille la salle insignifiante, les murs gris souris, le mobilier de cantine et les viennoiseries exposées sur le comptoir, qui semblent être là depuis des jours. Le barista bâille en effaçant *Chocolat chaud* de l'ardoise et balance une boîte de chocolat en poudre vide à la poubelle.

– J'adore, dit-il. Tu crois que Phoebe va venir ?

– Ça m'étonnerait, elle passe presque tout son temps à l'hôpital.

Soudain, le fichier qui se trouve sur mon écran s'ouvre et je décoche à Knox un sourire de triomphe.

– J'y suis ! Alors… Ça parle d'une affaire traitée pour le cabinet de consultants Weber Reed, une boîte domiciliée en Floride.

Après avoir survolé les premières pages, j'ouvre le fichier suivant.

– Bon boulot, Sherlock, approuve Knox.

Mais il m'a l'air un peu ailleurs et regarde par la vitre en se frottant le visage.

– Dommage qu'on n'ait pas autant de succès dans nos recherches sur ce mec, poursuit-il. On campe en face de chez lui et on ne sait toujours pas à qui on a affaire. Des trucs intéressants sur son forum, ces jours-ci ? Ou inquiétants ?

J'ai ouvert Soif de vengeance dans un nouvel onglet et reçu deux alertes PingMe depuis qu'on est là, mais il y a juste des délires d'individus lambda, rien de plus.

– Non. R.A.S. depuis le post sur Phoebe.

Knox remue nerveusement sur sa chaise.

– Il a écrit quoi dans la lettre, déjà ? Il ne signe pas par une initiale ni rien ?

– Non.

Puis je réfléchis. Après tout, j'ai lu cette lettre assez rapidement, et je n'étais pas particulièrement calme.

– Enfin, je ne crois pas, mais on va vérifier.

Détachant les yeux de l'écran, sur lequel vient de surgir le gros titre DÉCISION DU TRIBUNAL DANS L'AFFAIRE DE LA GRANITE EAGLE CORPORATION, je consulte les photos archivées sur mon portable.

– Tiens, regarde toi-même, dis-je à Knox en le lui tendant.

Il plisse les yeux, puis pâlit et redresse brusquement la tête. Tout son visage s'est crispé.

– Mais-pu-taaaaain ! Pourquoi tu ne m'as pas montré ça avant ?

Je ne comprends pas. Il est fâché, là ?

– Qu'est-ce que tu racontes ? Je te l'ai lu au Café Contigo.

– C'est pas pareil !

Knox n'a pas du tout son ton habituel et ça me fait un peu bizarre.

– Comment ça ? Tu savais ce que ça disait, non ?

– Mais je ne savais pas à quoi elle ressemblait, cette lettre ! Regarde la typo, elle imite une écriture manuscrite. Je la connais ! C'est la même que celle des lettres de menace envoyées à Présumé Innocent !

– Quoi ?

Knox ne me répond pas tout de suite.

– Attends...

Il allume son ordinateur et tape à toute vitesse sur son clavier.

– Sandeep pense que ces menaces sont liées à l'affaire D'Agostino. Donne-moi une minute... Voilà. Ça, c'est un tableau qui regroupe toutes les personnes impliquées dans l'affaire. Voyons s'il n'y aurait pas un David Jackson.

On retient notre souffle le temps qu'il tape le nom dans la barre de recherche. Pas de résultat.

– Essaie Jackson tout court.

Cette fois, c'est bon : *Le policier Ray Jackson, accusé de s'être rendu complice de fausses accusations envers dix-sept personnes pour trafic de drogue à fins de chantage dans l'affaire*

Carl D'Agostino. Âge : 24 ans. Situation : détention provisoire en attente de jugement.

– OK, dis-je. Il est peut-être de la même famille que David Jackson.

Knox recommence à taper.

– Je regarde. J'ai indexé les articles de presse. Peut-être qu'ils parlent des familles.

Il se tait un instant avant de tourner l'écran vers moi.

– Voilà, celui-là mentionne les mots *Jackson* et *frère*.

L'article en question comporte une photo du sergent D'Agostino. Il a le bras autour des épaules d'un jeune gars propre sur lui qui brandit une médaille.

– Je me souviens de cet article, précise Knox. Je l'ai consulté au bureau avec Bethany.

Je lis la légende.

La semaine précédant son arrestation, le sergent Carl D'Agostino a félicité les étudiants de l'Université d'État de San Diego pour l'excellence de leur tutorat auprès de leurs jeunes camarades.

Nos yeux parcourent l'article et je manque une respiration. Ironie du sort, l'un des jeunes en difficulté bénéficiaires du programme était le frère cadet de Ray Jackson. Jared Jackson, dix-neuf ans, a été condamné pour vol à l'étalage l'an dernier. Les responsables précisent que Jared s'est montré un élève brillant et qu'il travaille aujourd'hui à temps partiel pour une entreprise de bâtiment de la région.

Je me tourne vers Knox.

– Tu n'aurais pas une photo de Ray Jackson quelque part ?

– Si, si. Pas dans cet article, mais…

Il ouvre un autre fichier contenant des photos d'identité de tous les policiers inculpés, clique sur celle de Jackson et l'agrandit. Bien qu'elle ne soit pas très nette, les yeux et la bouche rappellent sans équivoque ceux du gars du parc. Je résume :

– Regard intense, c'est Jared Jackson, le frère de Ray. C'est clair. L'âge colle, le visage colle, ils sont de la même famille, c'est sûr.

– Ouaip. Et la lettre qu'il a déposée pour Phoebe reprend la même typo que celles qu'on a reçues à Présumé Innocent. Donc, Jared Jackson est aussi la personne qui envoie des lettres de menace à Eli. Ce qui se tient, dans le genre tordu, puisque Eli a envoyé son frère en taule. Mais qu'est-ce qu'il a à reprocher à Phoebe ?

– Aucune idée, dis-je, mais on devrait prévenir Eli.

Knox prend son portable, mais j'ai déjà tapé le numéro sur le mien. Je tombe sur sa messagerie :

« Vous êtes bien sur le répondeur d'Eli Kleinfelter. Je ne consulterai pas mes messages avant lundi 30 mars. En cas d'urgence pour une question juridique, vous pouvez appeler Sandeep Ghai à Présumé Innocent au 555-239-4758. Sinon, laissez-moi un message. »

– Boîte vocale, dis-je à Knox.

– Ah, c'est vrai qu'il a promis à Ashton de laisser son portable éteint tout le week-end pour qu'ils puissent se marier tranquilles.

Je n'aime pas trop ça.

– Bon, plus qu'à attendre de le voir ce soir. D'ailleurs, c'est presque l'heure d'y aller.

Mais Knox continue à taper sur son clavier.

– Voyons ce que Google raconte sur Jared. Il y a plein de trucs. Alors… OK, il s'est fait arrêter pour vol dans une supérette juste après avoir fini le lycée et il s'en est tiré avec du sursis. Puis il a suivi un programme éducatif et trouvé du boulot dans le bâtiment.

Quelque chose me chiffonne, mais Knox continue avant que j'aie mis le doigt dessus.

– Apparemment, il n'a plus eu de problèmes avec la justice. En revanche, j'ai des paquets d'infos sur les répercussions de l'arrestation de son frère…

Il se tait un instant pour lire.

– Ils ne donnent pas le nom du père, mais je te parie que c'est David Jackson. Cancer du poumon. Ils ont perdu leur maison après l'incarcération de Ray. Le moins qu'on puisse dire, c'est qu'ils en ont bavé. Quant à la mère… Oh merde. (Knox me glisse un regard désolé.) Elle s'est tuée au Nouvel An. Un suicide, a priori. Elle a fait une overdose de somnifères. Mais elle n'a pas laissé de lettre.

– Oh non ! C'est carrément horrible !

Je scrute la maison des Jackson, plongée dans le noir à l'exception de la lumière d'une lampe jaunâtre au premier étage. Tout paraît sinistre, de l'abat-jour bancal aux stores fixés de travers.

– Ouais, c'est moche, acquiesce Knox en suivant mon regard. J'ai de la peine pour ce gars, maintenant. Il a bien morflé. Toutes ses manigances, c'est sans doute un moyen tordu d'évacuer sa colère.

– Mouais.

Je sursaute en voyant s'éteindre la lampe du premier étage. Quelques minutes plus tard, une silhouette sombre passe la porte d'entrée. Repoussant son ordinateur, Knox fouille dans son sac à dos et finit par en sortir sa paire de jumelles.

– Sérieux ? Tu te balades avec ?

Encore une chance qu'on soit seuls dans ce café à part le barista, qui ne s'est pas préoccupé de nous depuis qu'il nous a servis. N'empêche qu'on a déjà fait plus discret comme filature.

– Ben oui ! Elles sont à vision nocturne.

Knox règle la molette et se penche vers la vitre tandis que la silhouette s'approche de sa voiture sous la lumière d'un lampadaire.

– C'est bien Jared, me précise Knox.

– Pas besoin de jumelles pour le voir.

– Il a un sac à dos et il monte dans sa voiture.

– Merci, Knox, mais je le vois très bien sans…

Une alerte PingMe clignote sur mon ordinateur : *Le site que vous surveillez vient d'être actualisé.*

Je réduis le fichier de Mme Myers pour consulter Soif de vengeance.

Tic tac. Le temps est écoulé. OK, je vais m'en charger moi-même. – EspritdesTénèbres.

Mon sang se glace dans mes veines. Je ne sais pas ce que ça implique, mais sûrement rien de bon. Je ferme mon ordi vite fait pour le ranger dans mon sac.

– Viens, il faut qu'on le suive. Il prépare quelque chose.

CHAPITRE VINGT-HUIT

Knox

Vendredi 27 mars

Maeve m'a collé son sac dans les bras avant de démarrer sur les chapeaux de roue et je n'ai plus de main libre pour attacher ma ceinture. Alors je pose mon sac par terre en gardant celui de Maeve sur mes genoux.

La voiture bleue tourne au carrefour et on suit le mouvement.

– Tu peux sortir mon téléphone, juste au cas où ? me demande-t-elle. Tu n'as qu'à le mettre dans le porte-gobelet.

Alors que je fouille dans son sac, la vision de son ordinateur me rappelle ce qu'elle était en train de faire avant que les informations sur Jared Jackson ne concentrent toute notre attention sur lui.

– Au fait, c'était quoi, le deuxième doc de ma mère que tu as ouvert ? Il n'y avait rien sur Brandon ?

– Je ne sais pas, je n'ai pas eu le temps de le lire. Tu peux regarder, je n'ai pas refermé le fichier.

– Tant que j'y suis, dis-je en sortant son ordi.

Je clique sur l'icône du fichier.

– *Décision du tribunal dans l'affaire de la Granite Eagle Corporation.* Attends une minute... Pourquoi ça me dit quelque chose ?

– C'est une boîte du coin, non ? Il me semble qu'elle est basée à Eastland.

– Oui, exact.

Je survole tout un blabla auquel je ne comprends rien jusqu'à la mention suivante de l'entreprise :

– *L'indemnisation négociée par Jenson & Howard pour le compte de la Granite Eagle Corporation suite au décès accidentel de...* Oh merde.

– Quoi ? me demande distraitement Maeve.

La conduite de Jared étant un peu imprévisible, elle roule nettement plus vite que la normale pour ne pas se faire semer.

– *Suite au décès accidentel d'Andrew Lawton.* C'est le père de Phoebe. J'avais oublié que ma mère s'était occupée de son dossier.

Je revois le soulagement avec lequel Owen a rempoché son billet de vingt au Café Contigo, et l'appartement des Lawton, agréable mais bien plus petit que la moyenne des logements pour quatre à Bayview.

– Un jour, j'ai entendu ma mère dire que Mme Lawton avait touché beaucoup moins que ce qu'elle aurait dû.

– C'est horrible, réplique Maeve.

Jared quitte l'autoroute et je repère le panneau d'une jardinerie ; on n'est pas très loin de chez nous. Maeve me demande en crispant les mains sur le volant :

– Mais quel est le rapport avec le nom Weber ?

– Je cherche.

Ça me donne un peu mal au cœur de lire en voiture, mais je persiste jusqu'à ce que mes yeux tombent sur le nom en question.

– Lance Weber, directeur général adjoint à la tête de la production de la Granite Eagle Corporation.

J'ai la chair de poule, tout à coup.

– Lance Weber. C'est pas le père de Brandon ?

Maeve change de voie un peu abruptement pour suivre Jared.

– Si. Mes parents parlaient justement de lui l'autre soir. Mon père a fait des affaires avec lui, c'est une pointure dans l'industrie. Il travaille dans une boîte d'aéronautique, maintenant.

– Visiblement, ce n'était pas le cas à l'époque.

Je poursuis ma lecture jusqu'à un paragraphe qui me fait carrément froid dans le dos. Je le relis deux fois pour être sûr que ça dit bien ce que je pense, avant de lâcher :

– Putain, Maeve.

– Quoi ?

Elle n'écoute que d'une oreille, obligée de se concentrer sur sa conduite, et je lui tapote le bras pour attirer son attention.

– Écoute ça ! C'est du lourd. *M. Lance Weber reconnaît que le 7 octobre, jour où les employés de la Granite Eagle Corporation pouvaient amener leurs enfants sur leur lieu de travail, son fils de treize ans était présent dans l'usine. Malgré des mises en garde répétées de ne pas s'approcher des machines, le jeune garçon est monté dans un chariot élévateur qu'il a fait fonctionner pendant environ cinq minutes, selon le témoignage d'un ouvrier. Le même chariot élévateur s'est bloqué peu après alors qu'il transportait une plaque de béton, sous laquelle Andrew Lawton a été écrasé.*

Les yeux toujours rivés à la voiture de Jared, Maeve est devenue toute blanche.

– C'était Brandon. Putain, Maeve, Brandon Weber avait déréglé le chariot élévateur qui a tué le père de Phoebe.

Je comprends maintenant ce que disait mon père : « Ça n'aurait jamais dû en rester là. » Il a dû vouloir dire que l'implication de Brandon n'a jamais été rendue publique. Je l'imagine en train de faire le con sur un engin lourd – lui qui n'en a jamais fait qu'à sa tête en se foutant que ça puisse retomber sur les autres –, et ça me met tellement en rogne que, pendant un instant, j'en oublie qu'il est mort.

Juste un instant. Puis ça me revient comme un poids sur la poitrine, si lourd que j'ai du mal à respirer.

– Bon, ben je crois qu'on a la réponse à ma question, dis-je.

– Quelle question ?

– Sur la personne qui avait suffisamment de raisons de détester Brandon pour vouloir sa mort.

Je fixe les feux arrière du véhicule qui se trouve devant nous jusqu'à ce qu'ils se brouillent.

– Phoebe.

– Phoebe ? répète Maeve d'une toute petite voix.

– On trouvait ça bizarre qu'elle ne connaisse pas Regard intense alors qu'il la traque dans toute la ville en parlant d'un accord entre eux.

Tout ce qu'on a découvert sur Jared ces dernières heures s'additionne tout à coup pour accuser quelqu'un qui est devenue une amie. Phoebe Lawton, avec son visage doux et sa langue acérée.

– Dis, tu crois qu'elle aurait pu… ?

– Non, me coupe fermement Maeve.

– Tu ne m'as pas laissé finir.

– Phoebe ne sait rien de tout ça. Impossible. Elle *sortait* avec Brandon ! Elle n'aurait jamais pu faire ça en sachant qu'il était impliqué dans la mort de son père ! Sans compter qu'elle n'aurait jamais répandu une rumeur aussi pourrie sur *elle-même*.

Puis Maeve hésite, et je peux presque l'entendre passer en revue tous les coups tordus dont Simon Kelleher et Jake Riordan se sont rendus coupables par pur désir de vengeance – et pour des méfaits bien inoffensifs comparés à ceux de Brandon Weber.

– Enfin, reprend Maeve d'un ton moins assuré, il faudrait être un tueur au sang-froid hors pair et avoir une super capacité à masquer ses émotions pour jouer à ce jeu-là sans se trahir. Non ?

– Ouais, j'avoue.

J'essaie de rire pour souligner l'absurdité de cette hypothèse. Et absurde, elle l'est, mais au fond, pas plus que tout ce qui s'est passé ces dernières semaines. Si Brandon n'avait pas été une tête brûlée, le père de Phoebe serait encore là et elle aurait une vie totalement différente. Mais de là à le tuer…

Je m'extrais de ces pensées pour vérifier où on est, et je réalise soudain avec horreur qu'on a un autre problème beaucoup plus urgent, et encore plus grave, malgré le tour que viennent de prendre nos réflexions.

– Maeve, tu te rends compte où on est ?

– Hein ? Non, me répond-elle, à la fois tendue et distraite. Je n'ai pas regardé autre chose que la plaque de Jared depuis qu'on est partis. Je ne sais même pas…

Puis elle enregistre rapidement les alentours et devient aussi blanche que je dois l'être.

– Oh non. Oh c'est pas vrai.

On est dans Charles Street et l'enseigne de Chez Talia projette sa lumière blanche sur notre gauche. La fête d'Ashton et Eli a déjà commencé. On devrait y être, d'ailleurs. Si on est en retard, c'est parce qu'on était occupés à suivre le gars qui envoie des menaces de morts à Eli depuis des semaines. Le même gars qui vient de se garer juste en face du restaurant et de couper son moteur.

CHAPITRE VINGT-NEUF

Knox

Vendredi 27 mars

— OK, déclare nerveusement Maeve. C'est forcément un hasard. Il ne peut pas aller au dîner de répétition d'Ashton et Eli, il ne sait même pas où ça a lieu.

– Tu n'arrêtes pas de dire que les hasards n'existent pas. Et tu peux trouver toutes les infos que tu veux sur Internet. On vient de le faire.

J'ai parlé calmement, mais ce n'est qu'une apparence. Je commence à peine à mesurer dans quel pétrin on s'est mis. Maeve s'est garée à quelques places de la voiture de Jared, qui est toujours derrière son volant.

– Merde, merde, murmure-t-elle. Il faut qu'on rappelle Eli.

– Il ne décrochera pas.

Pour une fois qu'il est injoignable, il faut que ce soit maintenant.

– J'appelle Bronwyn. Elle doit déjà y être. Oh non, s'exclame Maeve en plaquant les mains sur son visage. Bronwyn est là-dedans.

Tout le monde est là-dedans, sauf Phoebe et le reste de la famille Lawton, qui y auraient été aussi sans l'histoire d'Emma. Je ne veux même pas y penser. Maeve tremble si fort qu'elle n'arrive pas à taper sur son portable, et je lui prends l'appareil des mains pour le faire à sa place. Boîte vocale.

– Elle ne répond pas.

– Essaie Addy.

Ce que je fais sans plus de succès.

– Mais pourquoi personne ne répond, putain ? crié-je en donnant un coup de poing sur le tableau de bord. C'est quoi, cette génération Z ? Je croyais qu'on avait tous un portable greffé à la main !

La réaction de Maeve se limite à une exclamation étouffée. En relevant le nez, je vois Jared traverser la rue. Le cœur battant, je prends mon portable et je me mets à le filmer.

– Il faut qu'on le suive, dit Maeve. Vas-y, toi, et continue à filmer. Moi, j'appelle la police pour leur dire… je ne sais pas quoi mais je trouverai. Je te rejoins tout de suite, OK ?

Une voiture klaxonne en m'éblouissant avec ses phares quand je sors de la voiture. J'en laisse passer une deuxième avant de traverser au moment où Jared arrive devant Chez Talia. Le restaurant est pris en sandwich entre une banque et un immeuble de bureaux, tous deux fermés à cette heure.

On entend des voix et des rires à l'intérieur. Il y a du vent et une légère brume enveloppe le pied des lampadaires. Au lieu d'entrer, Jared fait le tour du bâtiment. Maeve me rejoint alors que j'hésite à le suivre.

– Il est où ?

– Il fait le tour par-derrière. On devrait peut-être commencer par prévenir Eli ?

– Vérifions d'abord ce que fabrique Jared.

Les voix s'amplifient à mesure qu'on avance. Arrivé au bout du mur, je m'arrête à l'angle pour voir comment les choses se présentent. Derrière le restaurant, une terrasse en bois se dresse à environ deux mètres cinquante du sol, entourée par une rambarde. Il y a des guirlandes lumineuses blanches accrochées partout, de la musique, et des gens qui parlent et qui rient, agglutinés par petits groupes sur la terrasse. Je suis mal placé, mais je crois reconnaître Cooper.

Jared s'est accroupi sur la pelouse au pied de la terrasse, un genou par terre, son sac à dos devant lui. Je continue à le filmer. Il glisse la main dans son sac et, pendant une horrible fraction de seconde, je pense qu'il va en sortir une arme. À toute vitesse, je réfléchis à ce que je dois faire. Me jeter sur lui ? Me mettre à crier ? Les deux ? Mais lorsque sa main ressort du sac, elle est vide. Il ferme le sac, le balance sous la terrasse et se redresse à demi. Tirant Maeve par le bras, je rebrousse chemin jusqu'à l'avant du restaurant où on s'aplatit contre le mur.

Jared ressurgit quelques secondes après sans nous voir, et se dirige à grands pas vers le parking en regardant droit devant lui. On le suit des yeux jusqu'à ce qu'il ait traversé la rue.

– À quoi il joue ? chuchote Maeve.

J'envoie la vidéo à Eli avant de répondre :

– À mon avis, on ferait mieux de récupérer ce sac. Viens.

Je prends la main de Maeve. Sa fraîcheur a quelque chose de rassurant.

Une fois qu'on est revenus derrière, je m'aperçois que le dessous de la terrasse n'est pas ouvert comme je l'avais cru en voyant Jared balancer son sac. Il est fermé par des planches, à l'exception d'un petit espace bas et étroit. Je m'accroupis pour glisser le bras dedans et je balaie le sol à l'aveuglette, mais ma main ne rencontre que de la terre et des cailloux.

Maeve me tend son portable dont elle a activé la lampe torche et j'éclaire l'intérieur. Le sac est presque en face de moi, mais trop loin pour que je puisse l'attraper.

– Je le vois ! Il va falloir que je rampe.

Je prends une bonne inspiration. Les espaces clos me dérangent moins que les hauteurs, mais je ne fais pas le malin pour autant. Même si j'arrive à passer la tête à l'intérieur, je vois bien que le reste ne rentrera pas. Je fais machine arrière.

– On devrait faire évacuer tout le monde, dis-je.

Je m'essuie le visage sur mon épaule. Les quelques secondes durant lesquelles j'ai essayé de me faufiler dans ce trou à rats ont suffi à me tapisser la figure d'infâmes trucs collants et granuleux.

– Attends, je vais essayer, dit Maeve en s'agenouillant à côté de moi.

Elle passe la tête dans l'ouverture et réussit à se glisser à l'intérieur en se tortillant. Le sac surgit peu après, poussé par les mains terreuses de Maeve. Puis elle ressort en toussant, recouverte de toiles d'araignée et de poussière. Du sang coule d'une longue estafilade sur son bras.

Le sac est déchiré sur un côté, et il pèse son poids. Ouvrant la fermeture éclair, je braque la lumière du portable de Maeve à l'intérieur.

– Il y a quoi là-dedans ?

– Un truc rond et métallique. Avec des fils partout et des interrupteurs, on dirait.

L'angoisse me glace les veines. Si seulement j'avais écouté mon père quand il m'expliquait le fonctionnement des choses !

– On dirait une bombe artisanale, dis-je d'une voix rauque.

Maeve ouvre des yeux paniqués.

– On fait quoi ?

Je reste figé, indécis. Je donnerais cher pour que ce problème soit celui de quelqu'un d'autre. Pour qu'Eli se décide à consulter son foutu portable. Il est là-haut quelque part, et j'arriverais sans doute à attirer son attention en criant assez fort. Mais j'ignore de combien de temps on dispose.

– Il faut qu'on s'en débarrasse, dis-je en examinant les alentours.

Dans un sens, on peut dire qu'on a de la chance, parce que la pelouse qui se trouve derrière le restaurant s'étend sur une centaine de mètres jusqu'à une piste cyclable. L'autre côté de la piste est bordé de grands buissons, et si je me repère correctement, il y a l'arboretum derrière. Il ferme à 18 heures et doit être désert à cette heure-ci.

Je fonce vers la piste cyclable, aussitôt suivi par Maeve. Je ne pensais pas qu'elle viendrait mais je n'ai pas le temps de discuter. Je n'ai jamais couru aussi vite, ce qui ne m'empêche pas d'avoir l'impression de mettre des heures à traverser la pelouse. Une fois sur la piste cyclable, je m'arrête quelques secondes pour reprendre mon souffle, tout en me demandant si je suis assez loin. Espérons, parce que je ne compte pas garder ce sac une seconde de plus, surtout avec Maeve à côté de moi.

Je le tiens à bout de bras, comme pour un lancer de marteau.

– Dommage que Cooper ne soit pas là, dis-je entre mes dents.

Puis je prends une grande inspiration, je fais un mouvement de rotation du buste en tendant le bras au maximum et je balance le sac de toutes mes forces par-dessus les buissons qui bordent l'arboretum. Je le regarde voler dans le ciel noir et je saisis la main de Maeve.

– Bon, maintenant on dégage et on va chercher de l'aide.

On s'apprête à repartir en courant lorsqu'une voix familière nous parvient de derrière les buissons :

– Hé, c'était quoi, ce truc ?

Mon cœur s'arrête de battre avant de tomber dans mes chaussures. Maeve se fige.

– Nate ?

Puis elle se met à hurler :

– Nate, cours ! C'est Maeve. Il y a une bombe dans le sac, ça vient d'un type qui en veut à Eli. Cours, vite !

On entend un grand bruissement et je tire Maeve par la main.

– Dépêche. Je ne sais pas combien…

– Maeve ?

– *Bronwyn* ? crie de nouveau Maeve, totalement paniquée.

C'est pas vrai. Nate et Bronwyn ont choisi le pire moment pour une balade au clair de lune.

Maeve fait mine de s'élancer vers les buissons et je la rattrape par la taille.

– De l'autre côté, Maeve ! Désolé, mais on doit partir.

Je commence à la tirer en arrière en hurlant en direction de l'arboretum :

– C'est pas une blague, courez !

Deux silhouettes bondissent des buissons main dans la main, et j'enregistre un pan de jupe qui ondoie. Je continue à traîner Maeve, deux fois moins vite que je le voudrais parce qu'elle n'arrête pas de se retourner pour voir si Nate et Bronwyn nous suivent. Je ne sais comment, malgré sa résistance, j'ai réussi à traverser la moitié de la pelouse.

– Allez, Maeve ! grondé-je entre mes dents. C'est bon, ils sont juste derrière !

Elle arrête enfin de freiner le mouvement et on court tous les deux jusqu'à quelques mètres de la terrasse. Des voix s'élèvent, des gens commencent à s'attrouper à la rambarde et je vois leurs visages intrigués à la lumière clignotante des guirlandes.

– Rentrez !

Je fais de grands gestes de mon bras libre sans lâcher Maeve, au cas où il lui reprendrait l'idée de s'élancer vers sa sœur. Puis, comme personne ne paraît m'écouter, je joue mon atout :

– Il y a une bombe dans l'arboretum ! Rentrez tous !

J'ai épuisé mes dernières ressources et je halète péniblement, mais les gens réagissent enfin. Tout le monde se met à crier. Nate et Bronwyn sont presque à la moitié de la pelouse et je commence à me sentir mieux. Quelqu'un de responsable qui sait ce qu'il y a à faire va pouvoir prendre le relais. Puis, soudain, j'ai un doute. Peut-être qu'on a dramatisé, peut-être qu'il n'y a jamais eu de bombe dans ce sac et…

L'explosion déchire l'air avec une puissance assourdissante. Une boule de feu orangée jaillit de derrière les buissons et je me jette par terre avec Maeve. Juste avant de me couvrir la tête, je regarde l'endroit où se tenaient Nate et Bronwyn quelques secondes plus tôt et je vois un grand tourbillon de fumée blanche fuser haut dans les airs, parsemé de fragments non identifiés. Ça, et rien d'autre.

CHAPITRE TRENTE

Phoebe

Vendredi 27 mars

« *Doucement, pas si près, tu vas te brûler.* »

J'ai huit ans et je suis assise entre mon père et ma sœur devant un petit feu de camp sur la plage. C'est un moment privilégié, une sortie rien que pour nous trois. Ma mère est restée à la maison avec Owen, qui est encore trop petit pour griller des marshmallows. Moi, je fais ça très bien, en tenant ma brochette à la bonne distance des flammes, en la tournant soigneusement jusqu'à ce que toutes les faces soient parfaitement grillées et fondantes. Je me débrouille mieux qu'Emma, parce qu'elle est trop peureuse pour s'approcher assez du feu.

C'est plutôt agréable d'être plus forte qu'Emma, pour une fois. Ça n'arrive pas souvent.

« J'ai raté », dit-elle, au bord des larmes.

« Attends, je vais t'aider », dit mon père en guidant sa main.

Soudain, je suis triste de devoir griller mon marshmallow toute seule, alors je l'avance dans le feu et je le laisse s'enflammer.

« Moi aussi, j'ai besoin qu'on m'aide ! »

Mon père lâche un petit rire ironique en me prenant le bâton pour souffler dessus. Puis il le plante à la verticale dans le sable, et le marshmallow calciné se met à couler comme une bougie.

« Tu t'en sortais très bien, Phoebe. Garde tes appels à l'aide pour quand tu en as besoin. »

« Mais j'en avais besoin », dis-je d'un ton boudeur.

Il se penche vers moi en passant le bras autour de mes épaules et me murmure à l'oreille :

« Ta sœur en avait plus besoin que toi. Mais je suis là pour vous deux. Tu le sais, non ? »

Je me sens bien, là, nichée contre lui.

« Oui, papa. »

Il pose un baiser sur mon crâne.

« La vie n'est pas toujours facile. Alors dans une famille, on doit se serrer les coudes, être là les uns pour les autres, d'accord ? »

Fermant les yeux, je sens la chaleur du feu sur mes paupières.

« D'accord. »

Je suis réveillée par un bip. Une machine s'anime en ronronnant et j'en fais autant, me redressant vivement sur ma chaise. Mon rêve s'estompe, et je me rappelle où je suis.

– Emma, dis-je d'une voix enrouée.

Une infirmière entre au moment où je me lève.

– Tout va bien, me dit-elle en tripotant un bouton de la machine qui se trouve derrière ma sœur. On va juste augmenter un peu la perfusion.

Emma dort toujours. La chambre est plongée dans la pénombre. Je ne sais pas quelle heure il est. J'ai la gorge sèche.

– Je pourrais avoir de l'eau, s'il vous plaît ?

– Bien sûr. Venez avec moi à la salle de repos. Ça vous dégourdira un peu les jambes.

Elle sort et je jette un dernier coup d'œil sur Emma avant de lui emboîter le pas. Ma sœur est parfaitement immobile, comme si elle était morte. Sans réfléchir, je prends mon portable et je tape enfin le message que je refuse d'envoyer depuis des semaines.

`Salut, Derek. C'est Phoebe. Appelle-moi.`

Je quitte la chambre, un peu assommée, et je demande à l'infirmière :

– Où est ma mère ?

– Elle est rentrée coucher votre frère. Elle a appelé une baby-sitter, elle revient dès qu'elle aura passé le relais.

L'horloge murale indique 22 h 15 et les seuls bruits qu'on entend dans le couloir sont les murmures des trois infirmières regroupées à l'accueil.

– Il faut qu'on fasse partir tous ces jeunes de la salle d'attente, dit l'une d'elles.

– Je crois qu'ils sont sous le choc.

Après m'avoir servi un verre d'eau, celle qui est venue voir Emma croise les bras sur le comptoir.

– C'est de pire en pire dans cette ville. Des gamins qui meurent, et maintenant des bombes…

Je manque avaler mon eau de travers.

– Comment ça, des bombes ? Qu'est-ce que c'est que cette histoire ?

– Une bombe a explosé ce soir, me répond-elle. Et à un dîner de répétition de mariage, en plus. Une bombe artisanale bricolée par un jeune type dérangé.

– À croire qu'ils le sont tous, commente froidement l'une des deux autres.

Mes poils se sont hérissés sur mes bras.

– Un dîner de répétition de mariage ? Ici, à Bayview ? Mais…

Je sors précipitamment mon portable de ma poche pour lire les dernières nouvelles. Mais déjà, l'une des infirmières me répond :

– C'était Chez Talia.

Je lâche mon gobelet en renversant de l'eau partout et je me mets à trembler de la tête aux pieds. L'infirmière la plus proche de moi pose les mains sur mes épaules et s'empresse de me dire :

– Désolée, on aurait pu deviner que vous les connaissiez. Mais tout va bien, tout le monde est indemne à part un garçon qui est blessé…

– Ils sont là ?

Je cherche mes amis partout autour de moi comme une dingue, comme s'ils étaient dans le couloir et que je ne les avais pas vus.

L'infirmière me lâche et ramasse mon gobelet.

– Dans la salle d'attente, à l'étage du dessous à côté des urgences.

Je dévale l'escalier sans attendre la suite. Je sais très bien où est la salle d'attente. En poussant la porte palière, je suis assaillie par un bourdonnement bruyant. Plusieurs infirmiers se tiennent bras croisés en face de Liz Rosen de Channel Seven. Arborant un tailleur rouge très classe, parfaitement maquillée, la journaliste semble prête à s'adresser à la caméra.

– Les médias ne peuvent pas aller plus loin, signale l'un des infirmiers à l'équipe de tournage alors que je passe discrètement derrière lui.

La salle d'attente est tellement blindée qu'il n'y a plus une place assise. Mon cœur se serre devant l'air dévasté de tous ces gens que je connais. Bronwyn, le visage strié de larmes et vêtue d'une jolie robe rouge déchirée, est avec sa mère. Addy se ronge les ongles, le dos voûté. À sa gauche, Cooper et Kris se tiennent la main. À sa droite, Maeve est assise sur les genoux de Luis, la tête contre son épaule, les yeux fermés. Elle a un bras bandé. Je ne vois ni Ashton, ni Eli, ni Knox.

À part un garçon qui est blessé.

La gorge nouée, je m'approche de Luis et je lui demande à mi-voix :

– Maeve va bien ?

– Oui, me répond-il en resserrant le bras autour d'elle. Elle dort. Elle s'est effondrée il y a dix minutes. La soirée a été rude.

– Une infirmière m'a dit pour la bombe. Qu'est-ce qui s'est passé ?

Le fait de prononcer le mot « bombe » ne rend pas la situation moins irréelle.

– T'as du temps devant toi, j'espère ? me demande Addy en se passant la main sur le visage.

Kris se lève en me désignant son siège.

– Tiens, prends ma place, je vais aux toilettes. Quelqu'un a besoin de quelque chose ?

– Je donnerais n'importe quoi pour un Coca, lui répond Addy.

Kris va poser la question aux autres tandis que je m'assois.

– Et Knox, ça va ?

– Oui, oui, il n'a rien.

Ouf, je me sens plus légère, brusquement. Addy se penche pour caresser doucement le bras de Maeve avant d'ajouter :

– C'est un vrai héros. Il est au commissariat avec Ash et Eli. Maeve devait les accompagner, mais elle ne se sentait pas très bien. De toute façon, la version de Knox devrait suffire. Ils ont passé toute la soirée ensemble.

J'archive mentalement cette information.

– Qui est blessé, alors ? L'infirmière a parlé d'un blessé. C'est… ?

Je passe les têtes en revue pour repérer celle qui manque et mon regard tombe sur le visage ravagé de Bronwyn une fraction de seconde avant qu'Addy me réponde :

– Nate.

Je réprime un cri et elle précise aussitôt :

– Ça va aller. Bronwyn et lui étaient trop près de la bombe quand elle a explosé. Il a fait bouclier et c'est lui a qui a tout pris.

Addy tournicote l'une de ses petites boucles d'oreille en or.

– Tu te souviens de l'attentat du marathon de Boston ?

Je hoche la tête, sans parvenir à comprendre comment on peut être en train de discuter d'attentats.

– C'était le même genre, ajoute Addy. Une cocotte-minute remplie de clous et de bouts de ferraille. Heureusement, ils ont eu le temps de s'éloigner, mais le bras de Nate a été touché et ils ont dû enlever…

– Ils l'ont amputé ?

– Mais non ! Non, désolée, je ne trouve plus le mot. Ils ont dû retirer des fragments de la bombe, quoi.

– Mais ça va aller, alors ?

– Ils disent que oui. Je n'en sais pas plus, me dit Addy en regardant à la dérobée une femme inconnue assise à côté de Bronwyn. J'espère qu'il va pouvoir reprendre le boulot, il a besoin du fric pour payer son loyer. Sa mère est revenue s'installer chez son père parce qu'il fait la navette avec le centre de désintox et qu'il a besoin de quelqu'un pour s'occuper de lui, même s'ils ne sont plus ensemble. Tu parles d'un bordel. Il ne faut pas que Nate retombe là-dedans. Tu imagines le cauchemar.

Ça fait beaucoup d'informations d'un coup, sans pour autant répondre à ma question.

– Mais pourquoi quelqu'un ferait une chose pareille ? Et pourquoi tu dis que Knox est un héros ?

Addy lâche un grand soupir.

– Ce n'est pas super clair, et on n'a pas trop eu l'occasion de lui parler. Jared Jackson, ça te dit quelque chose ? Son frère est l'un des policiers accusés dans l'affaire D'Agostino, c'est Eli qui l'a fait tomber. Jared lui envoyait des lettres anonymes, et apparemment, il a décidé de passer à l'acte ce soir. Knox et Maeve étaient en train de le suivre – je ne sais pas pourquoi, d'ailleurs – et ça les a menés au resto.

Elle frémit en voûtant les épaules.

– Sans eux, on serait sans doute tous morts. La bombe était juste sous la terrasse.

– Au moins, la police n'a pas mis longtemps à l'arrêter, dit sombrement Luis.

– Toujours grâce à Knox et Maeve, précise Addy. Knox a tout filmé. Le plus dingue, c'est que la police prenait des précautions à cause des menaces. Mais personne n'avait imaginé un truc pareil. Franchement, c'est ça, la vie qui attend ma sœur ? Des terroristes et des lettres anonymes ? J'aime Eli de tout mon cœur, mais c'est horrible comme perspective.

Maeve remue dans son sommeil et Luis effleure ses cheveux d'un baiser.

– Le mariage est toujours prévu pour demain ? demande-t-il.

– Aucune idée.

Mon portable vibre et j'étouffe un grognement en voyant que j'ai un message de Derek. Il tombe vraiment mal, mais je ne vais pas jouer à cache-cache avec lui. Autant qu'on en finisse. Et peut-être qu'à la fin de notre conversation, Knox sera revenu et que j'en apprendrai davantage sur ce qui s'est passé.

– Il faut que je réponde, dis-je à Addy.

Je vais m'isoler dans le couloir.

– Allô ? dis-je en me bouchant l'autre oreille pour amortir le bruit de fond.

« Phoebe, c'est Derek. Je suis content que tu m'aies rappelé. »

Sa voix paraît très lointaine et je ne l'aurais jamais reconnue si je n'avais pas su que c'était lui. *En fait, je ne le connais pas du tout*, me dis-je en m'adossant au mur.

– Pourquoi ? demandé-je platement.

« Eh bien, en fait… depuis la fête chez ta copine, je n'arrête pas de penser à toi. J'ai l'impression qu'il pourrait se passer un truc sérieux entre nous si… »

– Tu rigoles ou quoi ?

Au regard noir qu'une infirmière me jette en passant, je me rends compte que j'ai crié, et je reprends un ton plus bas :

– Tu es au courant qu'Emma est à l'hôpital ?

« Hein ? Mais non ! Comment je le saurais ? On ne s'est pas parlé depuis des mois. Qu'est-ce qui s'est passé ? »

– Elle est en train de s'effondrer ! Et à mon avis, c'est lié à ce qui est arrivé entre toi et moi. Ce qui, à ce propos, n'avait *rien* de sérieux. C'était juste débile. Mais passons. Emma l'a appris il y a un mois et elle s'est mise à boire. Avant de raconter ça à tout le monde, tu ne pouvais pas penser une seconde à ce que ça lui ferait ?

« Mais je… »

Il se tait, et seul le bruit de sa respiration m'indique qu'il est toujours en ligne. Alors que je commence à me féliciter de lui avoir donné matière à réflexion, il reprend :

« Phoebe, c'est *moi* qui l'ai dit à Emma. Le lendemain de la fête. »

Je bouche mon oreille encore plus fort. J'ai mal entendu.

– Quoi ? Qu'est-ce que tu as dit ?

« Je lui ai tout avoué. Je me sentais trop mal et j'ai pensé que tu lui en parlerais forcément, alors je… je crois que j'ai préféré être honnête. »

– Tu l'as dit à Emma.

J'écarte mon portable de mon oreille et je le regarde fixement, comme si ça pouvait m'aider à donner un sens à ses paroles. À cet instant, plusieurs messages de ma mère s'affichent sur mon écran :

Phoebe, tu es toujours là ?

Les infirmières disent que tu es en bas.

J'ai besoin que tu reviennes.

Tout de suite.

Oh merde. Ça, ça n'annonce rien de bon. Je reprends Derek juste le temps de le prévenir que je dois raccrocher et je remonte à l'étage.

* * *

Je m'attends à des tas de choses en entrant dans la chambre d'Emma, mais pas à tomber sur un policier.

– Euh, bonjour, dis-je nerveusement.

Il se tient au pied du lit tandis qu'une infirmière note quelque chose sur le tableau de suivi. Ma mère est assise au chevet de ma sœur, qui dort toujours, et j'observe son visage paisible en me demandant ce qui peut bien se passer dans sa tête. Emma savait. Elle *savait*. Bien avant de débarquer au Café Contigo au bord des larmes, en criant et en agitant son téléphone comme si ça venait de lui tomber dessus.

Sauf si Derek a menti. Mais pour quoi faire ? J'ai mal à la tête à force d'essayer de relier les points entre tous les éléments que je viens d'apprendre.

La voix tendue de ma mère me tire de mes pensées.

– Phoebe, je te présente l'inspecteur Mendoza. Il a quelques questions à te poser.

– À moi ? dis-je en détachant les yeux de ma sœur.

– Vous ne pouvez pas rester trop longtemps, indique l'infirmière au policier en se dirigeant vers la porte.

Si la patiente a besoin de quelque chose, vous n'avez qu'à appuyer sur le bouton d'appel.

Une fois la porte refermée, l'inspecteur s'éclaircit la gorge.

– Comme je viens de l'expliquer à votre mère, aucun soupçon ne pèse sur vous concernant les événements de la soirée. Mais nous aurions besoin de votre coopération pour établir la culpabilité de Jared Jackson, ce qui nécessite que vous clarifiiez votre relation avec lui.

– Ma quoi ?

Je regrette de ne plus avoir mon gobelet. Ma gorge est sèche comme du parchemin.

– Je n'ai *aucune* relation avec lui. Je ne connaissais pas ce nom il y a un quart d'heure.

– Nous venons d'interroger M. Jackson sur ce qui l'a poussé à agir. Nous avons saisi son portable, qui, selon ses propres dires, contient tous vos échanges depuis plusieurs mois. Il affirme avoir fait votre connaissance en décembre dernier sur un forum dénommé Soif de vengeance. D'après lui, vous vous êtes rapprochés en raison de tragédies familiales qui vous ont frappés tous les deux, et vous vous seriez mis d'accord pour, je cite, « éliminer » réciproquement vos ennemis. M. Jackson dit qu'il a exécuté sa part de l'accord en organisant un jeu qui aurait conduit à la mort de Brandon Weber.

Mes jambes ne me soutiennent plus et j'ai tout juste la force d'aller m'affaler sur la chaise la plus proche.

– Je n'y comprends rien. Brandon... ? Qu'est-ce qu'il vient faire là-dedans ?

Je regarde ma mère, qui s'agite avec l'air de quelqu'un essayant de se réveiller d'un cauchemar.

– Attendez, déclare-t-elle d'une voix pâteuse. Brandon Weber ? Vous ne m'aviez pas parlé de lui.

L'inspecteur Mendoza jette un coup d'œil à ses notes.

– M. Jackson dit avoir exploité dans ce jeu des ragots sur des élèves du lycée – y compris des rumeurs sur votre sœur et vous-même. Les événements qui ont mené à la mort de Brandon Weber sont les conséquences d'un défi qu'il lui aurait lancé. M. Jackson s'est servi de ses connaissances en bâtiment pour retirer les solives du plancher, provoquant sa chute mortelle. En retour, vous deviez aider M. Jackson à se venger d'Eli Kleinfelter parce qu'il avait envoyé son frère en prison. Cependant, M. Jackson précise que vous avez coupé tout contact avec lui après la mort de Brandon Weber et que vous avez cessé de répondre à toutes ses communications. Ce pourquoi il a décidé de prendre les choses en main et d'aller jusqu'au bout sans votre aide.

Coupé tout contact avec lui. « Il faut qu'on parle », disait la lettre que j'ai reçue hier au Café Contigo. Si je comprends bien ce que dit l'inspecteur Mendoza, c'est Jared Jackson qui me l'a écrite. Et qui a monté toute cette histoire d'Action ou Vérité… pour moi. Ça n'a pas de sens. Même en admettant l'idée absurde que j'aurais accepté de m'en prendre à Eli, comment quelqu'un que je n'ai jamais vu de ma vie aurait pu croire que je passais un accord avec lui ? Et que je voulais qu'il *tue* Brandon ?

J'ai envie de vomir.

– Non. Franchement… je n'aurais jamais pu faire un truc pareil !

Dans un éclair, je revois Brandon dans l'entrée, en train de m'agresser et de me balancer des insultes. Je l'ai détesté, à ce moment-là. Et si j'en avais parlé à la mauvaise personne ? À *qui* en ai-je parlé ? Et comment Jared Jackson serait-il au courant ?

– Pourquoi j'aurais fait ça ? Brandon et moi, on n'est pas… Ça nous est arrivé de nous disputer, mais on n'était pas ennemis.

L'inspecteur Mendoza poursuit sur le même ton, calme et dépourvu d'émotions, comme s'il lisait un manuel :

– D'après M. Jackson, vous lui avez expliqué comment Brandon Weber a provoqué la mort de votre père en créant un dysfonctionnement dans un chariot élévateur.

Tout en moi se pétrifie. Je ne sais plus comment on fait pour respirer. Les larmes qui me montaient aux yeux se figent. Mon cœur, dont les battements me martelaient les oreilles, est soudain tellement silencieux que je me demande un instant si je suis morte.

– Qu'est-ce que…

J'ai dû forcer ces syllabes à franchir mes lèvres froides et engourdies. Ça ne doit pas suffire. Il en faut sûrement d'autres, que je cherche dans ma tête.

– … vous… dites ?

Ma mère lâche un sanglot étranglé.

– Je ne voulais pas que vous le sachiez, ta sœur et toi, me dit-elle. Je pensais que c'était inutile. Mais je regrette de ne pas l'avoir fait.

Brandon. *Papa*. C'est un cauchemar. Je dois être en train de dormir et de faire le pire rêve de ma vie. Je me pince le bras de toutes mes forces. Je ne le sens même pas, mais je ne me réveille pas non plus.

– Je ne… savais… rien.

– M. Jackson soutient pourtant que vous en avez discuté en détail ensemble, reprend l'inspecteur Mendoza. Ensuite, en faisant des recherches sur vous sur Internet, il a découvert l'activité d'organisatrice de mariage de votre mère et le lien que cela vous donnait avec Eli Kleinfelter. C'est ce qui lui a donné l'idée de ce « pacte ».

Pour la première fois, un peu de douceur s'infiltre dans la voix de l'inspecteur.

– Vous étiez encore sous le choc quand vous êtes entrée en contact avec lui. La justice le comprendra, surtout si vous coopérez. Pouvons-nous y compter ?

– Non.

J'ai enfin retrouvé ma voix, parce que merde. La seule chose dont je suis sûre dans l'immédiat, c'est que je n'avais jamais entendu parler de Jared Jackson avant ce soir.

– Soit Jackson se trompe, soit il ment. Je ne l'ai jamais rencontré, ni sur Internet ni autrement. J'ignorais que Brandon avait quoi que ce soit à voir avec la mort de mon père jusqu'à cette minute.

Soudain, tout part en morceaux. Mes larmes coulent, les battements de mon cœur s'accélèrent, ma voix se met à trembler.

– Je n'ai rien fait.

– Dans ce cas, comment Jared était-il au courant de la responsabilité de Brandon dans l'accident de votre père, Phoebe ? me demande l'inspecteur sans s'énerver, d'un ton qui paraît sincèrement interrogateur.

J'ouvre la bouche, puis la referme.

– C'est moi qui le lui ai dit.

Je bats des paupières. J'ai parlé, là ?

L'inspecteur Mendoza tourne vivement la tête vers le lit et mes yeux suivent le mouvement. Emma est assise, pâle, mais bien réveillée, la main dans celle de ma mère.

– C'est moi qui le lui ai dit, répète-t-elle à mi-voix. En me faisant passer pour Phoebe.

Le visage de ma mère se crispe sous le choc et l'inspecteur s'approche du lit.

– Êtes-vous en train de dire que vous avez exécuté ce plan avec Jared Jackson, Emma ?

– Non... répond-elle d'un ton hésitant. Pas comme vous l'avez dit. On est entrés en contact sur Internet et je me suis fait passer pour ma sœur parce que je lui en voulais pour... autre chose.

Elle me glisse un coup d'œil et je rougis.

– J'ai raconté à Jared ce qui était arrivé à mon père et il... il a proposé qu'on s'entraide.

Retirant sa main de celle de ma mère, elle triture le rebord de sa couverture.

– Mais il n'a jamais parlé d'Eli. Je ne savais même pas qu'il le connaissait. Et dès qu'il a commencé Action ou Vérité, j'ai regretté de m'être embarquée là-dedans. Je détestais ça. J'ai demandé à Jared d'arrêter et il a dit qu'il allait le faire.

Sa voix tremble de plus en plus et ses yeux se remplissent de larmes.

– Mais ça a continué. Je ne comprenais pas ce qui se passait, et j'avais peur de le recontacter. J'espérais qu'il se lasserait. Et puis Brandon…

Emma lâche un cri étouffé et les larmes se mettent à couler.

– Brandon n'aurait jamais dû mourir.

Elle hésite, et ma mère déclare :

– Je pense que ça suffit pour aujourd'hui.

Son expression choquée s'estompe et elle redresse les épaules en ajoutant :

– Il vaut mieux en rester là en attendant l'arrivée d'un avocat.

CHAPITRE TRENTE ET UN

Maeve

Samedi 28 mars

— Mesdames et messieurs, les voilà, qui se présentent à vous pour la première fois comme mari et femme ! Je vous demande d'accueillir… Eli Kleinfelter et Ashton Prentiss !

La foule qui occupe la salle de bal se lève pour une ovation. Eli et Ashton prennent position sur la piste de danse, sous des applaudissements si nourris qu'on entend à peine la musique. Hier soir, ils ont annoncé qu'ils ne souhaitaient pas reporter la cérémonie, mais qu'ils comprendraient que certains n'aient pas envie de venir.

Or on est tous venus, jusqu'au dernier, à l'exception des Lawton. Du coup, en l'absence de l'organisatrice du mariage, tout se déroule de manière assez improvisée.

Personne ne sait ce qui s'est réellement passé entre Emma Lawton et Jared Jackson. Eli a juste réussi à obtenir des fragments d'informations. Il semble qu'Emma soit tombée par hasard sur des papiers relatifs à l'indemnisation pour l'accident du travail de son père. Sous le coup de la colère, elle a retrouvé le vieux forum de Simon, où elle est entrée en contact avec Jared. Quand elle lui a raconté ce qu'avait fait Brandon, il a émis l'idée d'un pacte et elle s'est laissée entraîner.

La suite est confuse. Apparemment, Emma a cessé tout contact avec Jared dès que le jeu d'Action ou Vérité a commencé. Elle insiste sur le fait qu'elle ignorait tout de son intention de tuer Brandon et Eli. Jared, lui, prétend le contraire.

Voilà où on en est. Il ne reste plus qu'à attendre pour que la vérité éclate.

Je ne sais pas comment Eli a trouvé le temps et l'énergie de se préoccuper de Knox et moi au milieu de ce bazar, mais il a veillé à nous faire savoir que le seul lien de Phoebe avec l'affaire était qu'Emma s'était servie de son nom. « Elle n'est plus suspectée par la police », nous a-t-il précisé.

Phoebe elle-même nous a envoyé un message ce matin.

Je pense à vous.
Merci pour ce que vous avez fait.
Je suis heureuse que vous n'ayez pas été blessés.
Je ne peux rien dire de plus pour l'instant.
Je suis désolée pour tout.

Je regrette qu'elle ne soit pas avec nous aujourd'hui. D'autant que la cérémonie était l'antidote idéal contre le traumatisme d'hier. Le moment où Eli et Ashton ont échangé leurs vœux a rappelé à tous que l'amour, l'espoir et la beauté persistent même quand tout paraît terriblement sombre. Depuis, mon état d'esprit n'a fait que s'améliorer au fil de la journée et, en les regardant bouger sur la piste de danse – Eli danse comme un pied, mais ils sont radieux –, je me sens presque normale.

Addy, qui a passé presque toute la soirée d'hier en larmes, sourit au bord de la piste dans une superbe robe de demoiselle d'honneur bleu glacier. Elle tient un bouquet de roses blanches dans une main et le bras du charmant Daniel témoin-slash-biologiste-moléculaire de l'autre. Il se penche vers elle pour lui murmurer quelque chose qui la fait tellement rire qu'elle manque d'en lâcher son bouquet.

– Ashton est magnifique, dit Bronwyn.

À côté de nous se tient Nate, dont elle serre fermement la main. Je ne crois pas qu'elle l'ait lâchée depuis qu'il est sorti de l'hôpital. Nate est le moins sapé de nous tous, parce qu'il n'a pas pu enfiler autre chose qu'un tee-shirt sur son bras en écharpe. Le chirurgien l'a opéré hier et il porte un bandage qui lui arrive à l'épaule. Il gardera sans doute des cicatrices à vie, mais il a eu une chance dingue de ne pas perdre son bras.

Et de travailler pour le père de Knox. M. Myers est passé hier soir à l'hôpital pour dire à Mme Macauley que l'assurance de sa boîte couvrirait le salaire de Nate le temps qu'il récupère.

« Pendant combien de temps ? » a-t-elle demandé nerveusement.

« Le temps qu'il faudra. »

Nate se penche vers moi avec un grand sourire pour observer :

– On a un peu l'impression qu'Eli va se casser la figure d'une seconde à l'autre.

– Je parie que c'est sa première fois sur une piste de danse.

– C'est clair.

Bronwyn scrute les gens dans la salle.

– Et ton boyfriend, il est passé où ?

– Il parle aux parents, dis-je en désignant une table un peu plus loin, où ma mère adresse un grand sourire à Luis tandis que mon père lui tape sur l'épaule.

Ma sœur les observe d'un air indigné.

– Hé, mais ça se fait pas ! Tu sors avec Luis depuis cinq minutes et il n'y en a plus que pour lui ! Il a fallu un an pour que papa et maman acceptent…

Elle jette un regard en biais à Nate et se reprend :

– … quelqu'un d'autre.

Nate l'attire à lui en glissant un bras autour de sa taille et enfouit le nez dans son cou.

– Mais qu'est-ce que tu racontes ? Tes parents m'ont toujours adoré.

À cet instant, le rythme de la musique s'accélère et le DJ annonce :

– Et tout le monde rejoint les jeunes mariés sur la piste !

Kris entraîne aussitôt Cooper.

– Je te préviens, je suis une vraie machine dans les soirées. Tant qu'il y a de la musique, je ne m'arrête pas.

Cooper le suit en battant des paupières.

– C'est surprenant, tout ce que j'ignore encore sur toi, en fait.

– Viens, dit Bronwyn à Nate.

– Peux pas, répond-il en levant le bras gauche. Je suis blessé.

– Tes jambes sont en parfait état, réplique-t-elle, les poings sur les hanches.

Il porte une main à son front avec une grimace.

– Mince, je ne sais pas ce que j'ai, j'ai un vertige, tout à coup. Je crois que je vais m'évanouir.

Et il s'affale sur la chaise la plus proche. Alors que Bronwyn se penche vers lui d'un air inquiet, il l'attrape par la taille et la fait asseoir sur ses genoux.

– Je crois que j'ai besoin d'un bon bouche-à-bouche. Tu t'y connais, il paraît ?

– Je te hais, grommelle Bronwyn en l'embrassant à peine sa phrase achevée.

Luis continue à faire poliment la conversation à mes parents. Il sait y faire, encore un bon point pour lui. Je lui demanderais bien de donner des cours à Nate, mais je parierais que l'épisode du petit ami qui se sacrifie pour sauver Bronwyn a fini par les amadouer. D'ailleurs, ma mère se tourne justement vers nous et n'a même pas un regard acerbe pour les bisous en cours à côté de moi.

Mes yeux croisent ceux de Luis et je ne peux pas m'empêcher de lui sourire tandis qu'il quitte mes parents pour venir vers moi. Luis en costume... waouh.

On se rejoint au bord de la piste et il me tend la main.

– Tu danses ?

– Avec plaisir.

Il m'attire à lui en me faisant virevolter si habilement que ma jupe décrit un cercle parfait. Puis je pose ma tête sur sa poitrine en respirant son odeur de propre et il me glisse à l'oreille :

– Comment ça va ?

Question délicate. Je penche la tête en arrière pour le regarder dans les yeux.

– À cet instant précis, parfaitement bien. La journée a été géniale. D'un point de vue plus global, en revanche... avoue que ce n'est pas super top. Maintenant, j'ai la trouille pour Eli et Ashton, et pour tous ceux qui travaillent avec lui. Personne ne sait comment ça se présente pour Emma, et rien ne fera revenir Brandon. Si on avait compris plus tôt qui était Jared...

– On n'avait aucun moyen de deviner ce qui se passait dans sa tête. Il ne manquerait plus que tu culpabilises. Tu as été incroyable, Maeve. Knox et toi, vous avez sauvé des vies !

J'ai du mal à enregistrer cette dernière information. Mon cerveau ne me laisse pas envisager un autre scénario, dans lequel on n'aurait pas récupéré le sac de Jared. Mais dans l'immédiat, je veux juste me sentir bien et vivre quelque chose de joyeux. Alors je glisse mes bras autour du cou de Luis et je me hausse sur la pointe des pieds pour effleurer sa bouche avec mes lèvres.

– J'aimerais bien prendre l'initiative, un de ces jours, commente Luis.

Ça me fait sourire. Ça y est, je me sens déjà mieux.

– Mais quand tu veux.

– Il faudrait que je te propose un vrai premier date.

Je regarde autour de nous.

– Parce que là, c'est pas un date ?

– Nan, trop de monde. Et on a passé toute la journée enfermés. Tu sais ce que je pense de ça ?

– C'est vrai que ce n'est pas ton truc. Où tu irais, à la place ? Par exemple, si on décidait de faire un truc demain ?

– À la crique de La Jolla, répondit-il aussitôt. Faire du kayak.

J'avale ma salive de travers. Oh non, pas la plage. Ni la mer. En même temps, ce serait peut-être différent avec Luis. C'est vrai pour beaucoup de choses. Il a quand même droit à un regard sceptique.

– Du kayak ? C'est pas épuisant, ça ?

– Je ferai tout le boulot, me promet-il.

– C'est à ça que ça va ressembler, les rencards avec toi ? Tu vas me faire visiter tous les spots romantiques de la région de San Diego ?

Cela dit, je ne demande pas mieux.

– Je peux t'apprendre à faire du kayak, si ça te tente.

Je te jure que c'est cool. On en fait en famille tous les étés. D'ailleurs, ça leur ferait super plaisir que tu viennes.

J'aime bien la direction que prend cette conversation, mais…

– Je ne serai peut-être pas là l'été prochain. Je crois que je vais partir donner des cours au Pérou avec Addy. Si je suis prise, je serai absente tout juillet et août.

Cette possibilité me tourne dans la tête depuis que j'ai vu la brochure dans le salon d'Addy, encore plus depuis le résultat de mes analyses. Hier soir, comme je n'arrivais pas à dormir, j'ai essayé de faire le compte de tout ce qui était sorti de bon de cette horrible expérience : Luis, clairement ; mon amitié avec Phoebe ; le fait de savoir que Knox et moi, on pourra toujours compter l'un sur l'autre. Et aussi, une foi suffisamment solide en l'avenir pour commencer à faire des projets.

– Deux mois entiers ? Merde.

Luis refait sa mine déçue, qu'il chasse avec un sourire de regret.

– Enfin, je veux dire, c'est super. Tant que tu n'oublies pas de revenir.

– Promis.

Du coin de l'œil, je surprends une silhouette familière seule à une table. Je surveille Knox de loin depuis ce matin. De temps en temps, sa façade enjouée se fendille et il paraît rattrapé par le souvenir de la veille. Comme c'est le cas maintenant.

– Je vais voir Knox, OK ? dis-je à Luis en lui pressant

le bras. Je crois qu'un peu de compagnie ne lui fera pas de mal.

– Ça marche.

Alors que je me retourne pour m'éloigner, Luis me rattrape, prend mon visage entre ses mains et dépose un long baiser sur ma bouche. Puis il s'écarte avec un sourire.

– Voilà, ça en fait déjà un.

– Ouais, enfin il va falloir t'activer un peu si tu veux rattraper ton retard.

Et je lui envoie un baiser par-dessus mon épaule en rejoignant Knox.

– Salut ! me lance-t-il, une serviette dans la main. Je crois que je vais me rentrer.

– Quoi ? Mais non ! La soirée vient juste de commencer !

– Je sais, mais je suis crevé.

Il desserre le nœud de sa cravate. Il a les cheveux emmêlés et des cernes sous les yeux.

– La journée a été longue. Je me disais que j'allais passer voir Phoebe avec une part de gâteau.

Il lève la main tenant la serviette et je distingue du glaçage entre les plis.

– Ils ont découpé le gâteau ? Comment j'ai fait pour rater ça ?

– Ils ne l'ont pas découpé, mais une serveuse m'a dit qu'il y avait du rab en cuisine pour ceux qui voudraient en emporter. Du coup, elle m'en a filé une part.

Dans un geste spontané, je m'avance pour lui presser la main.

– C'est sympa d'y avoir pensé. Tu sais que tu es vraiment un ami génial ?

À un moment ou à un autre, notre histoire finira par fuiter en dehors du lycée. L'affaire Jared Jackson est énorme et les médias ont déjà commencé à fouiner partout. Les assistants de Mikhail Powers appellent non-stop à la maison. Powers en personne nous a même fait livrer un bouquet de fleurs exotiques géant aux couleurs éclatantes accompagné d'un mot : *Avec mon respect et toute mon admiration pour les deux jeunes femmes au caractère bien trempé de la famille Rojas.*

« Ne te laisse pas embobiner », m'a avertie Bronwyn quand je lui ai raconté ça.

Powers l'a persuadée à plusieurs reprises de répondre à des interviews. Ça s'est toujours bien passé, mais elle s'est juré à chaque fois qu'on ne l'y reprendrait pas. Jusqu'à la fois d'après.

« Mais si jamais tu le vois, dis-lui bonjour de ma part. »

Ça ne fait pas du tout partie de mes projets. Je me suis déjà retrouvée au milieu d'un cirque médiatique au moment de la mort de Simon. Je sais que ça ne se calmera pas avant que chaque défi, chaque révélation du jeu de Jared n'ait été exposé et analysé sous toutes les coutures. Je m'y suis résignée, et j'espère que Knox en a fait autant. On n'a rien à justifier ni aucune raison d'être gênés. On a surtout une chance incroyable de s'être trouvés comme amis.

Il me presse la main à son tour avec un petit sourire de guingois.

– Toi aussi.

CHAPITRE TRENTE-DEUX

Knox
Samedi 28 mars

Mme Lawton vient m'ouvrir avec la tête de quelqu'un qui n'a pas dormi depuis huit jours. Mais elle me sourit, et je vois bien qu'elle fait de son mieux pour donner le change.

– Bonjour, Knox. Dis donc, quelle classe !

Elle ne me demande pas comment s'est passé le mariage et je n'aborde pas le sujet.

J'entends les sons étouffés d'un jeu vidéo quelque part dans l'appartement, et je prie pour qu'Owen ne débarque pas dans le salon. Je n'ai pas la force de jouer à *Bounty Wars* avec lui ce soir.

– Phoebe est là ?

Sa mère hésite.

– Je suis désolée, mais je ne crois pas qu'elle soit censée parler à d'autres témoins de l'affaire Jackson. C'est un peu délicat en ce moment.

– Oui, oui, bien sûr, je comprends. C'est ce qu'elle m'a dit. Je promets de ne pas en parler. Mais je pensais que ça lui ferait du bien de voir un ami. Et puis…

Je sors une feuille de papier pliée de ma poche.

– C'est pour vous, de la part d'Eli. C'est une liste d'avocats que vous pouvez appeler si vous ne savez pas à qui vous adresser. Il vous les recommande.

Il m'a envoyé un mail, ce matin :

Présumé Innocent étant impliqué dans l'affaire, on ne peut pas se charger de la défense d'Emma. Mais elle devrait se dépêcher de prendre un avocat. Il y a de plus en plus de procès contre des jeunes pour des cas d'incitation à la haine, que ce soit directement ou sur Internet. Même lorsqu'ils changent d'avis, comme Emma.

Si elle a changé d'avis. J'ai envie de la croire, mais j'ai du mal à voir comment Jared a pu tout organiser sans son aide. Sans compter qu'elle a dû lui fournir les ragots non seulement sur Derek et Phoebe – ce qui est déjà bien tordu – mais aussi sur Maeve et moi. Alors qu'on ne lui avait rien fait. Moi qui croyais qu'elle m'aimait bien… Faute de savoir de quoi elle est capable, j'ai répondu à Eli :

Tu es sûr qu'elle dit la vérité ?

Sa réponse est arrivée tout de suite :

Dans un cas comme dans l'autre, elle a besoin d'un bon avocat.

Un jour, j'espère devenir le genre de personne capable de s'inquiéter pour une fille soupçonnée de l'avoir prise pour cible. Mais je n'en suis pas là. En attendant, je suis content qu'Emma passe encore une nuit en observation à l'hôpital, ce qui me garantit de ne pas tomber sur elle.

– C'est vraiment très gentil, me dit Mme Lawton en prenant le papier avec des larmes dans les yeux. Remercie Eli de ma part.

Elle se masse la tempe avant d'ajouter en souriant :

– J'imagine qu'il n'y a pas de mal à ce que tu voies Phoebe quelques minutes. Tu as raison, elle a bien besoin d'un ami en ce moment. Je suis sûre que ça lui remontera le moral. Elle est sur la terrasse.

– Merci beauc… Pardon, la quoi ?

– Le toit de l'immeuble a été aménagé en terrasse. Ils ont installé la rambarde la semaine dernière. Tu montes au dernier étage avec l'ascenseur et tu prends l'escalier.

– Oh.

J'ai deux fois plus le vertige depuis la mort de Brandon, et monter sur le toit d'un immeuble est la dernière chose que j'ai envie de faire. Bon, je resterai au milieu, de là où on ne voit pas en bas. Là où ça ressemble le plus à un plancher. Sans murs ni plafond. Merde.

– D'accord. Bon. Ben… j'y vais.

J'ai essayé d'agiter la main d'un air confiant en m'éloignant, mais je ne suis pas sûr d'avoir été très convaincant.

Les parois de l'ascenseur sont couvertes de miroirs dont je me serais bien passé. Ma chemise froissée est à moitié sortie de mon pantalon, ma cravate est toute de travers et on dirait que je ne me suis pas coiffé depuis quinze jours. En sortant, je monte deux volées de marches qui me mènent devant une lourde porte métallique. À peine l'ai-je poussée que je suis frappé par une rafale de vent.

Logique. La seule chose que je déteste plus que d'être sur un toit, c'est d'être sur un toit en pleine tempête.

Je repousse cette pensée en faisant quelques pas prudents sur la terrasse, et je repère Phoebe appuyée sur ce qui m'apparaît comme une très frêle rambarde.

- Salut !

Elle se retourne.

– Je t'ai apporté du gâteau.

Elle lève mollement la main, mais ne bouge pas. Je n'ai plus qu'à m'approcher. Je me dis que je lui dois bien ça, au fond, pour avoir cru pendant une nanoseconde hier soir qu'elle pouvait être impliquée dans ce cauchemar.

– Tu m'as apporté quoi ? demande-t-elle quand je suis assez près pour qu'on s'entende.

Des mèches s'échappent de son chignon et volent dans le vent. Elle porte ce qui ressemble à un tee-shirt et un bas de pyjama. Elle devrait être gelée, mais elle n'a pas l'air de sentir le froid.

– Du gâteau, dis-je en tendant la serviette quand je suis parvenu à un mètre du rebord.

Je ne peux pas faire un pas de plus vers la rambarde de la mort.

– Du gâteau de mariage. Du… mariage.

Pendant quelques secondes, on dirait qu'elle va pleurer et je me sens mal. C'était sans doute une idée stupide de ma part. Puis elle sourit et prend la serviette.

– Merci. C'est super sympa.

Elle mord dans le glaçage.

– T'en veux ? me propose-t-elle, la bouche pleine.

– Non, non, ça va.

J'enfonce les mains dans mes poches en me demandant où poser les yeux. J'ai déjà le visage couvert de sueur. Tout ce ciel autour de nous me rend malade. Alors je me concentre sur le visage de Phoebe. Même couvert de miettes, c'est tout sauf désagréable.

– Comment tu te sens ?

Elle dévore le gâteau comme si elle n'avait pas mangé depuis des jours, ce qui est peut-être le cas.

– Super mal, me répond-elle entre deux bouchées.

– Ouais, je comprends. Désolé.

Elle avale de nouveau et s'essuie la bouche avec un coin de la serviette.

– Je n'ai même pas eu l'occasion de te remercier. D'abord d'avoir tout compris, et ensuite d'avoir sauvé tout le monde. Ce serait tellement pire si… si d'autres gens après Brandon… Oh, c'est dingue.

Elle replie la serviette pour se tamponner les yeux avec un coin propre.

– Pardon. Chaque fois que je pleure, je me dis que c'est la dernière, et puis ça recommence.

Elle s'adosse à la rambarde et étouffe de gros sanglots, les épaules secouées par des soubresauts.

– Je n'arrive pas à me calmer. Je ne sais pas quand ça va s'arrêter.

Je reste figé un instant, tiraillé entre son chagrin et le néant terrifiant qui s'ouvre derrière elle. Puis, bravement, j'ignore le tournis et le nœud qui me tord le ventre pour gagner le rebord, et je la prends maladroitement dans mes bras. Elle pleure le visage sur mon épaule.

– Tout va bien, dis-je en lui tapotant le dos. Ça va aller.

– Comment ça pourrait aller ? gémit-elle. Tout est horrible. Mon père est mort par la faute de Brandon, et lui, il est mort par notre faute !

– Tu n'y es absolument pour rien.

Mais elle ne fait que pleurer de plus belle et on reste comme ça je ne sais combien de temps, jusqu'à ce qu'elle s'apaise enfin. Puis elle prend quelques grandes inspirations un peu hachées et lève les yeux vers moi, une main posée à plat sur ma poitrine.

– On dirait que ton cœur va exploser, Knox.

– Ouais, dis-je en battant des paupières pour essayer de disperser les points qui dansent devant mes yeux. J'ai le vertige et cette rambarde est… elle n'a pas l'air solide, solide. Ni très haute. Pas assez à mon goût, en tout cas.

– C'est pas vrai !

Phoebe lâche un petit rire et, à mon incommensurable soulagement, me ramène vers le milieu du toit où mon vertige est ramené à un degré à peu près gérable.

– Pourquoi tu n'as rien dit ? Je n'aurais pas pleurniché sur ton épaule pendant deux heures.

– Bah, ce n'est pas parce que je suis un gros trouillard que je suis obligé d'en faire tout un plat.

Elle me dévisage en séchant ses larmes.

– Un trouillard ? Sérieux ? Tu es la personne la plus courageuse que je connaisse !

Je baisse les yeux, gêné, et elle rit doucement.

– Tu sais ce que j'ai cru ? J'ai cru que si ton cœur battait aussi vite, c'était à cause de moi.

– Quoi ?

Je suis tellement pris au dépourvu que j'ai lâché ça d'une voix aiguë. Phoebe fait la grimace.

– Pas besoin de prendre cet air horrifié.

– Non non, pas du tout. C'est juste que... Enfin, je n'aurais jamais pensé un truc pareil, parce que...

Je me frotte la nuque, de plus en plus embarrassé.

– Enfin, c'est clair que je n'ai aucune chance. T'es bien trop canon. Je veux dire, je ne passe pas ma vie à analyser ton niveau de sexitude, hein, mais...

Puis je me tais, parce que Phoebe m'embrasse.

Sa bouche est sucrée, douce et ferme à la fois, et je sens des dizaines de terminaisons nerveuses dont j'ignorais l'existence s'embraser d'un coup. Elle a des formes tout en courbes et la peau tiède. Quand ses mains se glissent sous ma chemise, effleurent mon ventre et descendent vers ma ceinture, mon cerveau commence à griller. Mais il doit me rester quelques neurones parce que je sens de nouvelles larmes couler sur ses joues quand je prends son visage entre mes mains.

Je me dégage à contrecœur. Son contact me manque déjà.

– Phoebe.

Son souffle est aussi saccadé que le mien, son regard enfiévré. J'essuie ses larmes avec mon pouce.

– J'ai adoré, mais... mais tu es triste, là. Et inquiète... Alors je ne pense pas que ce soit le bon moment pour ça.

– Au secours, je suis lamentable. Tu dois me trouver totalement nulle.

– Quoi ? Mais non ! N'importe quoi ! J'ai hyper envie qu'on recommence, je ne sais pas, dans huit jours. Ou n'importe quand, dès que tu te sentiras mieux. Enfin, si tu veux. Sinon, pas de problème, je comprends.

– Tu sais que tu es un mec carrément génial ?

– Pas vraiment, non.

Je réajuste mon pantalon, devenu plutôt inconfortable après les manœuvres de Phoebe. Elle a un petit sourire en coin en surprenant mon geste et j'ajoute :

– Mais je te signale officiellement que tout est parfaitement opérationnel, au cas où il subsisterait un doute après... Enfin, tu vois.

Elle commence à rire sans pouvoir s'arrêter. Je serais gêné si je n'étais pas soulagé d'avoir fait passer sa tristesse.

– J'y crois pas, tu as réussi à me faire rire, dit-elle en s'essuyant les yeux. Merci. Pour tout. Ça fait du bien.

– Tant mieux. À ton service. Euh… on peut descendre de là, maintenant ?

* * *

Il est tard quand j'arrive chez moi. J'ai tout fait à pied ce soir, de la fête à chez Phoebe et de chez elle à la maison. J'ai du mal à respirer depuis hier et l'air frais me fait du bien.

Quand je pousse la porte, je sens toujours son baiser sur mes lèvres. J'ai repassé ce moment plusieurs centaines de fois sur le chemin. C'était sans doute un one shot, et ça me va comme ça. On n'a pas à se sentir gênés. Pas de raison que ça crée un malaise. Si Maeve et moi, on a pu s'en sortir quand tout le lycée a appris pour notre non-première fois, ce n'est pas un pauvre baiser sur un toit qui va flinguer ma relation avec Phoebe.

Et puis on ne sait jamais, peut-être qu'elle était sérieuse. Ça, ce serait du lourd.

La lumière est allumée dans le salon et la cuisine, et j'entends les commentaires d'un match à la télé. Ma mère étant généralement couchée à cette heure-ci, je suppose que c'est mon père, et je sais bien qu'il n'aime pas être dérangé au milieu d'un match.

– Knox ? appelle-t-il alors que je m'apprête à monter.

Il apparaît dans l'encadrement de la porte de la cuisine, une bière à la main. L'éclairage jaunâtre de l'entrée creuse les rides de son visage.

– Alors, c'était comment, ce mariage ?

C'est vrai, le mariage. Je l'avais oublié.

– Bah, c'était bien. Autant que possible vu le contexte.

Mon père hoche lourdement la tête.

– Ouais, bien sûr

– Nate y était. Il était plutôt en forme. Il a fait plein de blagues, il n'avait pas l'air d'avoir mal ni rien.

Je m'éclaircis la gorge avant d'ajouter :

– C'est vraiment super, ce que tu as fait pour lui. Tu sais, l'arrêt maladie. Tout le monde a trouvé que c'était génial. Que *c'est* génial, enfin, que ça *va* l'être.

Au secours. C'est quand tu veux pour arrêter de radoter, Knox.

– C'est grâce à l'assurance, me répond mon père d'un ton raide.

– Je sais, mais... enfin, c'est toi qui l'as choisie.

À ma grande surprise, un sourire illumine soudain son visage.

– C'est pas faux.

Le moment en vaut bien un autre pour me lancer.

– Papa, je suis vraiment désolé d'être passé par le chantier. C'était débile. Ça ne veut pas dire que je ne t'écoute pas ni que je ne respecte pas ce que tu fais. Loin de là. C'est juste que je n'ai pas réfléchi.

Son visage s'adoucit.

– Bah, tu as dix-sept ans. C'est normal que tu fasses des conneries de temps en temps.

Il boit une gorgée de bière et baisse le nez.

– Et moi, je te dois des excuses. Je n'aurais pas dû te traiter de tire-au-flanc. Je sais que tu travailles dur. Et autre chose, ajoute-t-il d'un ton bourru : tu as été très malin hier. Et surtout très courageux. Et même si j'aurais préféré que tu sois plus prudent, je suis super fier de ce que tu as fait. Je suis fier de toi en général. Point.

J'ai tenu sans pleurer pendant vingt-quatre heures et il faut que ce soit mon père qui me fasse craquer. Du coup, il va sans doute retirer tout ce qu'il vient de dire parce que je ne suis qu'une grosse lavette. Mais avant que j'aie eu le temps de m'effondrer, il pose sa bière sur le guéridon, ravale un sanglot et m'enfouit sous une étreinte écrasante. Ça fait un peu mal mais…

… ça vaut le coup.

CHAPITRE TRENTE-TROIS

Phoebe

Mercredi 1er avril

Une fois sur le parking du lycée, je reste dans ma voiture. Je n'y ai pas remis les pieds depuis la semaine dernière. J'ai passé trois jours chez ma tante avec Owen à une cinquantaine de kilomètres de Bayview. Ma mère s'est dit qu'un bon break nous ferait du bien, et elle n'avait pas tort. Owen étant un petit génie – il est en avance de plusieurs mois sur le programme scolaire –, il est resté là-bas. Moi, il vaut mieux que je m'y remette.

Ça me fait flipper de reprendre les cours. J'ai peur de ce que tout le monde va penser, maintenant que la vérité commence à sortir. Peur qu'ils haïssent Emma… et moi dans la foulée. Et je comprendrais parce que, la plupart du temps, moi-même, je nous hais. Emma pour avoir déclenché tout ça et moi pour avoir joué les détonateurs en couchant avec Derek au pire moment possible.

Et je hais aussi Brandon pour ce qu'il a fait il y a trois ans, mais pas assez pour que ça me console de sa mort. Je sais bien qu'aucun gamin de treize ans pourri gâté qui a fait une grosse bêtise ne mérite *ça*.

En résumé, tout me fait mal. Tout le temps.

Mon portable sonne dans mon sac. C'est Knox.

`Reste zen. On est là.`

Je lui réponds par un emoji de pouce levé, avec des papillons dans le ventre. Je n'arrête pas de me repasser le film de notre moment sur le toit. Pas seulement parce qu'on s'est embrassés, ce qui m'a réchauffé tout le corps, mais aussi parce qu'il a tenu alors qu'il était mort de trouille, et qu'il m'a fait rire alors que je ne m'en croyais plus capable. Sans compter qu'il était carrément sexy avec sa chemise froissée, ses cheveux emmêlés et ses traits tirés.

J'ai peut-être un truc avec les mecs genre « héros blessés ». À moins que je ne sois plus aussi loin que je ne le pensais de la future Phoebe, celle qui est capable d'apprécier quelqu'un comme Knox.

Mon portable se remet à sonner. C'est Maeve, cette fois.

Dépêche, tu va être en retard.

Argh. Plus moyen d'y couper. Je sors de ma voiture et je me dirige vers la porte de derrière en traînant les pieds.

Comme je regarde par terre, en arrivant à l'escalier, je bouscule un couple en train de s'embrasser passionnément.

– Désolée.

Je me fige. C'est Sean et Jules. Pile les dernières personnes que j'ai envie de voir. Je ne peux même pas imaginer ce que Sean est capable de me sortir. Pas besoin de l'imaginer, d'ailleurs, parce qu'il est déjà en train d'ouvrir sa grande bouche de connard et que je ne suis pas foutue de me bouger.

– Salut, Phoebe, me dit-il.

Je ne m'attendais tellement pas à ça que j'en reste muette.

– Vas-y, lui dit Jules en le poussant doucement en avant. Je te retrouve à mon casier.

Et le voilà qui monte les escaliers et qui disparaît derrière la porte sans un mot de protestation. Je n'en reviens pas.

– Tu l'as bien dressé, dis donc.

Tout de suite après, j'ai envie de disparaître sous terre, parce que c'est *carrément* pas sympa et que ni lui ni elle ne méritent ça à cet instant précis.

Mais Jules sourit.

– Sean a des modèles masculins méchamment toxiques, mais il essaie de changer. Il vaut mieux que ce que tu penses de lui, tu sais.

Elle a sans doute raison. Je me suis même demandé un moment si ce n'était pas lui qui avait lancé le jeu d'Action ou Vérité pour se débarrasser de son meilleur ami. Ce qui rend particulièrement ironique le fait que la coupable soit ma propre sœur. Jusqu'à preuve du contraire, du moins.

Cela dit, il me reste une chose à comprendre. Ça s'étale sans doute déjà partout dans les journaux, mais je les évite comme la peste ces derniers jours.

– Au fait, Jules, dis-je en me dandinant d'un pied sur l'autre, pourquoi vous avez menti pour l'accident ?

Elle rosit.

– Oh, c'est juste que... Sean avait peur que ça nous attire des ennuis. Il a dit que ce serait plus simple de s'en tenir à l'histoire du raccourci. Ça évitait d'avoir à fournir des détails... y compris à propos d'Emma et toi.

– Sean s'en fout complètement.

Ça non plus, c'est pas sympa, mais c'est la vérité.

– Lui peut-être, mais pas moi, reprend Jules. Et il n'a pas fait exprès de frapper Knox aussi fort. Sérieux. Il a paniqué.

Sur le premier point, je la crois. Sur le second, j'ai besoin d'être sûre.

– Alors il n'a jamais pensé que Knox voulait sauver Brandon ?

Jules fait la grimace.

– Non. Il a juste flippé et... Knox était là.

– Vous allez avoir des ennuis ?

Elle soupire.

– Les flics ne sont pas ravis, mais ils ont autre chose a faire que s'occuper de nous. Ils ont dit que si on coopérait, ça se passerait bien. Et, euh... (Jules s'humecte les lèvres en regardant ses pieds.) Pour Emma...

– Je n'ai pas le droit d'en parler.

Elle hoche la tête aussitôt, d'un air presque soulagé.

– Je comprends.

Ça, ça m'étonnerait. Certes, je ne dois rien dire qui n'ait pas été approuvé au préalable par l'avocat d'Emma – je dois le rencontrer cet après-midi –, mais en réalité, je ne sais rien de plus que les autres. J'ai à peine vu ma sœur depuis que je suis partie de l'hôpital vendredi soir.

Je sais ce qu'elle a dit à l'inspecteur Mendoza. Je sais qu'elle s'est dénoncée alors qu'elle aurait pu me laisser accuser. Point.

La cloche sonne. Mais on reste là, à triturer les bretelles de nos sacs de cours.

– Je regrette de ne pas avoir fait plus d'efforts pour parler de tout ça avec toi, dis-je enfin.

– Moi aussi. Je suis désolée de ne pas avoir été là pour toi. C'est vrai que j'ai été pas mal prise par Sean.

– Je suis contente pour toi, en tout cas.

La grosse mytho. Je ne peux pas imaginer qu'une relation avec Sean puisse finir autrement que par une cruelle déception, et éventuellement une MST, mais pour une fois je vais me taire. Il y a plus grave dans la vie que de sortir avec un abruti.

Jules glisse son bras sous le mien et m'entraîne vers l'escalier.

– Allez, on bouge. T'inquiète, on va te remettre sur les rails.

* * *

– J'ai besoin que vous soyez totalement sincère avec moi, Emma, dit Martin McCoy en s'accoudant à la table de la cuisine.

L'avocat de ma sœur a des bras maigres couverts de taches de rousseur et les cheveux carotte, comme mon père. Bêtement, ça m'inspire confiance.

– Les actes de Jared Jackson ayant été filmés, il n'y a aucun doute sur sa culpabilité dans l'attentat de Chez Talia. En outre, il a reconnu avoir provoqué la mort de Brandon Weber, bien qu'il n'ait pas été soupçonné au moment des faits.

McCoy se masse les tempes, comme si les aveux spontanés de Jared perturbaient son cerveau d'avocat.

– De mon point de vue, il vous a accusée uniquement pour vous nuire et vous faire tomber avec lui. Son avocat dispose d'une montagne de transcriptions de soi-disant échanges entre vous sur Internet (il désigne un épais dossier posé sur sa droite) portant sur votre prétendu pacte et sur la création du jeu d'Action ou Vérité.

Emma jette un regard nerveux sur le dossier en question.

– Vous les avez lues ?

Une bonne douche lui a fait un peu retrouver son apparence habituelle. Ses cheveux cuivrés encore humides sont maintenus par un bandeau et elle porte une de ses éternelles chemises. Dont elle a oublié de boutonner le col, mais bon, Emma est en train de redevenir Emma.

– Non, pas encore, lui répond l'avocat. Je viens juste de les recevoir. Par ailleurs, je préférerais entendre votre version avant.

Je me demande quand il va me proposer de les laisser seuls. J'ai déjà dit à McCoy tout ce que je savais sur Jared. Ma mère n'arrête pas de me jeter des coups d'œil embarrassés, avec l'air de regretter que je ne sois pas restée chez ma tante avec Owen. C'est un peu ce que je ressens aussi. Mais quitte à être ici, j'aime autant savoir où on en est que d'aller m'enfermer dans ma chambre. Alors je me tais dans l'espoir de me faire oublier.

Emma se mord la lèvre.

– Bon. Mais ma mère vous a déjà tout raconté, non ? C'est vrai qu'on a échangé beaucoup de messages, mais seulement au début.

– Expliquez-moi précisément comment vous l'avez rencontré, de quoi vous avez parlé et comment ça s'est terminé. Évitez d'enrober les choses ou d'en omettre. J'ai besoin de connaître toute la vérité pour vous aider.

Ma sœur prend une profonde inspiration, et moi aussi. C'est parti.

Puis elle adopte un débit mécanique, comme si elle se préparait pour un long discours.

– On s'est rencontrés comme Jared l'a dit. J'étais dans une mauvaise passe. Je venais d'apprendre que Phoebe et mon ex-petit ami… étaient sortis ensemble et je me sentais mal.

Je fixe le faux bois de notre table de cuisine en fuyant soigneusement le regard de ma mère.

– Et pour tout arranger, un jour où je fouillais dans les dossiers de ma mère – pour savoir combien on avait mis de côté pour payer ma fac –, je suis tombée sur les papiers de l'assurance de l'accident de mon père. J'étais… hors de moi. Quand j'ai découvert ce que Brandon avait fait, je l'ai tellement haï que ça m'a embrouillé la tête. J'ai voulu… Je ne sais pas. J'ai voulu *faire* quelque chose. Je me suis souvenue du vieux forum de Simon et j'ai fini par le retrouver. C'est là que je suis tombée sur Jared. On a commencé à parler et… disons qu'on s'est rapprochés. Ensuite, il a proposé qu'on passe sur ChatApp. On se servait de nos vrais noms, bien sûr, pas de pseudos – enfin, moi, j'avais pris celui de Phoebe.

Elle me glisse un coup d'œil coupable et j'essaie de ne pas réagir. Bien sûr, c'est dur à encaisser, mais comme l'a dit Jules, on a carrément d'autres problèmes.

– Et j'ai vidé mon sac, poursuit Emma. Jared trouvait que Brandon avait l'air d'être le genre de gars qui n'a jamais eu à assumer les conséquences de ses actes. Et il m'a dit qu'il pouvait m'aider à trouver un moyen pour le faire payer si je l'aidais à faire pareil de mon côté.

– Mais il ne vous a pas raconté son histoire ? demande McCoy. Vous n'étiez pas au courant de son « lien » avec Eli Kleinfelter ?

– Non ! s'exclame Emma. Je n'étais au courant de rien avant que l'inspecteur Mendoza m'en parle. Apparemment, Jared a découvert que ma mère organisait le mariage d'Eli et il a décidé de se servir de moi. Tout ce qu'il m'a dit, c'est que quelqu'un avait fichu la vie de son frère en l'air et que ça avait poussé sa mère au suicide. Je me sentais vraiment mal pour lui.

Elle rougit et baisse les yeux sur la table avant de continuer :

– Il a proposé qu'on commence par mon cas. Il pensait qu'on devait chercher un moyen de… de faire du mal à Brandon. Quelque chose qui l'empêcherait de continuer à jouer au foot, pour qu'il comprenne ce que ça fait de perdre quelque chose auquel on tient.

– Et vous avez accepté ? demande l'avocat d'un ton neutre.

– Oui, murmure Emma. Sur le coup, ça m'a paru… juste.

Elle ferme les yeux brièvement en entendant l'exclamation étouffée que ma mère n'a pas pu retenir.

Ma gorge est tellement nouée que j'ai du mal à respirer, mais McCoy demande d'un ton toujours aussi calme :

– Qui a eu l'idée du jeu ?

– C'est Jared. Il voulait « perpétuer l'héritage de Simon » et lancer un jeu auquel les élèves du lycée ne pourraient pas résister. Il a mis les choses en place progressivement, pour amener Brandon à choisir Action sans se poser de question. D'abord parce que les gens veulent toujours montrer qu'ils ont du cran, mais aussi parce qu'ils ne sont pas prêts à affronter toutes les vérités. On devait démarrer avec un ragot qui soit un vrai scoop, un truc vrai, bien moche et bien croustillant. Pour la suite, Jared a dit qu'il suffisait de cibler des gens qui joueraient le jeu et que ça irait tout seul.

– OK, dit McCoy. Donc pour commencer, il vous fallait quelqu'un sur qui vous connaissiez un secret qui fasse son effet, et que cette personne choisisse Vérité. C'est vous qui avez fourni les éléments à Jared ?

Emma arrête de taper du pied mécaniquement, et on n'entend plus que le faible tic-tac de l'horloge au-dessus de ma tête. Elle inspire à fond avant d'avouer :

– Oui. Comme il me prenait pour Phoebe, j'ai dit : « Bon, j'ai couché avec l'ex de ma sœur, c'est un secret assez moche pour toi ? »

Ma mère lâche une nouvelle exclamation étouffée et je tressaille comme si Emma venait de me gifler. Elle continue :

– Jared m'a demandé si j'étais vraiment sûre de vouloir balancer ça et j'ai répondu...

Là, elle baisse la voix au point que j'ai du mal à l'entendre.

– J'ai dit : « Pourquoi pas ? Je m'en fous, de ma sœur. Sinon, je ne lui aurais jamais piqué son mec. »

Je vais fondre en larmes. Ou vomir. Ou les deux. Je voudrais qu'Emma arrête de parler, mais malheureusement, McCoy n'est pas du même avis.

– OK. Et vous lui avez proposé d'autres noms de personnes susceptibles de choisir Action ?

– Oui. Je donne des cours particuliers à Sean et j'emmenais Jules en voiture au lycée, avant. J'étais sûre de leur réaction.

– Et pour Maeve Rojas ?

– Elle, c'était une idée de Jared. Il lui en voulait parce qu'elle avait contribué à démêler l'affaire Simon. C'était un peu une obsession chez lui. Il pensait beaucoup à Simon. Il voulait prouver qu'il était plus intelligent que lui en bernant quelqu'un que Simon n'avait pas réussi à rouler. Maeve était censée choisir Action, comme tout le monde, mais ça n'a pas marché. Je ne sais pas du tout comment Jared a appris pour Knox et elle. Je n'aurais jamais... Je ne lui aurais jamais répété ça, même si je l'avais su. Je les aime bien, tous les deux.

Je ne pensais pas que ça me ferait aussi mal de l'entendre dire ça après avoir admis qu'elle n'avait pas eu de scrupules à me sacrifier.

– Et ensuite ? demande l'avocat.

– C'était horrible, dit Emma d'une voix rauque. Tout le monde était horrible. Ça me faisait penser à une citation, je ne sais plus où je l'ai lue, mais ça dit : « La haine est un poison que l'on boit en espérant voir l'autre mourir. » C'est exactement ce que j'ai ressenti. Je ne voulais plus me venger. Je voulais juste que tout ça s'arrête.

Elle m'adresse un regard implorant.

– Je suis désolée, Phoebe. Pour tout.

Je serre les poings sous la table pour taire la première pensée qui me vient, à savoir : « Tu sais où tu peux te les mettre, tes excuses, Emma ? » Parce que je sais ce que ça fait quand votre sœur refuse de vous pardonner la pire erreur de votre vie.

– Je... C'est bon, dis-je à la place.

– Dans votre déposition, reprend McCoy, vous précisez

que vous avez demandé à Jared de mettre fin à ce jeu et qu'il a accepté. Vous confirmez ?

– Oui. Il s'est mis en colère et on s'est disputés. Mais comme il avait besoin de moi, il a fini par céder. J'ai supprimé ChatApp de mon téléphone et j'ai cru qu'on en resterait là. Mais ça a continué. Et puis Brandon est mort et...

Des larmes coulent le long de ses joues.

– Je ne savais pas quoi faire. J'étais morte de peur. J'ai commencé à boire pour essayer de me calmer, et ensuite je n'ai pas réussi à arrêter. J'ai cassé mon portable et je l'ai jeté parce que j'avais peur que ça m'attire des ennuis. Et je suis désolée, vraiment désolée, pour tout.

Emma s'effondre sur l'épaule de ma mère, qui la tient prudemment, comme si elle ne savait plus comment l'accueillir.

Je ferme les yeux pour ne pas fondre en larmes à mon tour. C'est un cauchemar. Je me dis que ça n'aurait jamais pu arriver si on était restées proches, et qu'on ne se serait jamais éloignées si papa n'était pas mort, et qu'il ne serait pas mort s'il n'y avait pas eu Brandon. Je commence à comprendre comment cette découverte a pu chambouler le cerveau d'Emma.

McCoy laisse ma sœur se remettre en feuilletant ses dossiers, jusqu'à ce que ses sanglots se changent en reniflements. Quand elle se détache enfin de ma mère en s'essuyant les yeux, il lui dit :

– Je sais que c'est dur pour vous. Vous vous sentez d'attaque pour continuer ?

Elle hoche la tête.

– Bien. Vous pouvez me préciser le moment exact où vous avez cessé de communiquer avec Jared ? Le jour, et si possible l'heure ?

Emma prend une inspiration saccadée.

– Euh… En fait, c'était juste après la publication du message sur Phoebe. Je passais la nuit chez Gillian, une amie. Je n'arrivais pas à dormir. C'est là que j'ai contacté Jared et qu'on s'est disputés, jusqu'à ce qu'il accepte d'arrêter. Je me suis déconnectée et je me suis couchée. Il devait être un peu moins de minuit. Je ne lui ai plus jamais envoyé de message.

L'avocat consulte son dossier.

– Alors ce serait le 19 février. C'est bien de cet échange que vous parlez ?

Il lui tend une feuille, qu'elle prend d'une main un peu tremblante.

– C'est des copies de nos conversations sur ChatApp ?

– Oui, trouvées dans le portable de Jared. Au premier abord, le contenu correspond à ce que vous venez de me raconter, jusqu'au 19 février. Vous lui demandez effectivement d'arrêter le jeu et il finit par céder.

Pour la première fois depuis le début de l'entretien, le visage de McCoy s'assombrit, et je me crispe.

– En revanche, pour la suite, nous avons un problème, ajoute-t-il.

– Comment ça ?

Il soulève une autre feuille.

– Cette transcription date du 20 février au matin, et correspond à la reprise des échanges entre « Phoebe » et Jared.

CHAPITRE TRENTE QUATRE

Phoebe

Mercredi 1er avril

— Emma, dit ma mère à voix basse d'un ton de mise en garde.

Ma sœur se tourne vers elle en ouvrant de grands yeux et ma mère ajoute :

– Tu dois tout dire à monsieur McCoy.

– Mais c'est ce que j'ai fait ! Ce n'est pas possible ! Montrez-moi ce papier.

L'avocat le lui tend et je m'approche pour lire en même temps qu'elle.

Phoebe : Désolée pour hier. Je ne pensais pas ce que j'ai dit.

Jared : Tu ne pensais pas quoi ? Que je suis « trop radical » et que tu laisses tomber ?

Phoebe : Ouais. C'était juste un coup de flip, mais c'est bon, maintenant.

Phoebe : On le fait.

– Non, non, non !

Emma lâche la feuille comme si elle était enflammée et la fixe d'un air qui paraît sincèrement dérouté.

– Ce n'est pas moi ! Je n'ai plus jamais communiqué avec Jared après la nuit chez Gillian.

Elle jette des regards implorants à ma mère, puis à McCoy.

– Je vous le jure ! Je le jure sur la tombe de mon père. Mais on ne peut pas, je ne sais pas, vérifier l'adresse IP, un truc comme ça ?

McCoy a toujours son air sombre.

– Je vais me renseigner, mais c'est compliqué avec les applis de messagerie. Si on avait votre portable, on pourrait peut-être partir de là. Vous l'avez totalement détruit ?

Emma baisse les yeux.

– Oui. Je l'ai cassé à coups de marteau et je l'ai jeté dans une benne à ordures.

– D'accord, dit-il sans sourciller.

– Et il n'est pas possible que ce jeune homme se soit envoyé lui-même tous ces messages ? intervient ma mère d'une voix tendue. Il est clair qu'il est très perturbé.

– Si, c'est possible, admet McCoy. Depuis l'arrestation de son frère, la maladie de son père et le suicide de sa mère, Jared est visiblement dans un état de tension extrême.

C'est une théorie à creuser. Par exemple, si les messages postérieurs à cette date révélaient une rupture dans le registre de langue, cela pourrait être un argument pour disculper Emma.

Ma sœur tend la main comme une personne qui se noie découvrant une planche de salut.

– Je peux regarder ?

– Bien sûr.

L'avocat lui tend la pile de feuilles et un stylo.

– Voici toutes les transcriptions du 20 février. Si vous repérez quoi que ce soit d'étrange, vous pouvez le noter.

On se met à lire toutes les deux. « Phoebe » revient en promettant d'alimenter le jeu, et Jared se jette des fleurs pendant une demi-page. Tandis que je lis les réponses de « Phoebe », une petite lueur d'espoir apparaît. Le fait est qu'on ne retrouve pas le ton des messages de ma sœur. Déjà, elles contiennent beaucoup de *lol* et de points d'interrogation. Ensuite, l'auteur flatte Jared de manière exagérée. On tient peut-être de quoi aider ma sœur.

J'arrive au bas de la page.

Jared : Ce jeu est trop cool. On peut vraiment faire faire n'importe quoi à n'importe qui.

Jared : On peut leur demander les trucs les plus délirants, ils y vont.

Phoebe : Plus c'est absurbe, plus ça passe, hein ? lol

Je ravale un cri de surprise à la dernière seconde. Je relis la dernière phrase et mon cœur se met à me marteler la poitrine si fort que ça me fait mal. Pas *absurbe*. Absurde. Je me tourne discrètement vers ma sœur, dont le visage est devenu rouge et marbré. Nos regards se croisent et je vois qu'elle a compris.

Je ne peux plus bouger. Je ne sais absolument pas ce que je dois dire ni faire. Je n'arrive qu'à penser à la foule de petits détails qui m'avaient paru si insignifiants jusqu'à aujourd'hui :

Mon frère la fouine toujours en train d'écouter aux portes.

Mon frère le geek qui met en réseau tous nos appareils électroniques.

Mon frère le solitaire qui vient traîner au Café Contigo au moment où Maeve confie à Bronwyn comment ça s'est passé avec Knox.

Mon frère terrifié qui regarde Brandon m'insulter.

Mon frère désespéré en train de dire que notre famille est fichue après mon engueulade avec Emma à propos de Brandon.

Et bien sûr, mon frère le champion d'orthographe qui se trompe sur un mot aussi simple. Le revirement de « Phoebe » a eu lieu juste avant que je le corrige.

Je commence à avoir le vertige. Je prends une longue inspiration pour me calmer, j'insère mon frère dans toutes les cases, et ça fonctionne parfaitement. Owen a très bien pu épier tous les échanges d'Emma avec Jared, depuis son récit de l'accident de mon père jusqu'à sa décision de laisser tomber, en passant par tout ce qui concernait le jeu. C'était facile pour lui de prendre le relais, qui plus est en couvrant ses traces bien mieux qu'Emma ne l'avait fait. Il a sans doute vécu tout ça comme un jeu : un défi ultime en mode *Bounty Wars*, à planifier soigneusement étape par étape.

Jusqu'à la mort de Brandon.

Emma repose la feuille si soigneusement qu'il faut bien l'observer pour remarquer qu'elle tremble.

– Je peux voir la dernière page, s'il vous plaît ? La toute fin ?

McCoy feuillette sa pile.

– Les échanges s'arrêtent le jour de la mort de Brandon, précise-t-il en lui passant la page.

Je me retiens de regarder ma sœur avant de me remettre à lire :

Phoebe : Ça ne devait pas se passer comme ça.

Jared : Bien sûr que si. C'est ce que tu voulais.

Phoebe : Je ne crois pas, non.

Jared : Il l'avait cherché. C'est fait. À ton service.

Jared : Mais ce n'est pas fini. À mon tour, maintenant.

Jared : Hé ho ? ? ?

Jared : Réponds.

Jared : T'as carrément pas intérêt à me ghoster.

Et c'est tout. Je ne fais pas un geste, je me contente de lever les yeux vers Emma pour voir sa réaction. Elle me regarde à son tour, et on a notre première conversation muette depuis des années. Comme autrefois, quand on était petites et que chacune lisait les pensées de l'autre Des pensées invisibles pour tous mais parfaitement limpides pour nous.

Elle baisse les yeux, remarque que le premier bouton de sa chemise est défait et le ferme posément. Puis elle relève la tête, pâle mais calme, et repousse les feuilles vers McCoy.

– Je crois que ma mère a raison, Jared délire complètement. Il a dû se mettre à se parler à lui-même quand j'ai arrêté. Franchement, qu'est-ce que ça pourrait être d'autre ?

REMERCIEMENTS

J'en connais une qui a de la chance, et c'est moi ! Dans mon troisième roman, non seulement j'ai retrouvé des personnages et des décors qui me sont chers, mais j'ai pu le faire avec la brillantissime équipe éditoriale qui me soutient depuis le début.

Mes remerciements chaleureux à Rosemary Stimola et à Allison Remcheck, pour avoir su distinguer l'étincelle du possible dans mes premières versions de *Qui ment ?* et pour m'avoir guidée dans la réalisation de cette suite (et dans ma carrière) avec autant de pertinence et d'attention. (Je ne pouvais pas rêver meilleures alliées.)

À Kristina Marino, pour m'avoir aidée à trouver la bonne pulsation de « l'histoire de Maeve » et à construire un récit qui constitue une suite à *Qui ment ?* tout en volant de ses propres ailes. J'essaie parfois d'imaginer à quoi ressembleraient mes livres sans ses talents éditoriaux, mais cette pensée est trop terrifiante pour que même moi, autrice de thrillers, je puisse la contempler très longtemps.

À Delacorte Press – par où commencer ? Je suis infiniment reconnaissante à Barbara Marcus, Beverly Horowitz et Judith Haut pour nous avoir donné, à mes livres et moi, un foyer si éclairé et accueillant. Je suis constamment impressionnée par le talent et le dévouement des professionnels avec qui j'ai le plaisir de travailler au quotidien, notamment Monica Jean, Kathy Dunn, Dominique Cimina, Kate Keating, Elizabeth Ward, Kelly McGauley, Adrienne Weintraub, Felicia Frazier, Becky Green, Enid Chaban, Kimberly Langus, Kerry Milliron, Colleen Fellingham, Heather Lockwood Hughes, Alison Impey, Kenneth Crossland, Martha Rago, Tracy Heydweiller, Linda Palladino et Denise DeGennaro.

Merci à toute l'équipe de Penguin UK, en particulier Holly Harris, Francesca Dow, Ruth Knowles, Amanda Punter, Harriet Venn, Simon Armstrong, Gemma Rostill et Kat Baker, qui forment ma deuxième famille, littéraire, celle-là. J'espère publier encore beaucoup d'autres livres avec eux, et pas seulement à cause des cupcakes personnalisés.

Je remercie également Jason Dravis, mon super agent, pour les adaptations cinématographiques, et tous ceux qui ont permis à ce livre de trouver un foyer à l'étranger : Clementine Gaisman et Alice Natali de l'Intercontinental Literary Agency, Bastian Schlueck de l'agence Thomas Schlueck, et Charlotte Bodman chez Rights People. Un grand merci aussi à John Saachi et Matt Groesch de 5 More Minutes Productions et à Pete Ryan et Erica Rand Silverman du Stimola Literary Studio. Toute ma reconnaissance à mes complices et critiques Erin Hahn, Meredith Ireland et Kit Frick pour m'avoir aidée à affiner le sens de mes premiers jets, et parce qu'ils sont géniaux comme personnes et comme amis.

Remerciements spéciaux à mon beau-frère Luis Fernando pour ses traductions, et au reste de la famille pour son soutien : mon père, ma mère, Lynne, Jay, April et Julie. Et toute mon affection aux représentants de la génération suivante, en train de devenir de jeunes adultes qui suscitent toute mon admiration : Kelsey, Drew, Ian, Zachary, Aiden, Shaly, Gabriela, Carolina, Erik – et à mon fils Jack, drôle, loyal, gentil et, c'est officiel, désormais plus grand que moi.

Enfin, merci à tous les lecteurs qui poursuivent le voyage avec moi, et sans qui rien de tout ceci ne serait arrivé.

L'AUTRICE

Karen M. McManus est diplômée d'une maîtrise d'anglais et de journalisme. Elle vit à Cambridge, dans le Massachusetts. Lorsqu'elle n'est pas en train de travailler ou d'écrire, elle adore voyager avec son fils. Ses deux premiers romans ont rencontré un succès époustouflant à travers le monde et sont en cours d'adaptation audiovisuelle.

Retrouvez-la sur son site (en anglais) :
karenmcmanus.com
et sur son compte Twitter @writerkmc.

DE LA MÊME AUTRICE,
DÉCOUVREZ UN EXTRAIT DE

SE TAIRE OU MOURIR ?

DÉJÀ EN LIBRAIRIE

« On attend quelques minutes en suant dans la fournaise, jusqu'à ce qu'un break Subaru vert sapin s'arrête à notre hauteur.

La vitre s'abaisse et Mamita passe la tête à l'extérieur. Elle est à peu près comme sur les vidéos, sur Skype, si ce n'est que sa frange grise paraît fraîchement coupée.

– Allez, montez, nous lance-t-elle en glissant un coup d'œil vers le flic qui règle la circulation un peu plus loin.

Puis elle rentre la tête à l'intérieur tandis qu'Ezra se dirige vers le coffre avec sa valise solitaire.

On monte à l'arrière et elle se retourne vers nous, de même que la femme plus jeune assise au volant.

– Ellery, Ezra, je vous présente Melanie Kilduff. Elle habite dans ma rue. Comme je vois très mal de nuit, elle a eu la gentillesse de conduire. Quand votre mère était petite, elle la gardait de temps en temps. Vous avez peut-être déjà entendu parler d'elle.

J'échange un regard médusé avec Ezra. Bien sûr qu'on a entendu parler d'elle !

Sadie a quitté Echo Ridge à dix-huit ans et n'y est revenue que deux fois. La première, c'était un an avant notre naissance, quand notre grand-père est mort d'une crise cardiaque. La seconde remonte à cinq ans, pour les funérailles de la fille de Melanie.

Ezra et moi, on a regardé l'émission spéciale de *Dateline – Mystère à Murderland* avec une baby-sitter, un soir où Sadie était absente. J'ai été captivée par l'histoire de Lacey Kilduff, la ravissante reine du bal du lycée vivant dans la ville natale de ma mère et retrouvée étranglée dans un parc d'attractions sur le thème d'Halloween. Andy de l'aéroport disait vrai : le propriétaire du parc a changé le nom de Murderland pour l'Enclos de l'enfer quelques mois plus tard. Je ne suis pas sûre que l'affaire aurait autant attiré l'attention du public si le parc n'avait pas eu un nom aussi évocateur.

Ou si Lacey n'avait pas été la deuxième jolie fille d'Echo Ridge – habitant dans la même rue ! – à faire les gros titres pour des raisons tragiques.

En revenant de son enterrement, Sadie avait refusé de répondre à nos questions.

« Je veux juste oublier tout ça », nous répondait-elle chaque fois qu'on l'interrogeait.

Exactement ce qu'elle nous disait d'Echo Ridge depuis toujours.

On peut trouver assez ironique qu'on ait fini par y atterrir, mon frère et moi.

– Enchanté, dit Ezra à Melanie.

De mon côté, je réussis à m'étrangler en avalant ma salive de travers. Mon frère me tape dans le dos comme une brute.

Melanie est jolie dans un genre un peu fané, avec des cheveux blond pâle tressés, des yeux bleu clair et un semis de taches de rousseur. Elle nous adresse un sourire désarmant, révélant des dents du bonheur.

– Moi de même, nous dit-elle. Désolée pour le retard, mais il y avait plus de circulation que prévu. Votre vol s'est bien passé ?

Avant qu'Ezra puisse répondre, un coup sourd frappé sur le toit de la voiture fait sursauter Mamita.

– Vous ne pouvez pas rester ici, nous lance le flic chargé de la circulation.

– Quelle ville de *sauvages*, grommelle Mamita.

Elle remonte sa vitre tandis que Melanie se faufile derrière un taxi.

Je tâtonne pour boucler ma ceinture tout en fixant le crâne de Melanie. Je ne m'attendais pas à la rencontrer dans ces conditions. Je supposais que ça arriverait, puisque c'est une voisine de Mamita, mais je m'imaginais lui faire signe de loin en sortant les poubelles, pas passer une heure en voiture avec elle à peine arrivée.

– Je suis désolée pour votre mère, reprend Melanie en s'engageant sur une bretelle d'autoroute ponctuée de panneaux verts.

Il est presque vingt-deux heures et les fenêtres sont éclairées dans le petit îlot de bâtiments qu'on voit un peu plus loin.

– Mais je suis contente qu'elle reçoive l'aide dont elle a besoin, reprend Melanie. Sadie est quelqu'un de fort, je suis sûre que vous vous retrouverez bientôt. Cela dit, j'espère que vous allez vous plaire à Echo Ridge. C'est une charmante petite ville. Nora a hâte de vous faire visiter les environs.

Eh bien, *la voilà*, la bonne technique pour contourner un sujet délicat. Pas la peine de se lancer dans un « Désolée que votre mère soit rentrée en voiture dans la vitrine d'une bijouterie alors qu'elle était défoncée et qu'elle ait dû partir en cure de désintox pour quatre mois. » Admettre l'existence du truc gros comme une maison que tout le monde fait semblant d'ignorer, et faire un pas de côté pour passer à un autre sujet, ça, c'est la classe.

Bienvenue à Echo Ridge.

Je m'endors au bout de quelques kilomètres, et seul un crépitement violent m'arrache à mon sommeil. À croire que la voiture est bombardée de pierres. Désorientée, je me tourne vers Ezra, mais il a l'air tout aussi perdu que moi. Mamita se retourne sur son siège et crie pour couvrir le bruit :

– C'est de la grêle. Ce n'est pas rare, à cette période de l'année. Mais là, c'est du costaud.

– Je vais m'arrêter le temps que ça passe, crie à son tour Melanie.

Elle se gare sur le bas-côté. Ça tombe de plus en plus fort et je me dis qu'elle va se retrouver avec une voiture toute cabossée. Un grêlon particulièrement gros fait sursauter tout le monde en atterrissant en plein milieu du pare-brise.

– Comment c'est possible ? dis-je. Il faisait carrément chaud à Burlington.

– La grêle se forme dans la couche nuageuse, m'explique Mamita en agitant la main en direction du ciel. Il gèle là-haut. Mais les grêlons fondront vite une fois au sol.

Sa voix n'est pas exactement chaleureuse – je ne suis pas sûre qu'elle en soit capable –, mais elle est plus animée que tout à l'heure. Mamita était prof et elle se sent clairement plus à l'aise dans un rôle de pédagogue que dans celui de grand-mère tutrice. Je ne peux pas le lui reprocher. Elle se retrouve avec nous sur les bras, et réciproquement, pendant les seize semaines de cure ordonnée à ma mère par le tribunal. Le juge a insisté pour qu'on soit hébergés par un membre de la famille, ce qui a sérieusement limité les possibilités. Notre père était une aventure d'un soir – un cascadeur, du moins à ce qu'il a prétendu pendant les deux heures qu'il a passées avec Sadie dans un club de L.A. On n'a ni oncles, ni tantes, ni cousins. Personne à part Mamita.

On passe quelques minutes en silence à regarder les grêlons rebondir sur le capot, jusqu'à ce que l'averse se calme. Enfin, le déluge s'arrête. Quand Melanie redémarre, je jette un coup d'œil sur le tableau de bord : presque vingt-trois heures. J'ai dormi pas loin d'une heure. Je décoche un petit coup de coude à Ezra :

– On devrait bientôt arriver, non ?

– Oui, oui.

Et il ajoute en baissant la voix :

– Grosse ambiance, ici. On n'a pas vu une baraque depuis des kilomètres.

Il fait nuit noire. Même en me frottant les yeux, je ne distingue pas grand-chose à part d'énormes masses d'arbres. J'essaie, pourtant, parce que je voudrais voir l'endroit dont Sadie s'est enfuie en courant.

« C'est comme vivre dans une carte postale, nous disait-elle. Joli, propre, et confiné. Tout le monde à Echo Ridge se comporte comme si on risquait de disparaître en passant la frontière de l'État. »

La voiture roule sur un nid-de-poule et ma ceinture me cisaille le cou tandis que je suis projetée sur le côté. Ezra bâille si fort que j'entends sa mâchoire craquer. Je suis prête à parier que pendant que je dormais, il s'est senti obligé de rester éveillé pour faire la conversation, même si ni lui ni moi n'avons dormi correctement depuis des jours.

– On y est dans cinq minutes, lance soudain Mamita. On vient de passer le panneau d'Echo Ridge. Mais il est si mal éclairé que vous ne l'avez peut-être pas remarqué.

Je ne l'ai pas vu, en effet, alors que j'étais décidée à ne pas le louper. Ce panneau est l'une des rares choses d'Echo Ridge dont Sadie nous ait jamais parlé, le plus souvent après quelques verres de vin. « Population : 4 935 habitants. Ça n'a jamais changé en dix-huit ans que j'ai vécu là-bas, disait-elle avec un petit air narquois. Apparemment, quand quelqu'un arrive, quelqu'un d'autre doit partir. »

– On approche de la passerelle, Melanie, dit Mamita d'un ton d'avertissement.

– Je sais.

La route suit une courbe serrée tandis qu'on passe sous une arche en pierre grise et Melanie ralentit en allumant ses feux de route. Il n'y a pas de lampadaires sur ce tronçon.

– Mamita n'est pas terrible comme copilote, me souffle Ezra.

– En tout cas, Melanie est super prudente.

– Ah bon ? Moi je trouve qu'on va un peu vite…

Alors que je glousse tout bas, ma grand-mère tonne « Stop ! » avec autorité. Pendant une fraction de seconde, je me dis qu'elle a une ouïe supersonique et que nos médisances l'ont énervée. Puis Melanie pile si brusquement que je suis propulsée en avant.

– Mais qu… ? lâche-t-on, mon frère et moi.

Melanie et Mamita sont déjà sorties de la voiture. On échange un regard confus avant de les suivre. J'avance en esquivant les grêlons à demi fondus. Mamita s'est arrêtée devant la voiture, le regard fixé sur le carré de route éclairé par les phares.

Et sur le corps inerte allongé en travers, couvert de sang, le cou plié à un angle inquiétant, les yeux grands ouverts sur le néant. »

Composition et mise en pages
Nord Compo à Villeneuve-d'Ascq

Ce livre est imprimé sur du papier
issu de forêts gérées durablement.

N° d'éditeur : 10306276
Achevé d'imprimer sur Roto-Page en janvier 2025
par l'Imprimerie Floch à Mayenne
N° d'impression : 106138
Dépôt légal : avril 2021
Imprimé en France